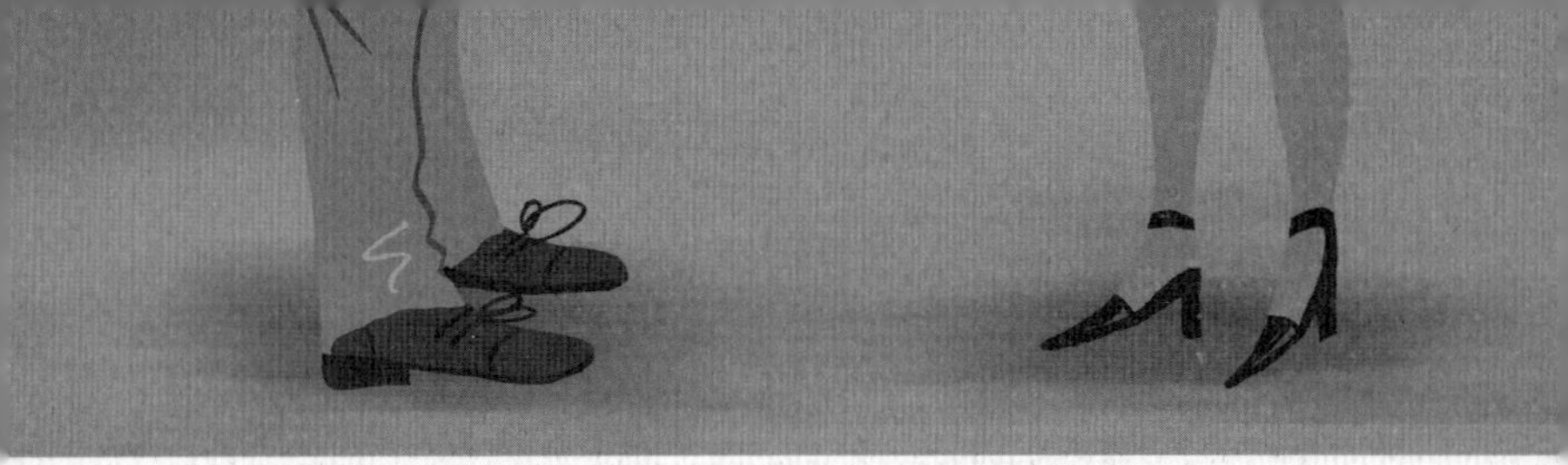

Harry Mathews

シガレット

ハリー・マシューズ　木原善彦［訳］

白水社
ExLibris

シガレット

ジョルジュ・ペレックに捧ぐ

シガレット　目次

「その問題について一つ話をしてあげよう」とムネアカヒワが言いました。
「それはわしの話かい？」とビーバーが尋ねました。「もしそうなら話を聞こう。わしは作り話が大好きだから」

オスカー・ワイルド「忠実な友達」

アランとエリザベス

一九六三年七月

「どういう意味だ?『きっと君も説明を聞きたいだろう』って。これじゃあ何の説明にもなっていないじゃないか」

屋敷の破風が、飛翔中の格好のまま剝製にしたコンドルのように私たちの上にそびえていた。続々と人がやって来る。きれいにならした砂利の音がライラックの生け垣の向こうから響き、白い花の咲くヤマボウシの植栽に沿って光の筋が揺れる。白いディナージャケットの男がペンライトで、アランの手紙を読んでいる。

男が手紙を回した。私の番が来て、またヘッドライトが光ったタイミングに中身が読めた。「……あのときの私は――何かに流されていて、ろくにあなたが見えていなかった……暗闇、まばゆい光……とても抵抗できなかった」。私も訳が分からなかった。エリザベスに目がくらんでいたとはいえ、あのアランがこんな手紙を書くとは。

私は理解したいと思った。いつかこの人たちについて一冊の本を書こう。話を一つにまとめようと思った。

ある日、長年姿を消していたエリザベスが町に戻ってきた。真夜中過ぎに彼女は「カジノ」――最後に残された私営賭博場はそう呼ばれていた――に出掛けた。アランはちょうどそのとき帰ろうとしていた。酒を飲みすぎ、声高な言い争いを始めたせいで、丁重に追い出されたのだ。彼は明るいロビーでエリザベスとすれ違った。扉の所で彼は声を掛けられた。「ラドラムさん、次回はもっと冷静にお願いします。気をつけてお帰りください」

「ありがとう。さっきの女性は？」

「さあ」

外は暑く、星が出ていた。アランは車で家に向かったが、途中、スパ・シティ食堂に寄った。モードはもうとっくに床に就いているだろう。

彼はコーヒーを二杯飲み、深夜の客と言葉を交わした。エリザベスの姿を正確に思い描けたらいいのに、と彼は思った（頭に残っていたのは露出の多い白の服と赤みがかった金色の豊かな髪だ）。向こうがこちらを見たことは分かった。あの状況の彼を見て平然としていた彼女の態度に彼は動揺した。

アランには知恵とは言わないまでも才気があり、自身でもそれを高く買っていた。彼は世界と自分をさげすんでいた。あるとき彼は、世間に見捨てられていた私に優しくしてくれた。私の親友が亡くなり、その責任が私にあるというひどい噂が流れたときのことだ。「君は運がいい」とアランは言った。「『世間のやつらが皆ろくでなしだってことをその若さで学んだのだから』。そしてこう付け加えた。「『世間のやつら』の中には私も入るのだけどね」。それはつまり、私に優しく接するからといって彼が他の皆よりましだということにはならない、皆よりも頭がいいだけだ、ということだ。彼は自分の品位も疑っていた。

　彼が家に戻る途中、アデルフィホテルの前を通ったとき、白い服を着た赤毛の人物が薄暗いポーチを歩くのが見えた。彼はブレーキを踏んだ。自分が地元の名士であること、既にみっともない姿をさらしたこと、まだ酔いが醒めていないことを思い出す間におそらく一分が経過した。彼は車を駐め、ホテルに入った。今晩の夜勤は三十年前からの知人、ウォリーだ。アランは「寝酒には遅すぎたかな」と尋ねた。ウォリーは「ちょっとここを見ていてくださったら、すぐにお持ちします」と言った。

　ロビーには人気《ひとけ》がなかった。アランはフロントデスクの裏に回って、開きっぱなしの宿帳でこの七月一日の宿泊者を調べた。見覚えのある名前に彼の目が留まった。エリザベス・H。つい最近モードが買った肖像画のモデルだ。彼は大昔に一度か二度、彼女に会ったことがある。カジノにいたのも同じ女性かもしれない。ひょっとすると無意識に覚えていたのかも。それなら先ほど会ったときの衝撃も説明がつく。ウォリーの足音が聞こえたので、彼は彼女の部屋の番号を頭に刻んだ。

　一分ほどハイボールをちびちびやってから、アランはトイレに行くと言った。彼は廊下を曲がると、蜜色に照らされたカーペット敷きの階段に向かった。三階で右に曲がる。まったく計画は立てていなかった。

　奥の壁の裏にあるパイプから、鼻を鳴らすような散発的な音が聞こえた。まさかシマリスが古い柱に挟まっているわけじゃないだろう、と彼は思ったが、なぜか動物のような物音に聞こえた。彼は扉の数を数え、エリザベスの部屋にたどり着いた。

　物音が聞こえるのはその扉だった。彼は木製の扉に耳を当てた。声はシマリスのものではない。アランは片膝を突き、鍵穴に目を当てた。シリンダー錠だ。扉の縁も脇柱にぴったりと収まっている。

高い声が震えながら歌い続け、鳴り止まないクラクションのようにアランを焦らした。彼は隣接する部屋の扉を押してみた。右の部屋の扉が開き、暗い寝室に入ると、通りからの明かりで空っぽのベッドが見えた。アランは部屋を横切り、窓を開け、身を乗り出した。外壁には床と同じ高さに幅一フィートの水平な出っ張りがあった。左手の窓からかすかな光が漏れている。アランは窓枠をつかみ、出っ張りに両足を下ろし、すり足で進んだ。明るい所まで来た彼の目に入ったのは、後ろからの光に照らされた青い女羊飼いたちの姿――単調に並ぶヤナギの下を闊歩する姿――だった。そのカーテンにはわずかの隙間もなかった。声が甲高い朗唱を続けているのが再び聞こえた。ロビーでこの女性がちらっと彼を見てから目を逸らしたとき、彼女はボタンの外れたドレスからこぼれたノーブラの胸をさりげなく元に戻したのだった。彼は白いコットンと金の蛇をかたどったバックルのベルトの下にある裸体を想像した。

彼は下の通りを見て――下からは彼の姿が丸見えだ――来た道を戻り始めた。階下ではウォリーが手を振って、彼を暑い夜に送り出した。アランはあまりに動転していたので、もしも帰宅したときにモードが起きていたらこの夜の出来事を全て彼女に話していただろう。

アランは手紙の中でエリザベスにこう書いた。「私は何度も考えた。あれは本当に君の部屋だったのか。本当に君の声だったのか、と。君は誰といたのか。その男、あるいは女、あるいはその人たちは正確には君に何をしていたのか。答えが欲しかったわけではない。私が欲しかったのは君だ。私は自分のものを取り上げられた気分だった」

彼がエリザベスを見つけるのに一週間がかかった。彼にはその小さな町にたくさんの友人がいた。彼女を知っているという者も何人かいたし、一人は今度自分が呼ばれるパーティーに彼女も来ることになっていると言った。アランも行くことになった。

パーティーは町外れの、クリントン通りにある大きな屋敷で催された。アランが芝生の向こうにカジノで見かけた女性を見つけて指さすと、友人が彼の勘を裏付けた。彼女がエリザベスだと。彼女に紹介してやると言われてもアランは頑なに断った。二十分後、彼は断ったことを後悔した。彼はエリザベスの注意を惹くことを望んだ。まだ一度も彼女が彼の方を見ていなかったからだ。彼は自分をばかで無能だとなじった。ストレートで飲んだ二杯の酒が無力感に拍車をかけた。

三度目のお代わりを取りに行った後、込み合ったバーから離れようとアランが振り返ると、すぐ後ろでエリザベスが順番を待っていた。彼は猛烈な視線で彼女の目を見た。彼女は彼に見覚えがないようだった。不面目な姿が彼女の記憶にないことを知って彼はほっとしたが、まったく印象に残っていないのは残念だった。既にとりこになっていることを今すぐに見取ってほしいと、彼はばかげた望みを抱いた。彼女はほほ笑んだ。「迷子になっているようですね」

「実は本当に迷子になっていました。今私がここにいるのは君が原因なのです」。彼はすっかり自信をなくしていたので、横柄に響きかねない言葉が本当らしく聞こえた。

エリザベスが彼の肘に腕を滑り込ませた。「どういうことか教えてくださる?」

二人は人込みを離れた。彼は何から話せばよいのか分からず、カジノを追い出されたこと、そしてその場で、服の乱れた彼女を見かけたことを告白した。エリザベスは笑った。「少なくともあなたには見られちゃったわけね」。普通の都会人とは異なるアランの照れがいっそう彼女の興味を惹いた。「で、今ここにいるのは?」

アランはホテルでの声を思い出して、再び赤面した。「夕食はどうです? カジノで。君が一緒にいてくれれば私も前回とは違った目で見られますから」

「いいですよ。でもカジノで遊ぶのなら、いくらか融通していただかなくてはなりません。かろうじて朝食付きの宿泊ができるくらいしか持ち合わせがないのです」

アランはカジノでまずディナーを予約した後、五百ドル分のチップを購入し、半分をエリザベスに渡した。彼女はその礼に、彼の頬にキスをした。二人はルーレットをやることに決めた。

エリザベスは、席に座ったプレーヤーの上に身を乗り出して、最初の勝負に全てのチップを賭けた。黒に百五十ドル、残りは十七に。「単なる迷信」と彼女はアランに言った。「一度も当たったことがないの」

ディーラーが「十五、奇数、黒、マンク」と発表した（「少なくとも、近い数だった」とエリザベスが言った）。男が彼女に席を譲った。補佐役《クルピエ》が、きれいに積んだ百五十ドルの配当を彼女に付けた。

アランはテーブルを挟んで反対側に座った。彼は少しいら立っていた。彼はエリザベスのプレーを無視し、自分の賭けに集中することに決めた。彼は自分で賭ける前に、隣の男の賭け方をしばらく見物させてもらい、さらに六回、自分で賭けるつもりで勝負を眺めた。アランはルーレットが好きだった。自制心を試せるからだ。彼は必ず、前もって決めた間隔で、統計的に選んだ数字に賭けた。彼はこの日、早い段階で六に全額を賭け、二百ドルを稼いだ（エリザベスのチップに目をやると、少なくとも千ドルありそうな山が見えた）。

彼は次の三十分でまた二百ドル稼いだ。元手が二倍以上に増え、ディナーの時間になった。切り上げ時だ。エリザベスがいた席には老人が座っていた。

「いい調子ね」

彼が振り向くと、鼻が胸に当たった。「君は？」

「とても楽しかった。一時は二千ドル近くまでいったの。クソッ！」彼女が指さしたルーレット盤では、白い玉が十七に収まっていた。

いら立ちがまた戻ってきた。アランは自分自身に腹が立った。エリザベスが自分の金を持っていたとしても今と同じようにプレーしただろうということは彼も分かっていた。それに、彼女が負けた以上に彼が勝ったのだから彼に損はまったくなかった。彼女が彼を見る目には申し訳なさそうな様子はなく、ほとんど満足そうに見えた。負けても勝っても気にしていない彼女に、彼は嫉妬した。彼は負けを嫌った。彼はモードのことを思い出さずにはいられなかった。エリザベスを見ていると彼はだんだんと怖くなってきた。

後で、彼の顔を思い切りひっぱたいてから、彼女は言った。「このろくでなし、もじもじするのをやめなさい！」彼女の脚は片方が彼の膝、他方が彼の腰に巻き付いていた。

愛している最中も、アランは自制を利かせた。彼は先に相手を喜ばせようと努めた。エリザベスは放縦が好みだった。「私の番」も「あなたの番」もなし。ましてや、先にあなたで次が自分など問題外だ。アランにとって女性の喜びは自分の喜びを保証するものだった。銀行に預ける金と同じだ。

エリザベスは彼をぶった。「私はあなたが私にすることが好き。でも一晩中、互いに貸し借りゼロになるように交代し続けるのは嫌。私が欲しいのはあなたなの」。彼が御託を並べようとすると彼女が笑った。「いい？　私は男に『もう我慢できない』って思われるのが好きなの。何でもコントロールしようとするのはやめて」

彼は努力すると約束した。努力は彼のやる気を削ぎ、目的をしぼませた。エリザベスは彼の気持ちを理解し、子供を相手にする要領で彼と戯れるようになった。しばらくすると彼は自分が窮地に立っているのを忘れた。その後、彼まで戯れだすと、彼女はまた彼をぶち、いたずらめいた復讐心によって欲望を掻き立てた。彼は悲鳴を上げ、上げ続けた。そのたびに、甲高く不気味で、聞き覚えのある悲鳴が彼の頭を満たした。彼は自分を忘れ、全てを忘れた。「今日は誰が聞いているだろう？」という、密かで危険な問いを除いては。

翌日彼は手紙を書いた。「きっと君も説明を聞きたいだろう……」。彼はその時点で、エリザベスが説明を聞きたがっていないのを知っていたはずだ。説明すべきことが何もないのも知っていたはずだ。彼はどうしても彼女に手紙を書きたくなって、その衝動に屈したが、その源が、彼女に話せばよかったのに話さなかったある事柄――彼がモードと結婚しているという事実――に発していることには気付いていなかった。手紙でもなお、モードについては触れなかった。エリザベスのような女性はそんなことを気にしたりしない、と彼は自分に言い聞かせた。

エリザベスはアランの手を借りずに、モードのことを知った。二人が次に会ったとき、彼女は変わっていた。彼女は彼に対する興味を深め、彼らに対しての興味は徐々に薄れた。彼女は既婚男性の愛人という立場を受け入れた。

二人は最初の対面の二日後、午後遅くに会った。アランがモードの存在を認めると、エリザベスは奥さんの話を聞かせてほしいと言った。再び彼は戸惑った。彼は結婚していることを最初に言わなかった自分を叱った。一度目に会ったときは、彼は直ちにその衝動を抑え込んだ。だって、どう話せばいいというのか。「今私がここにいるのは君が原因です。そして私にはれっきとした妻がいます」と言う？　夕食のときは欲望をむき出しにするのが嫌だった。妻がいるという警告をエリザベスに与えるのは、まるで目の前でパンツを脱ぐような、あからさまな欲望表明だと感じられた。その後となると、もう告白するには遅すぎた。

アランは二十六年にわたる結婚生活の間に時折、他の女性に惹かれることがあったが、以前は、二人の女性を同時に愛したことはなかった。彼は今、二人を切り離さなければならないと感じた。エリザベスにモードの話をすれば――モードにエリザベスの話をすることを考えたときもそうだったが――愛する人の一方を失うのではないか、ひょっとすると二人とも失うのではないかと彼は不安を覚えた。頭の中だけの思考においても、自分が二つの互いに無関係な生活を送っているふりをした方が安全な気がした（彼は思いがけず、モードが買った肖像画に悩まされた。妻が選び、購入した「エリザベス」の絵が、屋敷の壁に掛けられるのを待っていた。いわゆる「本物のお金」を稼いでいるのはアランだったが、彼は常に、威厳をもって自動補充される妻の金も、彼らの身分を保障するものとして尊重していた。彼は金のためにモードを愛していたわけではないが、知り合ったときには彼女は既に金を持っていたから、金を持たない彼女のことは考えたことがなかった）。

彼は新奇な情熱にあらがった。二度目に会ったときにエリザベスが示した数々の優しさは彼には理解できなかった。彼女はあまりにも丁重すぎる気がした。モードについて細々《こまごま》したことまで尋ねたり、贈り物を大げさに喜んだり（「私の大好きな半準宝石だわ！」）、彼の手が空いたときにはいつでも会うと言ったり。彼女の従順さは、非論理的かつ不可避な推論によると、もはや彼女が彼を何とも思っていないことを示していた。もしも何かの気持ちが残っていれば、もっと騒ぐはずだ。彼がモードのことを黙っていたせいでこうなったのか？　きっともっと他の点でも彼女を失望させたのだろう。彼が実際に尋ねると、彼女は断じて失望なんてしていないと言った。

二人はその週の後半にも何度か会った。アランが驚いたことに、会いやすかったのはモードのおかげだった。在宅がちだった妻が毎日パーティーに出掛けるようになったからだ。彼はモードの予定をはっきり知るとすぐにエリザベスに連絡し、後で彼女のいるホテルに駆けつけた。

戯れで始まった性のバカンスが自己発見や言い逃れの厳しい訓練と化すこともあった。アランは恋に墜ちていながら自分ではその認識がなく、認めたくない感情をコントロールしようと必死に努力した。エリザベスは最善を尽くした。彼の当惑に心を動かされた彼女は、もう少し彼が自分自身を好きになれることを祈り、彼女自身も彼を好きな気持ちを開けっぴろげに、そして丁寧に見せた。彼女の共感は、しかし、さらに二人の距離を広げた。アランはばかにされていると感じた。彼は台本を見失っていた。

彼はエリザベスが恋に夢中になることを望んだ。そうすれば存在価値を取り戻せる。そうすれば彼女に振られる痛みに先手を打つことができる。

アランは快楽で──彼女のと彼のとで──自分を慰め、徐々に増す怒りとともに快楽に助けを求めた。日に焼けた肌の下で彼は青ざめた。エリザベスは母性的なまなざしで彼を見始めた。

一週間が経った。五度目の逢い引きは彼をこれまで以上に意気阻喪させた。会いに行くときの彼はいつになく上機嫌だった。彼はエリザベス探しを手伝ってくれた男に大仰な感謝の手紙を書いたことで感情が高ぶっていた。彼は改めて彼女の機嫌を取る用意を整えた。彼女が好きな藤色の縞模様のシャツに着替え、散髪屋に行き、昼食時は水しか飲まなかった。

これなら、部屋に入ったとき彼女が腕の中に飛び込んでくるのではないかと彼は期待した。しかし実際には、彼女は短いキスと軽い一瞥をくれただけだった。冷たい態度というわけではないが、散髪を終えたばかりの男ほど間抜けなものはないと言いたげな態度。彼女は彼をソファに座らせ、一緒にテレビを見た。ベルモント競馬場の第六レースだ。彼女はサーカスに来た子供のようにレースに夢中だった。

その目には、彼が灯したいと望んだ情熱の炎が宿っていた。馬がゴールすると彼女は叫び声を上げた。

「ほらほら」と彼女が説明した。「あれ、友達なの」

「あの馬の馬主のこと？」

「馬のこと」。馬の名はキャピタル何とからしい。「ジントニックが飲みたい」

しばらく二人で酒を飲んでいると、エリザベスが彼を抱き締めてきた。二人は愛撫しながら一枚一枚服を脱いだ。最後にアランが拳のように彼女に入った。彼女が再び叫び、笑い声を上げ、ルームメイトとふざける陽気な十歳児のように彼と組み合った。彼女はアランの髪を引っ張りながら、キャピタル何とかと呼んだ。彼女はうれしさを隠さなかった。彼は自分が言いなりになるのを客観的に見、言いなりになった。またしても彼女の勝ちだ。勝ちというより圧勝。戦略や戦術では決して勝てない。彼女には失うものがないからだ。彼は彼女の下で、何かを略奪された気分を味わった。

彼女は彼に優しくくし、口にキスをした。彼は顔をそむけた。「私がどういう気持ちだったか、君には分かっていない」

「そうね。ちょっとはしゃぎすぎたかしら」

「私の存在なんて、君は全然……」

「ちょっと待ってね。今日は日曜だから、あなたは――」

「ちゃんとした私の名前さえ呼んでくれないじゃないか」。彼はこの言葉を後悔した。神経質な疲労が彼の体に広がった。エリザベスは当惑した表情で彼を見下ろした。もしも彼がそこで眠っていなければ気付いていたかもしれないが、彼女はそのとき再び、情熱から一歩後退し、母性愛を感じたのだった。

二人は翌日は会わないことに決めた。アランは外せない仕事があると言った。エリザベスは内心ではほほ笑みながら彼の提案を受け入れた。彼女は「私は十時に乗馬に出掛けるから、もしよかったら会いに来て」と言った。彼女は別れ際に彼を抱き締めた。「さようなら、アラン。優しいアラン」

アランの言葉は嘘ではなかった。彼は翌朝、馬を商売にしている男と会う約束があった。彼らはきわどい取引をまとめることになっていて、それにはかなり時間がかかりそうだった。ところが彼は昼前にはもう、家に向かっていた。家の前の車寄せに近づくと、カバノキにつながれた馬が芝生で草を食《は》んでいるのが見えたので、ブレーキを掛けた。彼は路上に車を駐め、屋敷を回って裏口から入った。

彼は静かに食料庫《パントリー》に足を踏み入れた。聞き覚えのある声が客間から聞こえる。モードとエリザベスの声だ。アランは靴を脱ぎ、裏の階段を使ってこっそりと爪先歩きで、下の声が届かない寝室に上がった。彼は「さっさと仕事を済ませよう」と思い、町に電話をかけるため、受話器を取った。発信音の向こうでモードがしゃべっているのが聞こえた。彼女の声は遠くで聞こえ、不意に静かになった。別の誰かが階下の内線電話を使っているのだ。

受話器が戻される、カチッという音は聞こえなかった。アランは番号を回しながら受話器に向かって「愛しているよ」と言った。電話はすぐにつながった。

彼は仕事の話を切り出したが、エリザベスが聞いていることを意識して、胸が苦しくなるほどの欲望を感じた。彼は彼女の膝枕で胸のつかえを癒やし、許しを請いたかった。「電話を切れ、階下《した》に下りていけ、モードがいようといまいとエリザベスと話せ」と自分に言った後、彼は電話で指示を伝えた。

彼はエリザベスの記憶に残るよう、念入りに自分の言葉を復唱した。彼は破廉恥で犯罪的とも言える取引に手を染めていた。彼はエリザベスに分かってほしかった――彼女が彼を全然知らないということ、彼女が知っていると思っている彼には違う面があることを。彼女は彼を永遠に見限ることになるだろう。しかしそれには、ある種の驚き、ある種の敬意が伴うだろう。

　彼はそっと階段を下りた。女性たちの声が声高に聞こえた。彼は廊下で立ち聞きした。

「……じゃあ、あの軟弱男《ミルクトースト》をまだ手放したくないとおっしゃるの？」

「それは私が決めますから放っておいてください！」

「彼を取るか、肖像画を取るか、どちらかよ。両方というわけにはいきません！」

　熱のこもったやり取りの合間には、伝説的な神々が互いに投じる巨石を高く持ち上げる間《ま》のような沈黙が挟まっていた。

「とんでもない人ね！」

「だって私の肖像画でしょう？」

「モデルがあなたというだけ――あなたの所有物じゃありません！」

「戯言《たわごと》はよしてください、ミニヴァー夫人（英国の作家ジャン・ストルーザーの小説『ミニヴァー夫人』（一九三九）に登場する、英国中流階級の聡明な主婦。同作は一九四二年に映画化された）。今週はあの絵を人に見せたい用事があるんです」

　アランは広間の先の客間を見た。彼は足を一歩踏み出したが、靴を履いていない姿が間抜けに映ることに気付いて引き返した。エリザベスの言葉を聞いた彼は、彼女のはらわたをえぐりたくなると同時に、泣きたくなった。書庫の入り口から、まだ額に収められていない肖像画が壁にもたせかけてあるのが見えた。彼はサイズの割に絵が軽かったことを思い出した。彼は絵を書庫から持ち出し、裏口から出た。

　アランはその日の午後、肖像画を町に持って行き、シーツにくるんで通勤用アパートの奥にしまった。家を出るときは絵を焼くつもりだったが、今は絵をどうすればいいのか分からなくなっていた。彼は自分の身の振り方もどうすればいいのか分からなかった。モードと話すのは想像さえできなかった。しかし翌朝、彼は改めて妻のことが——というより、少なくとも、妻が今彼をどう思っているかが——気に掛かった。

前日に行なった取引のために、アランはある競走馬に追加の保険契約を結ばせなければならなかった。その馬は優秀なベテラン去勢馬だったのだが、前回のレース後に足を痛めた。まだ馬丁の一人しかその事実を知らないので、馬主は馬に激しい訓練をさせて、体を痛めつけようという計画だ。そうすれば殺処分にする口実ができる。馬主はできるだけたくさんの保険金を受け取ることをもくろんでいる。それならアランが手を貸してくれるかもしれない、という話を彼は耳にした。

主に大企業と取引する、定評ある保険仲介会社の共同経営者であるアランが一頭の馬の保険を扱うとは、普通なら考えにくい。ましてや詐欺まがいの田舎の顧客に手を貸す可能性は低い。しかしアランには、これよりもはるかに大きな詐欺をやった経験があった。彼は長年にわたり、普段立派に代理人を務めている保険会社に対して繰り返し不正を働いていた。

その密かな行動の理由を筋道立てて説明することはきっと彼自身にも難しかっただろう。始まりは一九三八年の夏の終わり、ハリケーンがアメリカ北東部を襲い、ロードアイランドにある、資金不足で未完成だった住宅建設計画地が壊滅的な打撃を受けたときのことだった。破産が目前に迫った開発会社と工事請負業者はアランにそれとなく助けを求めた。彼らの提案はこうだ——もしもスケジュールが遅れていなければ工事は完成していたはずなので、工事が完了していたものとして損害賠償がなされるように手配してもらいたい。ハリケーンが周辺地域にもたらした破壊の規模を考えると、彼らの主張が虚偽であることを証明するのはいかに優れた調査員でも困難だとアランは思った。気付くと彼は、十パーセントの手数料ではなく、道を外れた悪事という魅力に強く惹かれていた。彼の友人も同僚もこんな危険を冒したりはしないだろう。彼は提案を受け入れ、うまくやりおおせ、職業的欺瞞の依存症になった——まるで、大胆にも朝食にカクテルを試し、あっという間に朝から酒を飲むようになった人のように。

アランは今、殺処分される競走馬の所有者に有利な契約を結ぶよう、小さな保険会社を説得してくれと頼まれていた。家から町に電話をかけたのもそのためだ。彼は電話で、くれぐれも手数料をよろしくと念を押した。

去勢馬はその週に処分されることになっていた。小さな町のことだから、きっとその件はレースと馬の好きなエリザベスの耳に入るとアランは思った。そうすれば、彼女にも彼の電話の意味が分かるだろう。しかし彼はモードのことを忘れていた。激しい怒鳴り合いをしていたエリザベスがモードに、聞こえた電話の内容を話すとはそのときの彼は思いもしなかった。アランには、付き合ってから二十七年になるモードが一週間の浮気のせいで自分を見捨てることはないという自信があった。しかし彼女は彼のもう一つの、正道を外れた仕事には感づいていなかった。ひょっとするとこの下劣な仕事を知れば彼女は愛想を尽かすかもしれない。そうなっても彼女を責めることはできないと彼は思った。

アランは同時に、許しを切望していた。翌日、正午の少し前に彼はモードに電話をかけた。

「馬?　ちょっと待って」。モードの声が遠くなった。「アランが馬に保険を掛けるっていう話、知ってる?」彼女は再び電話に向かってしゃべった。「そういう話は全然知らないわ」

「そこにいるのは誰?」

「エリザベス」

「エリザベスって……?」

「あなたの知っているエリザベス」

「彼女がそこに?」

「私が招待したの。泊まっていきなさいって」。アランは黙っていた。モードが言い足した。「また電話をちょうだい。いつか、あなたも招待してあげるから」

オリバーとエリザベス
一九三六年夏

町はほとんど平坦な低い台地にある。湿気の多い気候が、冬の極寒から夏の猛暑までを行き来する。しかし、泉に湧く硬水を求める人、八月の社交界の集まりに参加する人、互いの顔を見に来る人などが何世代にもわたってここを訪れている。町は辺鄙《へんぴ》な場所にあるが、安全で便利なために、都会の裕福な家族に魅力的に映り、定住者の数も増えてきた。季節的に雇われたウェイターや馬丁が住み着くことでできた黒人の共同体が、周囲から隔てられたこの小さな土地に多文化的《コスモポリタン》な雰囲気を添えていた。

エリザベスが戻ってくる二十七年前、七月の政治集会開催地としてこの町が選ばれた。七月初旬のある晩、北ブロードウェー沿いの、二十室ある「コテージ」の一つでガーデンパーティーが開かれた。二百人以上の客が出席し、誰もが淡い夏色の服を着て——どれも似通っているのは当人には不満でも、傍目《はため》にはきれいに見えた——ムクドリのように本能的な群れをなしていた。その中で若い男が一人、目立って孤立し、周囲と距離を置いて立っていた。彼は十歳のとき以来、十二年ぶりに町に戻ってきたのだった。

彼は騒がしい人だかりを眺めて楽しんだ（これから僕はどんな人物に会い、仲良くなり、愛することになるのだろうか？）。にもかかわらず、彼は二杯目のシャンパンを飲み終えた後、誰かの話に加わるか、帰るか、どちらかにしようと決めた。彼は知っている顔を見つけた。少し前に人の紹介で会った若い女性だ。彼は女性に近づいた。女は表情を変えなかった。

「僕のこと、覚えていませんか？　すみません。ここには知り合いが一人もいなくて……」

「あら、まあ！」と女が叫んだ。彼は共通の友人の名を言った。「お名前はオリバーね！　私はエリザベス・ヒー――」

「僕は覚えていましたよ」

「うれしいわ。ねえ、私も知り合いがいないの。少なくとも知り合いになりたいような人が。一緒にチームを組んで、適当な話し相手を探しましょう」。オリバーが疑念を口にするよりも早く、エリザベスが彼の左手を拘留していた。

「あなたからお先にどうぞ。あの青い服の女性はどう？　ずいぶん垢抜けしていると思いません？　ちょっと年上すぎるかしら」

「いいえ、全然。年上の女性は好きですよ」。彼はエリザベスより一つか二つ年下だった。その違いは大学を出たての男にとっては大きな断絶だ。

「なるほど。あの人、二十六にしては落ち着きがないみたいだけど！　すみません」とエリザベスがターゲットに声を掛けた。「こちらの愉快な青年は私の古い友人で、かわいい下心の持ち主であることは間違いないのですが、あなたに夢中らしくて、でも内気な人なので、私が間に立てばお二人のためになるのではないかと思いまして。こちらが」――と彼女の手がオリバーのひるむ肘をぎゅっとつかんで

――「こちらがオリバー・プルーエルさん」

その名がモードの目を一瞬引きつけた。「プルーエルさんのご一家は全員存じ上げているつもりでしたけど……」。こう切り出してもオリバーが付いてこなかったので、モードは再びエリザベスの方を向いた。彼女はおどけた仲介人を演じた。

エリザベスはその後、何度もオリバーを動転させた。彼を紹介する際に、「この人があなたのどこを気に入ったのかさっぱり分かりませんが、どうしてもあなたとお話をしたいと言うのです」などと余計な一言を加えたからだ。彼は間もなくゲームを楽しみ始めた。彼が紹介された相手は、社交界デビューを済ませたばかりの女性二人、知事の妻、そして恐ろしく美形の売春婦で、逆に彼がエリザベスに紹介した相手は判事、作家、彼女好みのスポーツ選手だった。

たちまち彼はエリザベスのとりこになった。売春婦に紹介されたのがきっかけで彼がその気になったのかもしれない。しかしそのときもまだ彼は、エリザベスが「年上」で「自分には年がいきすぎている」と思い続けていたが、筋骨隆々の異国風ハーフバックのもとに彼女を連れて行ったときに、不意にそそられた――親密さというより共謀関係による刺激で。彼は彼女のすぐ後ろに立っていたために、彼女の尻が彼の太ももに舌のように柔らかく筋肉質な感触で触れたのだ。話の途中でそれを意識したせいで、彼は自分の役どころを見失いそうになった。

パーティーの終わり近くになって、一人の若い男がエリザベスに言い寄り、彼女のつれない言葉をものともせず、やたらに体に手を触れてきた。アランは少し酔いが回っていたので、後にはこの出来事を忘れることになる。オリバーはアランの背中や肘で追い払われないよう、エリザベスの横に密着し、彼が立ち去るまでガードを続けた。エリザベスはそれに感謝し、家まで送ってほしいと彼に頼んだ。

彼女は近所の友人宅に宿泊していた。彼女は彼を別の場所に誘いもせず、家に招き入れもせず、ベランダに一緒に座ることもせず、ただ、あなたが好きよ、信じているわというかのように頬にキスしただけだった。それは彼が望んでいたものとは違っていたが、不器用な男だとは思われたくなかった。年が上なのは彼女だ。彼としては誘われない限り勝手なことはできない。

彼女は玄関に入る前に言った。「私は明日、メビル温泉に行く予定なの。あなたもいらっしゃる？十時十五分に別館の部屋を予約しています。十八号室と言えば通じるはず。この辺りでは最高の温泉だそうよ」。オリバーは満足して帰宅した。

翌朝、メビル温泉――泥の風呂（イタリアのエウガネイ丘陵にある泥風呂の本場バタグリアに敬意を表してイタリア語で「温泉泥《ファンゴ》」と呼ばれていた）を専門とする新規事業――の十八号室で、シアサッカー地の制服を着た上品な黒人に案内されたオリバーを待ち受けていたのは、湯船いっぱいの、湯気の立つ糞便のようなものだった。彼はフードの付いたタオル地のローブと数枚のタオルを与えられ、泥の使用法の説明を受けた後、一人にされた。彼は疑るような顔で湯船を覗いた。こぶだらけのリューマチ患者の最終手段みたいなこの場所で、僕にどうしろというのか。既に服を脱ぎ、腰にタオルを巻いていた彼は背もたれのない椅子に腰を下ろし、救いを求めるような目で、天窓の青みがかった曇りガラスを見上げた。

金属のきしむ音が聞こえたので彼が振り返ると、湯船の横の扉が少し開くのが見えた。珊瑚色に爪を塗った足先が、隙間から滑り込んできた。扉が大きく開いてエリザベスが現れた。彼女は片手を背中に回し、喉のそばにやったもう片方の手で薄手のタオルを持っていた。彼女が部屋に入ってくるとき、タオルが揺れ、まだ泥の付いていない、均整のとれた素肌の断片が覗いた。レディーが部屋に入ってきたので、当然オリバーは立ち上がった。エリザベスは尋ねた。「ファンゴの中でタンゴはいかが？」

　オリバーは自分のタオルがずり落ちるのを感じた。彼が両手でタオルをつかむと、エリザベスが滑らかな動作で、背中に回していた手からサイドスローでメロン大の泥玉を投げた。泥は両目の間に見事に命中した。

　彼はそのまま突っ立っていた——前が見えず、息苦しく、裸のまま。エリザベスの忍び笑いが遠くから聞こえた。彼女は自分の部屋に下がったが、二つの部屋を隔てる扉は閉めなかった。オリバーは目と口からねばをこそぎ、湯船から泥をたっぷり手に取り、仕返ししようと彼女の後を追った。

　エリザベスは既にバスローブを羽織り、自分の部屋の、オリバーから遠い扉のそばに立っていた。彼が近づこうとすると彼女が「ちょっと待って」と言い、彼は従った。すると彼女は悲痛な叫び声を上げた。続けてもう一度絶叫。それでも彼には意味が分からなかった。誰かが廊下を走ってきた。オリバーは泥を持った手を上げた。エリザベスが叫び続けながら脇によけると、扉が開き、そこからいかつい女性監督者が現れ、その怪訝な顔が直ちに当惑の表情に変わり、さらに憤慨の顔になった。オリバーは自室に戻ろうと慌てて振り向いたが、既にエリザベスが背後に回っていた。彼女はしくしくと泣きまねをしながら行く手を遮った。

　女性監督者は今、湯船に向かっていた。その脇の壁のくぼみに非常ボタンがあるのがオリバーに見えた。彼は追い詰められた獣の本能で、一言も口をきかず、ボタンの上にたっぷりと泥を塗り付け、扉から飛び出し、女性専用区画の廊下を走った。

　時計の時間で言えば、彼の逃亡は二十秒続いただけだった。彼は係員と一緒の女性客一人の脇を抜け、係員の付いていない客一人を通り過ぎたが、誰も彼に気が付かなかった。掃除係の女がふわふわのモップを何本も立てたカートを押していた。彼の逃避行はイメージの中の時間ではほぼ無限に続き、その間に彼は他にも、実体はないけれどもはるかに現実的な人々に出会った。心配していた最悪の事態を息子が予想通りに引き起こしたので得意満面になっている父、息子の不面目な行動の結果、床に伏した母の蒼白な顔、彼と同じ鎖につながれた、口の悪い模範囚。彼は人間の運命と現実の本質について決定的な啓示を経験した。彼は悟った――真理は絶対的で伝達不可能なものであり、時間は不可逆で無意味なものだと。それは愛徳《カリタス》の神秘的理解と紙一重だった。

ぱたぱたという足音――自分の足音――が彼に今の状況を思い起こさせた。彼は次に、女性の部屋の隣には必ず男性の部屋があるのかもしれないとひらめいた。二つを仕切る扉は女性の側にだけかんぬきがあるのか？　それは当然だ。男性が女性に乱暴することはあっても、女性が男性に乱暴をするはずはないから。はっはっは。女性がＯＫなら同室可。お風呂でいちゃいちゃ？　彼は隣の扉を押した。扉は開き、部屋は無人。かんぬきの掛かっていない仕切り扉。また扉が開き、部屋は無人。扉を開けて反対側の廊下に出ると、そこには誰もいなかった。追跡劇が繰り広げられているのはもう一つの廊下の方だけなのだ。幸運なオリバー！　彼は十八号室に戻って扉を閉め、息を切らして床にしゃがみ込んだ。

もたもたしていては駄目だ。まずは手と顔を洗おう。彼は洗面台に向かった。これまた幸運。鏡の向こうにいるのは泥の仮面をかぶった男で、正体はアル・ジョルソンかもしれないし、誰だか分かりようがない。さっきまでずっと正体不明だったわけだ。まだあえいでいる彼の口元がにやりと笑い、黒い泥と白い歯の鮮やかな明暗画法《キアロスクーロ》に変わろうとしたとき、上げた両腕の下から彼の胸を抱えるように二本の手が差し込まれ、その細い指先が乳首をつまんだ。彼は忍び笑いを始めた。彼女は彼に、湯船の中で性交《ファック》させた。

昼食の際に彼が尋ねた。「どうして昨日の夜だと駄目だったのかな？」

「どこで？　玄関前のポーチで？　後部座席で？　ラブホテルで？　ねえ」と彼女は言い足した。「まだどこかに行きたいわ。いい場所を知ってるの。何だか肌がむずむずしない？」

二人は車でレイク・ジョージと呼ばれる村に出掛けた。キルティ夫人は最初、態度がとげとげしかった。彼女は以前、オリバーの母に仕えたことがあったので、彼に言った。「あなたはラチェットさんなんかじゃありません。あなたはオリバー・プルーエルでしょう？　オリバー様、何てことですか！」オリバーは逃げる用意をした。

エリザベスが言った。「だから助けてほしいのです、キルティ夫人。私はプルーエル夫人とあなたの話をしたことはありませんが、きっとあなたのことを高く評価していらっしゃるでしょうし、フレデリック・ストックトンがあなたを推薦したときも、あなたのことをべた褒めで――」

「私が申し上げているのはそういうことではなくて、最近はいろいろと大変なのだということです」とキルティ夫人が口を挟んだ。「貯蓄もままなりません。何でも政府が税金として持って行ってしまいますから。屋敷の補修をするのだって人件費が都会並みに高くなっていますし、何のかんのと言っても、もう最近は敬意というものがありません。若い人が敬意を持たない。全然です。昔は私みたいな年の人間に会えば、若い人は帽子の縁を持ち上げたものです。今では会釈でもされれば幸運だと思わないと」。キルティ夫人はここでほとんど間を置かなかった。「一週間で十八ドル五十セント。前払いでお願いしますよ」

エリザベスはすぐにオリバーに部屋を使わせた。彼の不安な気持ちはすぐに忘れ去られた。彼は尋ねた。「フレデリック・ストックトンって誰？」

「あなたのお父様ならきっとご存じ。彼とキルティ夫人の間には、ここをお忍びの宿に使わせてもらうという約束があるの。彼は他の紳士たちにもここを紹介している。だからさっきの怒りはごもっともというわけ。それにしても彼女、なかなかのやり手だと思うわ。彼女はきっとこの家もそうやって手に入れた。でも、あなたが彼女にやり込められることはなかったのに」

「もし彼女が母に告げ口したら――」

「あの人はあなたのお母様のことなんかまったく頭にない。彼女は、あなたがお母様を気に掛けているのを知っているだけ」

「じゃあどうしてわざわざあんなことを？」

「どっちが上に立っているかを見せるため。あなたは傷つきやすすぎる。いい？　こっちが向こうの望む人間になるか、あるいは向こうをこっちの望む人間に変えるか、そのどちらかなの」

「ＯＫ」。オリバーはしばらく考えた。「うちの母も？」

エリザベスはほほ笑んだ。「言いたいことは分かる……。お母様は今でも一日中、あなたのスケジュールを管理しているの？」

「いいや。でも僕のことをずいぶん気に掛けてくれている」

「なるほど。母親ですものね」

「でももう、僕は母にどう思われているか分からなくなった。家にいるのがあなただったらいいのに」

「私が母親なら、好きになってくれる？」

「ああ、絶対に」

「無理無理無理」。彼女は三本の爪を彼の会陰《えいん》に食い込ませた。「母親みたいにあなたを愛する？　キルティ夫人でもそんなことは言わないでしょうね」

オリバーは赤面した。「愛？」エリザベスが音を立てて彼にキスをした。彼女は彼を膝と肘で捕まえた。「ねえ」と彼は不平を漏らした。「僕はあなたを愛さなくちゃいけないわけ？」

「今これ、何をやっていると思っているの？」

「別に何も。よく分からない。とても楽しい時間を過ごしているし、今の状態は幸せだけれど……」。エリザベスは彼が這うようにして次の質問にたどり着くのを待った。彼はややうわずった声で訊いた。

「あなたは僕を愛しているのかい？」

エリザベスは不自然なほど眉を上げて答えた。「さあね。とても楽しい時間を過ごしているし……ばかね」。彼女は彼の唇をなめた。

オリバーはエリザベスに対して、彼女は次に何をするのだろうかと――ベッド以外でも――熱心な好奇心を抱いた。

彼は大学で「文筆」を学んだ。彼は今、彼女に詩を書いた。詩は好色と猥褻の中間に位置していた。彼女はその詩を一つずつ、目の前で読んで彼を当惑させ、もっと書いてとねだった。

七月の第三週末にオリバーは、もともと二人を引き合わせた友人であるルイーザから手紙を受け取った。手紙には、エリザベスが彼について書いた言葉が引用されていた。「私のオリバー！　エレガントで、頭が良くて。でもだからどうだというの？　そんなものは信託基金で生活する人間の美徳。彼にはもっと違うもの、彼の祖先の貪欲や不愉快なほどの額の彼の教育費用をあがなうだけの才能がある。どこへでも出て行ける才能。彼はこの前、私の臀部についてソネットを書いてくれたのですが、その出来がとても良いので、私は次の目標を掲げることにしました。①出版まで漕ぎ着ける、②詩の言葉が真実であり続けるよう毎日乗馬に出掛ける……」。これを読んでオリバーは思った――彼女が我を思う、ゆえに我あり、と。

　エリザベスのコメントは彼を当惑させもした。僕は未来の作家として以外に価値がないのか？　僕は才能を発揮するために、どこかへ出て行かなければならないのか？　オリバーはこの快適な暮らしが気に入っていた。より差し迫った不安としては、もしも詩が出版されれば両親の目に触れるかもしれないと考えて彼は胸が苦しくなった。ばかげた心配とはいえ、現実味のある不安だった。

　八月半ばのある日の午後、エリザベスはルゼルネ湖に釣りに行こうと言いだした。

「釣りは嫌いだ」

「少なくとも、昔やったのとは違う釣りが経験できるから」。彼は彼女が言おうとしていることをうすうす感じ、父が苦労して藪の間から毛針を投げようとしている姿を思い浮かべた。

「何を釣る？」ボートを水辺に押しながら彼が訊いた。

「さあね。チュウクチバス？　オオクチバス？」

　二人は交互にボートを漕いだ。オリバーは二度、目が丸く、鱗の粗いパーチを釣り上げた。魚はしばらくブリキのバケツの中で暴れた。湖の真ん中でエリザベスがオールを船に上げた。

　午後の空は灰色で、穏やかだった。二人はボートの底に横になった。オリバーは頭を、クッションのある船尾の厚板にもたせかけた。エリザベスは彼の横に体を入れ、頬を彼の肩の湾曲部に当て、片手を彼の開襟シャツに差し入れた。ゆっくりと旋回するボートに、さまざまな強さの波が当たった。

　彼はボートがゆっくりと回転するのを見た。さざ波が集まってボートに当たり、水音を立てる。葦が生える岸辺から湖上に、堆肥のようなにおいが漂ってくる。放散する灰色の光の中で湖と丘が揺れる。

まるで命の終わった彼が生前のことを夢見ているようだった。彼は今の気分を表現することができなかった。明るく低い空の下で、彼の気分はほとんど変化のない灰色と波の反復に変わっていた。

彼はボートを漂流するに任せた。どこにも行くべき場所はない。彼は夢の一部として以外には、何も考えなかった。今までに起きた全てのことは見かけにすぎない。夢で見ただけの見かけ。実体もなく、重要性もない。ボートが一方に回り、逆に回り、眠そうに揺れ、彼の感情、彼の思考、それらの対象を供給した。ほんの一瞬だけ、彼は今自分に起きていることを言葉にしようとした（ヘーゲルか、ハイネか。それもまたどうでもいい）。理解すべきことも何もなかった。彼は自分の存在という夢にすっかり取り囲まれていた。無が周囲を取り囲んでいた。自分以外には何も必要ない、この夢以外には何も必要ない、と彼は思った。

一時間が経った。彼は空を見つめた。暗くなってきた灰色が西の空で変化した。丘のシルエットの上に、波形の珊瑚礁みたいな光が低く赤く輝いていた。「僕らの外にあるものは何も残らない」。再び思考が森と湖の薄暗がりへと沈み、炎上し鎮火する雲はその瞬間、彼自身の生命を具現化しているように見えた。喜びと憂鬱の賛歌。

東の空はより暗く、心を落ち着かせる表情を帯びていた。冷めた《クール》青《ブルー》、あるいは石炭《コール》の青《ブルー》のグラデーション。彼が子供の頃、お巡りさんの青と呼んでいた色だ。彼は、その名を出すと大人たちが急に黙る叔父のことを思い出した。財産を使い果たし、立派な結婚を複数の浮気で台無しにした、恥ずべき人物。彼はクリーブランドの郊外で、キルティ夫人という女性と一緒に暮らしている。青、青、お巡りさんの青。オリバーは暗闇を見つめ、自分の人生が完全に自分のものであること、他には誰も存在しないことを実感して武者震いした。僕は二度とこんな幸福を感じることはないだろう。エリザベスが目を覚ましたとき、辺りはすっかり暗くなっていた。

オリバーの両親がヨーロッパから戻った。彼は家族の家とエリザベスとの間で愉快に時間を過ごした。

八月最後の水曜日の朝、エリザベスはオリバーを競馬場に誘い、前に立って厩舎を進み、ある馬房まで案内した。堂々とした鹿毛《かげ》の種馬が二人をじっと見た。

「アシュアドよ。父馬はシュア・シング、母馬はリトル・エイコーン。そして、ほら」。エリザベスは『モーニング・テレグラフ』紙の出馬表を指さした。アシュアドはその日の午後、千ドルで売却要求競走《クレーミング・レース》にエントリーしていた。「間違いなく引っ張りだこ。買わない手はない。ルイジアナ以来のお買い得品よ」。それは冗談で言っているのではなかった。

オリバーは反論を切り出した。あの馬はどこか様子がおかしい、千ドルはどうやって手に入れるのか、競走馬なんか買ってどうするのか、と。エリザベスは答えを並べた。二日前にアシュアドが普通にトレーニングするのを見た、資金は彼の貯金箱から工面する、馬が寂しい思いをしないようにもう一頭買う、と。「でも、一つだけあなたの言うことは正しい。この取引はどこかうさん臭い。あなたのお父様に尋ねてみましょう」

プルーエル氏はこの当時、競馬場を運営していた競馬協会のメンバーだった。オリバーが思春期に達した頃から父親は息子にとって謎の存在に変わり、息子は父親が謎のままであり続けることを願った。オリバーには、自分自身からも隠している計画があった。彼はいつか竜のような父の気性が爆発する前に、その気性も和らぐほどとてつもない大成功を収めたいと思っていた。オリバーはこの夏で自信を付けた。エリザベスが彼に箔を付けた。彼女は今、彼の中でこれまで快適に棲み分けてきたいくつかの要素を混ぜ返す存在になろうとしていた。

彼は父に相談しないでほしいと彼女に頼んだ。エリザベスは彼が心配する理由がないことを知っていたので、彼にそう言った。彼は彼女に同行することを拒んだ。彼女はその子供じみた頑固さに腹を立てた。

エリザベスは、自分はプルーエル氏に気に入られる、そして息子も彼に愛されていると、おそらくあまりにも簡単に信じた。彼女は彼に電話をかけ、彼は彼女を昼のカクテルに招き、彼女の話を聞いた。

「あの馬を買い取るのは無理だよ、お嬢さん――体調を維持するためにレースに出るだけだからね。とにかく確認してみよう」。彼は馬主に電話してから彼女に言った。「やはりそうだ。紳士協定があるのだ。お分かりかな。関係者は全員が知り合い同士だから。こういうケースは手出し無用。馬を買うなら他を当たりなさい」

「これでまた一つ夢が破れました。プルーエルさん、今朝、競馬場のカフェテリアで、ある男の人がアシュアドの話をするのを私は聞いたんです。それでアシュアドが出走することを知りました。その男の人は紳士協定をご存じないのではないでしょうか」

プルーエル氏はそれからさらに数件電話をかけ、最後にまた馬主に電話し、アシュアドの出場を取りやめるよう助言した。「優しいお嬢さんだ。君の言っていた男はよそ者らしい――確かジャージーと言ったかな――」

「私も同じ出身です」

「ニューヨークシティの隣にあるジャージーシティじゃなくて、ニュージャージーだよ、まさか、本当に？　最初に言ってくれたらよかったのに。それにしてもガールスカウト並みのお手柄だ」。プルーエル氏はうれしそうにこう付け加えた。「さて、君はお昼までいてもらえるかな、競馬場にお連れしようと思うのだが。馬主が君に直接礼を言いたいそうだ。息子は今頃どこに行っているのかな」

オリバーはバーに出掛けていた。「エリザベスはどうしてる？」と彼は訊かれた。町の皆は、エリザベスを連れていない彼を見たことがなかった。昼食は食べなかった。彼は二時前に競馬場に着き、レンタルの双眼鏡を持って内馬場《インフィールド》に立ち、間もなく、クラブハウスにいる彼女を見つけた。彼の父以外にも男が数人一緒にいた。そのうちの一人で、ひょろっとした青年がエリザベスにつきまとい、彼女を見つめ、機会があるたびに彼女に話し掛けていた。エリザベスはオリバーに気付かなかった。アシュアドは出走しなかった。彼はキルティ夫人の家に行った。言伝《ことづて》はなかった。

その晩、オリバーはいいバンドが出演すると聞いて、ライリーズ・レイク・ハウスに行った。彼はバーで立ち止まった。若者の集団が店に入ってきて、その中にいくつか知った顔があった。オリバーは彼らのテーブルに加わり、競馬場で見かけたひょろっとした青年の隣に座り、彼に話し掛けた。名前はウォルター・トレイル。この町は気に入った？　仕事をするために来ました。仕事？　その若さで？

ええ、既に自活しています、アニマル・ペインターとして。オリバーは、ペイントしていない動物の方が好きだと言った。ウォルターは笑い、好きな動物の肖像を描くのだと言った。最近ではアシュアドの絵を描きました。十五で仕事を始めてから数千ドル稼いでいるのですよ。とりあえず大学に行くことにしました、来月から、いや、もう来週ですね。「ただしそれも、僕が今全てを放り出さなければ、の話なのですが」

これを聞いてオリバーは嫌な予感がした。彼は話を促すように身を乗り出した。ウォルターはこっそりと打ち明けた。「扉がぱっと開く気がする瞬間があるでしょう？　いや、本当は扉なんか最初からないのですが」

「どういうことかな、ウォルター。もっと話してくれ」

「僕は以前、サーカスのゾウに恋しました」

「ウォルター、そんな話を信じろって言っても無理だぞ」

「子供の一目ぼれがどんなものか、知っているでしょう？　八歳のときです。僕がゾウの写真を欲しがったから、母がスナップ写真を何枚か撮ってくれました。写真に写ったゾウは袋詰めにした霧みたいだった」

「んんん」

「ある夜、僕はゾウの夢を見た。スクリーンに映し出されたみたいな姿でしたが、袋詰めの霧とは違って、完全にそこに収まっていた。だから翌朝僕は、夢で見た通りにゾウを描いた。僕は愛の記念品を手に入れ、一晩のうちに動物画を習得した。天賦の才能だと言う人もいるけれど、本当は、僕があのゾウに恋したことこそが天の配剤なんです」

「あのね、君、僕だったらそういう話をするときには相手を選ぶね」

「僕はただ動物が好きなんです――それ以来、あらゆる動物に恋してきました。奇妙なことに、人間の絵だけは描けなかった」

「どうして？　人間のことは好きじゃないから？」

「人間が嫌いだと思ったことは一度もありません。でも、分かっていただけますか？　みんなにすごく注目されて、たくさんのお金ももらって、金持ちの老人やその奥さんと過ごす時間が長くなるとね――思いましたよ、僕は変態なのかなって。ところが今日、ある人に出会った」

「それはつまり、女性？」

「彼女は美人でしたけど、それよりも彼女の動きが印象的でした。指や膝が顔と同じように動く、あるいは顔が指や膝と同じように動く。分かりますか？　僕の言っている意味」

「ああ、分かる！」

「僕の目は彼女に釘付けになった。僕がじろじろ見たりして夢中になっていることは、彼女にも分かっていました――」。ここでウォルターが間を置いた。オリバーは次に何があったか尋ねた。「彼女、本当に優しくて。明日、うちに来てモデルになってくれるんです。僕にはとても信じられない」

オリバーには信じられた。彼が「でかい糞がしたくなってきた」と言いかけたところでバンドが「ストンピン・アット・ザ・サボイ」の演奏を始めた。二人は騒々しい音の中で、別れのしぐさをした。

オリバーはキルティ夫人の家に戻った。言伝はなし。彼は部屋で腰を下ろした。彼からも電話はかけなかった。けれども、置いてきぼりを食わされたのは彼だ。彼の不在が惜しまれていない場所でいろいろな出来事が起きている。エリザベスと彼の父。エリザベスとウォルター（もちろん、彼には関係ないこと）。彼が予想もしなかったエリザベスの正体が現れていた。都合のいい尻軽女。

フェアじゃない？　では彼女は僕をフェアに扱ったか？　彼女といた数週間で僕はくたくたになった。彼女は要求が多すぎる。彼女は僕が変わることを求め続けた。馬を買うとか。僕に文才があると思うなんて、彼女はどうかしてる。

彼女は彼に素晴らしい休暇を与えてくれた。でももう、休暇は終わりだ。来週、労働者の日《レーバー・デー》（九月の第一月曜日で法定休日）が来たら、町に戻って職探しをしなければならない。しかし、みんなより早くこっちを切り上げて、町に戻るのも悪くない。

彼はこれから町で一人暮らしをすることを考えて気がめいったが、友人のルイーザに電話をかけることを思いついた。そうすれば休暇報告をいちばんに聞いてもらえる。彼女ならきっと他の女の子を紹介してくれるだろう。

オリバーはエリザベス宛ての手紙をキルティ夫人に預けた。彼は手紙の中で、「あなたが会った他の男たち」のことも少しは書いたが、その日の出来事については自分が悪かったと書き、あなたが僕を振るのは驚くべきことではない、と続けた。「僕はあなたの恋人だったことで得をしたけれども、僕と付き合ってもあなたには何の得もなかったと思う。それというのも、僕の性格が不適格だからだ。僕は決してあなたについて行《キープ・アップ》くことはできない……」。彼は「キープ・ダウン」と書くべきだった――エリザベスは彼を地面の方へ引っ張ったのだから。オリバーは舵が利かず、上昇と下降しか制御できない気球乗りに似ていた。彼は今、頭の空気を炎で加熱し、上へ上へとのぼった――再び、心安まる石炭のような青色の高峰の間に漂うまで。

翌日、彼は発った。エリザベスは結局、手紙の返事をよこさなかった。十二月に彼は、サンフランシスコで発行されている小さな書評誌『プレシディオ・ペーパーズ』の最新号を受け取った。そこには彼の詩が三編掲載されていた。こういう雑誌なら両親が手に取ることはないだろう、と彼は思った。それは間違いだった。それから長いこと経って、彼の父が亡くなったとき、オリバーは父が昔から古今の好色本を収集していたことを知った。コレクションの中には『プレシディオ・ペーパーズ』があった。

オリバーとポーリーン
一九三八年夏

二年後、大学を卒業したポーリーン・ダンラップが、姉のモード・ラドラムとモードが前年の夏に結婚した夫アランが暮らす家にやって来た。妹より六歳上のモードは、父親が妻に先立たれてから、ポーリーンの養母として振る舞ってきた。

姉妹の父はこの三月に亡くなり、全財産を娘たちに残した。両親を失った姉妹は父の死後数週間のうちに、遺産の状況を知っているのが父の弁護士と自分たちのみであることを知った。ダンラップ氏が実際に蓄えた資産は噂されている数百万という額よりはるかに少ないこと、そして長子を重んじる彼が姉の方に財産の十分の九を与えたことは他の誰も知らなかった。モードはもう結婚していたので、姉妹はこれらの事実を秘密にすることにした。ポーリーンが相当な額を相続したと見せかける方が得になるかもしれないからだ。

子供の頃にポーリーンを知っていたオリバーは、その年の初夏に彼女を再発見した。彼はもう、町にある父の事務所で働くようになっていたが、休暇で帰省中だった。彼もポーリーンも、相手が何者か

（プルーエル家の男、ダンラップ家の女）、すぐに分かり、二人とも再会を喜んだ。その後、二人を引き合わせたパーティーの最中、屋外で二人きりになったタイミングに彼らは雷雨に襲われ、共謀関係が生まれた。二人が大きなブナの木の下で雨宿りをしていると、稲妻が夜闇を裂き、鼻をほじるポーリーンの姿を照らしたのだ。オリバーは見て見ぬふりができなかった。「暇なときはそうやって時間を潰しているんだね」

ポーリーンは雷がやむのを待った。「辛抱できなかったの。これ、本当に気持ちいいから」

にわか雨がやんだ。彼らは明かりの点《つ》いた家に戻った。ポーリーンは少し水滴を浴びた程度で、その優雅さは損なわれていなかった。マンボシェやロシャスみたいな流行のファッションデザイナーはこれほど若くてスタイルのいい体に服を着せたことがあるだろうか、とオリバーは思った。彼女は片手に十セント硬貨大のイエローダイヤモンドを装い、手首に緑色の大きな石を連ねたブレスレットをはめていた。喉元ではビロードの紐からぶら下がる豪華な真珠の涙のピンクが白い肌に映えていた。彼女の髪は雨の後も、グラビア風のすっきりした形を保っていた。髪は丸みのある額から後ろに滑らかになでつけられ、耳の後ろで小さく巻いた毛には、しおれていない本物のヤグルマギクが星のように飾られていた。澄んだ白と青の目が湿った光でオリバーを見つめ、彼女が言った。「誰にも言わない？」

「言わない――ただし明日、夕食に付き合ってほしい。さもないと……」。ああ、明日は無理です。でも明後日なら。

二人は夕食を共にした。彼は彼女が気に入り、またデートに誘おうと思った。彼が彼女を気に入ったのは、容易に信頼を寄せてくれたからだ。彼女が彼を気に入ったのは、彼が信頼しやすい人物だったからだ。彼には落ち着きがあり、学校を出たての若者にはない処世術が備わっていた。

しかし彼女は、よそよそしい愛撫の先に踏み込もうとしない彼の態度に不満があった。もしもその堅苦しい遠慮の原因を訊かれても、オリバーには答えられなかっただろう。彼はただ、彼女の純真さに付け入ることはできないと感じていた。彼の礼儀正しさは金持ちを誘惑することに対する恐れを表していたのかもしれない。「信頼」は時に、他人のお金の面倒を見ることを意味するからだ。

ある宿屋で夕食を取っているとき、オリバーの目の前でポーリーンは、常に携帯しているステンレス製の箸を使って器用にラムチョップをさばいた。片手だけを使ったそのパフォーマンスは既知の物理法則に反しているように見えた。オリバーは訊いた。「どうやったらそんなことができるんだい？シナ人《チンク》よりも器用だよね」

「まあ、そんな言葉は使わないで！ ニュースは見た？ 爆撃で家を失った家族の映像とか。私は向こうに行きたい。行って何かをしたい。中国の人は今、すごく助けを必要としてる」

「本気で言っているのか？」

「自分ではそのつもり」

「じゃあ行けばいい。赤十字に入ったら？ クエーカー教徒のボランティアに参加したら？」

「いいえ、駄目。自分で行かなくちゃ。何をやるかは自分で決めたい」

「それなら、自分で行けば――」

「そんなお金はない」

「じゃあ、やっぱり本気とは言えない。だろ？ 手持ちの宝石を半分でも質に入れれば、南京の再建だってできるじゃないか」

「あれは私のものじゃない。まだ違う」と彼女は慌てて付け加えた。彼女は前に身を乗り出し、重要なことを打ち明けるかのように言った。「私は鼻をほじるだけじゃない。実は、二十五歳まではお小遣い生活の身分なの」

「その頃には支払い請求が積もりに積もって、五桁になっているかもね……」

「いえ、服なら姉が買ってくれる。でもさすがに中国は無理」。彼女はさらにチョップを食べた。とても愛らしい目で彼女は彼の目を真っすぐに見た。「どうして私と寝てくれないの？　私のせい？　それともあなた自身の問題？」

彼はためらった。「君にとってははやりの香水とか石鹸とかを試した方がいい？」

「二回目から始められるのならそうしたいけど」

「君はVの字みたいにほっそりしていてスタイルもいい。でも――」

「それ以上言わないで。とにかくお願いだから、一度真剣に考えておいて」。彼は約束した。ポーリーンは続けた。「モードはいい人。でも、私だって少しは自立したい――つまり、自分のお金が欲しい」。彼女は言い足した。「馬主になったのに餌代が払えない人と同じで、何の面白みもない」

彼はさまざまな法的可能性を探ったが、どれも見込みは薄かった。「運を試したら？」

「ああ、私、賭け事は好きよ。でもどうすればいいの？　投資するには景気が悪いし。どのみち、手始めの元手が要る」

「馬が好きなら――」

「誘惑しないで！　そういえば以前、ルームメイトがすごい必勝法を編み出したって」

「ね？　もうこれで悩むことはなくなった」

オリバーは冗談のつもりだった。ポーリーンはそうではなかった。翌週、彼女は日没までずっと多忙だった。彼女は昼の間、過去の『モーニング・テレグラフ』紙を全てそろえている競馬協会図書館に入り浸った。彼女は新聞のチャートを使って、ルームメイト発案の必勝法を検証し、改良を加えた。必勝法の前提はこうだ——ある馬が勝つためには、前回出走時に、来《きた》るべきレースと同距離かそれ以上の距離のレースで勝っていなければならない。ポーリーンはこの条件にさらに、騎手のフォームに関する厳密な指標を加えた。調査の結果、騎手と馬が条件を満たせば——彼女はこれを巧みに三つの代数方程式に還元したのだが——三レースに一度は勝ち馬を当てられることが分かった。

この方法には一つ欠点があった。条件が厳しくて多くのレースが除外されるために、実際に賭けられるのは二十レースに一度の割合になってしまい、理論を実践に移してみると、一週間に行なわれる地元競馬場のレースでは手持ちの五ドルを賭けられるチャンスがせいぜい二度しかなかった。彼女は一度負け、一度、四・五倍で勝った。その結果は彼女の自信を裏付けたが、他方で、週に十七ドル五十セント稼ぐ程度では人生を変えられないという見通しをも明らかにした。

「私はもう、生身の魅力を誰かに買ってもらうしかないみたい」と彼女はオリバーに言った。「もしもあなたが重い腰を上げて奪ってくれなければ、どうせそうするしかないのだけど」

「お箸ちゃん、そんなことを言うのは君には似合わない」

「ブッブー、そのあだ名は駄目。けど要するに、どうやら私の必勝法では乙女の祈りに応えられそうもないってこと。賭け金を引き上げるしかないのかしら」

「いいことを教えよう。今の世の中には電話会社とちゃんとした胴元《ブックメーカー》があって、国中の全ての競馬場のレースに賭けることができる。一日たった八レースじゃなく、毎日八十のレースに賭けられるんだよ」

「すごい。でも、胴元はどうやって探せばいいの？」

「僕に任せてくれ」

「いろいろ詳しいのね」

「この町のことについて？　この辺りでは、どのビルにも一軒、胴元が入っているのさ」

オリバーは彼女の賭け金を預かるようになった。勝負の回数が劇的に増えた。ポーリーンはますます確率との対決という誘惑に溺れ、最初、彼女の必勝法はオリバーの予想以上に的中した。しかし間もなく、また彼女はいら立ちを覚えた。彼女が期待するレベルが上がる一方で、利益は薄いままだった。何時間もかけて計算し、十二回賭けても、利益は七十ドル。彼女の望みは中国だというのに。

ある日、オリバーが悪い知らせを持ってきた。胴元が現れず、勝ち馬に賭け損なった、と。彼の予想通り、ポーリーンは怒りよりも、恐怖で反応した。「ルールに従って賭けることができないなら、私に勝ち目はないじゃないの」

オリバーは既に抜き差しならないほど事に関与していた。自分でも理由は分からなかったが、手を貸さないわけにはいかなかった（といっても、問題になっているのはたかが百ドルだ）。それは一種の誘惑のようだった——彼はクモの巣を仕掛ける、やや女性的な役どころだ。彼は金を預かるとき、陰謀を主導しているように感じて肌がひりひりと痛んだ。

「君の言う通りだ」と彼は答えた。「君にはまだ充分な資金がない。このペースだと、いつまで経っても無理だろう。僕にいい考えがある」

「え？　早く聞かせて」

「倍賭けと呼ばれるやり方がある。負けたら賭け金を倍にする、そして勝つまで倍々で賭けるんだ。

そうすれば、負けた分をまるまる取り返せるだけじゃなく、倍率次第で大きく稼げる」

「ＯＫ。じゃあ、例えば五ドル賭けて負けた場合、次はその五ドルに五ドルを足した十ドルを賭ける」

――彼女はメモ帳と鉛筆を取り出していた――「それでも負けたら、五ドルと十五ドルを賭けるから二十ドル――そうね、毎回倍になる――で、二十ドルで三倍を当てれば六十ドル、いつもの五ドルなら十五ドル。結局、四十五ドルの儲け。いつものやり方なら……五ドル？　どうしてこんなにすごい方法を今まで秘密にしていたの？」彼が答えを返す前に、「ちょっと待って！　もしも負けたら？　負けは、ええと、普通なら十五ドルのところが三十五ドル――かなり高くつくんじゃない？」

「その三十五ドルにさらに五ドル加えた四十ドルをまた賭けて取り戻すのさ――いつかはまた必ず勝つ。連敗はせいぜい、三つか四つまでだと言っていたよね」

「一覧表を見せたでしょ。連敗することもあるけれど、数は少ないし、続くこともない」

しかしオリバーは現実を知っていた。どんなゲームでも必ず連敗が続くときが来る――一日の終わりに必ず夜が来るように。そして遅かれ早かれ、全ての賭博師が倍賭けという手法を見いだす。オリバーは彼女が倍賭けの可能性に魅了されるのを見た。

彼は彼女が徐々に自分に依存している現状に魅了されていた。彼は彼女を困らせてみたくてまた馬券が買えなかったという芝居をやろうかと考えたが、その代わりに一度か二度、胴元が町を離れていて連絡が取れないと警告するだけにとどめた。「その筋の人はいつも私とは違う筋にいるみたい」と彼女は嘆いた。焦れったがる彼女は魅力的だった。彼女はもう少しで彼の慎重なズボンのボタンを外せるというところまで行った。

一週間後、自然の成り行きで危機が生じた。ポーリーンが七連敗を喫したのだ。最後の勝負では三百二十ドル負けた。彼女はその倍額を賭けるのを恐れ、賭けないことも恐れた。オリバーは資金援助を申し出た。彼女は必死に断った――充分に必死とは言えなかったが、当人としては形だけの拒絶ではなかった。オリバーは言った。「君の言い方だと、まるで僕が無理やり君にお金を貸そうとしているみたいだ」

その言葉をヒントに、ポーリーンは一つの出口を見つけた。「じゃあ、取引をしましょう。もしもお金を返せなかったら、私はあなたに処女をあげる。あなたは絶対に受け取らなければならない。どう?」

「ポーリーン、君はうぶだ」

「じゃあもういい。モードに頼むわ」

彼女に借りを負わせることを考えるとオリバーはぞくぞくした。「よし、取引に同意しよう。ただし、場所と時間は僕が選ぶ」

「そうね。一週間だけ、裁量の余地をあげる。『よく熟れたサクランボが〝食べ頃だよ〟と自分で売り声を上げるまで……』って昔の詩にあったみたいに。馬はディスレスペクト。きっと勝つ。勝ったらあなたなんか放っておいて、その儲けで本物の男をレンタルしようかな」

ポーリーンはこの巧妙な保険に満足した。彼女は未来に新たな希望を見いだした。しかしディスレスペクトは入賞せず、その負けで彼女の自信もしぼんだ。

ポーリーンは予期しない、癒やしようのない恥辱に打ち負かされた。オリバーの慰めも通用しなかった。「仮にお金が問題ではないとしても、私自身が問題だわ。借金の帳消しなんて私のプライドが許さない。愚かな子供じゃあるまいし」

「分かっているよ。共同預金口座を開いておけばよかった、そうすれば問題にならなかったのに」。オリバーは軽い冗談でそう言ったが、自分でもその意味が分からなかった。

二人の間にあった合意にもかかわらず、ポーリーンの悔恨は、現金以外の手段で借りを返すというアイデアをはなから握り潰した。彼女は金を稼ぐ決意をした。オリバーは驚いたが、あまり心配しなかった。ポーリーンが彼に借金を返済しようとすまいと、彼が彼女の生活の中心になりつつあった。彼がこれほど他の誰かの生を支配したことは今までになかった。

金について言えば、オリバーはギャンブルの必勝法をほとんど信じていなかった――もちろんポーリーンの必勝法も。彼は預かった賭け金を一度も賭けに回さなかった。彼女は別の胴元で賭けることはなかった。つまり、彼女が彼に負っている借金はゼロだった――彼は彼女のものである六百三十五ドルを手元に預かっていただけだ。

ポーリーンはモードに仕事探しを手伝ってほしいと頼んだ。モードは妹の人生におけるオリバーの重要性に気付かないまま、仲のいい友人――当時、競馬協会会長に選ばれて協会改革に熱心に取り組んでいたオリバーの父――に相談することを提案した。あの方なら何かあなたにふさわしい仕事を考えてくださるかもしれない、と。

ポーリーンは最初、当惑したが、オリバーの存在がプルーエル氏に近づく障害にはならないと、すぐに自分に言い聞かせた。彼女は翌日、プルーエル氏を訪ねた。二人は仕事の話をしなかった。彼はモードよりも察しがよく、息子が夜に何をしているかを知っていた。彼はポーリーンが気に入った。彼が彼女を書斎に案内したとき、頼み事を切り出したのは彼の方だった。「君はオリバーを愛しているのかね。そうだといいのだが。私は助けが欲しいのだ」

「オリバーのことで助けが必要だとおっしゃるのですか?」

「私から見ると、息子はまるで別人になったようだ。一年かそこら前まで、あの子は私を屁とも思っていなかった。彼は人生がどういうものかを知っていたし、私は仕事の奴隷だった。今のあの子は私を尊敬し、信頼しているだけではない。何とついに、私の下で仕事をするようにまでなってしまった。心配でならない」

「本人がそれで満足しているとはお思いにならない？」

「満足なわけはないだろう？　私は二十歳の頃、物書きになりたかった。しかし、才能がなかった。だから仕方なく働きに出て、金を稼いだ。いいかい、お嬢さん。私は昔からこう考えている。もしも財産を築くことができたら、子供に望みの人生を送らせるために使おうってね。なのになぜ、私がやってきたのと同じことをオリバーがやらなくてはならないのだ。もしもあの子が作家になりたいのなら、なるべきだ」

「彼が作家になりたがっているというのは間違いないのですか？　そんな話は一度も本人の口から聞いたことが――」

「あの子には本物の才能がある。疑っているようだね。うむ。大学卒業後に彼が書いたものでお見せできるものはあまりないのだが、詩ならある。ただし」――彼は鍵の掛かった引き出しから『プレシディオ・ペーパーズ』誌を取り出して――「かなり卑猥だ。とはいえ、あなたももう大人だから」。彼はポーリーンに雑誌を渡した。

彼女が十行ほど目を通したところで、彼の警告にもかかわらず、雑誌が床に落ちた。ポーリーンは単なる当惑を超えて、すっかり顔を赤らめていた。

「私がばかだった。すまないことをしたね」。機転の利くプルーエル氏は彼女の苦境に笑顔を見せなかった。「私の言葉を信じてくれたまえ。お分かりだろうが、普通なら父親は、子供がこういうものを書けばやめさせようとするものだ」

「この女性は誰なのですか？」

「それから一つ、忘れないうちに言っておきたいのだが、この詩の件はオリバーには話さないでほしい。私は知らないことになっているから」

ポーリーンは約束した。彼女はオリバーの父が言うことなら何でも約束しただろう。

「食べ頃のサクランボ、覚えている？」その夜、彼女はオリバーに念を押した。

「忘れるわけないさ。君こそ忘れていたようだけど」。彼は彼女の口にキスをした。「十一時にメビル温泉で会おう」

「温泉？ 朝から？」

「部屋は三十二号室」

オリバーは来るべき時が来たと思った。ポーリーンの新鮮な情熱には驚かなかった。力をさげすむ者が力を握るという彼の信念はここでも裏付けられた。

オリバーはポーリーンにあふれるほど愛を注いだ――彼の詩が現実のものとなった。温泉の後、彼は別のもっとふさわしくない場所やもっと人目のある場所でも彼女と交わった。樹上小屋《ツリーハウス》の中、ガイザーパークのゴルフ場の月に照らされたグリーンの上、ルゼルネ湖に浮かんだボートの中。二人はキルティ夫人宅の部屋も使い、長い午後を過ごした。彼は口を使って、彼女が想像したこともないことをした。彼は彼女が感じる方法を工夫した。

彼の横溢はただのまね事ではなかった。彼はエリザベスに教わった事柄を再現しながら、全てを自分のものにした。それは彼の熟達を証明していた。ポーリーンは見る見る、心からの喜びとともに彼との恋に墜ちていった。

彼はいずれ彼女が結婚を望むだろうと思っていた。彼は彼女が結婚話を切り出すのを待ち、こう言った。「君の暮らしぶりだと、僕の収入で何年も支えていくのは無理だよ」

「三食全部シリアルでもいい。外箱にサービス券が付いていたらまめに集める」

「本当にそうなるよ」

「私はずっとあなたと一緒にいたいだけ。それほどお金はかからないはずだわ」。オリバーは肩をすくめた。「私も仕事をする」

「あのねえ。この頃はちゃんとした男でも仕事が見つからないんだよ」

「言っておくけど私、顔が利くの」

「君のことはすごいと思うよ、ポーリーン、でも、君が今までに受けてきたのは有閑階級向けの教育だ。僕の友人たちだって、僕が奥さんを働きに出したりしたら何と言うか。もしも僕が仕事を二つ掛け持ちできるならやりたいと思う。でも、一日は二十四時間しかない」

「いや、あなたにはこれ以上働いてほしくない。できれば仕事はしてほしくない――オフィスでするような仕事は」

「じゃあ、どんな仕事がいいわけ？　馬券屋《ブックメーキング》とか？」

ポーリーンはこの言葉を聞いて、本作り《ブックメーキング》とかけた駄洒落である可能性を考えた。「お父様に援助をお願いしたら？　私のことをあなたにふさわしい女だと思ってくださっているみたいだし」

「父の援助なら既にもらっているよ。父の会社に勤めているんだから」

「きっとあなたが独立する手助けをしてくれる」

「もしも独立できるなら、僕が一人でどこまでやれるかを君に見せたい。でも、父のお金で独立するのは嫌だ」。ポーリーンはほほ笑んだ。オリバーの頭には自分で起業するイメージが浮かんでいたが、彼女が思い浮かべたのは、夜通しタイプライターに向かう彼の姿だった。

「何か私たちに――私に――できることがあるはず。あら、私ってばかね」。オリバーは身動き一つしなかった。彼はまるで今、偶然任せのゲームをしながら、相手が賭けに出るのを待っているかのようだった。「もしも仮に……」とポーリーンは口を開いたが、オリバーは動かず、次のたばこに火を点けなかった。

ポーリーンはオリバーに、自分の真の希望を伝えないでおこうと決めていた。彼女は本当にそんなことは無関係だと信じていた。彼女はこれまでお金に不自由したことはないし、今後も二人で不自由はしないだろう。しかしオリバーを納得させるには確固とした展望が必要だと彼女は思っていた。

モードはポーリーンがいい人と結婚することを望んでいた。姉には私に回せるお金がある。私にお金をくれるかしら？　くれるかも。その後、姉妹の間にどんな苦いやり取りがあったか、オリバーが知ることはなかった。ポーリーンが彼に話したのはただ、遺産相続の日が早まるように姉に頼んでみるということだけだった。オリバーはその嘘を受け入れ、当てにしなかった――遺言はそう簡単に変更できるものではないと知っていたから。彼は気にしなかった。彼は彼で、彼女と同様に金に無関心だった。ポーリーンが全てを彼に捧げることで、彼は望むものを手にしていたからだ。

二日後、ポーリーンは彼に、モードから引き出した譲歩を話した。その一つはポーリーンの小遣いが倍に増額されることであり、もう一つは、亡き父が町に所有していた屋敷がポーリーン名義に書き換えられることだった。オリバーは心を動かされた。彼は丸一日は気が進まないという演技を維持してから話を受け入れ、この闊達な引く手あまたの美人が並み居る男らを差し置いて自分を選んだことを、大満悦で世間に公表する気になった。

二人の婚約発表のため、プルーエル氏はパーティーを開いた。ヨーロッパを旅行中のモードは出席しなかった。彼女の帰国は十月の結婚式にも間に合わなかった。ウィーンを出る列車が戦争不安でキャンセルになり、予定の船に乗れなかったということだった。オリバーは他の理由があることを察していたかもしれないが、幸福すぎて深く考える時間がなかった。日々の経路に近道を見つけたドライバーのように、流血なしに目標を勝ち取った兵士のように、少ない言葉で伝えたいことを表現した作家のように、彼は自分の要領の良さに満足を覚えた。彼は婚約パーティーのとき、ポーリーンの七連敗以来、手つかずにしていた賭け金で婚約にかかる諸費用を全額——食事や飲み物一杯に至るまで——まかなえることに気付いた。彼はうれしそうに、今まで彼女をだましてきたことを告白した。

「あなたって下司《げす》で、嘘つきだわ」と彼女は言った。「意味もなく私を苦しめたりして」

「だけど、お金がなくならなかったからいいじゃないか！」

「じゃあ、もしも私が勝っていたらどうするつもりだったの？」

「君は楽しくて、かわいらしい女性だ。でも、実際的なことについては僕に任せてくれたらいい」

その言葉に含まれた真剣なトーンがポーリーンの心に響いた。「私は何もかも、あなたに任せたいわ！　それはそうと——樹上小屋《ツリーハウス》でデートというのはいかが？」

オリバーは両腕で彼女を抱き、そっと眉を噛んだ。「しばらくお預けにするのはどうだろう。結婚の日を二度目の初夜にしようじゃないか」

「冗談でしょう？　本気？　ＯＫ。あなたがそう言うなら」。彼女は一瞬、彼の善意に基づいた禁欲期の重みに窒息しそうになった。彼の両親の前、友人たちの前であるにもかかわらず、彼女は今、彼のペニスを握りたいと思った。しかし彼女はこう尋ねただけだった。「もう樹上小屋はなし？　キルティ夫人宅もなし？」

オリバーは笑顔で首を横に振った。彼は二度と、ポーリーンをエリザベスと一緒にする間違いを犯さないだろう。彼女の欲求を自分の欲求と混同したりもしない。彼女は彼の来るべき人生に属する人だ。彼の前に広がる未来という部屋べやは整理が行き届き、控えめな明かりが灯り、大理石を敷いた玄関は、丈の長い金のドレスを着たポーリーンが扉の脇で待っている。ルイ十五世朝風にしつらえた二階の客間には、クッションの付いた長椅子と、穏やかなグレーとベージュのカバーに覆われた肘掛け椅子があり、その気取りのなさが、イブニングドレスを着たようなグランドピアノのフォーマルさと対照を成している。ダイニングルームでは、ろうそくの明かりでほとんど黒に見えるマホガニー製のテーブルを囲んで、タキシードを着た親友たちが葉巻を吸い、ポートワインを飲んでいる。寝台兼用のソファと椅子、秘密を詰め込んだ机と個人用電話を備えた一階の私室は一種の避難場所となり、そこでは、世慣れた男に最も重要な喜びを与える孤独を心ゆくまで味わえる。彼女は、彼が何のためらいも努力もなしに入っていける未来図に属する女性だった。その未来像にほとんど独自性がないとしても、彼はそれを自分が創り出したもののように誇りに思った。そう思えたのはおそらく、彼がほとんど自分一人でその未来を握っていると感じていたからだろう。

ずっと後になってポーリーンの相続財産について真実を知ったときも、オリバーの自尊心がくじかれることはなかった。彼は決して表立って彼女を責めたりせず、実際、真相を聞いても、かえってそれでありがたいと思うほどだった。結局のところ、それが立証したのは彼が力を握っているということだった——物事を決める力、恩を着せ、慈悲をかける力、コントロールする力を。

オーウェンとフィービ I

一九六一年夏―一九六三年夏

月日が経ち、アラン・ラドラムがエリザベスを発見した七月一日、まさにその同日、同じ町でオーウェン・ルイソンが、二十一歳の誕生日を翌日に控えた娘フィービの口座に多額の金を移すよう、取引先の町の銀行に指示を与えた。

オーウェンが娘に財産を与える決意をしたのはこのときが初めてではなかった。この二年前、彼は娘に、自分の収入として使える信託基金を作ることにしたと伝えた。

八月半ばのある日、屋外でカエデの木陰に腰掛けていたときに彼は話を切り出した。湯気が立ち、遠方がぼやけている野原と丘の向こうに、青く霞むアディロンダック山脈が見えた。日に焼け、汗ばんだ肌の下で、フィービは赤面した。

「パパ！　私は何もしていないのに――」

「いやいや――おまえはとても良く頑張っているよ」

「学校の成績のこと？　そんなのは――」

「いや、それも大事なことだ。でもこのお金は何かの褒美ということではない。自分の人生を自分で切り盛りする方法をおまえに学んでもらいたいのだ」

「パパ。私は働きに出るつもりで――」

「うん。ぜひそうしてくれ」

「だったら――」

「働くにしても、裁量の余地が必要だ。多少、選り好みできた方がいい。口のうまい野郎に誘惑されることがないようにね。月に二百あれば、そこそこ足しになるだろう」

「すごいわ、パパ――」

「運がよければ金額が増える」

「パパ、もしも――」。彼女は躊躇した。「もしも特別な出費があるときはどうしたらいい――車を買うとか？　別に買いたいわけじゃないけど、でも――」

「そのときは父さんに言いなさい。買ってあげるから」

元金の運用は自分に任せてほしいとオーウェンは説明した。「利子を生むには運用が必要だ。私の腕に任せることに同意してくれるかな。車みたいな買い物で元金を減らすのが得策じゃないことは分かるかい？」

もちろんフィービは同意した。彼女は既に計画を立て始めていた。自分の金を手にできると知った彼女の中で、ある願望がよみがえった。

その年の春、彼女は大学で課外講義に出席していた。学生たちが招いた講師は、彼女が初めて目にする、長髪の若い成人男性だった。彼はブーツにジーンズ穿き、スエードのジャケットに紐ネクタイといういでたちだった。彼はロッキー山脈に暮らし、そこに広がる汚れなき原野について、そして原野に侵入しようとする都会人について語った。彼は資本主義社会の腐敗を語り、利潤を最優先にする資本主義は触れるもの全てを、人間も含め堕落させると言った。原野は人にあるがままでいさせてくれる。原野が人に学ばせる知識は、幸福で自足的な生活を送るのにこの上なく有益だ。彼は以前長い間、革命を政治的理想と考えていた。しかし、革命にはまだ時が熟していないことが分かった。時が来るまでは社会を放棄するのがよい。原野でどうやって夜を過ごしているのか、講師に尋ねる者はいなかった。普段なら何でも疑ってかかるフィービたち受講生は、恍惚として彼の教えに耳を傾けた。

その後間もなく、彼女は町で、講師のビジョンを体現した青年に出会った。彼は翌年、ニューメキシコで森林レンジャーとして働くことになっていた。彼女が思いの丈を語ると、それなら一緒に行こうと彼が持ちかけた。彼は活気に満ち、包容力があるように見えたが、当時のフィービにはそんな未来は想像できなかった。しかし今、彼女は彼に手紙を書いた。あれは本気だったのですか、と。彼は電話で、本気だったと返事をした。

フィービが大学をやめて南西部の森林保護を手伝うつもりだと告げたとき、十年前からたばこをやめていたオーウェンは思わず空《から》の胸ポケットをつかんだ。彼はしてやられたと思った。

彼は賢明に、感情を押し隠し、話を聞いた。彼は最初、驚きの顔を見せ、そんな生活はばかげていると思うとコメントした——そもそもおまえにそんな生活は無理だろう、と。フィービは大丈夫だと言い張り、馬で旅行に行ったときだって、私は皆に褒められたし、男の人にも負けなかったと言った（これは自分のせいだと彼は思った——彼は娘を男の子のように育てたからだ。逆に兄の方がインドアな子供に育ってしまった）。そうかもしれないね。しかし、大学卒業まであと二年だというのに、中退してどうするんだ？　進歩的な大学で芸術学科を卒業しても、近頃ではあまり引きがない――下手をすれば、マイナスに評価される――のだと彼女は答えた。「芸術そのものはどうする？」とオーウェンは尋ねた。十年も前から、画家になりたがっていたじゃないか（オーウェンはその可能性を受け入れることができた。彼は娘が法科大学院《ロースクール》に入ることを望んでいたわけではないし、誰もが彼女の画才は本物だと保証した。彼女は芸術の勉強を続けるべきだ。その後はやめることになってもよいし、成功することもあるかもしれない。彼は、画家として成功し、町に暮らす娘に会いに行く場面を想像することがあった……）。芸術、芸術って、何がそんなにすごいわけ？　とフィービが言った。「私は何か現実的なことをするわ」

「マルクスでもうちょっとましなことを言っているよ。『生産的仕事』って分かるか？　木をじっと見ることに生産的な部分はほとんどない」

「パパ。裁量の余地が必要って言ったのはパパよ」

「私が言ったのは、世界の中で居場所を見つけるための余地だ――現実の世界でね。現実から逃げるという意味じゃない」

「お金をくれる話は取り消し？」

オーウェンはもっと話を聞き出そうとした。「ニューメキシコにいるというおまえのお友達のことだが、その一人がおまえの恋人《ボーイフレンド》なのか？」

「何を恐れているの？　私だって一生向こうで暮らすつもりじゃない。それに彼は子供《ボーイ》じゃない、大人よ」フィービはそう付け加えずにはいられなかった。

オーウェンは恐れていた――フィービが想像する事態を、ではなく、自分が締め出されることを。彼は心からフィービの自由を望み、自分をその一部分として見ていた。

「おまえは十九年かけて手に入れたものを捨てることになる。おまえほどの頭がありながら原生林生活なんて――」

「でも、それこそ私がまだ学んでいないものなの――」

「――もしも男と駆け落ちがしたいということなら、お願いだから、はっきりそう言ってくれ」

もちろん、男は存在していた――だが、それは何かを変えるための言い訳でしかない。フィービはほとんど知らない男を弁護せざるを得ない立場になった。彼女は当惑し、自らに強いて腹を立てた。彼女は正当化の言い分を探した。

「私が何かを望んだ途端にパパは逃げようとする」

「フィービ。私だって父親として無責任ではいられないから――」

「嘘つき。パパは私を操ろうと――」

「おまえのためを思ってのことだ。父さんと話すときは言葉に気を付けなさい」

「私のためじゃなくてパパのため……もっとパパに頼るようにさせるためのお金なのね――」

「ニューメキシコのことは忘れなさい」

「さようなら、パパ」。彼女は涙が出る前に立ち去った（どうしてあれだけ賢い男がこれほど愚かに振る舞うのかしら）。

フィービは二時間、外を歩いた。彼女は家に戻ると長距離電話をかけ、荷物を二つにまとめ、夜行バスで町に向かった。

彼女は母ルイーザが帰宅する前に家を出た。フィービは翌日、母に電話をし、自分の決心を説明した。その後、彼女は両親が常に彼女の無事を確認できるよう、母と定期的に連絡を続けた。オーウェンが彼女に再会したのは八か月後のことだった。

フィービは結局、一度も町を出なかった。活気に満ちた男と原野で暮らす未来像は急速にその輝きを失った。彼女はしばらく、大学の友人の家族と一緒に暮らした。彼女はまず、生活費を稼がなければならないと思った。以前絵画を習った先生が、画家のモデルとしての仕事探しを手伝ってくれた。彼女はヌードモデルの仕事で度胸を得た。写真家相手にもモデルを務めた。その一人でファッション関係の仕事をしている目ざとい写真家が、彼女の数ある魅力の中で、その脚線美と足首の細さに目を付けた。彼は靴の専門家だった。フィービは家を出た四か月後、膝から下のプロモデルになった。割のいい仕事だったので、週に数時間働くだけで必要な生活費を稼ぐことができた。

フィービが自活の道を学ぶ一方、先生は彼女を数人の画家に紹介した。フィービは彼らの展覧会に行き、アトリエを訪れ、仕事を終えた彼らに会った。芸術家の生活は彼女にとって魅力的だった。彼らの生活様式はまだ、急騰する市場によって変わってはいなかった。シーダー・バーはいまだに社交場としてにぎわっていた。彼らの仕事を見ていると、彼女はまねをしたいという情熱に駆られた。いずれかの画風をまねたいというのでなく、さまざまな画風で表現された、狂気じみた献身を見習いたいと思った。彼女は独自のスタイルを編み出したかった。

彼女は自分の腕を買いかぶっていなかった。彼女が美術学校に通うことを考え、ハンス・ホフマン美術学校への入学を望んでいた頃、トレイルという画家の展覧会を目にした。先生から何度も聞いたことのある名だ。その小規模な回顧展は画家にとっては久しぶりのもので、東十丁目の画廊で開かれていた。フィービは一度目の訪問で一時間入り浸り、翌日再び訪れ、ウォルター・トレイルが「ついに見つけた師」であることを確認するため、その翌日も訪れた。彼女は彼を師とする決意を固めた。

彼女の手際の良さを知れば、オーウェンはきっと感心しただろう。彼女は友人の友人を説き伏せてウォルターに紹介してもらい、その後、推薦までしてもらった。彼女は例えばシーダー・バーでデ・クーニングの優しい腕に抱かれてウォルターの脇を通り過ぎたりして、しばしば彼に、さりげなく自分の存在をアピールした。精いっぱい独創性を盛り込んだ六枚のデッサンを手にようやく彼女が彼のもとを訪れたとき、彼は既に彼女の味方になっていた。彼はデッサンを見、彼女を見、弟子になりたいという希望を受け入れた。彼女は彼の雑用を片付け、時々モデルを務め、絵の指導を受けることになった。

ウォルターはブロードウェー九丁目の交差点にあるロフトビルディングに暮らしていた。彼は階下の簡易台所付きアトリエをフィービに貸した。彼女は新しい生活に腰を落ち着けた。ウォルターは真剣に自分の役割を果たした。彼女は師匠の指示で師匠のためにする仕事と師匠の指示で自分のためにする仕事に忙しく、足を見せる時間はほとんどなかった。

フィービが越してきてから二か月が経った四月半ば、小雨の降る、ある暖かい朝、オーウェンが訪ねてきた。オーウェンは娘から、ウォルターの家に来るように言われていた。扉には鍵を掛けることがないので、勝手に玄関を入っていいから、と。彼は言われた通りにした。ただ、不案内なロワーイーストサイドへ来るのに思ったほど時間がかからなかったので予定より少し早く到着したのだった。最初に彼の目に入ったのはフィービではなかった。広い部屋の反対側でウォルター・トレイルがヌードモデルをスケッチしていた。モデルの姿が否応なくオーウェンの目を引いた。モデルはじっとしていなかった。彼女はまるで滑らかなダンスを踊るように、画家の目の前でゆっくりと回っていた。床に寝そべったり、しゃがんだり、ひざまずいたりと次々にスローモーションで体勢を変えるその姿はオーウェンの目に、非人格的かつ催眠的に映った。女性は若かった。肌は輝き、乳首は均一なピンク色をしていた。

滑るように動く太ももの間からピンクの陰唇が覗いたとき、顔にかかっていた長髪が動き、隠れていたフィービの顔が見えた。

はめられた、とオーウェンは思った。彼を見てフィービは「あ、クソッ！」と言った。ウォルターは素描用の木炭《チャコール》を置き、黒くなった指先を白い布でぬぐい、あっけに取られている訪問者に手を差し出した。

「ああ――ルイソンさんですね！　こんなタイミングにお会いすることになるとは、あなたもそうでしょうが、私も思っていませんでした。すみません――最後にもう一枚、デッサンを仕上げようとしているところなもので」。オーウェンはフィービの尻が寝室に消えるのを見た。ウォルターは言った。「娘さんは素晴らしいモデルです。どう動くべきかをちゃんと心得ている」

「そうですか」

ウォルターは手を休めずに言った。「どう動くべきか、本当に分かっているんです。彼女は静物画の画題みたいに床にじっと寝そべったりしません。フランスでは静物のことをナチュール・モルト、死んだ自然と言うのですが、モデルが死体だなんてどう思います？　モデルは死んだふりをする、画家はそれを形《フォルム》の課題として扱う。女性を物扱いですよ！　というか、ヌードを描くのに欲望を、生気を描かないなんておかしい。描かないわけにはいかない。あらゆるものの中でそれこそがおそらく最もリアルな存在なのに。ルノワールの言葉はご存じですか？『私はペニスで絵を描く』って。だからフィービが」――天を仰いだオーウェンの目はウォルターに、ペルジーノが描いた聖人を思い起こさせた――「『ずっと動き続けるようにしてみましょうか。そうすれば内面の命が常に見えるんじゃありませんか』と言ったとき、私はＯＫと返事をした。そして実際、うまくいっています。そう、私が描いているのは実は彼女ではない、彼女の――」

「それはとても興味深い」とオーウェンが言った。ちょうどそのとき娘が服を着てアトリエに戻ってきた。

「素晴らしい娘さんです。しかもその魅力は一つじゃない」ウォルターが話を締めくくった。オーウェンはフィービを昼食に誘った。

服を着たフィービはオーウェンの目に、裸のときと同じくらい輝き、よそよそしく映った。

「パパ」二人で席に着いてから彼女が言った。「最初に言っておきたいことがあるの」。悪い知らせに違いない、とオーウェンは思った。「去年の夏、パパが私をつらい目に遭わせたのは、私にとって今までいちばんありがたいことだった。おかげで私は身の処し方を学んだわ」

「それは私のおかげとは言えないね」

「いいえ、パパのおかげ。小遣いを取り上げたのは大正解。今では自分で生活費を稼げるようになった。ウォルターのアトリエにパパが入ってきたとき（あの人、すてきでしょ?）、私、気付いたの。世の中の父親が子供にしてやれる良いことの一つは、たまに意地悪をすることだって。私は意地悪に感謝している。本当にパパを愛している。パパも少しは私を認めてくれるでしょ?」

「元気そうだね」。オーウェンは私生活の面を当てこするように言った。フィービは、忙しくて男なんかには構っていられないと言った（それは男一般というより、ある一人を指していた）。

「じゃあ、そのすてきなお友達は?」

「パパくらいの歳なのよ。ほとんど」

「その通りだ」

彼はフィービのアトリエを訪れて、ほぼ納得した。雨の日でも明るい、あまり大きくないその部屋は芸術一筋の生活を映していた。クッションの薄い寝台兼用長椅子、椅子一脚、洗濯物に埋もれた肘掛け椅子。台所のテーブルには確かに一人分の朝食の残骸が置きっぱなしになっていた。壁はデッサン、グワッシュ画、木枠《ストレッチャー》に張っていない油絵で覆われていた。床は、隅に木枠とロールキャンバスと紙が積まれ、蓋が開いた絵の具缶と閉まった絵の具缶が一面に散らばり、迷路ができていた。窓際には大小一つずつの画架《イーゼル》があり、その脇に回転椅子が置かれ、十インチ×四インチの厚い合板が木挽《こび》き台に載っていて、足の踏み場もないほど、専門的な道具が散らばっていた。

「おい」テレビン油のにおいを嗅いだオーウェンは鼻にしわを寄せて言った。「おまえ、ここに住んでいるのかい？」

フィービは窓を開けた。彼女が振り向くと、オーウェンが大きい方の画架にあるキャンバスを眺めていた。「何も訊かないでね。それでなくても頭がおかしくなりそうなんだから。一月の例の展示会でウォルターに魅了されてからずっと、私は先生の絵を模写したいと思っていたのだけど、先生はなかなかうんと言ってくれなかった。私がしつこく頼むものだから、ある日先生も、そこまで言うのならとOKしてくれた。先生の指示は、正確に模写しろということではないの。私は先生と同じ手法で同じ効果を得るようにしなければならない。先生には当然ちゃんと見分けがつく。点彩に使ったのが柔らかい筆か硬い筆か、絵の具を載せるのに使ったのがへらか《スパチュラ》スプーンの柄か。手をどちら向きに動かしたか。前の晩に何を飲んだか……。これは彼の作品の中で私のいちばんのお気に入り。古い作品よ――『エリザベスの肖像』」

「エリザベスは苦労の多い人生を歩んだらしい」

「既に四回は絵の具を掻き落とした。いつか完成するという気もしない。でも、取り掛かるたびに五百五十三の新しいアイデアが頭に浮かぶ。パパ、何か気に入った絵があったらあげるから言ってね」

彼はテーブルの上の山から鉛筆画の自画像を手に取った。そこに描かれたフィービのうれしそうな目が彼の目を覗き、続く数週間、彼は憤懣と思慕と疑念から成る陶酔状態の中でその目を何度も見つめ返した。彼は自分が娘に感服していることに気付いた。娘にもう一度会うことを考えただけで彼はおじけづいた。

この頃、オーウェンは妻のルイーザを置いて町に出ることが多かった。彼は訪問前にフィービに電話をかけ、さりげなくこう言った。「おまえに迷惑をかけるつもりはないのだけれど……」。「迷惑じゃないわ」と彼女は答えた。夜は一緒にどこかに出掛けようか、と彼は言った。ディナーの予約をしようか？　芝居を見たいか？

「芝居という気分じゃない。そのときの気分で決めることにしましょう。何をするにしても、きっと楽しく過ごせる。まずは私の部屋で一杯飲むことにして、後はそのまま部屋のテレビで西部劇の『ボナンザ』を見てもいいし」

父親と仲の良かったオーウェンは、自分とフィービとの関係がそれに劣らず円満なものになることを期待していた。小規模企業経営者だった勤勉な父は、彼がミシガン大学の最終学年にあった年に交通事故で突然亡くなった。オーウェンは弱冠二十一歳でクイーンズにある、鉛筆製造業者に加工済み黒鉛《グラファイト》を供給する工場の所有者となった。彼は仕事のことをほとんど知らないまま、事業を継ぐことに同意した。事業はかなり組織化されていたし、すぐに仕事を覚える自信もあった。二、三か月後に倉庫で火事が起き、全在庫と工場の半分が失われた。会計士たちは彼に、保険金を受け取って、残った工場を手放すよう勧めた。彼は言われた通りにする過程で重要な発見をした。

火事の際、二つの消防隊が駆けつけたが、オーウェンが機転を利かせて一人当たり二十五ドル（当時の一週間の給与に相当する額）を支払うと言うまで、彼らは消火活動に取り掛からなかったのだ。経験豊富なビジネスマンならこの種の慣行がよくあるものだと知っていたかもしれないが、オーウェンは憤慨した。彼は怒りに任せて保険会社への請求にこの賄賂の支払いも含め、そうすることによって象徴的にこの不正利得を非難した。彼は補償を期待してはいなかった。にもかかわらず、支払いはなされた。

この棚ぼたをきっかけにオーウェンは一つの結論を得、結局それが一つの計画にまで成長した。彼はそれを、近々コロンビア大学法科大学院を修了する予定の旧友に持ちかけた。友人は好意的に反応した。オーウェンは火事で得た保険金を元手にして一緒に仕事を始めることを提案した。

オーウェンは、父がやっていたような中小企業は準備金が少なく、高生産に依存しているため、一度の災害に浮沈がかかっていることに気付いた。保険会社からの払い戻しが遅れれば――彼自身の場合にはおよそ一年かかったのだが――それだけで会社が潰れかねない。そのような会社は調停に時間がかかりそうな付随的請求を提出することをためらうだろう。オーウェンは、天災が事業の妨げとなったケースで直ちに基本的損害の賠償に応じる一方で、保険がカバーする副次的賠償の部分を自らの収益にするというサービスを提供することを思いついた。オーウェンの消防署とのやり取りの結果は、その収益が大きなものになることを暗示していた。

オーウェンと共同経営者はそのようなサービスを提供する会社を設立した。彼らは非常に慎重に、最初の顧客を選定した。彼らは勤勉かつ有能で、妥協を許さず、運にも恵まれた。彼らの事業は大成功を収め、五年後には保険会社も、オーウェンらが関与している案件についてはリスクの不確かな法的争いに持ち込むより早めに精算した方が利口だと考えるまでになった。

オーウェンは成功した。仕事は彼に富のみならず、満足ももたらした。彼の決断と創意は常に試練にさらされた。彼は自分が中小企業の役に立っていると感じた――後には、顧客は大企業も含むようになっていったが。彼は成功によって伝統的な富裕者層に導き入れられた。彼の父のような気取らない企業家よりも気位の高い専門家や銀行家たちの世界だ。オーウェンは自信に満ちた彼らの態度をうらやましく思った。金回りが良くて人当たりも柔らかな彼は、すぐに彼らに受け入れられた。彼はその後、彼よりは貧しいけれどもフィラデルフィアの名家出身の若い女性と結婚した。

オーウェンは結婚生活を通じて、ルイーザ一筋だった。ルイーザは間もなく彼に、彼が最も望んでいたものを与えた。子供、しかも特に彼が望んでいた女の子を。彼女の二度の妊娠期間中、彼は女児誕生を切望していたので、フィービが生まれたとき、既に彼女は彼の欲望の焦点になっていた。

オーウェンは女の子が生まれてほっとした。男に必要とされる戦闘的で組織的な美徳を気に掛けることなく、娘の幸福――それは彼自身の幸福でもある――を涵養できるからだ。彼は学校内外での娘の教育に目を配った。彼は娘にまず水泳と乗馬を、その後、スキーとテニスを習わせた。バレエに連れて行って感銘を与え、その後、バレエ学校に通わせた。本や芝居や音楽に興味を持ち始めた様子が見えたらすぐに本物に触れさせた。早熟な芸術的性向を後押しするため、三歳のときの粘土とクレヨンから始まって、十三のときの油絵の具とアクリル絵の具に至るまで、必要な物を何でも与えた。彼は常に、注文の多い子煩悩な親であり続けた。利発で気立ての良いフィービは彼の監督の下でぐんぐんと力を伸ばした。十七になる頃、雪から白さが光るように彼女からは満足の光が出ていた。オーウェンは親としての成功を喜んだ。その頃、彼は仕事の面で手応えを失っていた。既にそれは成し遂げるものというより、維持するものに変わっていた。彼が驚くべき成功を求める先は、娘に変わった。十か月前の親子げんかとフィービの家出によって、彼の中に怒りに満ちた失望が生まれていた。仲直りした今もまだ、彼は娘を理解できずにいた。彼女は納得できる誠意をもって、父の「意地悪」に感謝した。それは惜しみない十九年から引き出された奇妙な結論だった。

彼は七時に娘のアトリエに来た。六月下旬の夜としては恵み深い時間、暑く澄んだ空気がシナモンの白熱に満たされる時間だ。フィービはシェイクを待つだけのギムレットを父のために冷やしていた。二人は終わりのない黄昏の中へ歩きだした。彼女は彼を町の反対にあるグリニッチ通りのステーキ屋に案内した。店はにぎやかだったが、耳を聾するほどではなかった。テーブルに着いたオーウェンは用心深く周囲を見回した。少なくともこの場所では、自由奔放《ボヘミア》な世界から逃れられそうだった。

彼が訪れたことのない、今後も決して訪れることもないトラジメノ湖岸から届いたワインが、彼に過去と未来の展望を見せた。彼がフィービに昔の出来事を話し始めたとき、がっしりした青年が肩で風を切りながら二人のテーブルに近づき、手を挙げて挨拶した。「やあ、フィービ」

「父のオーウェン。この人はハリー」

「まじ！」ハリーが言った。「なあ、ハニー、十時にボブがエル・プエブロでやるってよ。興味あるだろ」(「やるって、何を？」とオーウェンが尋ねた。「らっぱ」とフィービが答えた。)

夕食の後、オーウェンは意識的に善意を示して、「行ってみようじゃないか」と言った。二人は六街区《ブロック》先のシェリダン・スクエアに行った。上流の花火が黄昏の空に揺らめいた。

「何だ、フレンチホルンか」トランペットかサックスを期待していたオーウェンはがっかりしたように言った。

「人生ってそんなものよ」とフィービが笑った。

「ボブって?」

「ボブ・スコット」フィービがささやき声で言った。「あそこのアルトホルンがウッディ・ウッドワード。ビブラハープがドク・アイアンズ。ドラムはパパ・ジェンクス」――黒人三人と白人一人。皆若い。彼らは時計が十時を打った途端にプエブロの闇を大音響で満たし、複雑に入り組んだその甘いメロディーはオーウェンを魔法にかけた。屋内には緑色のにおいが漂っていた。

「あの連中、なかなかいいじゃないか」彼は大きな声で言った。

フィービは満足そうだった。「この曲が終わったら、こっちに来てくれるかも」

オーウェンは急に胸が苦しくなった。彼は自分の召使い以外の黒人と話したことがなかった。連中はフィービとどの程度の知り合いなのだろう。

彼女が説明を続けていた。「ウォルターはあの人たちのスポンサーみたいなことをやっているの。少なくとも今晩の演奏をお膳立てしたのは彼」

白いシャツで決めたミュージシャンたちがテーブルに来たとき、オーウェンには誰一人、目もくれなかった。ハリーを含めた数人の客がフィービに挨拶に来た。皆、彼女に話し掛けていないときは、満足げに静かに腰掛けていた――まるで長い一日を終えて一緒にベランダに集まり、トウモロコシ畑に昇る月を、あるいはトラジメノ湖を眺めているかのように。

十一時半にパパ・ジェンクスがグラスの酒を飲み干した。「オーウェン!」オーウェンは居眠りを見つけられた小学生のように姿勢を正した。「何か聴きたい曲は?」

「ええと――『オール・ザ・シングス・ユー・アー』とか」オーウェンは思い切って言ってみた。

「なるほど。いいか?」彼は他のメンバーに訊いた。

「コード進行は?」

「長三度。GからEフラット。『ロング・アゴー』と同じだ」。彼はオーウェンに向かって付け加えてこう言った。「あの曲を作ったカーンさんはシューベルトを熱心に研究した。私淑した弟子にしては大成功さ」

彼らは演奏に戻った。高級デニムを穿いた若い男がいきなりフィービの方へかがみ込んだ。「西十一丁目十四番地。ドメリッチ。寄り道の価値あり《ヴォー・ル・デトゥール》」。ミュージシャンらは再び、ひねりの利いた歓喜に飛び込んだ。カーン作曲のバラードは活気あふれる対位法の中にばらまかれた。

その後、またしてもオーウェンが「行ってみようじゃないか」と言い、今度はすっかり夜となった空の下――深いけれども暗くはない夜だ――イチョウの葉をくぐり、歩道に淡いオレンジ色を点描する窓明かりを見ながら東に向かった。空気はほとんど冷えていなかった――ただ、小路を通り過ぎるときに顔やうなじに当たる穏やかな風だけが、天が扇ぐ団扇《うちわ》の存在を感じさせた。

パーティーに来て半時間が経ったとき、オーウェンはいったい何が起きているのかと自問した。何かが起きていることは間違いない。彼は退屈を感じなかったのだから。フィービはそこに着いてからすぐに彼から離れた。それは父を思ってのことだと彼は知っていた。彼としては一人にしてもらった方が何かとうまくやれる。彼はバーのそばに立ち、他の客を眺めた。多くは彼と同じように周りを眺めていた。しばらくの間、即席のバンド――ベースとピアノとサックス――が奥の部屋で曲を演奏していた。彼の耳に届いた会話の大半は取るに足りない内容だった。肘で小突いたり、手で触れたりするしぐさを言葉に置き換えたそれらの会話には、親しみはこもっていたが、特段、性的な意味はなく、集団をまとめたり、散らばらせたりするだけのやり取りだった。カリフォルニアを思わせる風がタイを思わせる絹のカーテンを揺らした。この静穏の中に、興奮の島がいくつか残っていた。「彼ったら、それからこんなことを訊くの。『もしもここで君と寝たら、ニューヨークでも同じように君と寝なくちゃならないのかな』って。だから言ってやった。『ダーリン、そんなことないわ、もちろん』って」。オーウェンはその心地よい声にマッチする顔を見つけられなかった。彼は見知らぬ人々に混じって、どうして自分がこれほど気楽でいられるのか、理解できなかった。周りの誰もが、彼ばかりでなく他の誰に対してもまったく関心がなさそうなのに、互いに敵対的ではなく、冷淡でもなかった。

ダンスが始まったとき、彼のちぐはぐな印象がようやく意味をなした。ステレオの音が最後の審判――万人が救われる審判――への召還のように響いた。誰も別の誰かをダンスに誘わなかった。誰にも声が聞こえなかったから。皆、踊るか、踊らないかのどちらかだった。「カップル」という概念は消散し、三部屋にまたがるバトルロイヤルと化した。

オーウェンはダンスと名の付くものなら何でも好んだ。同じ年の初め頃、ツイストが最初に登場したとき、当時まだ「ルンバの王様」ザビア・クガートが全盛だった州北部の集まりで、一人ツイストで気を吐いた。ここではもう、ツイストはコンガに続いて忘却のかなたに消え、新しい、定義しがたいスタイルが支配していた。オーウェンは周囲の一見混沌として見える動きを自分がまねできるパターンに還元し始めた。

彼が闘技場《アリーナ》に入ると、ほとんど年の変わらない女性が彼に向き合った。女性は驚くほどアンジェラ・ランズベリーにそっくりで、今時らしい奔放さを気取っていた。彼は彼女のリードについていこうとしたができなかった。彼女は急に彼に身を寄せ——彼はキスをされるのではないかと思ったのだが——彼の耳に向かって大声で言った。「ステップを踏むんじゃないの」。彼には意味が分からなかった……。「ステップを踏んじゃ駄目！」彼女はそう言って、彼を部屋の隅に導いた。「ルールは何もない。片方のお尻を空間の一点に固定する。そこが体の中心になる。分かる？ それ以外はその場任せ。音楽に合わせて。適当に」。彼女が手本を見せた。彼もやってみた。「適当に！」と彼女は重ねて言った。「目を閉じて、音楽を聴いて」

時折、彼は開いた窓のそばで立ち止まり、休んだ。休憩の際は他の傍観者らに向かって、新しい文化への賛意を笑顔とジェスチャーで示すように努めた。若い女性が一度、彼の改宗を確証するかのように、彼をまた踊りに誘った。一度は男にも誘われた。そのがっしりした手に対するオーウェンの恐れは、他の踊り手たちの中で霧消した。

彼が横溢から流暢へと進歩しかけたところで、フィービが彼を呼び止めた。彼女は比較的静かな部屋で彼をジョーイに引き合わせた。彼は二十代の画家で、オーウェンに相談に乗ってもらいたいことがあるという。彼のアトリエで火事が起き、大家が修理代を負担しないと言っているらしい。保険は？ 大家は、ちゃんとした保険には入っていないという。ジョーイはそれが、体《てい》よく自分を追い出すための口実だと思っている。オーウェンは彼に、「明日の朝、私のオフィスに電話してマージーと話しなさい」と言った。「それまでに私から彼女に話をしておくから」と。保険で困っていそうな個人に会社のサービスを広げるのは意外と簡単なのではないか、と彼はふと思った。

パーティーは落ち着き始めていた。オーウェンとフィービは会場を去る参加者の一団に混じってクルミ材の手すりを伝い、マナハッタ・ラウンジ前の石敷きの舗道に出た。二人は腕を組み、西にあるレストラン、ホワイト・タワーを目指した。「食事の後、おまえを家まで送るよ。もっと眠ければいいのに、あまり眠くないんだ」とオーウェンは言った。

「そうだ！」フィービは父を連れてまた東へ向かい、五番街に戻った。「私を信じてくれる？」

「もちろん」

彼女は手を振ってタクシーを止めた。「ベルモントまでお願い。通用口に」

「ベルモントホテルの方ですか、お嬢さん、それともベルモント競馬場？」

「競馬場。橋を通ってください」と彼女は付け加えた。朝日が見られるように。

朝日にはまだ早かった。タクシーは滑るように、星々から東雲《しののめ》へほとばしり流れる白亜《チョーク》の埃に向かって走った。厩舎に着くと、フィービが前に立ってカフェテリアまで行った。店は席が半分ほど埋まり、すっかり目を覚ましていた。二人はコーヒーとデニッシュを取り、五人の男が座っているテーブルに着いた。五人の中でいちばん若いのは背の低い黒人青年で、いちばん年配は六十がらみのメキシコ系《チカーノ》だった。その集団はオーウェンとフィービのために愛想よく椅子を詰めて場所を空け、キャピタル・ゲインという馬（「父馬はベンチャー・キャピタル、母馬はノー・リスク。ここにいるのはマキューアン家の馬を世話している人たちよ」とフィービが説明した）をめぐる熱の入った議論を続けた。

ウォルター・トレイルは、馬を描いていた時代の友人と付き合い続けていた。彼はしばしば競馬場に行き、たまにフィービを連れて行くこともあった。何人かの馬主と顔見知りになった彼女は、馬に詳しかったので、うまいことを言って厩舎エリアにまで入れてもらい、馬の世話をする人々とも親しくなった。

一人の男がトレーを押しやって言った。「あいつを試してみよう」。全員で厩舎に向かった。鞍を付けたキャピタル・ゲインが外に出された。訓練用の走路《トラック》で、若い黒人が指示を受けた。「六ファーロング（約一・二キロメートル）だ、忘れるなよ。綱を緩めるな。こいつはまだ痛がるかもしれない」

夜がすっかり明けた。トレーニングを終えた馬が足を止めると、メキシコ系が言った。「こいつは大丈夫だ」

「六週間もあれば元通りだな」と誰かが言った。「なあ、フィービ、こいつと散歩してみるか？」

馬が息を切らせながら横歩きで彼らに近寄った。長身の黒人が馬銜《はみ》を取り、調教助手が鞍から下りて、フィービに手綱を渡した。馬は彼女にぎょろ目を向け、水泳中に耳に水が入った人間のように頭を振った。フィービはその顔を見つめ、しばらく何かを語り掛けてから馬を引いて厩舎に向かった。

「三十分ほど歩かせてやれば充分だ」男が彼女に言った。

素足でタイトスカートを穿いて銀灰色の種馬の脇に立つ娘は、オーウェンの目に、ぞっとするほど華奢に見えた。その三歳馬には力がみなぎっていた。他の連中はどこに行ったのだろう？　彼は娘には一言も言わず、自分は用心深く距離を取った。しかし、キャピタル・ゲインが厩舎の向こうから再び姿を現したとき、馬が何の前触れもなく頭を後ろに引き、フィービが転倒しそうになるのが見えた。手綱が緩んだせいで馬は二本脚で立ち上がり、危険な前脚を彼女の頭上で振り回し、しわがれた声でいなないた。フィービが馬勒《ばろく》を緩めると馬は前脚を下ろし、頭を下げた。彼女は馬に近寄って、手綱を馬銜に近いところで握り直し、全体重をかけて地面に付きそうなほど下に引いた。馬は脚をばたつかせ、首を左右に振ったが、頭は持ち上げられなかった。その直後、フィービが厳しい口調で「こん畜生」何とかと言うのが聞こえ、小さな拳骨で馬の首を殴るのが見えたのでオーウェンはぎょっとした。間もなく彼女は再び歩きだし、種馬もまたおとなしくその後に続いた。

フィービの任務が終わりかけた頃、キャピタル・ゲインの馬主が現れた。馬の具合を確認するために来たマキューアン氏は、元気そうな様子を見て喜び、フィービに会えたことを喜んだ。彼は彼女とオーウェンをクラブハウスでの二度目の朝食に誘った。

彼らは最初の朝食よりずっと時間をかけて、より良いものをより多く食べた。果物、卵、ベーコン、トースト、そば粉のパンケーキ、背の高いぴかぴかのポットに入ったコーヒー。三人は低い朝日の差す一時間半の間、早朝の木陰で食卓を囲んだ。ようやくマキューアン氏が仕事に行くと言って立ち上がった。彼はオーウェンに対して終始、おざなりな態度のままだったので、オーウェンは自分がここでは娘の父親以上のものでも、それ以下でもないことに気付いたが、フィービが助け船を出してくれたおかげで会話に加わることができた。朝食が終わる頃、二人の男は親しげに仕事の話をしていた。オーウェンがフィービを見る目は、これを機に変わった。

その日は朝から暑く、乾燥していた。二人は走路を横切った。そこでは係員が午後のレースに備えてグラウンドを整備し、散在する馬糞の周りをスズメが跳んでいた。二人は身をかがめてフェンスをくぐり、人気《ひとけ》のない内馬場《インフィールド》に入り、陰になった芝生に腰を下ろした。太ったコマドリが辺りを警邏《けいら》し、アメリカコガラが込み入った茂みの中を探るように進み、互いにつながった水溜まりの向こうでは、カラスの形をした黒い切り絵が黄緑色のフェルトに貼り付けられていた。町中《まちなか》を行き来する車の震動と時折低くうなる空の音を、そよ風が運んできた。オーウェンは頭を膝にもたせかけた。

フィービが彼をつついていた。「パパ、この辺にいて。いい所でしょ、ここ」。オーウェンは「ああ」とうなった。彼の目はもはや開いたままではいられなかった。「ジョーイのこと、忘れないで」。彼はうなずき、ため息をつき、体を起こした。フィービが手を差し出した。「これ、ちょっと試してみて、パパ」

「何だい？」

「体にいい嗅ぎたばこ。パパ・ジェンクスにもらったの。効果は彼のお墨付き。フロイトも愛用しているし」

「本当かな」

「くしゃみはしないでね」

「鼻から吸う発泡剤《アルカ・セルツァー》みたいなものか」

彼は電話ボックスの中に座り、徐々に減る十セント硬貨の柱を見ながら、早口で秘書に指示を出した。それはまるで、意識内の明晰な思考の流れを可能な限り高速で送信するテレックスのようだった。彼はコンピュータの盗難に関する案件を解決し、重要な仕事をしていたエンジニアの死がもたらした損失を緩和した。彼はジョーイのために、建物の保険を調査し、大家に重大な過失があったことを暴き、うちの事務所がジョーイに手を貸せば多大な弁償金を支払うことになると大家に伝えるよう、マージーに指示を出した。「大丈夫ですかって、それはどういう意味だ。こんなに天気のいい日なら誰だって上機嫌、誰だって大丈夫に決まっているじゃないか」

フィービは姿を消していた。彼はクラブハウスの中をくまなく調べた。テラスに出たオーウェンは今にも気が遠くなりそうだった。内馬場にはほとんど人気がなかった——暇そうな整備員と、顔がカウボーイハットの陰に隠れたじっと動かないもう一人の男。

「あの帽子、開発業者に売ったらいいのに」。フィービが大きな紙袋を手に、すぐ後ろに立っていた。

厩舎のそばにあるムラサキブナの木立で地面にテーブルクロスを敷き、そこにランチを広げた——クラブサンドイッチ二つに洋梨が四個、チェダーチーズ一切れと魔法瓶入りの冷えたマティーニ。二人は食べ、飲んだ。

いらいらした男たちの声とひづめの音が厩舎の方から聞こえた。第一レースの時間が迫っていた。オーウェンは心地よい焦りを感じた。「見に行こう」

「このタイミングに部外者が立ち入るのはどうかしら」とフィービが言った。「みんなの邪魔になるわ」

「そうか。何か手持ち無沙汰なのだがね」

「それなら了解。賭けましょ」

クラブハウスに戻る途中でフィービが言った。「私は出走馬を確認してくる。パドックで落ち合いましょう」。戻ってきた彼女は言った。「第六レース、マイ・ポートレート」

「マイ・ポートレートって馬の名前かい？」

「父馬はスピッティング・イメージ、母馬はマイ・ビジネス」

オーウェンは新聞の予想を確認するために『モーニング・テレグラフ』紙を買い、午後の間中、タルムード学者並みの崇敬の念をもって研究にいそしんだ。六つのレースが終わって彼らが競馬場を出たとき、実際の彼の負けは心配されたほどではなかった。フィービは父に返してもらった昼食代をマイ・ポートレートに賭け、四・五倍の払い戻しがあった。彼女は得た金を父に渡した。「パパのためにやったのよ。普段は賭けない」

「おやおや——そうは見えないがね」

フィービは、帰りは列車にしようと父を説得した——「ひどい雑踏」が嫌いなのは分かるけれど、いちばん早い帰宅手段だから、と。同じように競馬場を早めに後にした人々が列車に乗り込んできた。皆、おとなしく、酔っ払いや「若造」はいなかった。最後に乗ってきた客らには座る席がなく、通路がいっぱいになった。列車が音を立ててがくんと動きだした。

オーウェンはすぐに、タクシーに乗らなかったことを後悔した。気が付くと周囲には、太った体ややせた体がひしめき合っていた。誰もが頑迷なセンスに従って面白くもない道化のように着飾り、列車とともに揺れるどの顔にも判で押したような都会的不信が浮かんでいた。彼のまなざしは最終的に、車両の向かい側に座ったカップルに止まった。こぎれいな身なりで、ラテン風の顔かたちも悪くなかった。スペイン語の断片が彼の耳に届いた。白の開襟シャツとベージュのズボンを身に着けた男は体が細身で、顔はやせて浅黒く、髪は白髪交じりで黒い口ひげを生やしていた。木綿のプリントドレスを着て白いシューズを履いた女は、男より若く見えた。やや粗野な感じがあるものの美人で、人好きがし、きれいな白い歯が櫛の通った黒髪と対照的だった。フィービが彼を小突いた瞬間、オーウェンの目と男の浮かれた目が合った。「私たちとそっくり」

男の陽気な目がどうでもよさそうにオーウェンの目を覗き込んだ。そりゃそうに決まっている、父親と娘だ。私たちとそっくり。ということは、あの男が「私とそっくり」。オーウェンは警戒し始めた顔に自分と同じ感情を探った。彼がじろじろ見ていると、男の鼻孔がわずかに膨らんだ。彼は思った。私の感情は顔にどう出ているだろうか、と。

彼は視線を逸らし、もっと近くにいる別の人を観察した。赤みがかってむくんだ顔の男。きれいに剃ったピンク色のうなじにかかった、短い藁のような髪の毛。低い位置で締めたベルトの上に突き出た太鼓腹のせいで、光沢のある格子縞の合成ギャバジンのズボンから、ハワイアンシャツの裾が出かかっていた。以下、うんざりするほどこの調子。私には関係のないことだ、とオーウェンは思った。体が温かく、無感覚になっていくのを彼は感じた。車窓の外の光が彼が知覚する光とは別物になっていた。同様の幻覚的な変化が隣の乗客にも起こっていた。吊革につかまったその男はばらばらの物体へと分裂しつつあった――男は不気味で化け物じみた乗客であると同時に、目は別の身体、別の空間に属していた。その目を通じてどこか遠くからの光が輝いていた。分離した光は、男がこの世界に向けている見せかけの姿の背後に存在していた。太った体は、自立した光を中に宿す空《から》の容器に変わった――ハロウィンのカボチャのように。カボチャが当たり前のように彼にほほ笑みかけた。なぜか？　カボチャは彼自身の笑みに応えていたのだ。よろしい。オーウェンはほほ笑みを小さなうなずきに変えた――まるで「勝つ人もいれば、負ける人もいますよ」あるいは「なかなかの一日でしたね」と言うかのように。彼は視線を落とした。ひどい雑踏――別にいいじゃないか。彼は内気な目で周囲を見渡した。夏の午後の老兵たち。彼らの顔、彼らの人生――それぞれの外皮に覆われ、それぞれの不調和や苦痛、恥や幸福の兆しを蓄積しながら、あの超自然的な光を隠している人々。フィービは彼の肩にもたれてうたた寝していた。

彼女はオーウェンを、ペンシルベニア駅から真っすぐウォルターの家に案内した。ウォルターが夕食会を開く予定だったので、彼女が父を招待したのだ。彼女は料理をする役目だった。

しばらくの間、オーウェンとフィービはアトリエで二人っきりだった。フィービはキッチンを駆け回っていた。オーウェンは北西向きの窓の前に立ち、桜色の空が飛行機雲の花綵《はなづな》で飾られるのを見た。ある疑問がモグラのように体の中を這いずり回っていた――何かおかしいのだが、何がおかしいのだろう？　彼は疑問を無視し、ジャージーシティの風景に身を任せた。

ウォルターが到着し、客もやって来た——女性二人と男性二人。誰もが綱を解かれた犬のように快活に行動し、好奇心旺盛だった。どうやら皆、忙しい生活を送っているらしいが、その活動内容はオーウェンには見当がつかなかった。社会言語学って何だ？　エサレンって？　コンクリート詩人というのは、作家なのか、彫刻家なのか。シオドア・ハフって誰だ？　彼は上着とネクタイを取っていたことを喜んだ。

フィービは皆に飲み物を作った（オーウェンには冷えたギムレット）。彼はその人たちと何の話をすればよいのか分からなかった。誰もそんなことを気にしていなかった。皆が面白いことを言っているということは彼にも分かったが、そのウィットやゴシップの文脈が理解できなかった。ようやく彼は頭の中でネクタイを締め直し、彼らに質問をぶつけた。お返しに皆が彼に質問をし、彼は少し自分の話をした。皆は彼の話に熱心に耳を傾けた。彼は画家のジョーイを救ったことを話し、皆の信頼を得た。

食事が終わりに近づいた頃、ウォルターが仕事のことを聞かせてほしいと促したので、オーウェンはフィービが今までに聞いたことのない暴露話を始めた。

「……私たちは二人とも資本金がなかった——火事で手に入れた保険金だけ。でも、おっしゃる通り、事業を拡大するにはもっとたくさんの金が必要だった。銀行で充分な金額を用立てることもできたでしょう、けれども、金額は足りてもそれでは駄目だ。十年か、十五年、銀行に頼ることになりますからね。私たちはこの問題を何週間も議論した。そして徐々に解決策が見えてきた。というか、後ずさりしていたら結論に達したという感じですね、というのも、それは危険というだけではなく、違法でしたから。二十五年前の話ですよ。あれ以来、私は違法駐車でさえ一度もやったことがない。私たちがやったのはこういうことです。ニューロンドンのウォーターフロントである事故があった。タグボートが埠頭に衝突して、埠頭が大きく壊れ、その上、ガソリン入りのドラム缶が引っくり返って一面が火事になったのです。埠頭の所有者はフェリー会社でした。運営費が高くて利益が薄い企業なものだから、オーナーは喜んでわれわれに賠償要求権を譲ってくれた。私たちは埠頭の再建に必要な額をすぐに彼らに支払いました。普通なら私たちはいつも通りのやり方で、サービスの中断による損失とか会社の評判へのダメージとかいった二次的な請求を加えて利益を得たでしょう。しかし、ちょっと調べてみると、フェリー会社はある会社と火災保険契約を結び、別の会社と海上保険契約を結んでいたことが分かった。その上、彼らの法人団体設立許可はニューロンドンで下りていたのですが、寄港先にはロングアイランドなどが含まれるので、彼らが契約していた一方の保険会社はコネティカット州、他方はニューヨーク州にあったのです。そこで、埠頭は実質的に二度破壊された――一度は衝突、二度目は火事によって破壊された――わけですから、私たちは両方の保険会社に全ての請求を持ち込んだのです。正直、それからの二か月は本当にびくびくでした。一度は、二つの保険会社の調査員が数分の差でニアミスしたこともある。もちろん、バレたら私たちはおしまいだ。しかし、まんまとやりおおせた。およそ十万ドルの利益を上げました。それを手に引退できるほどの額ではありませんが、それでも一九三七年にしては大金です。より大きな会社を相手にしても大丈夫と思えるようになりました。実際その後、大企業を顧客にするようになった。本当に脇目も振らず、仕事に専念しました。もうあれほど一生懸命に仕事することはないかもしれません」とオーウェンは話を結んだ。「最近は仕事の九割を電話で済ませています」

数秒後、彼は眠りに落ちた。「おねんねの時間よ、パパ！」フィービが彼の耳元で叫んだ。彼女は何とか父を立ち上がらせ、自分のアトリエにあるベッドに寝かしつけた。二人の長い一日が終わった。

翌朝、目を覚ましたオーウェンは娘からのメモを見つけた――「私はよそで寝ます。コーヒー、パン、バター、卵は食料戸棚にあります」。彼女はエバミルクがないことをわびていた――「お皿洗いの後で買い物にまで行く元気がなかったから」。ということは、彼女は上の階のトレイルの部屋に戻ったらしい。オーウェンは朝食を食べたいと思わなかった。『ヘラルド・トリビューン』紙がないのが物足りなかった。

フィービは十時に戻ってきた。彼は彼女に抱かれて心が温まった。彼女が言った。「パパ、悪いけれど出て行ってね。今日は忙しくなりそうだから」

「今日一日、一人で過ごせと？　それはできそうもないなあ」

「楽しかったでしょ？　あの調子で遊べばいいじゃない、私がいなくても」

「分かったよ」。彼は陰鬱な口調でこう言い足した。「昨日の晩は本当に、下手なことを口走ってしまったね」

フィービは当惑したようだった。「パパの話は大受けだったわ」

「冗談だろう」

「パパ、とにかく私は仕事をしたいの。どうしてそういうメロドラマになっちゃうの？」オーウェンは何も言わなかった。「晩ご飯、一緒に食べる？」

オーウェンは「考えてみる」と言って上着を着た。二日酔いだった。彼はブロードウェー南寄りの風変わりな通りに出て、自分のオフィスに向かった。

オーウェンは一日中、フィービのことばかり考えた。彼女には都会的な優雅さと才能、そして自分の仕事への情熱がある。上流階級にも下流階級にも友人がいる。魅力があって、頭も良い。精いっぱい私の面倒を見てくれた。父親としてこれ以上、何が望めるだろうか。

彼は、以前渡すと約束した金を彼女が要求することを願った。ひょっとすると、デッサンの基礎でも娘から教えてもらって、授業料を払うという形でもいい。彼のいら立ちは募った。彼はジョーイの大家を怒鳴りつけた。

彼は年を取って妻に先立たれた自分を想像した。そうなれば、きっとフィービが面倒を見てくれる。私は静かに横目で彼女の人生を見守ろう。

彼は思った。私はまだ年を取っているわけでもないし、フィービに面倒を見てもらう必要もない。私に背中を向けるとはひどいじゃないか――百ドル費やして丸一日遊んだのに、翌朝にはさようならなんて。

彼はマイ・ポートレートに賭けたことを思い出し、心の中で彼女の許しを請うた。彼はフィービに電話をかけ、ぜひ一緒に夕食を食べたいと言った。

その晩のフィービは、心も体も疲れているようだった。「時々、今日一日体がもたないんじゃないかと思うときがある」と彼女は言った。彼女の爪は垢が溜まり、髪はべとつき、口紅も付けていなかった。オーウェンはその様子から、父のために労力を割く気はないという態度を察した。彼女は父に次に会う約束を持ち出さなかった。

彼は娘のことを考え続けた。何かがおかしい。オーウェンは頭が混乱し、何かすっきりしなかった。フィービのことは別として、彼は彼女が与えてくれたあの夜と昼のことを恋しく思った。どうしてあの時間がもっと続かなかったのだろう。この最初の疑問が次々に別の疑問へとつながった。そうした全ての疑問の向こうには、「何かがおかしい」という答えが手招きをするように潜んでいた。もうこれで終わりということなら、どうしてフィービはわざわざ私の相手をしたのか。あれは単なる娘としての義務感ではなかった。どうして彼女は私の気持ちを盛り上げておきながら、落胆させるようなことをするのか。こうした疑問に現実味があるかのように考え続けていると、オーウェンの心に疑惑が結晶し始めた。それは池を凍らせる降霜のように、心の表面を冷たく凍らせた。

彼はもう一度、フィービと過ごした時間を振り返った。二人で何をするかを彼女が行き当たりばったりで決めたとは思えない。彼女は彼に、新しいタイプの人と、新しい経験をさせてくれた――芸術家、ジャズマン、馬の世話係、「すてきな人込み」。彼らの共通点は何か。その答えがオーウェンにひらめいたのは、風の強い、ある暑い午後、マディソン街四十八丁目の交差点でのことだった。信号が青になったとき、彼は歩道から踏み出した足を戻し、籐細工風の鉄製ゴミ箱を見つめた。フィービは彼をからかっていたのだ。

彼女は彼に一種の教訓を与えていた。ああいう新しい人々は彼とは住む世界が違う。フィービは彼のとは異なる、彼女が属する世界の活動や人間関係に彼を誘い込み、楽しませた。彼女が伝えたかったのは、「もしも私の生活がそんなに楽しいなら、パパの人生にはどれほどの価値があるのか」ということだ。前年、彼は娘の行動に反対した。これがその復讐だ。彼女はあのとき誰が正しかったのか、今でも正しいのは誰かを見せつけているのだ。

オーウェンは明白で不快な事実に気付いた。彼は娘に裏切られたと考えて激しい戦慄を覚えるのでなく、説明が見つかったという安堵感だけを味わった。彼は自分でそれに気付いたことがあまりにもうれしくて、フィィービに対する感情さえ明らかに和らいだ。

オーウェンは八月にフィービに二度会い、九月に一度会った。彼は努めて普通の態度で娘に接した。フィービの目には、二人が共有した時間を父が断固として打ち消そうとしているように見えた――父はある暑い夜には「いろんな連中」がいるからと言って三番街を散歩することをはっきり断ったり、また「もうダンスに興味がなくなった」と言ってパーティーに行くことを拒んだりしたからだ。オーウェンに問いただしたとしても、そんなつもりで断ったわけではないと答えただろう。彼はすっかり娘に意地悪をされたと思い込んでいたので、かつて娘に最高に幸福な期待を抱いたことを忘れていた。彼は「無邪気に」、かわいそうな父という自己イメージを固守した。

フィービは時折、彼をせっついた。オーウェンが「ウォルターはいいのだけれど、彼の友人たちが苦手だ」と言ってウォルター宅に酒を飲みに行くのを断ると、フィービは「ジャック・マキューアンとかのこと?」と尋ねた。先日、オーウェンが同席したのがそのジャックだった。

彼女はだいたい、父の言葉をおとなしく受け入れた。だからしばらく経ってからオーウェンは、娘が偽ってではなく自然に超然としていることに気付いて驚いた。彼は時々、はっきりものを言いすぎたと思うことがあった。彼女は自分の心の広さが大したものだと自覚しているだろうか。彼女にあっさりあしらわれても、彼はがっかりすることなく、かえって、責任ある、誤解された親という自分の役割を再確認するだけのことだった。

もっと気掛かりな状況が生じていたせいで、彼とその役割との結び付きはさらに強まった。フィービは夏の間に徐々にふさぎ込むようになったかと思うと、次には精神的原因を疑われる状況になり――ついには、ずっと後のことだが――病気になった。症状はゆっくりと、しかし容赦なく明らかになった――疲労、病的な感情の高ぶり、そして鬱の兆候。続く秋と冬、二人の腕のいい医者が自信をもってオーウェンに、フィービは一種の神経衰弱だと言った。彼らはオーウェンの激しい思い込みの影響を受け、病気の原因は彼女が送っていた不規則な生活にあると断じた。

親にとって子供の健康は、その年齢にかかわらず、いちばんの関心事だ。オーウェンはフィービのために、信頼できる最高の医師を見つけた。他の面では目立たないように努め、娘を不調の主原因である奔放な生活から保護する役割に徹した。彼は頑固なフィービの自立心を逆なでしないよう用心しながら、介入する機会をうかがった。十二月下旬にそのチャンスが訪れた。フィービは慢性的な睡眠不足で疲弊し、免疫力が落ちていた。彼女が罹患したインフルエンザはこじれて気管支炎になり、肋膜炎に悪化した。モデルの仕事は辞めざるを得なかった。貯金も尽きた。そうした情報を娘のかかりつけの精神科医から聞いたオーウェンはフィービに電話をかけ、会いに行った。

アトリエは無茶苦茶な状態だった。彼女もそうだった。土気色の顔をした、衰弱し切った浮浪者。オーウェンは紅茶を淹《い》れ、しばらくおしゃべりし、前年に作った信託基金からまた小遣いを渡すようにしようかと持ちかけた。「金はあのままにしてある。金はおまえのことを待っている」

フィービは泣きだした。六歳児のように、長く、激しくすすり泣いた。「私は今、本当に一文無し。もうパパに見捨てられたと思ってた」

「ばかを言うな」

「だってずっと冷たかったじゃない。春、六月にはすごく親しくなれた気がしてたのに。遠い昔のことみたい」

「おまえのことが心配だった。それだけさ」

「気分が悪いの。時にはこのまま死ぬんじゃないかと思うくらい」

「体を大事にしないからだ」

「大事にしてる。病院にも行ってるし、薬も飲んでる。でも効かないの、短い間しか」

「教えてくれ。例のクスリはまだやっているのか？」フィービは怪訝な顔で父を見た。「クスリはもうやらないと本当に約束できるか？」

「ストローブ先生に訊いてみたら？　先生は毎週、出す薬を変えてるから」

「そういう薬の話じゃない。マリファナとかアンフェタミンとかコカインとか……」

「私のこと、何だと思っているの？　こんな状態でクスリをやるとしたら、それこそ頭がどうかしてる」

「私が心配なのはおまえのことじゃない。おまえの友人たちだ。とにかく約束できるね」

「もちろん」

「よろしい。お金があればおまえはゆっくり休養してまた元気になれる。一週間ほどバハマに行くっていうのはどうだ？　お金は私が負担しよう。有象無象もバハマに行く時代だ、それなら私たちだって、と思わないか？　それからもう一つ――」オーウェンはここで間を置くこともせず、温かく切迫した声の調子も変えなかった。躊躇する理由は何もない。フィービの姿はオーウェンをぞっとさせただけではなく、彼の思い込みをさらに強化した。彼女をここに引き留めているのは何か、彼女は何を捨て去るべきか、彼は分かった気になっていた。「おまえにはちゃんとした美術学校に通ってもらいたい。おまえは既にしていてもおかしくない進歩をまだしていない。ウォルターは確かにいい男だ。おまえがどれだけ彼を好いているか私も知っている――私だって彼が嫌いじゃない。しかし、教師として優れているとは思わない」。オーウェンはフィービのやせこけた頬から歯が透けるのが見えた気がした。彼女は何も言わなかった。彼は結論を言った。「おまえの幸せのためにはそれが欠かせないと私は思う。おまえが立ち直るにはまず、美術学校に通わなければ駄目だ」

フィービはアトリエを見回し、オーウェンが無視した作品で埋め尽くされた壁を見た。再び大量の涙が彼女の顔を流れ、顎から滴った。ややかすれてはいるがしっかりした声で彼女は父に「出て行って」と言った。

「つらいのは分かる」と彼は答えた。「腹が立つのも分かる――」

「パパなんて、とんでもないクソッタレだわ」

「――でも、おまえは遅かれ早かれ、現実に向き合わなきゃならない。体調を崩していて、しかも不幸だという現実に。よく考えなさい。どうしてこうなったのか、自分の胸に訊くんだ」

オーウェンは部屋を出ながら考えた。彼女は相当、体調が悪い。私はできる限りのことをした。ちゃんとした医者が見つけられて良かった。彼女のもとを訪れたことで、彼は気がめいると同時に、なぜか興奮していた。フィービの侮辱は彼の心に温かな感情を呼び起こしていたが、彼にはそれを安堵だと認める勇気がなかった。

彼はストローブ医師に電話し、懸念を伝えた。そして、今後も随時、娘の様子を教えてもらえるとありがたいと付け加えた。

その後の数か月、フィービの病状は悪化し続けた。鬱、不眠症、発熱。晩春、彼女は肺炎で入院した。医者は彼女に、おとなしく検査を受けなければ退院を許可しないと言った。その結果、体調不良の原因が急性甲状腺機能亢進症《こうしんしょう》、別名バセドー病だと判明した。メチルチオウラシルと呼ばれる薬による治療が始まった。最初はあまり効き目が見られなかった。彼女は六月の初めに、州北部の実家に帰ることに同意した。本人がそれを望んだわけではないが、母親がどうしてもと言い、無力な娘にはそれ以外の選択肢が残されていなかったからだ。十週間が経ち、明らかに始めるのが遅すぎた治療に見切りがつけられ、彼女は甲状腺切除手術を受けることに同意し、八月十五日に近所の病院に入った。

オーウェンのフィービに対する態度は、最初の入院の際に変化していた。私は娘に不当なことをした、そして善意でやったというのが無理な言い訳だということも分かっている。私はフィービの体調不良を素行のせいにしていた——それは彼女に対して不当だったというだけでなく、その判断があったために、医者がいつまで経っても誤診を信じ続けることになった。自分は娘に二度と許してもらえない、決して理解してもらえない、と彼は思った。彼としてはとにかく、できる限りの償いをし、いつか娘が自分を放免してくれるのを祈るしかない。

彼女が実家に帰ったとき、彼は慎重かつ熱心に、自分なりの償いに取り掛かった。彼は文句の一つも言わず、娘のあらゆる頼みを聞いた。オーウェンの悔悛はフィービの侮蔑と鏡像関係にあった。フィービは帰宅の条件として、父の居室を屋敷のいちばん端にある来客用別館に移すことを要求した。彼女は父の声が聞こえるとしばしば、パパを黙らせてと母に言った。彼女は時折、新たな嘲笑の種を仕入れるために彼を枕元に呼んだ（「今週はどんな金持ち野郎に保険の世話をしてやったの？」）。あるいは父を、詐欺と婦女暴行の前歴が暴かれた従僕同然にこき使った（例えば『ふたりの真面目な女性』（米国の作家ジェイン・ボウルズの長編小説（一九四三））を声に出して読むよう要求した。彼女はその美しい描写に涙し、彼の退屈な読み方に激怒した）。父が姿を見せると、彼女は憎悪に満ちた、飛び出た目でにらんだ。オーウェンがウォルターの描いたエリザベスの肖像画を入手したとき、娘はその購入動機をあざけったが、彼は何も言い返さず、真の動機を説明しようとしなかった。彼女は絵が彼のものとなったことに激怒したので、彼が町から送らせたその絵は結局、娘の部屋に掛けられることになった。

オーウェンはフィービの仕打ちに慰められた。おかげで彼は、悔い改めた義理堅い父親の役を演じ続けることができた。つらく揺るぎのないその役割は彼に自信を与え続けた。オーウェンが何より恐れていたのは、フィービが彼に二度垣間見せた、確信の持てない不穏な状態だった。もちろん彼の未来にはいまだに、彼女のせいで危険が感じられた。彼女は病気が治った暁にどう振る舞うだろうか。おそらく父との和解を望むだろう。彼につらく当たったことは、彼自身の不当な振る舞いを許す口実になるかもしれない。オーウェンはその可能性に尻込みし、罰せられることを望んだ。彼はフィービが自分なりの生き方を選び、彼をそこから排除してくれればいいと思った。

七月一日、オーウェンは娘の口座に大金を入れた。これによって、信託基金の場合とは異なり、フィービは本当に自立することになった。彼女はもう、父を必要とすることがなくなる。部外者から見れば、彼のやったことは気前がいいように見えた。親しい人の目には、自責の念と希望の表現に見えた。オーウェンは父親としての義務を果たしているだけだと言った。彼は父親役からすっかり足を洗いたいという自分の願望を認めることはできなかった。

八月下旬、手術を終えたフィービはオーウェンに見舞いに来てほしいと言った。彼は午後遅くに病院を訪れた。病室に入ると、下ろしたブラインドと引かれた紫色のカーテンから漏れる暗い明かりで、衰弱した人影が見えた。

オーウェンは手術以来、目を覚ました彼女に会ったことがなかった。フィービの髪は短く刈られ、汗で頭に貼り付き、頭蓋骨にかぶせた縁なし帽《スカルキャップ》のように見えた。彼女の肌は顔の骨に塗ったワックスのようだった。オーウェンは戦慄と嫌悪と発作的な哀れみを覚えた。

最初、彼女は何も言わず、大きく無表情な目でじっと彼を見た。彼女は片方の手を差し出した。やせた熱い手が彼の手を強く握った。彼はどうしたらよいのか、何を言えばよいのか分からなかった。彼の全身に汗が噴いた。ようやく彼女が口を開いた。高く、ほとんどすすり泣くような声だった。「お父さんね。私、気分が良くないの。どうなっているのか、自分でも分からない。気分が悪すぎて、他には何も感じない。あまり長く話すこともできない。長居はしないで。ただ、パパに一つ知っておいてもらいたかったことが」――フィービは枕元の箱からティッシュを引き出してつばを吐き――「パパに知っておいてもらいたかったことが……一つある。私、何も感じられなくなったときに分かったの。パパと私に関してあることが分かった。私たちずっと、無言劇をやっていたのよね、二人で。パパは悪玉の役。パパは芝居を続けてもいい、それはそれで構わない、でも私は下りる。パパが何をしようと私はパパを愛するつもりだから」

オーウェンは自分の体が湿った経帷子《きょうかたびら》にしっかりとくるまれるのを感じた。彼は病室とやせこけた娘から逃げ出したくなった。彼女が強く手を握った。彼は咳払いをした。「フィービ、父さんを信じてほしい。私はおまえのためにできる限りのことをしたんだ」

彼はフィービがにやりと笑うまで、自分が言ったことの意味を分かっていなかった。「そうね。でも私もかなり協力したと思うけど」。彼女は握っていた手を離し、目をつぶった。しわが顔一面に広がり、彼女は老婆のように見えた。「愛してるわ。そこのブザーを押してくれる？　急いで。バイバイ。近いうちにまた来て」

オーウェンはひんやりした通路とロビーを早足で抜け、湿った草と腐敗のにおいが漂うじめじめした光の中に出た。目の中で涙が沸騰した。彼はフィービにひどいことをした。しかも何度も。なのにどうして私を愛せるのか。娘は私を罠に掛けた。あれがとどめのせりふだったのだ。

オーウェンは咳と一緒に感情を吐き出したかった――まるで肺に昆虫を吸い込んでしまったかのよう

に。それがどういう感情なのかは分からなかった。彼は酒に酔った。早朝三時に目を覚まし、いまだ見たことのない国で名前を変えて暮らすという空想を紡いだ。彼は自分、あるいは自分の人生が正気を踏み外したと思った。フィービが生まれてこなければよかった、と彼は願った。

労働者の日《レーバー・デー》を含む週末が過ぎた。ある午後、オーウェンが誰もいないフィービの寝室に入ると、病院から持ち出したエリザベスの肖像画が壁にもたせかけてあった。オーウェンは悪意に満ちた目で絵を見つめた。彼はそこに描かれた女性のことを、知りすぎと言っていいほど知っていた。仮面のような抽象性によって無情で冷淡な証人となった彼女が、彼が過去に犯した過ちや現在陥っている無力な状態をじっと見ていた。

「クソ食らえ」と彼は声に出して言った。こいつに小便を引っ掛けるだけの根性が私にあればいいのに、と彼は思った。彼はその代わり、彼女につばを掛け、それを指先で顔一面に伸ばした。絵の具は滑らかで、しっかり固まっていた。オーウェンは今、屋敷に自分一人しかいないことに気付き、うれしくなった。それはまるで、よその人の屋敷に略奪目的で忍び込んだ少年のような気分だった。

窓辺に置かれたテーブルの上に、フィービの化粧道具が散らばっていた。オーウェンはアイライナーを手に取り、金色を帯びた象牙に似たエリザベスの頬に青いひげを描き込み、満足げになった。柔らかな筆の先に、絵の表面は硬く感じられた。調子に乗った彼は緋色、紫、朱色の口紅のチューブを取り、口と目を斑点と縞模様と唐草模様で派手に飾った。彼は三本のチューブをまとめて握り、頭の周りを羊毛のような渦巻きで囲った。

気分がすっきりした。一人で笑いさえ漏らした。彼は窓の外に目をやり、自宅と隣家の芝生の先にある暗い森を見た。晩夏の暑い陽光の中、森は立ち上がる蒸気で所々がひずんで見えた。彼はティッシュ箱を見つけ、いたずら描きを消し始めた。フィービの口と同じ色に染まったティッシュが次々に床に落ちた。残りの痕跡を取り除くために、石鹼水を染み込ませた雑巾を使った。

しかし石鹼水では不充分だった。色彩の淡い部分にはまだ薄紫や薄ピンクの霞がかかっている。仕上げに、地下室からテレビン油の缶を取ってきて、きれいなシャツを裂いて小切れにしたものを油に浸し、最後の汚れを軽く拭き取り始めた。片方の頰をきれいにし終わり、続いてその上の目に取り掛かろうとしたとき、布の先が目の縁に塗られた絵の具の塊に引っ掛かり、明るい黄土色の目に赤褐色が流れ込んだ。彼は極力優しくそれをぬぐった。黄土色が今度は鼻に広がった。オーウェンは「畜生」と言った。彼は洗面所に行き、歯ブラシを取って戻った。それをテレビン油に浸し、振り、袖でぬぐって半乾きにし、肘をキャンバスに当て、ゆっくり、そして慎重に、余分な絵の具をこすり取り始めた。慎重な作業が報われたかと思った瞬間、弾力のあるブラシの毛先から茶色の点が飛び、垂直な表面を滑り降りた。オーウェンは反射的に左手の布でそれを抑えたが、その結果、傷ついた目の下に柔らかい絵の具の新たな染みが広がった。

一歩後ろに下がったオーウェンは、絵が深刻なダメージを受けていることに気付いた。どうやって修復したらよいのだろう、と彼は思った。彼は腹立ちまぎれに、そして冗談交じりに自分にこう言い聞かせた。こいつは私の物なのだから、好きなようにしたって構わないじゃないか、と。彼はテレビン油に浸した雑巾を手に、執念深く絵に攻撃を仕掛けた。布に染み込ませた右目の顔料を、燃えるような髪を越えて、エリザベスの頭上に広がる淡い背景の中へと引き伸ばした。できた模様は角《つの》のように見えた。角が一本の牛なんていないよな。彼は反対の目から二本目の角を生やした。彼は口の周囲に油を塗り広げ、藤色の霞に変えた。顔の他の部分は髪のオレンジ色で痕跡を消し去った。

オーウェンは絵と歯ブラシとテレビン油を地下室に運んだ。彼は鑿《のみ》を使って木枠《ストレッチャー》背面の鋲を緩め、キャンバスをはがした。木枠はばらばらに分解し、キャンバスはリボン状に引き裂き、雑巾や歯ブラシと一緒に麻袋に詰めた。彼は勝手口から外に出て、ゴミ箱の奥の、他のゴミの下に袋を押し込んだ。そして解体した木枠をガレージに持って行き、手斧で細かく割って木っ端にし、屋敷に隣接する小屋の裏に雑然と積まれた焚き付けの山に放った。彼はそれから自室に戻り、顔と手を洗った。

オーウェンとフィービ Ⅱ

一九六二年―一九六三年

　前年の夏、オーウェンに背を向けられたとき、フィービは何が起きているのかは理解することができたが、なぜそうなっているのかは理解できなかった。オーウェンは彼女を敵として扱うようになった。こちらはこれほど愛しているというのに敵視するなんて、私が何をしたというのだろう。彼女はずっと辛抱し、もしも彼が敵意に終止符を打たないとしても、少なくとも説明くらいはしてくれるだろうと期待し続けた。その後、彼女は慎重になり、時には彼女も父を敵視するようになった。オーウェンはそんなとき驚きもせず、珍しい昔の写真を眺めるような目で彼女を見つめた。

　フィービは二つの不幸に見舞われていた。第一に彼女は数か月前、力になってくれたかもしれない二人の人物、ルイーザとウォルターを失っていた。第二に潜行性の病気が彼女の人生そのものと人生理解の両方を侵していた。

　甲状腺の機能が乱れるとき、その影響は症候としては感じられない。躁も鬱も、そして消化不良さえ、個人的で「自然な」経験として解釈される。フィービは九月になって初めて医者にかかり、その家庭医は彼女の病気に直ちに診断を下した。医者は彼女に、通例の基礎代謝検査を受けるべきだと言った。そのために内分泌病理学の専門家にかかるよう、彼は助言した。オーウェンがある医者を推薦した。彼女は予約を取った。彼女の不幸はその後、誤診によってさらにひどいことになった。

セヴァライド医師には専門家としての識見があった。彼は数千の腺病患者を治療した経験を持ち、一目見ただけで患者を見分けることができた。フィービが診療室に入ってきた瞬間、彼は彼女が甲状腺の病気を患っているのではないと判断し、本人にもそう説明した。もちろん基礎代謝検査は受けた方がいいけれども、検査結果は私の診断が正しいことを証明するだけだろう、と。彼はすぐに彼女を、検査を担当する看護師に紹介した。

検査は、一定時間中に患者が消費する酸素量を記録することで代謝活動を測定するものだった。看護師は隣の部屋でフィービの耳と鼻にゴム栓を詰め、口にマスクをかぶせた。彼女はマスクを通じて、そばのシリンダーから送られる酸素を吸う。ゴム栓は彼女が取り入れる酸素をシリンダーからのものに限定するための手段だ。

フィービがマスクで呼吸を始めると、看護師は一分半ほど部屋を離れた。戻ってきた看護師はモニターに示された結果が異常な値を示しているのに気付き、困惑した——上司である医師の腕を本人同様に信頼していたがゆえの困惑だった。私が部屋を離れていた間にきっとゴム栓が緩んで、そこから空気が入ったのでしょう、と看護師は言った。こんな不注意がバレたら首になるかもしれないので、検査中に持ち場を離れたことは先生には黙っておいてほしい、と彼女はフィービに懇願した。

心配は無用だった。セヴァライド医師は検査結果をざっと見て言った。「少し値が高いけれども、ご両親にお知らせするような問題はありません。きっと少し、耳から空気が入ったのでしょう」

フィービは看護師の件で嘘をつく必要がなくなったことを喜ぶとともに、甲状腺の病気でないことを知って喜んだ。彼女は自分の病気が心臓神経症だと聞かされて驚いた。

「心配要りません。心臓は大丈夫。神経の調子が少し乱れているだけです」

セヴァライド医師はフィービに、彼女がずっと切望していたものを与えてくれた——異常な感情についての権威ある説明を。彼女は彼の診断をまったく疑わなかった。彼は息切れや赤面など、彼女が説明しなかった症候まで事細かに描写した。彼が「手を見せてください」と言ったとき、彼女の両手は無力に震えていた。

「自分では肉体的な病気だと感じる。そうでしょう? しかし心因性なのです。昔はヒステリーと呼ばれていました」。フィービはその言葉を聞いて赤面した。「おそらくあなたは最近、何かのことで心を掻き乱されている。その年頃ではよくあることです。まあ、年齢にかかわらずあるのですが」。彼は温かい笑みを浮かべ、精神安定剤《メプロバメート》を少量処方した。一か月以内に症状が改善しないようなら、心理療法を試してもいいと思います、と彼は言った。

精神安定剤のおかげでフィービの苦悩はややましになった。しかし、鬱の状態は悪化し、日ごと夜ごとに、怒りに満ちた心臓が鼓動を早め、以前と同じように眠れない夜を過ごした。おそらく彼女を最も落ち込ませる原因になったのは、頭の中で聞こえる声だった。最初はささやきにすぎなかった声が容赦のないわめき声に変わり、とても聞いていられないような言葉で彼女を叱りつけた——それは自分自身の声でありながら、悪意に満ちていた。

フィービはその声を「拡声器」と名付けた。動悸がするのも、朝の三時まで寝付けないのも、眠っているとき二時間ごとに目が覚めるのも、彼女は全てを拡声器のせいにした。ある日、自分が声に返答しているのに気付いた彼女は、セヴァライド医師に心理療法士を紹介してほしいと申し出た。医師はオーウェンに相談するよう助言した。医師はこっそりオーウェンに、同僚のストローブ医師を推薦した。

ストローブ医師はセヴァライド医師同様、経験豊富で誠実だった。オーウェンがどちらの医師に対しても自分の偏見を裏付けるような形で娘のことを説明していたことを、フィービが知るよしはなかった。フィービが神経症だという診断はオーウェンにとって、彼女の生き方が間違っていることの証明であり、自分が彼女を信頼しないことを正当化する理由にもなった。彼女は最初から誤解を受けていた。彼は無理にでも娘に言うことを聞かせ、実家から出すべきでなかった。こうした見方を支持してもらいたかったオーウェンは医師らに、ほとんど戯画的なフィービ像を語って聞かせた。彼女の生活は不規則を極め、友人は皆、社会の外縁部に属する連中ばかり、彼女は薬物を常用し、相手を選ばず性行為に及んでいる、と。

フィービはオーウェンにどう思われているか知っていた。彼女が自分の生き方について話をするたびに、彼は頑なな無理解を貫き通した。夜に眠れなくて苦労していると彼女が言うと、夜更かしはやめた方がいいと彼は言った。彼女は子供相手のような助言を聞かされるのは嫌だったし、娘のことを分かっていると思い込んでいる父には我慢ならなかった。彼女は彼の前では口をきかないことにした。彼女は拡声器に向かって言った――パパに物事を説明するのは、政党に入って政党を変えようとするみたいなものだ、と。拡声器が彼女を叱った。**医者に同じことを言うつもりかい、ベイビー？　家の中で金玉を持っているのは誰か、よく考えてみろって言われるのがおち**《ヽヽ》**だぞ。**「あなたってほんと下品」とフィービは言い返した。

ストローブ医師はフィービに優しい気持ちを抱き、彼女もその優しさを歓迎した。オーウェンの説明の中で自分がいかに哀れに描写されていたか、フィービには想像がつかなかった。ストローブ医師は容易にその説明を受け入れた。というのも、彼女が診察に来たときにはセヴァライド医師が書いた申し分ない意見書が添えられていたし、彼女の神経症に実体があるという証拠が必要だったからだ。

フィービ自身がさらなる証拠を提供することになった。熱のこもった興奮は性欲の刺激につながり、彼女は頻繁に自慰をした。彼女には特に魅力的と思える男性の友人がおらず、社交的な場で（それは彼女が知らない人に近づく唯一の機会だったのだが）人と親しくなるときにも人を見る目がなかった。彼女は一晩だけの関係を持ったことが三度あり、そのたびに自分のランクが一つ下がったように感じた。ストローブ医師はそうした話を彼女から聞いて、オーウェンの説明には説得力があるという印象をさらに強めた。

フィービは不快な気分に包まれたまま、自分の病気には気付かず、きっと単に調子が悪いだけだ――ひょっとすると本当に神経症かもしれないが――という結論に達した。彼女は一人のときもそうでないときも孤独感にさいなまれ、世界が彼女を一人きりにしようとしていると感じた。友人ができやすいタイプでなかった彼女は、他に何が自分を慰めてくれるだろうかと考えた。非常にありきたりな経験でさえ異常な強烈さを帯びて見えるようになっていたので、彼女は今まで見ていた世界の背後にもっと大きなものがあると考え始めた。人生――特に彼女の人生――は目には見えにくい、より抽象的でより重要な現実に依存しているのではないか。そんな思いつきを裏付ける証拠は、探してみるといくらでも見つかった――意図せずして多くを表現している他人のジェスチャー、他人が彼女に向ける見透かしたような視線、彼女が聞いたり読んだりした月並みな言葉の文脈からいきなり飛び出してくる言葉など。

ルイーザは十一月に何度かフィービに会い、その姿を見て気落ちし、以前とは違う娘の不可解なしゃべり方を聞いてさらに気を落とした。あるとき、電話でオーウェンの話をしていたとき、フィービが荒い息遣いで母にこう言った。「ねえ、ママ、どうしてパパには分からないのかしら。調子が悪いときの私を理解しないのは分かるけど、良いときも理解してくれない。いつでも自然の働きによって私の心は左右されるのよね。私は自然が自分の心に作用するのを感じる——」

「誰でも調子の良い悪いはあるのだから——」

「違う。大きなコーラスの中で、どうして私がささやかな声を上げられないのかという問題なの。私だったら携帯温度計という身分でも文句を言わないのに」

「温度計？」

「太陽が地球の中心に入っていったときは（実は今でもそこにあるんだけど）誰もがそれを感じることができた——大統領仲介人でさえ」

「誰ですって？」

「惑星というのは天文学者たちが何と言おうと、本当は一つしかないのよ、ママ。私がそれを何と名付けたか、知ってる？」

「いいえ」

「神聖なる愛のリンゴ！『神聖』というのは、支離滅裂に見えるベクトルを一つにする力を指す言葉。私たちはそういうものを通じて聖霊《ホーリースピリット》を垣間見る。穴《ホール》の霊《スピリット》、分かる？　温度計を差し込む穴。冗談よ、ママ」

「え——ふうん」

「とにかく、みんな一緒なの。それでいてそれが私でもある」

ルイーザは話がよく分からないとわび、ちょっと考えさせてほしいと言った。しかし間もなく、ルイーザの時間は全て息子のルイスに割かれ、彼女はフィービをオーウェンに任せることにした。オーウェンは昔から娘を「溺愛」し、常に娘のためをいちばんに考えていたからだ。

「穴《ホール》」や「大統領仲介人」という単語がフィービの言葉に混じったのは拡声器と交わした会話が原因だった。彼女は拡声器に言った。「私なんてビッグアップルに巣くう一匹の虫にすぎない」。へえ、じゃあ、どんなものを見た？「私よりかわいい女の子たち」。かわいい男の子たちじゃないのか？おまえのことは分かっているぞ、男の子は皆、かわいく見えるんだろ。「いいえ、男の子を見ると悲しくなる。みんな恋人を見つけたらすぐ、年を取ったときにどんな女になるかを確認するために氷貯蔵庫に連れて行く。どうかしてるわ」。おまえは町を歩けばいつも頭の中は恋愛のことでいっぱいだ。性欲は自分でどうにかした方がいい。「いつもそうしてる」。そういう意味じゃない。今、言っているのは山のことだ。「山《ヒル》って、山の中にある聖心修道会とか？」いや、聖心じゃなくおまえ自身の心さ。アーティチョークの芯だ！　聖心ではない。だって聖なる《ホーリー》心なら、山《ヒル》じゃなく穴《ホール》の話になってしまうからな……。フィービは「聖なる《ホーリー》」と「穴《ホール》」をかけたこの地口が気に入った。私は穴を開ける。私の体には穴がたくさん開いている。その穴を通じて体に入り、中を流れる歓喜の光に近づくことができるかもしれない。

十月になり、キューバのミサイル危機が高まったとき、世間の不安がフィービに大きな影響を与えた。危険が去ると、彼女が世界に求めていた抽象的意味は一時、英雄的な大統領の姿に重なって見えた。彼女はホワイトハウスに手紙を書いた。

もしも自然が人の心に作用すると認めるなら、戦争は心の問題ということになります。それはあなたもきっとご存じでしょう。今朝、太陽がブルックリン上空に浮かぶのを見て、私は思いました。あなたは支離滅裂なベクトルを一つにする力をお持ちです。その力によって初めて私たちに見える一閃の光は「神聖なる愛」と呼ばれています。なぜならそれは人種、国家、宗教を調和的に融合させ、理解を超えた平和を生むからです。あなたは一つの衝突を乗り越えました。ですから私は愛に心打たれています。まるで天使の結婚式で打ち鳴らされる鐘のように。あなたは（意図せずして）私の心の隅々まで強い芳香を放つ美しい花で飾り付けました。あなたとともに歩むあの女《ひと》を私が忘れることは決してないでしょう——私を追いかけ、春風のような笑顔で私を励ます、いつも変わらず魅力的な女性の霊を。実は私は、そうして後悔から癒やされたのです。

拡声器が言った。**彼は忙しいのに、邪魔するのはやめろ。**「ＯＫ。じゃあ、大統領仲介人に送ることにする。彼らなら適切に処理してくれるだろうから」

フィービはウォルターに手紙を見せた。彼は投函はしばらく待った方がいいと言った。もしも文章を書きたいなら日記をつけてみたらどうだろう、と彼は提案した。いい考えだわ、とフィービは言った。手紙は読み返してみると戯言じみていたので、彼女はそれを引き出しにしまい込んだ。すると拡声器があざけるように言った。**手紙はしまっても、彼を好きな気持ちは変わらない……。**

フィービがウォルターに会う回数は減った。プリシラが彼の生活に入ってきて、身の回りの世話をするようになり、彼の時間を取った。フィービは内心、オーウェンに頼っていた。いまだに彼を愛していたし、例えば深夜の闇の中、心臓が体の中から彼女をがんがんと叩き、次の長い一日に立ち向かうために一人汗まみれで目を覚ますとき、彼女の頭に思い浮かぶのは父であることが多かったからだ。オーウェンから電話がかかることはあまりなかった。
十一月の末、兄のルイスが恥ずべき状況で逮捕された。フィービは兄に関する世間の噂を信じなかった。ストローブ医師はその共感的態度を見て、彼女にはやはり放蕩な傾向があるという印象を強めた。彼は以前にも増して大胆に干渉的な態度を取った。
フィービは日記を書きだした。

芸術においてはまず、キャラクターを窒息させるだけの歴史的区分は全て取り払わなければならない。全ての時代と場所のために、斬新で美しいスタイルが必要だ。今はクリスマスの季節、ノエル、つまり「地獄《ノー・ヘル》ではない……」？

拡声器は時節を考慮しているかのように口調を和らげ、強迫的な夢想の中で彼女自身の声を代弁した。「グノー作曲の『アベ・マリア』……」。**クリスマス休暇が始まる。でもメアリー・スチュアートは休みなし。アベ・マリア・スチュアート！　今年のクリスマスは戦時中のようだ。そうそう、覚えているか？　ゲティスバーグの杭垣《くいがき》に引っ掛かった死体、そして「鴨緑江《おうりょくこう》を渡る人の群れ」**。「あの葬列にシュロの葉を。あの幸せな世界にもう一度生まれてみたいと思わない？

聖なる神秘の夜
あなたをたたえる祝歌《ノエル》の声が
地の果てまで届く世界」

フランス語を忘れたのね、とメアリー・スチュアートが言うぞ。「美しいクリスマスの光景なら覚えている。贈り物でもらった本の挿絵。クリスマスといえば、紺青色《プルシアンブルー》の空と三博士と星。そして時にはオルガンと鐘が死のミサ曲を響かせる。恐怖と苦痛の響き」。**それも一種の平和だ。**「涙を食い止められるのは神聖な手だけ。山の奥では尖塔が厳かなキャロルを全て歌う。小さな町の通りでは雪とオゾンのにおいの中で歌う。そしてここでは影がすっかり雪を覆い、聖歌ではなく悲鳴が聞こえる」。**おまえに教会に足を踏み入れる勇気はない。人々にキスをさせてくださいと言ったとしても、やらせてくれるのはせいぜい、歌を歌うことと大声を上げることだろう。**「風の中の熱い願い！ 私たちの心と目をざらざらした刺激から救いたまえ。クリスマスツリーを立てましょう——モロスコ劇場に一本、ビークマン肉市場にも一本」

彼女はクリスマス休暇の大半をベッドで過ごした。熱を出し、気管支炎が悪化し、息が苦しかった。普段の症状が感染症でさらにひどくなった。オーウェンが来たので彼女は体を起こした。オーウェンはウォルターと手を切るなら援助すると言った。父との決裂で彼女はいよいよ落ち込んだ——その後、父から金が贈られたけれども。彼女はクリスマスの日を一人ベッドで祝った。

ウォルターはプリシラを連れて二、三日どこかへ出掛けた。フィービは友人の猫の世話を頼まれた。彼女は間もなく、自分と一緒にいてくれるのはこの猫だけだと思うようになった。誰のせいでもない。自分自身のせいだ。彼女はないがしろにされても、誰かを責めたりはしなかった。オーウェンのことも責めなかった。その背後に隠れているルイーザのことも。「見て、この姿。二十歳《はたち》なのに胸だって、温めたミルクの上に張った膜みたいにしわしわ」

フィービはモデルの仕事を続けるのはあきらめた。絵を描く機会も減った（手が震え、衰弱のせいで集中力がなくなった）。ある朝、ジーンズが床にずり落ちた。尻の肉がなくなったせいだ。彼女は哀れなわが身を抱き締めた。体が痛んだ。激しく打つ心臓の痛みが時折、めまいがするほどにまで達すると、彼女はベッドに戻って丸まり、ひたすら耐えた。感覚も感情も思考も治まることを知らなかったので、それと戦ってもとうてい勝ち目はないと彼女は結論を下した。こんなふうに頑張り続けることで私は何を証明しようとしているのだろう。生きていても、ただ絶え間のない苦しみが続くだけだ。苦しみには値しない。私にはそれに値するだけの値打ちがない。

二月初めのある晩、彼女はベッドから出てバスルームに向かう途中、仕事台にあったホビー用ナイフを手に取った。バスタブに熱い湯を入れ、右手にナイフを持って中に漬かった。しばらくしてからためらいがちに左手首を切った――透き通った肌の下で青く浮き出た血管に対して直角に。数珠《ロザリオ》のような赤い滴が切っ先からにじんだ。友人の猫がバスルームについてきていて、トイレの上にちょこんと座り、彼女を見ていた。完璧な注意と無関心から成るそのまなざしが突然、ピンクと白のあくびに遮られ、その間、猫の頭部が口の背後に消えた。猫はそれから前足を交差させて寝そべった。フィービはナイフを左手に持ち替えた。彼女はバスタブの縁に首をもたせかけ、風呂に漬かったまま自慰を始めた。快感が――かすかで、短く、心乱れる快感が――彼女に生きた心地を取り戻させた。

フィービは風呂の栓を抜き、バスタブを出て、缶詰のコンソメスープを火にかけ、服を着た。ゆっくりと時間をかけて服を着た。その後、彼女は外に出て歩きだし、東へ向かった。その夜は雲も風もなく、気温は低かったが凍てつくほどではなかった。町を歩く彼女は無感覚であると同時に感覚が研ぎ澄まされていた――寒さとゴミに対しては無感覚で、鞭打つような体内の激しいリズムには注意を払った。車が流れる通りを一つまた一つと横切っていると、間にある暗い街区が半ば捨てられた隣の巣につながる橋に変わった。まだ存在しない夢から生まれ出て、誕生のショックに目をくらませた生物がそこで眠ったり、さまよったりしていた。彼らを見ても彼女は悲しみを覚えなかった。彼らがくれる一瞥は、彼女の幸福を祈る者が存在することを意味するだけだった。彼女は歩き続けた。三十分後、ハイウェイの高架をくぐった彼女は「川」に出た。彼女は風に混じる塵と冷気の刺激で浮かんだ涙をぬぐった。町明かりの上で、月のない空にまばらな星が低く垂れ、揺れながらきらめき、痙攣する彼女の思考を優しく見守っていた。

体が冷えてきた。彼女は十四丁目まで急ぎ、喫茶店を見つけた。彼女はロシア風長靴を履き、ズボンは男性用のコーデュロイで、セーターを二枚重ね着した上に海軍風ピージャケットを羽織り、スキー用の二股手袋《ミトン》、耳当てを下ろした格子縞のウールキャップといういでたちだった。紅茶を注文した後、帽子を脱いで手袋を取り、ピージャケットと上のセーター一枚を脱いだ。周りの客はほっとした。宇宙から来た何者かが大きな目をしたかわいい女の子に変身したからだ。カウンターにいた三人の若い男が彼女をからかい、何分後にまたあの服を身に着けるかで賭けを始めた。どうせなら、何分後に服を脱ぐかっていうのはどうだ？　フィービは気に掛けなかった。彼女はこの一週間、あるいは死にたいと思って以来、誰にも注目されることがなかった。男の一人が「そんなふうに全身をくるむなんて犯罪行為だよ」と言った――「世界はかわいい女の子のために存在しているというのに」。フィービは彼の言葉で世界を取り戻し、泣きたくなった。「家まで送ろうか」と彼が言ったとき、彼女は「ええ」と言った。

アトリエに戻ると、彼は彼女に優しく、そしてやや性急に接した。やせ細っていることを気にした彼女は電気を消し、先に布団に入った。彼は手で彼女の体を愛撫し始めた。彼女は泣きだした。彼は彼女がよがっているのだと受け止めたが、実際には違った。彼女は幻覚、あるいは少なくとも普通でないビジョンを見ていた。部屋の中で雪が降り始めていた。無限に広がる暗い天井から雪が降り、音もなく彼女に打ちつけていた。彼女に当たり、彼女を通り抜ける雪片は軽く、温かかった。「待って」と彼女は言った。「きれいだわ――」。青年は心得顔でうなった。彼女は彼のことは放っておいて、柔らかな擾乱《じょうらん》に身を任せた。彼女は体を起こして、その感触を味わい、ぎざぎざの光の輪の中を上へ上へと滑空していった。私はどこに行くのだろう。彼女は上空で、雪片が湧く源となる、網状の白熱光を見つけた――あるいは頭でそれをイメージした。それが何なのか、彼女は知っている気がした。星だ。揺らめく星々があふれ、彼女の心の暗闇に流れ込んでいる。彼女にはそのシャワーにあらがう力も、彼女を吸い上げたクモの巣状のフィラメントに逆らう力もなかった。彼女は自分が今いる場所がどこかを悟った――愛という名の抽象の世界だ。彼女はつぶてのような愛に打たれ、そこに飲み込まれていた。哀れな青年はいまだにピストン運動を続けていた。必死に。愛は私たちの間で粉々に砕かれている――光が空にちりばめられているのと同様に。上のごとく、下もしかり。破片が動く中、決して定まることなく、変化し続けるという点以外は変化し続けるシャワー。全ての星は自分の輪の中で動き、男も女も自分の人生の中で生き、互いに触れ合いたいと思いながら決して触れられない。それでも全体が一つの命、一つの私たちなのだ。だから私たちは雲のない夜を愛するのだ、とフィービは思った。真実が彼女を照らしていた。彼女は逆巻く光に身を任せ、信じられないという顔で笑った。「これは私たちなんだ!」彼が彼女の中で果てたとき、彼女の体は歓喜に震えた。それからの数日間、彼女は彼を遠ざけるのに苦労した。

フィービはその喜びについて誰かに話さずにいられなかった。彼女はウォルターが戻るとすぐに彼に近づいた。見知らぬ男がかわいいと言ってくれたおかげで生きていく自信を取り戻したと告白する彼女を、ウォルターが叱りつけた。君が体を許した相手はクズだ。やつらの頭には愛も真実もない。「連中を導く光は君のパンツの中へと続いているのだ」

青年を振った彼女は自分のことが嫌になり、その後は自分を嫌悪するあまり自殺したいと思わなくなった。こんなつまらない人生は劇的な救済に値しないと考えたからだ。川まで行ったときに飛び込めばよかったと考えた途端、拡声器が同情的に言った。**イーストリバーにか？　溺れるのは無理だぞ、せいぜい窒息死だ。**フィービは日記にこう書いた。

未知への飛躍は幼児性へと退行する飛躍だ。それもまた役に立たない夢、しかもこれ見よがしなだけの。

彼女はやむを得ず、子供っぽい大人として、病人として、希望と恥辱に満ちた化身として次々に姿を変えながら生きることを選んだ。彼女は父を思い出した――愛情ある年月を共有した父、悪口を投げつけてしまった父のことを。彼女はもう一度、違った形で父と話したかった。

フィービはストローブ医師とひと月会っていなかった。医師は二月半ばに行なわれた次の診察の際、予約を守らないのは無責任だと言った。ちゃんと診察に来なければ、体に良くないだけでなく、お父様にあなたの病状を伝えることもできない。お父様はとても心配なさっています、と。こうしてフィービは医師が父と共謀しているのを知った。彼女は全てを帳消しにするチャンスだと思った――彼女は彼に向かってわめいたし、彼は彼女に隠れて手を回していたのだから、これで二人ともマイナス一点ずつだ。彼女は父に手紙を書いた。

……たとえ相手が医者でも、私のことをパパがこっそり誰かと相談するなんて、と私は驚き、苦痛を覚えました。それが招いた結果をご存じないのが残念です。私には少なくとも、先生が私の方をじっと見ながら私をまったく見ていなかった理由が理解できました（実は私は、以前パパがくれた魔法の指輪をいつも身に着けているのです！）。私のことを誰かと話したいというパパの気持ちが私に分かるのだから、同じように、私がそれをすごく嫌がる気持ちはパパも分かってくれるでしょう。悪気がなかったことは分かっています。パパの「同類」は決まってそういうことをする、それがお得意のやり方なのです。一つの人生をわずか二、三の言葉でまとめてしまう。誰かがパパのことをじっと透かすように見たことがありますか？……

オーウェンは返事を書かなかった。フィービは電話を使うと本当の気持ちとは違うことを口走りそうだったので、もう一通手紙を書いた――今回はルイーザに宛てて。彼女はオーウェンについて書く中で、助力を求めた。

……一つの問題が明らかになります。人間とコミュニケーションするのが可能かどうかという問題。私の人生がどんなものかを伝えることができるかどうか――

人生は続き、いつでも既にある人生に逆戻りする。形態は違う、でもそれだけのこと。あるいは、私はまだ自分がたくさんの人格の集まりだと感じることがあります、でも本当は私一人が必死にあがいているだけ――狂ったように身を堕としながら――……

笑ったときもありました――そんなときは、自分は他でもない自分自身だと感じた。たとえその直後にふとわれに返って、浮かべた笑みを抑えたとしても。そういうことも私は分かっている……。

私はだんだん弱っていきます。ただ卑屈に、周りのなすがままになっている。私の部屋自体が夢の世界です。部屋の中の物もそう。私の足もそう。私が時々上げる悲鳴は夢の悲鳴。私は自信を、いや、「傲慢さ」をなくしました。私には優しさも必要です――始まりにふさわしい、無限の優しさが。だから私は、見放された幼い子供のように叫ぶ。人に見放されただけでなく、物にも見捨てられているのです。でも、だからといって私が人間らしさを失ったわけではありません。私はとても人間的な気分です……。

様子を見に来たルイーザは、娘の姿にいたたまれなくなった。どこから手を着ければよいのか分からなかった。彼女はフィービに、受けている治療を信頼するように言い、すぐに身を引いた――フィービの目には、オーウェンの陰に身を隠したように見えた。それでもなおフィービは、医療費を支払い、仕送りをしてくれているのは父なのだと自分に言い聞かせ、オーウェンを責めようとしなかった。彼女は当面、父を、必要な支払いをしてくれる人間と見なすことにした。

頼れる人がいない彼女は、必死に自分自身にしがみついた。その「自分自身」はますますとらえどころがなくなっていた。苦痛も震えも爆発的感情も、彼女のコントロールが利かないことが多かった。ある午後、彼女は『田舎司祭の日記』という映画を見に行った。ある場面で、年配の司祭が若き主人公にこう言った。「聖職に召された者は誰でも、キリスト教の歴史の中に自分が見習うべき先達を見いだすものだ」と。フィービは帰宅途中、掻き集められた灰色の雪の間を歩きながら、自分の先達は焼き網の上で火刑にされた聖ラウレンティウスかもしれないと考えた。家に戻った彼女は日記にこう書いた。

もしも昔ながらの手法が隠されていなければ、私たちは死によって自らを死から救うことが可能だ。神聖な指令は自発的消滅の方を向いている――「道を外れた魂を清めるために」、できれば炎の力で。

フィービはこのような思考で、内側から身を焼く「炎」と折り合いをつけた。

時々彼女は、以前楽しい思いをした場所や友人のもとを訪れることがあった。彼女の激しやすい気性のため、そうした外出から期待していたような癒やし効果は得られなかった。二月の晩、シーダー・バーで、ある作家がカウンターにいた仲間に実話らしき話をし、彼女を除く全員がそれを聞いて面白がった。前年の夏、彼の友人二人がニューイングランドを車で旅行したらしい。ある日の夕方、ホワイト山脈の山道で彼らは四十人あまりの女の子の列に遭遇した。ハイキングでキャンプ地に向かう列だった。年齢は十歳から十三歳で、皆、疲れ切っていた。列の先頭には四人の指導員がいた。十代後半の若い女性たちだ。作家の友人二人は落伍した集団の後ろで車を止め、この先どこまで行くのか、女の子たちに尋ねた。あと三マイルくらい、と少女らは答えた。乗せてあげようか？　やった！　四人が後部座席に乗った。乗せてあげる代わりに「尺八」をしてくれと男たちは言った。子供たちはその意味が分からなかった。女の子たちは説明を聞いた途端に車から飛び出した。男たちは列の前の方に移動して車を止め、同じように誘いをかけた。また別の女の子たちが車に乗り、車を降りた。最後に男たちは指導員の横に車を寄せ、尋ねた。「誰か乗る？」「ＯＫ」「どうぞ」。二人の指導員が後部座席に乗った。それ以上の会話はなく、新しいことを学んだばかりの四十六人の女の子に見守られる中、車が走り去った。
フィービは最初、おちが分からなかった。男たちが仕掛けたいたずらを理解したとき、彼女は泣きだした。友人たちは信じられないという目で彼女を見た。彼女はビールを床にぶちまけ、店の外に飛び出した。

彼女は友人たちに対してというより、人類全般に対して怒りを覚えた。男も女も互いを下らないジョークのネタとしか見ていない。隣人にレッテルを貼る。どんなレッテルでもOKだ――ポーランド人、ユダヤ人、おしゃぶり屋《コックサッカー》。彼女は巧妙な恥辱の罠にはめられた女性たちのことを思い出し、身震いした。彼女はその巧妙さに思わず笑いだし、その恥辱は悲惨とまでは言えないと思い、そう考えた途端にまた新たな涙があふれ出した。私だって同じだ。私だって「神聖なる愛」を忘れることがある。「もちろん私だって同じ。そして、それも愛の一部だ」と彼女は一瞬後に自分に言った。にもかかわらず彼女は、自分の愛が包み込んでいる世界から自身を排除し始めていた。

数日後、フィービは夢を見た。彼女はそれを「解体の夢」と呼んだ。彼女は町の大きな古いホテルにある、一種の低床劇場で開かれた集団イベントに参加する。カエルのような男が集団に指示を与える。男が何度も言う。「いろいろな出来事を、起こるがままに受け入れろ」。説明と精神鍛錬の長いセッションの合間に五分の休憩が挟まる。最初の休憩の後、彼女はそばにいたはずの猫がいなくなったことに気付く。二度目の休憩の後には、左にいたはずの女性がいなくなっている。人目につかずに劇場から出て行くのは不可能だ。

フィービは先ほどから何を受け入れろと言われているのかをようやく理解する――生物が分解しているのだ。生き物が何の理由も正当化もなく、永久に姿を消している。フィービは新たな自信を感じる。

悲しみが待ち受けていることは分かるけれども、もはや何が起きるかを思い悩むことはない。彼女は次の休憩の間に背の低い六十代の闊達な女性とおしゃべりし、次に消えるのはその女性だと察する。

残る参加者が五名にまで減ったとき、フィービは「救いの卵」が欲しいという気持ちに取り憑かれる。彼女はそれがどういう意味なのか分からない。彼女は次の休憩の間に、異国風の雑貨が並ぶホテルの売店で、陶器でできたクリーム色の卵を見つけ、それを購入する。卵を手の平で転がすと厳粛で官能的な気持ちの高ぶりが感じられる。そばではカエルのような顔の指導者が肌の浅黒い知的な青年に話し掛けている。フィービの大学時代の知り合いだ。三人は一緒に平土間席に戻り、床に腰を下ろす。フィービは卵を握り、体に力を溜める。長い演説を始めたカエル男が彼女の方を向き、穏やかな声で言う。「はい、そこまで。卵はもらいます。もうパワーは充分です」

優しいぬくもりがフィービを包んだ。彼女はもうすぐ目が覚めるのだと思った。目を覚ますことはできなかった。眠っていたわけではないから。彼女はベッドの縁に座った状態で、映画のように鮮明なその夢を見ていた。それが最初で、その後何度も同様の幻覚を見るようになった。彼女はなくなった卵を左手で握り、懐かしいリフレインを口ずさんだ。

地球はあらゆる生き物の母
頭のおかしな男と女
地球はあらゆる生き物の母
頭のおかしな女と男

フィービは慢性的な恐怖におびえた。執拗な鬱のせいで彼女は、「私は失敗した」と思うようになった。私は何に失敗したのだろう。失敗したという「私」とは誰だろう。彼女は自分と呼べる存在を失うことにおびえた。現在の彼女が何者であれ、彼女はそれを理解できなかった。「私」は溶融し、純粋な混乱と化した。彼女がウォルターにその話をすると、彼はこう答えた。「私が絵を描く理由を何だと思っているんだ?」彼女はメモを取った。

鼻の穴に二本の指を突っ込んだ私。指を抜くべし。簡単なこと。

彼女は頑張って仕事を再開した。彼女は文字通り、自分が何者か見極めようとした。私は自分以外のものは描かない。

……最初は以前と同じ手法による自画像のデッサン。それから表面を小さな四角に分割。補助線として、焼き網を形作るように四角の中心を通る薄い線を引く。そこに体のパーツを一つ一つ挿入する。

標準的な背丈のP・ルイソンを頭から足まで。頭の長さは顎から乳頭までの距離と等しく、顎から乳頭までの距離は乳頭からへそまでと等しく、乳頭からへそまではへそから股までに等しい。肩幅は頭の高さの二倍。骨——肌越しに肋骨、大腿骨、上腕骨、橈骨《とうこつ》の節が見える。他の部分——前頭骨、頭頂骨、こめかみ、眼窩上隆起。造作——眼球、髪、細い鼻、平凡な口、丸みのある顎、緋色の頬骨。題名——水平な線を二本引き、線の間に大小の大文字で、「Ph. Lewison」。その上に題辞

——女装した聖ラウレンティウス。あるいは血を流すイエスの心臓。あるいはイエスの聖なる女性器。

フィービはそんなスケッチを一枚、ストローブ医師に渡した。彼女が話をする機会が最も多く、いちばん感謝したい人物だったから。次の診察のとき、彼はスケッチを分析した。彼の指摘によると、注目すべきはうつろな目、背後に回していてこちらから見えない手、顔よりも詳細に描かれた生殖器だ。そのコメントを聞いて彼女は泣いた。彼女が目の前で泣くことはめったになかったので、医師は彼女が有益な発見に近づいているのだろうと想像した。彼女が泣いていたのは実際には、彼を思ってだった。その夜、彼女は医師に別れの手紙を書いた。

……ああ、私の精神科医さま！　人間は家畜に変わりました。家畜を扱う手は、見つけるもの全てを奪い、生命の源に違いない存在に対して何もお返しをしない。なのに農場には税金を払う。私たちは皆、最後にはシチュー鍋に放り込まれます。人は喜んでシチューを食べる、そして子供たちには生めよ増やせよと言い聞かせ、互いに骨の髄までしゃぶり尽くす。私たちは最初はブタやロバですが、やがて動物をしゃぶる存在に変わるのです……

この手紙をきっかけに、ようやくオーウェンから電話がかかった。「自分のことをそんなふうに考えては駄目だ。そうでなくても具合が悪いのに、この調子では身も心もばらばらになってしまう」既に拡声器も、同じ言葉で同じことを彼女に言っていた。フィービは既に自分がばらばらになってしまっているのではないかと思い、恐ろしくなった。いいや、まだ感覚が残っているから大丈夫。さまざまな感覚が四六時中、体内で暴れ回った。それに耐えているのが何者であれ、それは実在すると主張する権利がある。ただ、その存在の基礎となる彼女の体だけが、常に彼女の心を沈ませた。毎日彼女は意志の力で体を一つ《ホール》に──健康《ホールサム》に、ではないとしても──戻そうと努力した。「普通の人と同じように足が二本。左足親指、右足親指、左足首、右足首……。胃と横隔膜、二つの手のように私を包む肋骨。肺……」。肺には相変わらず水が溜まり、何かを食べれば胸焼けがし、鏡を見れば皮をむかれたウサギの頭がこちらを見つめ返した。

　鏡に映る頭に「あなたは正気なの？」と尋ねることで彼女は慰められた。狂気を一つの可能性として受け入れている間はまだ正気が残されている、と考えたからだ。「狂気の可能性を癒やす方法は？」と彼女は書いた。「食事、仕事、そして信仰」

　彼女はわが身に強いてスープを飲んだ。いかに疲弊していようと毎日、決まった時間のスケッチと日記と読書をこなした。さらに困難だったのは信仰だ。容赦のない喪失感が彼女のやせ細った胸を色あせた映像でいっぱいにした──失った恋人たち、両親、友人たちの姿。

　慰めが得られた最初のきっかけは本だった。彼女は作家が夢見るタイプの読者──そこに書かれた一つ一つの文が宇宙を書き換えていると感じる読者──になった。サー・トマス・ブラウンが次のように書くとき、この作家は間違いなく今の私の苦しみを知っていたのだと彼女は感じた。

　なるほど、太陽が雲に隠れるとき、汝の魂は輝きを失う。しかし間違いなく、神の慈悲という光は再び汝に降り注ぐ……。われわれは感情によってでなく、信仰によって生きるべきである。恩寵を願うのは恩寵の始まりだ。われわれは期待しながら待たねばならない。雲がつかの間、彼女の上を覆っていた。しかしそれは、太陽が死んだことを意味するのではない。

生命は純粋な炎である。われわれは自らの中にある目に見えない太陽によって生きなければならない。

彼女は秋に感じた絶頂感《エクスタシー》を思い出した――「光と神聖なる愛」を。彼女は周囲の人々に奇異な目で見られていた。サー・トマスを読んでいると自分がそれほど奇異でなく、孤独でもないような気がした。それが何なのか私には分からない、けれども自分が何者かであると感じる、そして私にはそれしか残されていない。

突然訪れた春が彼女の自信を深めた。五か月続いた咳がようやく止まった。もうすぐ手の震えも止まるのではないかと彼女は期待した。兄のルイスとその友人のモリスが週末に彼女を、ハドソン川上流にある貯水場と緩やかに起伏した果樹園に連れ出した。日曜の夜、彼女は書いた。

つぼみを持ったブドウの木。私はまだ二十歳《はたち》。昨日、リンゴの木は、昔と変わらないクリーム色とピンク色の混じる花を開いた。二、三か月でルーベンスが描いた果物の花輪《リース》のような状態になるだろう――熟れたブドウと枝に実るリンゴ。今夜、光から影が滴り、丘に月が昇り、太陽が退き、来るべき夏の息吹に森が震える。誰かがサンザシに「ほころべ!」と命じ、フィービが花開いた。

誰かがヨタカに「歌え！」と命じ、フィービが歌った。兄と友人はこの自然な一日に別れの賛美歌を添えた。愛しき女性が話すときには、飛び交う鳥が花冠をかすめるときの風と同じ息を吐かなければならない。

彼女は芸術への愛情をみなぎらせ、狂乱状態で仕事を再開した。再び友人に電話をかけたり、会いに行ったりするようになった。彼女は友人全員を、大きく波打つ愛のマントでくるみたかった。皆、忙しかったり、彼女の身を案じたり、次の用事があったりした。仕事は空想がほとばしるときに一気にやった。ウォルターが仕事ぶりを見に来た。彼は言った。「これではキャンバスに絵の具を塗り付けているだけだ。君ならもっとましな仕事ができるはずだよ」。彼女は十分前に会ったばかりの、その言葉を聞いていたエリザベスに、ウォルターが帰った後アトリエに残ってほしいと頼んだ。フィービはエリザベスの前で新作を破棄した。

彼女は次に、昔の巨匠にならって自画像を描こうとした。しかし、それには忍耐力が足りなかった。汚い組み合わせ、鈍い緑に混ざる鈍いオレンジ、落描《らくが》きや殴り描《が》きの後、彼女の手はうずいた。筆は彼女の思うように動かなかった。

五月半ばに彼女はあきらめた。友人に会うのをやめ、絵を描くのもやめた――文章を書くのはまだ細々と続けていたが。彼女はますます、日中もほとんど眠れない夜も、自分がばらばらになっていく原因を考えながら過ごすようになった。これほどの苦痛であがなわねばならないどんなことを私が、あるいは誰かがしたというのか。何かがある――何か自明でありながら、愚かな彼女からは隠されていることが。「どんなに古いオカリナでも繰り返すことができる秘密の教訓」。彼女はその教訓を厳しく叩き込まれる運命にあった。

五月末、兄のルイスが再び世間を騒がせた。息子を数か月前から見守っていたルイーザは倒れ、病院に運ばれた。フィービは母の見舞いに行った。病室で母と娘は互いをひどく失望させた。

フィービは家に戻る途中、バーに寄った。彼女は蒸し暑い外気から、エアコンの冷気に足を踏み入れた。彼女はウィスキーサワーのグラスにくしゃみをした。鼻水が流れだした。夕方には咳が激しくなった。朝には高熱が出た。彼女から電話を受けたウォルターがすぐに彼女をセントビンセント病院に連れて行き、両側肺炎と診断された彼女はそのまま入院した。

二人の担当医はフィービの病状を診てぞっとした。彼らは心身症という本人の説明を無視し、すぐに真実を見抜いた。フィービは全力で医師らの裏をかこうとした。彼女は彼らを不倶戴天の敵と見なした。医師がそばに来るたび、彼女の目は嫌悪に満ちた警戒心で輝き、機嫌を悪くした拡声器が彼女になり代わって怒りの痛罵を浴びせた。

フィービの目には、二人の見知らぬ人間が彼女の秘密の生活に首を突っ込もうとしているように見えた。彼らは彼女を心配するふりをしながら、すばしこい小さな生き物を追い詰めようとしている――切り詰められたあげくにそこまで小さくなった彼女の正体《アイデンティティ》を。肺炎治療はうまくいき、医師らが彼女の慢性的不調を論じる際には驚くべき如才なさを発揮したにもかかわらず、彼女の医師不信は続いた。医師たちがこの病気には生理学的な原因があるかもしれないと言うと彼女は反発した。この一年で彼女の中に育った忘我の苦痛が、今では彼女の現実の中心となった。それが医学的に予測可能だなどと言われても、とうてい容認できない。彼女は力を貸すと言う医師たちを拒んだ。入院から四日後、ルイーザが見舞いに来たとき、身を隠すようにしていたフィービがようやく態度を和らげた。

ルイーザはフィービに、二度とあなたを見捨てたりしないと約束した。彼女はオーウェンにも、他の誰にもあなたに手出しをさせないと約束した。フィービはおとなしく母の言うことを聞く前に、もう一つ別の約束をさせた――決して彼女を医師と二人きりにしないという約束だ。それから彼女は何でも言われた通りにすると言い、悪夢のような病気の責任を放棄した。すると自分でも驚いたことに、なぜかほっとした。十二月以来初めて生理があった。

フィービは二度目の基礎代謝検査を受けた――今回は正しい計測方法で。代謝率の値は異常を示すプラス三十五だった。一日当たり百ミリグラムのメチルチオウラシルが処方された。三、四日経って肺炎が完治すればすぐにフィービは退院できる、と医師がルイーザに言った。しかし再び元気になるには数週間が必要だ。その間は安静にして、身の回りのことは誰かにやってもらうのがよいだろう――要するに、彼女は実家に戻るべきだ、ということだ。

フィービは入院直後の最初の激しい怒りの後、じりじりするような諦念で病院生活に耐えた。熱が下がり、肺がきれいになった。他は何も変わらなかった。心臓は相変わらず激しく打ち、震えと汗は止まらず、いちばん良い薬を使っても短時間眠れるだけだった。ルイーザから州北部の実家に連れて帰るという話を聞かされたときも、フィービは抵抗しなかった。にもかかわらず、彼女はその決定を敗北と受け止めた――一人暮らしをした二年間がなかったことにされてしまう、という敗北感。少し前から自分の情熱的な声とぴたりと噛み合っていた拡声器がまた前面に出て来て、彼女の降伏を責めた。今回の件はオーウェンが裏で糸を引いているのではないか、と拡声器が言った。汚れ仕事はルイーザにやらせておいて、舞台袖ではオーウェンがもみ手をしているのではないか。

フィービ自身の声はささやきレベルに落ちた。ささやき自体も、意味のある言葉というより単なる音に近く、まるで拡声器が理性の属性を接収してしまったかのようだった。ある日、特段の理由もなく、声が「私は探求《クエスト》する、要求《リクエスト》する、遺贈《ビクエスト》する……」と繰り返し言い始めた（彼女は拡声器同様、既に自分の声もコントロールできなくなっていた）。声はまた別のとき、彼女の従順な耳の中で不可解な文字列を繰り返した――ｂｓｔｑｌｄｓｔ、ｂｓｔｑｌｄｓｔ……。フィービは文字列を解読できなかった。「悪魔が信頼を切断しないよう、獣たちはその問題に忍び寄った（Beasts stalk the question lest demons sever trust）」とか「しかし間もなく探求が、冴えない聖人をそちらへ誘った（But soon the quest lured drab saints thither）」などという文を苦心して作った後、彼女はそれらの文字が頭文字だという可能性を捨てた。それらを並び替えて単語を作るのはさらに困難だった――特に、ｑの後ろに普通来るはずのｕがないのだから。何をやっても声は追い払えなかった。何をやっても。文字たちが何の意味もなく、脅すでもなく、ただ執拗に頭の中で規則的反復に変わった。フィービはその合間に、別の声を挟まずにはいられなかった。「私《I》ｂｓｔｑｌｄ探求《クエスト》ｓｔ私《I》ｂｓｔｑｌ要求《リクエスト》ｄｓｔ、私《I》ｂｓｔｑ遺贈《ビクエスト》ｌｄｓｔ……」

フィービはすぐに、自分の病気についての新しい診断に興味をなくした――新しい診断で喜ぶ人もいるだろう、私以外の誰かなら。

ルイーザは帰る前に、病気が完全に治るまでは必ず面倒を見るから、と何度も繰り返した。絶対に「診療所」にやったりはしないし、あなたが望む限りオーウェンからも守ってあげる、と。フィービは、実家に戻る、と十八度目の返事をした。しかし彼女は条件を一つ加えた。帰るときは一人で、子供の頃に両親と町に出たとき必ずそうしていたように列車を使って帰るという条件だ。担当の医師たちはルイーザに、本人の好きなようにさせてやってくださいと言った。

フィービは実家に向かう途中で、文字列についてあることに気が付いた。ｂｓｔｑｌｄｓｔは古い線路で古い列車がガタゴトいう音だ。速度が遅いときはこんな感じ。

シガレット、チッ、チッ
シガレット、チッ、チッ

列車に乗っている四時間の間、食べる物も飲む物も何もなかった。列車は揺れが激しく、読書ができなかった。三時の日差しの下、ポキプシーの手前でエアコンが故障した。そばに座っていた人たちは徐々に離れた所に席を移った。ルイーザの顔を見た途端、フィービは喜びのうずきに思わず叫び声を上げた。その後、何も変わらない自分の部屋に入った彼女は一気に服を脱ぎ、松材のベッドのシーツに滑り込み、眠った。

オーウェンは次の金曜に来た。彼女が父を見た途端、苦痛が戻ってきた――それは今までと種類が違う苦痛で、フィービはそれを数日間味わってから、ようやくその正体を見極めた。

深夜二時、部屋で目を覚ましていたフィービは窓辺に座り、周りを囲む木々、芝生、家々を熱い月光越しに見ながら、頭の中の声に耳を傾けていた。拡声器ははっきりとは言わないが執拗に、父の部屋にある一枚の写真のことを彼女に思い出させた。彼女のせいで今、父の部屋は無人になっていた。フィービは立ち上がり、写真を見つけた。彫刻された銀枠に収められたセピア色の写真に、フィービが二歳のときに卒中で亡くなった父方の祖母が写っていた。祖母は黒い服を身に着け、つばの広い帽子をあみだにかぶり、ピンで留めていた。上着の襟は大きく、先細のスカートは足首まで丈があり、手には絹の長手袋を緩く持っていた。目鼻立ちには重みと用心深さが表れていた。カメラから逸らしたまなざしは、起きてしまった災厄を、「ほら、恐れていた通りになった」と見つめているようだった。フィービは写真を自分の部屋の枕元の台に置いた。

新しいものに変わったフィービの苦痛は、その症候――慣れっこになった今の病気の症状――にあるというより、その源、彼女が自分の外部だと想像したその源にあった。彼女には最初、源が分からなかったが、彼女の二十一歳の誕生日に彼女のためにオーウェンがどんな手はずを整えたかをルイーザから聞かされた後、ようやくその正体が分かった。

オーウェンと一緒にいるフィービを見たことのある人なら、彼女がそのとき知ったことを聞かされても、きっと驚かなかっただろう。彼女の身振りや言葉の一つ一つが怒りと嫌悪を表現していた。彼が姿を見せるたび、彼女は膝を抱え、歯を食いしばり、出すべき要求を頭で整理し、攻撃のチャンスをうかがった。フィービには自分が見えていなかったので、自分の感情が強迫的になっているのに気が付いていなかった。ある夕方、オーウェンが本を読んでくれているときに、彼女は「真実」に気付きそうになった。

コパーフィールド氏はクスクス笑った。「ばかなこと、言うんじゃないよ」。彼は寛容さをもって言った。とうとう熱帯にやって来たことで大いに気をよくしていたし、ばかばかしく高価なばかりで、周り中観光客だらけのホテルに泊まると言い張る妻をどうにか思いとどまらせることができたので、彼はすっかり上機嫌になっていた。このホテルの薄気味悪い有様には気付いていたが、それこそが他ならぬ彼の望みだったのだ。(既出ジェイン・ボウルズ『ふたりの真面目な女性』からの引用)

フィービはそこで「パパそっくり！」と叫んでいただろう――もしもこのとき、父がうたた寝を始めていなければ。怒りの的を外した彼女はただうなり声を上げ、父を起こした。

フィービの誕生日の二、三日前、オーウェンは娘名義で作った保護管理口座に高値の有価証券を数百株預け、自身の当座預金口座から娘の口座に毎月五百ドルずつ移すように指示を与えた。父がそんな手配をしたことを知ったとき、フィービの感情は完全に整理がついた。

「あの子はおまえを憎んでいる」と女性の声が言った。フィービは驚いて、枕元の写真を見た。二羽のカラスが夏めいた野原から飛び立ち、ゆっくりと羽ばたきながら屋敷の上方の、視界の外に消えた。

「あの子はおまえを引き留めるためなら何でもするだろう」

「さあどうかしら、五十歳だか五十杯だか分からない、酔っ払いのおばあちゃんにそう言われてもね」

「あたしは他の誰よりあの子を知っている」。カラスのような声で女が言った。「あの子が初めておまえにお金を渡すと言ったときのことを覚えているかい？　あの子は全然変わっていない」

オーウェンはフィービにとって、唾棄すべき利己主義の象徴と化していた。彼は彼女に自由に行動しなさいと促すふりをしながら、その実、攻撃する好機をうかがっているのだと彼女は考えた。彼はもはや、彼女の絵に興味を示すふりさえしなかった。もちろん彼は私を憎んでいる。ひょっとすると昔からずっとそうだったのかもしれない。子供の頃からいつも私に手をかけてくれたのは、単に私をコントロールするため、私が間違いなく父の欲望に従うようにするためだったのかも。それなのに今まで父を愛していたなんて！

「私が礼を言うと期待しないでね」法外な贈り物を知った後、フィービが彼に言った。

「期待していないよ」とオーウェンは答えた。あまりに従順なその態度を見て、フィービは挑発したくなった。

「私がお金を受け取るのは、単にパパになにがしかの支払いをしてもらいたいだけだから」。祖母が彼女をけしかけた。「おまえなんかキツネ野郎のブタ野郎だと言ってやりな」。フィービは怒りの涙で喉がつかえた。

彼女は時々両親が夕食前の酒を飲むテラスの扉の内側に隠れて、こっそり二人の様子をうかがった。ある晩、オーウェンがルイーザに、フィービに甲状腺切除手術を受けさせてはどうかと話すのを彼女は聞いた。こうして彼女は第二の発見をした。父は彼女の生活を支配するだけでは飽きたらず、彼女の命そのものを狙っているのだ。彼女は父が前年の九月からどんなふうに介入してきたかを思い返した。甲状腺専門医の選び方、精神科医の選び方、病気の原因が心理的なものだという主張、明らかな症候を無視しようとする態度。彼は彼女を病気の限界にまで追いやった。今度はついに命を奪うつもりだ。

オーウェン・ルイソンの母がまとった黒いシルクが騒がしい衣擦れの音を立てた。「あの子は自分のしていることがどういうことか分かっていないかもしれないけれど、やっていることに変わりはないんだよ」。階下でパンツを濡らしたフィービは、自室のバスルームで便座に座っていた。彼女は猛烈な決意を固めていた。絶対に生き延び、勝ってやる。父より先には死なない。あるいは、父に苦痛というものを教えてやる。その方がもっといい。

ルイーザは決して彼女の期待を裏切らなかった。フィービが呼ぶと必ず現れた。フィービはますます頻繁に母を呼んだ。ルイーザは話し相手であると同時に、初恋の相手でもあった——遅いけれども遅すぎではない初恋。フィービはこれほど貪欲に母親に頼りっきりになりたくなかった。一見疲れを知らないルイーザにとっては、頼られること自体が充分な報酬だった。フィービはルイーザが手術の件を一度も口に出さないのを気に掛けなかった。母はきっとオーウェンの提案を却下したのだ。結局のところ、フィービ自身にも決して触れない話題があった——例えば、祖母の不気味な声のこと。

その声がまた切迫した調子で語りだしたのは八月一日のことだった。オーウェンが「エリザベスの肖像」を購入したとフィービが知った日だ。「あの子はまたやる気だ。だってもともと絵になんて関心はないんだからね。あの子がウォルターをどう思っているか、おまえも知っているだろう」（ルイスから聞いた話では、オーウェンはウォルターを「娘を破滅させた男」と呼んでいたらしい）。「とはいっても、単なる投機のつもりかもしれない。ああいう連中にとって絵はただの商品にすぎない。いいや、やっぱり違う。おまえがあの絵をどう思っているか、あの子は知っているはずだ。あの子が絵を買ったのはおまえが原因だよ、間違いない。全てを取り上げて、何一つおまえには残さないつもりだ。あの子はおまえの世界を牛耳っているのが自分であることを見せつけるつもりなのさ……」

痛い所を突かれたフィービは耳障りな声で言った。「黙れ、クソばばあ！」彼女はオーウェンのすること全てに積極的に悪意を読み取っていたが、あの肖像画を買ったという単純な事実が最も胸にこたえた。いったいいつ買ったのだろう。疑念を持ったフィービはウォルターの画廊に電話をかけた。絵は確かに売れた——買ったのはモード・ラドラムだ。間違いないという。六月下旬に配達されたらしい。

「あたしが言った通りだろう？」と老女がため息をついた。「あの子は陰険だ——子供もよく知るアナフクロウのように陰険だ」

フィービは自分が知った事実をオーウェンにぶつけた。彼の態度はまるで懺悔をする罪人《つみびと》のようだったので、事実を暴かれたことで動転しているのかどうか、はっきりと見分けがつかなかった。

「絵はもちろんラドラム家から買ったのだ」と彼は言った。

「モードが絵を買ってからたった一か月で手放したってこと?」

「そうさ。何か問題でも?」

「あの絵をどうするつもり?」

「本当のことを知りたいか。実はおまえのために買ったんだ」

フィービはそれが嘘だと気付いた。ぎりぎりまで問い詰めてやろう。「じゃあどうして私にくれないの?」

「いつでも持ってくるよ」

「私のものなの、違うの?」

オーウェンはためらった。彼は実はこれまで、転売しようと思っていたからだ。「渡したらおまえは喜ぶのかい?」

「パパのしてくれることでは私は喜ばない。私はパパがあの絵を持っていることに耐えられないだけ」

「おまえのものだ」

「それを証明する書類が欲しい」

「そんなもの、必要ないよ、ダーリン」

「いいえ、必要だわ、ダーリン。絵が間違いなくパパの持ち物でないことを知っておきたい」

「私がおまえに約束すると言ったら――」

「駄目駄目。所有権を証明する法的な書類が欲しい。さもないと、パパがニューロンドンの埠頭でやった詐欺を世間にばらす。覚えてる? 一つの事故で二つの保険会社からお金をだまし取った話」

オーウェンは笑った。「フィービ、やめなさい。あれは大昔の話だ。もう誰も相手にしない。あの話なら、見ず知らずの人間にだって話している――おまえもその場にいたじゃないか」

「ルイーザは知らない」

フィービは父の様子を見て、思わずにやりと笑った。思った通りだ。彼は部屋から出て行った。おまえの好きにしなさい。

ルイーザは元気そうなフィービを見て、今しかないと思い、厄介な話を切り出した。明らかに治療はうまくいっていない、したがって今度は甲状腺切除手術を考えるべきだ、早ければ早い方がよい、と彼女は言った。「うちに帰ってから体重はまだ五ポンドも増えていない。相変わらず神経も過敏だし。私があなたの立場なら、一週間で頭がおかしくなりそう」

「私は何か月も前に、もう頭がおかしくなってる。もしもいつか良くなるのなら――もしもそう確信が持てるのなら――その時期を待つことは構わない。きっと私が喉を切るのを希望しているのはパパなんでしょう」

「パパは関係ない。あなたが自分で考えて、自分で決めるの。あなたに隠し事をしたくないから全部話すわ。オールバニーに腕のいい外科医がいるのを見つけた。オールバニーとボストンで、一週間に四人か五人の甲状腺手術をこなしている。あなたのことを話したら、執刀してくださるって」

フィービは何も言わなかった。しばらくしてからまた、ルイーザが口を開いた。「私の秘密はもう話したわよ」

「私は怖い。特に麻酔が。麻酔をかけられるのは嫌。死ぬときみたいだから」

「昔とは違うわ。ペントタールを使うから。意識が遠くなる感じじゃなくて、一瞬で自分が消えて、ぱっと戻ってくる感じ。不安もないし、記憶もないし――」

「ママを信じる。でも、それは私の秘密じゃない」

「どういう意味？」

「ママ、ポイントは、もしも生きていくつもりなら先に一度死ぬことに同意しなくちゃならないということなの。少しの間、一人にしてくれる？」

フィービは兄のルイスに手紙を書いた。


……ルイーザはとても優しい——優しさそのもの——けれども、私は彼女も失いつつあると感じる。母親という共感的な絆は偽善の響きも併せ持っている。私の力になってもらうためには、私はそれと、いいえ、母と離れなければならない。人生はこの先もずっとこの調子なのでしょうか？きっとそうです、少なくとも死ぬまでは。答えとしてはそれで充分。

分かってくれますか？　私は誰かに理解してもらいたい、そして兄さんにはそれができる。私よりもひどい運命を生き延びたのだから。お見舞いに来てくれませんか。兄さんがそばにいてくれれば、喉を切られるのも怖くありません。


フィービの祖母は始終、彼女につきまとった——いると気が散るというわけではないが、いると安心というわけでもない存在。彼女は恒久的に、鳥に姿を変えた。鳥は大きく黒かったが、それがフィービの部屋にもたらしたのは不吉さでなく、絶え間のない静穏な動きだった——辺鄙な土地の空港で決まった時間に離着陸を繰り返す飛行機の音のように。鳥がしゃべる機会は徐々に減った。

エリザベスの肖像画が届いた。ルイスは梱包を解くと、すぐに絵を彼女の部屋に運び入れた。フィービはそれを目にした途端、思わずクスクスと笑いだした。「この絵は最初から私のものだった！　向こうの壁に掛けて。ルイス、私の愛を受け取って」

彼女の二十一歳の誕生日は三人分のケーキが出されただけで、静かに過ぎた。その前日、ルイーザはフィービをオールバニーの医療センターに連れて行き、検査を受けさせた。フィービは担当医を一目で好きになった。長い間、娘の男性関係に目を光らせていたルイーザはその展開に驚き、ほとんど怒りに近いものを感じた。それに続く数日間、フィービは次に同じ医師――健康的な血色で肉付きが良く、有無を言わさぬ自信に満ちた男――に会える日のことばかりを考えた。牛のように落ち着いた彼の目を初めて見たとき、彼女の人生は手に負えるものに変わった。彼女はその後、恐怖に襲われ、被造物――特に自分自身――に対するいつもの嫌悪感を覚えた。寝室に戻った彼女が再び目にしたのは、天井付近を飛び回るフクロウのようなカラスと、絵の具で描かれたエリザベス――彼女が憎んでいないエリザベス――だった。

オーウェンはフィービの指示通り、手術の間に肖像画を病院に運び、病室の、ベッドと反対の壁に掛けた。寝たまま手を伸ばせる所にあるベッド脇の卓にはルイスがレコードプレーヤーを置いた。

回復室から戻るフィービをルイーザとルイスが待っていた。フィービが目を開けるたび――しばらくは半開きのまぶたの下で眼球がきょろきょろと動く状態が続いたのだが――母は「順調よ」と言い、ルイスは険しい顔で同じ言葉を繰り返した。二人は自分が思ったことをしゃべっていたわけではなく、医師らに言われたことをそのまましゃべっているだけだった。包帯を巻いた喉の上にあるフィービの顔は血の気がなく、小さくなったように見えた。喉には二本の廃液管《ドレーン》がテープで留められていた。

フィービには最初二人の声が聞こえておらず、聞こえるようになってからも、彼女は二人の言葉を信じなかった。彼女の目の前には、眠気と恐怖が逆巻いていた。鎮静剤を与えられていたにもかかわらず、体調はこれまで経験したことがないほどのひどさだった。終わった手術を振り返って恐怖を感じていたわけではない。ただ症状がひどくなったことは彼女にも分かった。心臓が肋骨をとげのように突き、膜のような汗が腕と足を覆った。崩壊した体は、苦悩を詰め込むポケットと化した。

手術は成功した。フィービの体調は新たな状況に対する正常な反応だった。甲状腺は五分の四が取り除かれたので、そのまま放っておくと体が既に慣れている過剰なチロキシンレベルに応えようと腺が再生を始める可能性がある。それを防ぐためフィービには、病気の際に分泌された以上の量のチロキシンが投与された。手術の間、彼女の脈は最低でも百六十あった。それが今、百八十に上がっていた。治療は順調に進んでいると誰が言ったとしても、彼女が信じることはなかっただろう。

彼女は七日間、首の廃液管《ドレーン》と両腕の静脈点滴のため、体をほとんど動かせない状態で苦痛に耐えた。彼女は再び、思考と感情をまったく制御できなくなった。

恐怖が常に彼女をさいなんだ。誰かがそばにいれば威圧的に感じ、一人だと気付けばそのたびに孤独に耐えられなくなった。ルイスもルイーザもいないときは二分ごとに看護師を呼んだが、他人が与えてくれるのは幻の安堵でしかないと彼女はすぐに悟った。人がいれば気はまぎれるものの、彼女が最も恐れるものを鎮めてはくれなかった——これまで常に繰り返されたように、今からの一瞬がさっきの一瞬に劣らず耐えがたい時間になるのではないかという恐れを。

ルイスは時々、フィービに本を読んで聞かせた。フィービはそれを聞こうと精いっぱい努力したが、集中力は一分と続かなかった。音楽を聴くときはもう少しましだった。彼女が病院に持ち込んだお気に入りのレコードの中に、ハイドンの弦楽四重奏曲が何枚かあった。その一枚を聴いている途中、「皇帝」

のテーマと変奏が終わったところでフィービがルイスの手首をつかんだ。「そのまま」。彼女はその楽章を何度も繰り返し、少なくとも四百回聴いた。彼女は後に、あの曲がなければ私は自殺を試みていたかもしれないと言った。しばしば彼女の頭は言葉でいっぱいになった——耳慣れたハイドンの調べがなぞる言葉、忘れたと思っていた歌詞、子供の頃に歌った聖歌。「栄えに満ちたる　神の都は……」

いまだに鳥が彼女につきまとっていた。鳥は無言で機械的に、天井のこちらの隅からあちらの隅へと、まるで楕円の走路《トラック》からぶら下げられているかのように絶えず飛び回った。そしてささやくような音を発した。エセッソ、エセッソ……。

彼女の一日一日、一晩一晩はこうした事柄から成り立っていた。鳥が「エセッソ」とささやき、第四変奏が終わり、ベルを探そうとして枕と格闘し、手を伸ばしてルイスかルイーザの手を握る。

彼女が入院する前は、エリザベスの肖像画を見ると心が慰められたとは言わないが、愉快な気分になったものだった。しかし病院ではまったくそんなことがなかった。フィービはいつも病室を暗くしていた。ブラインドを下ろした窓から入る貧弱な陽光や夜間照明の光の中で絵はぼやけ、ゆがんで見えた。うつろな黄色い目が頭の上を漂い、組んだ手がただのずんぐりした塊へと縮み、爪には銀色の笑みが浮かんでいるように見えた。炎のような赤毛が痙攣しながら泥のようにキャンバスを流れた。フィービはエリザベスを見、目を閉じ、レコードに合わせて歌った。

尽きせぬ愛より　命の泉
豊かに湧き出《い》で　くめど尽きねば
（ハイドン作曲弦楽四重奏曲第七十七番「皇帝」に使われているのと同じ主題の賛美歌「栄えに満ちたる」二番の歌詞）

歌いながら願うことはただ一つ。終わりが来ますように。

彼女は決して泣かなかった。涙を集める時間はなかった。ハイドンを最初からかけ直したり、ベルを握ったり、カメのようにのろい看護師が病室に来るまでじっと扉を見つめたり、次の一瞬が苦痛の少ない時間になるのを待ったり、さらにその次の瞬間を待ったりで、あまりにも忙しすぎた。もしも泣くことができたなら、きっと自分の哀れな体を思って泣いただろう。彼女の体は、ゴムのような歯が生えた、飽くことを知らぬ怪物に定期的にむさぼり食われていた。

一週間後、チロキシンの服用量が減らされた。フィービは自分の具合が良くなったことに気付いていなかったが、沸騰していた感情は徐々に収まり、彼女を圧倒していた恐怖も静まり、より静かな悲哀に変わった。先だっての恐怖のように、今度は冷たい悲しみが彼女の全身を満たした。鳥の羽音、四重奏の尽きることのない優しさ、エリザベスの肖像画。これらは悲しみの象徴として新たな機能を帯びた。フィービは自分でも気付かないうちに、最も純粋な希望に頼るようにそれらに頼っていた。彼女には未来に期待できるものがなく、とりあえず「自分自身」と呼べるものを再発見した。彼女は初めて病気を現実として——自分の現実として——受け止めた。病気が悲しみを意味するのなら、私は悲しみそのものになり、自分の残された体でそれを独り占めしたい。「私の体《ボディー》は海の上」（有名なスコットランド民謡「マイ・ボニー」の冒頭部「私のボニーは海の上」をもじっている）と彼女は歌った。彼女は他にもこう歌った。

神の愛を民はたたえる
わが身に勝る王として（既出の賛美歌「栄えに満ちたる」四番の歌詞）

悲しみを愛する、というイメージに彼女は思わずほほ笑んだ——確かにまったく何も愛さないよりもまし、自分自身を愛さないよりもまし。自己憐憫は正気への第一歩だ。それが最初の一歩なら次は? エリザベスの象牙色の頬と笑みを浮かべる手が元に戻っていた。思いに悩むフィービはため息をついた。「エリザベス、火の点いたろうそくを足元に置いてあげましょうか。私はもうＯＫ」。エセッソと鳥が鳴いた。

フィービがはやりのジョークを口にしたとき、ルイーザとルイスは彼女の具合が良くなっていることを実感した。「ステラ・ダラスがロジャー・マリスと結婚したら、ステラ・マリスになっちゃうわね」（一九二一年出版の小説を映画化した『ステラ・ダラス』（一九三七）は自己犠牲的な母親ステラを女性のあるべき姿として描いている。ロジャー・マリス（一九三四—八五）はアメリカ大リーグの著名な外野手。ステラ・マリスは「海の星」を意味し、聖母マリアの形容としても使われる）。常に薄暗い中に置かれているエリザベスの、瞳のない目が彼女の星になった。

フィービの回復はゆっくりだった。病気がこの一年で彼女の肺、心臓、消化器系統の正常な機能を破壊していたので、余力を得るべき体力的蓄えがどこにもなかった。医師らは楽観的な見通しを語り、もう一週間入院するのがよいでしょうと助言した。

いまだに幻覚が彼女を悩ませた。彼女のでも、鳥のでもない声が暗い病室に響いた。「……海を生む女は誰？　海を生む男は誰？　偉大なる日々の明かりを灯す女は誰？」エセッソ、エセッソ。「むさぼり食う男は誰？　靴屋はどこ、青い靴屋は？」エセッソ。「赤白青の靴屋はどこ？……」フィービはこれらの声をまともに相手にしなかった。鳥がしばらくいなくなってもあまり寂しいと思わなくなった——その目配りの良さに感謝することもしばしばあったけれども。

悲しさを言い訳にして何も行動しないのは駄目だ、とフィービは自分に言い聞かせた。行動することは望みのものを手に入れることであり、彼女は自分が今何を望んでいるかを知っていた。幸福だ。幸福のためには、怪物がいない世界が必要だ。彼女はルイスにこう言ったことがある。「何かが暗闇をうろついているの。目には見えないけれど、いつも恐ろしい報告が届けられる」。彼女はそう話している間も、それが方便だと――ギブアップするための言い訳だと――自覚していた。彼女には責めるべき相手がいなかった。彼女はオーウェンに会いに来てほしいと言った。もうパパに、暗闇をうろつくようなまねはさせない。父が帰った後、彼女は考えた。「要するにそれが天国なんだ。私たちの周りの生きとし生けるもの、誰も仲間外れにならない世界」。また熱が上がり始めていたせいで、その認識は彼女にぼんやりした喜びしかもたらさなかった。彼女は真夏の暑さの中で、器用にも風邪をひいた。

数日後の夜、別の来客があった。いったん下がった熱がぶり返していた。彼女は暗闇に横たわり、乾いた唇をなめ、ビオラの調べにほほ笑んだ。

御国の世嗣《よつぎ》は　渇く時なく
あふるる恵みに　絶えず潤う（既出の賛美歌「栄えに満ちたる」二番の歌詞）

彼女が横を向くと明かりが見え、話し声のようなものが聞こえた。彼女はレコードプレーヤーの電源を切った。光の出所はベッドの左手の、唯一何も掛けていない壁の、窓の外だった。光の中心で結晶が輪を形作っている。その輪の内側に何重にも結晶性岩石の輪ができ始め、後方から青い光に照らされる。青い輪が内向きに開くと、自然に生じる奥行きの中で先に行くほど明るさが増し、岩石の奥にある光輝へとつながっている――その終端はフィービの目には、純粋な白、温かみのある、目のくらむような白に見えた。ベッドに横たわったまま魅惑的な光に笑みを浮かべていると、鳥が音もなく穴から飛び出してきた。「鳥はまた私に語り掛けてくれるのかしら」。フクロウのようなカラスは体が白く変わっていた。それは部屋の隅に姿を消し、青白いトンネルの中に再び現れ、もう一度彼女に向かってきた。フィービにはまた声が聞こえた。それは彼女の名を呼ぶ声だった。

「誰?」彼女は言った。

「昔なじみだ」と声が答えた。「分かるだろう?」

「ウォルター?」輝く岩石の輪を覗くと、男の横顔らしきものが見えた。誰かは分からなかったが、ベルモント競馬場から家まで乗った列車で見かけた見知らぬ男を思い起こさせた。「よく見えない」

「見る必要はない」と答えが聞こえた。「私は君を待っている」

「ありがとう。でも私は、誰とでも仲良くなるわけじゃないから」

「よく言うよ、フィービ。こっちは素晴らしいぞ」。空中にとどまっていた鳥が彼女を道案内するようにトンネルに戻った。フィービの体に元気がみなぎってきた。

「ありがとう。こっちの世界も悪くないわ」

その人影はゆっくりと暗くなっていった。一分後、部屋の中の光は、水の入ったグラスの輝きと、夜間照明のかすかな青いオーラと、レコードプレーヤーの操作盤にある赤い光点だけになった。フィービはベッドに横になったまま、一緒に笑える人が欲しいと思った。

彼女は目が覚めたとき、体が軽く感じた。トンネルの光のぬくもりはまだ残っていて、横顔が見えた男は強烈な愛着とともに記憶に刻まれていた。あの人が私の指導者《メンター》だ、と彼女は思った。このゴミ溜めを出たら、真っ先にあの人を探しに行こう。

いつになく元気な彼女の様子を見て、医師も看護師も喜んだ。もう不快な症状に目を向けるのはやめようと彼女は自分に誓った。同じ日の午後、体温が急激に上昇してから下降し、再び体が危機に陥ったことを彼女は悟った。今では病気の症状も、それに対する薬と同様に、彼女の外の世界に存在していた。彼女は夜が近づく頃、あの無名の先生《メンター》がトンネルに現れることを願った。結局、男は現れなかったが、彼の記憶が彼女を魅了し続けた。そして翌朝早く、夜明け前に、彼女は別の慰めを得た。前の日には姿を見なかった鳥が、元の黒い姿で病室に戻ってきて、再びいつもの楕円を描いたのだ。しかし、その翼はまったく音を立てなかった。鳥は急に速度を速め、あっという間にフィービは目で追えなくなったが、彼女はそれを気に掛けず、逆に喜んだ。彼女は声に出してこう言った。「あの鳥を見て！　おばあちゃん、もうおばあちゃんにはうんざり。味方だと思っていたのに」

鳥は投げ縄の結び目のように回転した。それを見ているフィービの心臓は鼓動を早めた。

「悔しかったら、引き出しにしまったケトルドラムのねじでも緩めて、調律を狂わせてごらんなさい。おばあちゃん、とにかく何かしゃべってよ」

フィービは体を起こした。

「教えて、私の騎士はどこ？　強硬症《カタレプシー》でしゃべれない？　OK、でも私はいつかまた馬に乗りたい。考えたら今の私、栗毛だって買える。馬が私のものになる。馬に乗って、私の忠実な鳥を追う。聞いてる？　今日が誕生日のこの女の子はあらゆることに飢え渇いている」

彼女は咳払いをした。

「喉にアザミの冠毛がいっぱい入っちゃった。私はやりたいことがたくさんある。まずはもうすぐ恋の季節。私はこの十三週間、男っ気がまったくなし。男《ボーイ》を絶つからまさしくボイコット。まずはそこから始めたい。男《ボーイ》とワイン。ボイズンベリー《ベリー》と大きな《ビッグ》バンジョー」

フィービは鳥が聞いているかどうかをもはや気にしていなかった。

「それからサラダの日のために古いレタス。とげとげの装飾と連想に満ちたレタス。それから最後に、その合間合間に私が夢見る馬に乗る男。私が好きになる人は人柄も大事だけど、人生観も大事！　死体同然にまでなった人間には、エリザベス朝の最も貪欲な無法者――尊大で凶暴なやつら――にも負けない拳骨と腐敗がある……あ……エリザベス――」

彼女は暗闇の中でエリザベスの姿を見分けようと努力した。

「あなたのことを忘れていたわけじゃない。一瞬《セカンド》たりとも、秘密《シークレット》のことも。もしもあなたが秘密の存在なら。暖かくてきれいな客間《ルーム》にあなたと私がいる、二つの子宮《ウーム》が一つになる、女同士。そういう場面は想像できる。二人が互いの夢の目撃者になる……。でもそのとき、私は誰の夢の蝶になる？　蝶じゃなく、蠅でもいいけれど。私は誰を相手にひらひらとおしゃべりすればいい？　誰とバブーシュカすればいい？　ばか話をするなら本物の赤ん坊が必要。私はどうしてもそういう不満分子のことを考えてしまう――道しるべみたいに、忘れられた家具みたいに辺りにまき散らされた、ナンセンスな、先が一本しかない熊手を使って」

フィービは笑いだした。

「えくぼのある予後！　畝織りの服を着た寮母が自分の宇宙像の中で、失敗東部人をピジンパイとラッパズイセンに変える。だって私、私自身、そして私にとって、それが何の足しになるというの？　注目すべき無。私は自分の宇宙を探る宇宙飛行士。お礼だけは言っておきます、ありがとう。私の個人的宇宙は、世界にむしばまれたロザリオから空飛ぶガラハッドの旋回装置にまで広がる――それがどういう意味かは知らないけれど」と彼女は言い足し、「それは間違いなく真実」。彼女は辺りを見回した。「私の鳥たちがそこら中を飛んでいる。ハーイ、おばあちゃん！　それともあれは私の体？」

鳥の航跡に火花のシャワーが散った。

「あなたのことも忘れてはいない。あなたは今までも、これからも私の天空のとどろき。うわあ！あなたは、あなたとぺらぺらの外皮は私の盲腸から、天の地図になった私の下腹部から出て来た。だから私は気付いた。他のことは分からないけど。イーストリバーからロングアイランド湾、そして海へ、その頭上であなたは狡猾にきらめく。冬、夏、また冬と、私たちが一度も離れることのなかった場所を訪れる。私たちは映画の間じっと座っているだけでいい。気が付いたらクリスマス！　どうしてそこは母国《マザーランド》じゃないの？　おばあちゃん、おばあちゃんはヨタカだと言って。私は外に出て見てみたい。私が見損なったり、参加し損なった楽しい出来事や下らない出来事を。骨に響くロケットの打ち上げを。おばあちゃん、天窓はどこ？　どうしたの？」フィービはぐるぐると回る鳥に大声でそう訊いた。感情の高ぶりで息が切れた彼女は、疲れが見えるその鳥に共感を覚えた。彼女は鳥が速度を緩めながら降下するのを見た。目がくらむほど白くなった鳥が今、ゆっくりとベッド脇の床に降り立った。ただし、フィービが驚いたことに、部屋のその部分は床がなくなっていた。鳥はあっという間に下へ落ち、姿も声も消えた。

アランとオーウェン

一九六三年六月—七月

若くして亡くなる人は概して、個人的関係を混乱に陥れてから世を去るものだ。ルイス・ルイソンの友人、モリス・ロムセンにその原則が当てはまらなかったのは、おそらく生まれつき病弱だったため人生が最初から成り行き任せに感じられていたせいだろう。彼は三十歳の年の暮れに亡くなるずっと以前に申し分のない遺書を書き上げていたが、死の直前になってそれに、気前の良い生命保険を付け足した。受取人は仕事仲間のプリシラ・ラドラムだ。

プリシラを受取人にしたことはルイスにとって驚きだった。モリスの姉、アイリーン・クレイマーにとってはなおさらだ。特にモリスを溺愛していたアイリーンは、プリシラが弟とそこまで親密だったと知ってぎょっとし、モリスが彼女を受取人にしたのを一度も言わなかったことに茫然とした。モリスの死の直前に保険証書を書いたのがプリシラの父、アラン・ラドラムだったと知ったとき、その驚きが軽い疑念に変わった。

アイリーンはそれがただの偶然かもしれない、あるいは単なる友情から出た行為かもしれないと思う一方で、自分の娘が絡む証券を父親が書くのはある種の職業倫理に反しないのだろうかとも考えた。彼女はオーウェン・ルイソンに相談してみることにした。彼なら保険業界のあらゆる側面を知り尽くしているし、個人的な付き合いの中で彼の目が信頼できると知っていたからだ。

オーウェンが彼女に言った。「喜んで調べて差し上げます」。彼は時間に余裕があり、忘れたい悩みもあった。間もなくセントビンセント病院を退院することになっているフィービは、父が見舞いに来るのを拒んでいた。「でも、ラドラムは潔白《シロ》だと思いますよ。彼の事務所とは何度も一緒に仕事をしたことがあります。個人的にも少し知っています。インチキをやる可能性はないでしょう」

「私も彼を知っていますし、モードを含め、あの一家がお金に不自由していないことも知っています。ただちょっと奇妙な気がして」

オーウェンは、アランの会社にいる古い知人から、アランをモリスに紹介したのは他でもないフィービだという話を聞いた。プリシラを受取人にすると知ったアランは最初、保険証書を書くのを拒んだ。しかし、モリスがプリシラにはこの件について何も話していないと言うのを聞いて、ようやく証書作成に同意したらしい。

アイリーンはクレイマー画廊を経営していた。画廊は数年前にウェストサイドにオープンし、最近、場所を都心から外れた場所に移していた。その後、画廊でラドラム家の人々と会ったとき、アイリーンはアランに、モリスの生命保険のことが気になるのですが、と正直に告白した。「こういうことが完全に身内の中でできるとは知りませんでした」

アランは顔を真っ赤にした。「普通はしません。私も悩みました。分かっていただけると――」

「ええ、分かります。あなたはきちんとした方です」

翌日、アランは自分のオフィスで、モリスの保険のことで何か問題はないかと社員に尋ね、オーウェンから問い合わせがあったことを知った。彼はアイリーンに電話をかけた。あなたがオーウェンに調査を頼んだのですか、と。

「はい、そうです。ばかなことをしました。でも、モリスが亡くなったばかりでしたし、なぜかはまだ分からないのですが、プリシラのことは私に一言も言っていなかったのです。ルイソンさんはあなたのお仕事ぶりが模範的だとおっしゃっていました」

「アイリーン、私は普段と同じように事を進めただけですよ」

アランはアイリーンの言葉を聞いてほっとした。モリスの保険契約にやましい点がなくとも、他の事例が——彼の経歴がインチキの繰り返しだという秘密を暴く事例が——偶然にオーウェンの目を引く可能性を恐れた。そうした経歴のせいで彼は常に高いリスクにさらされてきた。オーウェンのような専門家に本格的に調べられれば、とても安心していられる状況ではなくなる。

オーウェンは何も疑っていなかった。アランは気付かない間に危険を脱していた——まるで首に付いたクモを何気なく手で払った後でそれが猛毒を持つクロゴケグモだと知ったみたいに。彼はわが身の幸運に感謝した。その喜びがエリザベスとの出会いによる多幸感を増幅し、また逆にエリザベスとのことが今回の喜びを増幅した。しばらくの間、彼は自分の人生の順調さに酔いしれた。それに傷をつけなかったオーウェンに、彼は大いに感謝した。ある朝、アランはオーウェンに手紙を書いた。

あなたのような方に擁護していただき、本当にありがたく存じます。誠に恐れ入りますとともに、心より感謝申し上げます。

どちらかと言えばオーウェンに謝罪を求める方が理屈に合っているということは、まったくアランの頭に思い浮かばなかった。オーウェンは仰天した。暗にその廉潔を疑った相手から、手放しの賛辞を浴びせられたからだ。手紙を書いたときのアランが恋で頭がいかれていたとは、オーウェンには知るよしもなかった。実際、アランがぼけ始めているのでないことを確認するために、オーウェンは彼の生年月日を紳士録で調べたのだった。

オーウェンは手紙をオフィスの机の上に置いた。次に手紙を手に取ったとき、彼はふと気が付くとまたしても、なぜアランがそれを書いたのだろうと考えていた。まさか金を借りるつもりではないだろう。相手構わず愛想を振りまく必要もない。政界に進出するわけでもなさそうだ。きっと何か別の理由がある――普通ではない理由、オーウェンには見当もつかない理由、ひょっとすると首を突っ込んではならない理由が。何かを隠しているのだろうか。アラン・ラドラムともあろう者が隠し事をするなんてあり得るのか。

そうした考えが思い浮かんだとき、オーウェンはうれしくなった。荒涼とした彼の世界を愉快な可能性の光が照らしていた。以前にも増して体調の悪いフィービはずっと彼を邪険に扱っていた。息子のルイスは、こちらが何かを考えてやってもどうしようもないところまで堕ちた。ルイーザはフィービにかかりきりで、他のことに構う時間はない。会社の仕事は退屈だ。そんなとき彼の目の前に、興味をそそる小さな謎が現れた。オーウェンは自分と同じ階層の人間が後ろ暗い秘密を抱えている可能性を思い、喜んだ。アランの秘密は私がニューロンドンでやったフェリー詐欺と同じような大罪だろうか。あるいはもっとプライベートな微罪か。

オーウェンはその件に興味を持ったものの、翌週末にアイリーンに会ったときにアランの名が出ていなければ、きっとそのまま忘れてしまっていただろう。アイリーンの所にもアランから電話があったらしい。「ウォルターが描いたエリザベスの肖像画が盗まれたのだそうです。アランの電話は、うちの画廊の保険がまだ効いているのかどうかという確認でした。あちらではまだ絵を買ったばかりで、保険に入っていなかったんですって」

「ラドラム家があの絵を所有していたとは知りませんでした」

「先月、お買いになりました」。ウォルター・トレイルの選び抜かれた傑作を最近売りに出したのだとアイリーンは説明した。「ご自宅にお送りしたのが七月の初めでした」

「盗まれたのはいつです?」

「正確には知りません。アランから電話があったのは昨日ですが」

オーウェンは何も言わなかった。彼はアランがアイリーンに少なくとも一つ、嘘をついていることに気付いた。保険の仲介人なら誰でも、それほど高価なものを二分たりとも――まして二週間も――無保険で放っておくことはあり得ない。それにアランなら、電話一つで保険の手配ができるはずだ。

アランは今度は何を企んでいるのだろう。もしも実際にトレイルの絵に保険を掛けていたのなら、どうしてアイリーンに嘘をつくのか。それにアイリーンに電話をかけるのなら、どうして保険のことだけを尋ねるのか。美術品盗難に関する情報を聞いたり、助言を求めたりしてもいいはずなのに。オーウェンはアランの電話の背後に隠された動機を想像しようとした。最初は何も思い浮かばなかったが、やがて、ありそうもない仮説が頭をよぎった。ひょっとすると、アランは盗難事件を利用して金を儲けようとしているのか。できる限り多くの保険金を――自分のばかりでなく、画廊の保険金までも――引き出そうとしているのではないか。

　オーウェンはこの可能性が気に入った。愚かで、少し狂気じみたこの思いつきはオーウェンに、ニューロンドンを思い起こさせた。アランの秘密に対する好奇心に再び火が点いた。彼は調べてみる気になった。アランがアイリーンにかけた電話の内容と、絵に保険を掛けていなかったという主張を合わせて考えると、プロとしてのオーウェンの目には、そこに何らかの秘密が存在していることはほぼ確実だと映った。他方で彼は、自分に関係のない謎を解くことにどうして時間を費やさなければならないのか、とも考えた。その問いには合理的な答えが見つからず、見つかったのは満足できるけれども不合理な答えだけだった。フィービから命じられる悔悛の儀式に屈従するよりも、こちらの謎を解いている方がはるかに楽しいだろうというのがその答えだ。最終的に何も見つからなかったとしても、それで失うものは何もない。家庭内での失望に取り囲まれていた彼にとって、時間の浪費は魅力的に見えた。

　彼はまず、アラン本人に近づくことにした。そうするだけの社交的、職業的な理由はいくつもあったし、中でもアランからもらった手紙が最もおあつらえ向きの口実になった。アイリーンと話をした日の午後、オーウェンは初めて電話をかけてみた。アランは会社を離れていた。そのすぐ後も、夕方も、家の電話には誰も出なかった。オーウェンは翌日の午前中にも何度か電話をかけたが、やはり彼を捕まえられなかった。彼は州北部にあるアランの実家に電話した。繊細なあざけりを含んだ声――エリザベスの声――が、アランはこの夏、そこに戻る予定がないと告げた。

　オーウェンはいら立った。あの男はひょっとすると私を避けているのかもしれない。彼は計画を変更した。アランをさらに追う前に、彼のことをできる限り調べてみよう。彼はアランに、感謝の手紙に対するお礼を伝える手紙を書き、近いうちにお会いしたいという希望を書き添えた。オーウェンは調査を再開した。今回はモリスの保険契約という些細な問題でなく、アランの過去におけるもっと大がかりな仕事に的を絞った。もしも彼が隠し事をしているなら、おそらく今回のような個人レベルの契約よりはるかに大きな金額が関わっているはずだ。きっとアランの専門である、法人対象の保険に関係があるに違いない。

オーウェンの調査能力に対するアランの敬意は、間もなく裏付けられた。オーウェンはたった一つの偶然を手がかりにして、アランの足跡を暴いた。彼は手始めに、自分の会社がアランの会社と一緒に仕事をしたときのことを調べた。オーウェンがその記録に目を通していたとき、かつて気乗りがせず、引き受けなかったヴィーコ・ハザード号に関するファイルを偶然見つけ、アランが事件に関わっていたことを思い出した。

ヴィーコ・ハザード号とは中型石油タンカーの名で、船は一九五八年三月、油を満載した状態でビスケー湾のフランス沖合百マイルに沈んだ。あるいは少なくとも、船主はそう主張した。保険会社が調べたところ、船が沈んだ日の天気は全般に穏やかだったこと、乗組員全員の救出に十分しかかからなかったこと、そして事故現場では油の痕跡がまったく見つからなかったことが判明した。保険会社は支払いを拒否し、最終的に決着が付くまで法廷での長い戦いが続いた（船主には船主の言い分があった——船積み書類は正しく作成されていたこと、破壊行為や過失を証言する乗組員は一人もいないこと、ビスケー湾では嵐は突然来て、すぐに去るということ、沈没したタンカーから油が流出しない場合もあること）。

オーウェンはファイルを見直した。保険仲介人のリストにアランの名はなかった。アランの会社の名前もどこにも出て来なかった。オーウェンはその件を担当した同僚に、アランと事件との関係を覚えていないか尋ねた。幸い、一人が覚えていたが、はっきりした記憶はなく、特に重要なことではなかったと思うと言った。自分の記憶が間違っていなかったことに気を良くしたオーウェンは、船の保険を請け負っていた会社にいる友人に電話をかけた。ヴィーコ・ハザード号の件でアラン・ラドラムがどんな役割を果たしたか調べてもらえないか？ 男は答えた。「調べなくても覚えている。とんでもない連中をうちに紹介したのが彼だった」

「本当に？」

「本当だ」

「ラドラムの事務所が自ら契約しなかった理由は？」

「彼は乗り気だった。というか、少なくともそう言っていた。しかし、共同経営者の判断で、タンカーの保険は既にたくさん引き受けているから駄目だということになったと言っていた」

「彼が船主を信用したのはどうしてだろう？」

「やつらは人をだますのがうまいのさ、結局は判事までだましたんだから。いや、ひょっとすると判事には賄賂を渡したのかも。裁判が行なわれたのは、当然ながらパナマだったし」

彼らはアランも金で釣ったのだろうか。奥さんのモードにはちょっとした財産があるし、暮らしぶりも裕福なのに。ひょっとすると彼には、金のかかる弱みがあるのか。あるいは人に言えない弱みが。ギャンブルとか女とか。たいていの人にはもっと分かりやすい弱点――金がないという弱点――がある。アランも同じなのか。結局のところ、アランがアイリーンに電話してきた理由としてオーウェンが最初に考え、調査において焦点を当ててきたのは金目当てという可能性だった。オーウェンはヴィーコ・ハザード号詐欺の含意を受け入れた――アランは金と引き替えに、不実な客を立派な保険会社に推薦したのだ。

　いつまでも続きそうな熱波にもかかわらず、オーウェンが町で過ごす時間はますます長くなった。彼は調査に没頭した。そうしていると、悪意に満ちたフィービの要求をそれほどつらく感じなかった。彼は朝早く出勤し、昼までに仕事を片付けた。そして午後は――しばらくすると夜まで会社に残るようになり――ひたすらアラン・ラドラムの秘密を追求した。

　オーウェンは自分のオフィスで、アランが仲介した数多くの保険契約に目を通した。契約は一貫して、何の問題もないように見えた。それは特に驚くべきことではなく、むしろ、ヴィーコ・ハザード号の場合と同様に、アランの不正が舞台の背後で行なわれていることを裏付けていた。そうなると、彼が何かをやったことをどうやって見つければよいのか。オーウェンは証拠を見つけるには、失敗したインチキ――うまくいった事例は問題なく支払われた保険金の歴史の中に消えていくのだから、少なくとも失敗しかけたインチキ――を探すしかないと悟り、しばらくの間、やる気が失せた。どこから調べを再開すべきだろうか。未遂に終わった詐欺の手口があまりにも粗っぽい事例やあまりにもチマチマしている事例は除外して考えるべきだろう。その場合でも、アランが表舞台に出るのを避けてきたことを考えると、アランとその仲間以外の仲介人が関わった組織的詐欺の例が数百件あり、その中から目的の事例を選び出さなければならない。ある一つの基準を当てはめることで大半のケースを除外できると気付いたとき、オーウェンの希望がよみがえった。ポイントは、どこの保険仲介業者がアランの推薦を決定的に重要な要素として扱っているか、ということだった。その際、オーウェンの専門的な知識が役に立った――彼は業界内の誰が誰の知り合いかを知っていたからだ。

　最終的にオーウェンは怪しい事例を、何とか手に負えそうな二十三件にまで絞り込み、一件一件を労を惜しまず精査した。自分のオフィスにある記録と公にされている各種の記録は、ともに隅から隅まで調べた。彼はしばしば情報を求めてよその保険会社を訪れ、現代の再保険の歴史をたどる論文を書いているのだと説明した。

オーウェンが求める証拠を提供したのは三つの事案だった。まずは、ヴィーコ・ハザード号。次に、ウェストバージニア州エトキンズ近郊に所有する炭鉱が一九五七年に原因不明の爆発で崩壊した、ワトリング鉱山会社。そして、一九五〇年代初期の晩春にソレダド近郊のブドウ園が遅霜で壊滅的打撃を受けた、カイザーワイナリー株式会社。どのケースも、詐欺の可能性があるとして、保険会社が申し出のあった請求を却下していた。詐欺が実証されたのはカイザーワイナリーの事例だけだったが、三つの会社全てが事故から著しい利益を何とか得ようとしていた。ヴィーコ・ハザード号のようなやや小ぶりなタンカーは一九五六年のスエズ運河封鎖以後、利益が得られなくなっていた。規模の小さなワトリング鉱山は崩壊前、労使紛争でにっちもさっちも行かなくなっていた。カイザーワイナリーは、保険金を請求したとき、準備資金が危機的な状況に陥っていた。ワトリング社の請求を調査した保険会社は、爆発が起きたのが鉱山が無人となる日曜だったこと、電源が切られていたこと、そして石炭ガスの異常な蓄積が一度も報告されていなかったことを突き止めた。カイザーのブドウ園で起きた「遅霜」は、その時期の平均的な気温より厳しい低温ではなかったことが判明した――ブドウの木にダメージがあった可能性はあるものの、木そのものが枯れるような事態ではなかった（二年後、果樹園の生産高は通常の量に戻っていた）。ヴィーコ・ハザード号、ワトリング鉱山会社、カイザーワイナリー株式会社の所有者を保険会社に紹介したのは、三件ともアラン・ラドラムだった。

アランが詐欺を知っていたのかどうか、あるいは詐欺によって儲けを得たのかどうかについては、物的証拠がまったくなかった。三件について仮にアランに問いただしたとしても、彼は自分の法的責任は取るに足りないと正当に主張できる。彼はきっと推薦した理由を正当化するだろう。未調査の手がかりが、ふと、オーウェンの目を引いた。爆発から一年後、ワトリング鉱山の労働者を代表する組合幹部が州の委員会で、個人口座の会計監査で明らかになった五万ドルの使途不明金について説明を求められたのだ。オーウェンはアランの口座に同様の変則的入金があるかもしれないと考えた。オーウェンはアランの秘密を暴いたことで満足を覚えた。彼の思考は直ちに、なぜあれほど裕福な男がこんな違法行為をして自らの評判を危険にさらすようなことをするのか、という問題に移った。

オーウェンは手紙への返事の中で、アランを夕食に招待し、日取りとしてとりあえず七月の最終木曜を提案した。オーウェンの調査が完了する二日前、アランから招待を受ける旨の電話があった。オーウェンは、まず私のアパートで一緒に飲みましょうと言った。そして、二人とも妻がいるけれども町の別宅に暮らす男同士なので、共通の知人である女性を一人呼んで、三人で夕食することにしたいのだが、それでいいだろうかと言った。「女性がいれば楽しいですよ。男だけの集まりほど退屈なものはありません。一人しか呼べなくて申し訳ない。最近はどこでも、女性の供給が不足していて」

オーウェンが招待した女性は、「ハイヒール」という子供時代のあだ名で広く知られている人物だった。四十六歳で美人の彼女は、妻に興味のない夫と二十四年前に結婚していたが、夫に代わる数多くの愛人で自らを慰めていた――オーウェンもその一人だった。彼女を招待したのには、ある意図があった。前年のクリスマスにフィービと言い争いをした直後に始まった彼女との交際は、すぐに終わっていた。原因は、愛想が尽きたということではなく、彼らが二人の関係として、不確かな情熱よりも信頼できる友情という形を選んだということだった。二人は互いを心の底から信頼していた。

オーウェンは最初、ハイヒールがこの場で自分にどんな利益をもたらすか、よく分かっていなかった。彼は、魅力的な女性が一緒にいればアランも気が緩むだろう、と漠然と考えていた——しかも、アランが彼女をよく知っていることを、オーウェンは知っていた（彼女はアランの妻の血縁だ）。調査が完了したとき、オーウェンは彼女にある仕事をやってもらおうと思いついた。

アランがこれまで途方もない詐欺をやりおおせてきたと知ったとき、オーウェンは、盗まれたエリザベスの肖像画の件に関わるアランの行動を新たな視点から見直そうと考えた。オーウェンは今回の件にもまた詐欺の兆候が見えるような気がした——たとえそれがより小規模で、個人的ではあってもそうでなければ、アランはどうしてアイリーンに嘘をつくのか。オーウェンは最初、どのような形の詐欺があり得るのか見当がつかなかった。彼は自分自身の「犯罪」を思い起こし、アランが二つ以上の会社から保険金を受け取ろうとしているという可能性を考えた。その解釈には少し無理がある。芸術作品が盗まれた場合、消えたままになることはほとんどない。泥棒が無能でない限り、普通はすぐに売りに出され、多くの場合、盗んだ側と保険会社の間で取引対象となるからだ。もちろんアランがそれを知らないはずはない。それに、あの肖像画のような高価な作品が盗まれた場合、彼は払い戻しを望まず、現品を取り戻すことを望むだろう。

そう考えると、肖像画はそもそも盗難に遭っていないのではないかと、オーウェンには思えてきた。保険金目当てだとしたら、絵が二度と出て来ないことが確実でなければならない。どうしてアランは絵が出て来ないと確信できるのか。絵は誰かに壊されたのかもしれない。それならなぜ、盗難に見せかけようとするのか——やったのがアラン本人でないならば。しかしオーウェンには、アランのように金にうるさい人間が、将来必ず価値の上がる品を破壊するとは考えられなかった。だとすると、もっと可能性が高いのは、肖像画を隠したのではないかということだ。この可能性はオーウェンの目から見て、アランの行動とも合致していた。結局のところ、最初から最後までアランの詐欺行為に共通していたのは、口の堅さだった。

こうしてオーウェンは、ハイヒールにやってもらいたい仕事を思いついた。もちろんアランがどこを隠し場所にしたかは定かでないが、オーウェンは彼が目の届く場所に肖像画を置きたがるだろうと考えた。州北部の実家は間違いなく除外できる。モードは夫の不法活動は関知していないだろう。町のアパートの方がはるかに可能性が高い。それはアランが主に仕事をする平日に使っている場所で、夏の間は彼しか出入りしないからだ。ハイヒールの任務はこうだ——アランを説き伏せて彼のアパートに連れて行ってもらい、そこに肖像画があるかどうかを確認する。

オーウェンは彼女に断片的な事実を伝え、自分が調べたことやアランがアイリーンにかけた電話のことは何も言わなかった。エリザベスの肖像画が盗まれたとラドラム家が言っているけれども、実は絵を、おそらくアランのアパートに隠しているのではないかという疑いがある。一家の奇妙な行動に興味がある。興味以上のものではない。調べたからといって、何も得することはないのだけれど、と。

オーウェンはハイヒールが何のためらいもなく彼の頼みを聞いたことに驚かなかった。そしてオーウェンが正しく予期した通り、アランはすぐに彼女に興味を惹かれた。しかしオーウェンの予想が当たったのは、彼が知っていた事柄による帰結ではなく、彼が知らない事実がもたらした結果だった。行方不明の肖像画のことをハイヒールに説明したとき、彼が意図せずモードとアランをひとくくりにして説明したことが偶然にも吉と出た。オーウェンは知らなかったのだが、ハイヒールは何年も前からモード・ラドラムに恨みを抱いていたので、怪しいことを企む彼女の尻尾をつかむのに乗り気だったばかりでなく、その夫との浮気にも積極的だった。また、最近の出来事によってアランが精神的に弱っていたことをオーウェンが知るよしはなかった。アランはエリザベスとの関係で自尊心を傷つけられ、モードによって家から追い出されていたので、ちょうど慰めに飢えていたのだ。彼が昔からハイヒールと知り合いだったことは彼女の魅力を高めただけだった。それはエリザベス以前の彼を性的冒険《アバンチュール》から隔てていた人見知りという障壁を取り除いたからだ。

こうして、アランとハイヒールの夜は、オーウェンにとって意外な展開になった。オーウェンはうまいことを言って二人の客をくっつけるつもりだったが、実際には何もする必要がなかった。二人は彼のアパートで顔を合わせた瞬間から意気投合した。三人がレストランで席に着いたときにはもう、相互理解があからさまな共謀関係に変わり始めていた。オーウェンは自分が企画したディナーでありながら、部外者のように感じた。アランの裏の顔を知るオーウェンは、ひょっとするとアランはどうにかして既にハイヒールを抱き込んでいるのではないか、とさえ考えた。もしかするとこの二人は私の敵なのか？もしもそうならどうなる？　私には隠し事はないし、失うものもない（そう考えた瞬間、彼は、十一歳のフィービが学校を抜け出して彼に会いに来たときのことを思い出した）。

夕食後、アランはハイヒールとオーウェンを仕上げの一杯に誘った。オーウェンは断り、帰った。アランはハイヒールに、どこへ行きたいかおずおずと尋ねた——お気に入りのバー？　君の家？　私の家？　あなたの家がいい。タクシーで彼女は彼の手を握った。二人はエレベーターでキスをした。二人は玄関を入るやいなや、セックスを始めた。それは時間をかけて行なった三度のうちの一度目になった。

二人の悦びは、無垢とは言わないまでも、無知によって高められていた。アランはハイヒールがモードを恨んでいるのを知らなかったし、ハイヒールもアランの家庭内のトラブルを知らなかった。彼らは必死に、自然かつ愉快に互いを燃え上がらせている渇きを癒やした。何も知る必要がないので、互いに何も尋ねなかった。翌朝、目を覚ました二人は言葉を一言交わすより先に、もう一度楽しんだ。

しかし、話を始めるとすぐ、ついにハイヒールが言った。「トーストしたベーグルがどうしても食べたいんだけど」。彼女はその言葉を口にする前に躊躇した。そう言えばアランが最寄りのデリカテッセンに買い物に出掛け、自分はアパートの捜索をすることになると知っていたからだ。オーウェンが彼女にやらせようとしていることは今、少し汚らわしい気がした。新たな恋人に対してスパイを働くのは、昔の恋人の頼みを聞かないのよりも大きな裏切り行為になるかもしれない。彼女は約束を守ることにした。彼女はアランに幸福を与え、彼はまだぬくもりと優しさを与えてくれているが、その優しさの中にぬくもり以外のものがあるのを彼女は感じていた。彼がどれほど彼女を好きになろうと、彼女が彼の人生の中心となることは決してない、ひと夏の間でさえあり得ないという感触。彼が彼女に優しくするのは、今後何度か同じことをする機会があるかもしれないからだ。しかし、後日また会うというのは例外的な事態になるだろう。アランは彼女も自分と同じ考えだと思っていたし、それは間違っていなかった。彼女が「本当の生活」に戻るよう彼がそれとなく促しているのを彼女は気にしなかった。彼との関係が今後も続くのを望んではならないことを彼女は知っていた。彼女も彼が好きだったが、その理由の一つは、彼がいつか去る、モードのもとに戻ると分かっていたからだった。ろくでもない夫との年月を経験した彼女が彼を好きになったのは、彼が良き夫だったからだ。今腕の中にいるような男と結婚していたら私の人生はどうなっていただろうかと、彼女は想像せずにいられなかった。そう考えただけで彼女はそれを切望する自分に赤面した——後悔に満ちた、憎らしい切望、遅かれ早かれ打ち切らなければならない切望。アランがイングリッシュマフィンを食べようかと言ったとき、彼女はベーグルの方がいいと答えた。そう言えば彼が部屋から出て行ってくれるから。

肖像画はきれいなシーツにくるまれ、台所横にある扉のない物置スペースの壁にもたせかけてあった。彼女が寸法と絵柄を確認し、疲れた顔と体を呼び戻し、ベッドに入って待っていると、アランが戻ってきた。

オーウェンは感謝の印としてハイヒールに、五週間前にチケットが売り切れるという人気ミュージカル『努力しないで出世する方法』のいちばん良い席を二つ贈った。オーウェンはここ数年、ビジネスで頭を使ったことがなかったが、今回の件で頭がまだ衰えていないことが証明された。乏しい証拠を元にアランがしたことを正確に割り出したのは、ひとえに彼自身の手柄による。彼は自信を取り戻した喜びに浸り、丸一日フィービのことを忘れ、ルイーザへのお決まりの電話もかけなかった。

その四日後の夕方近くに彼はアランの家に電話をかけ、つながるまでベルを鳴らし続けた。オーウェンは、近くまで来たのでお宅で一杯やらせてもらえないかと言った。どうぞとアランは答えた。ドアマンには客が来ると伝えておきます。

アパートに入ったオーウェンは、じっくりと涼しさを味わった。外の気温は三十五度に達していた。アランは片手にジントニックを持ったまま陽気に彼に挨拶し、反対の手でバーの方を指し示し、酒は自分で作ってくれというしぐさをした。「こちらからお電話しようと思っていたところです。今日はゆっくりしていってください」

「それはどうかな」

アランは自分の酒を作りながら相手をじっと見た。オーウェンの目は真剣で、油断がなかった。「どうかしました？」

オーウェンはアランの方を向いた。「私はここに来るのに、嘘をつきました。実はビジネス上の用事で来たんです。まずは乾杯」。彼はカチンと音を立てる角氷がいっぱいに入ったグラスを持ち上げた。

「乾杯。ところで、仕事なら何年も前から一緒にやっていますよね、会社同士で」

「そうです。しかし今回は二人だけの秘密の話で」

「ご用を承りましょう」

「あなたがお持ちの絵画を、ぜひ……いただきたい――ウォルター・トレイルが描いた肖像画を」

「所有者は私と妻なのです」。アランはオーウェンの脇を通ってバーに行った。「本人に確かめなくても分かりますが、モードは絵を売ることに同意しないでしょう」

「でしょうね。私はトレイルのアトリエで絵を一度だけ見たことがありますが、特別な作品であることは分かりました。ところで、とりあえず、一度絵を見せていただくことはできませんか？」

「それはちょっと難しそうです」

「善は急げで、今すぐに」

「今ここで？　ああいう絵を町のアパートに保管するなんて考えられません。壁のある場所が分かるように版画が二、三枚。ここにあるのはその程度です」

「それはどんなものです？　芸術のことはまださっぱり分かりません。州北部に行ったときなら肖像画を見せていただけますか？」

「オーウェン」とアランが穏やかにたしなめるように言った。「アイリーンから、絵が盗まれたという話を聞いたんですか？」彼はさらに尋ねた。「エリザベスのことはご存じありませんよね？」

アランの声はその質問に重要な意味があることを示していた。オーウェンはそれを、既に知っている事実と結び付けることができなかった。彼は言った。「じゃあ、何があったんです？」

「何に何があったと？」

「絵はどうやって盗まれたんです？」

「何があったか私には分からない……」。この種のゲームを続けることはアランには苦にならなかった。

「じゃあ、絵に関してあなたは何をしました？　警察？　私立探偵？　保険会社はどこです？」

「どうしたらいいと思います？　美術品盗難は難しいことが多い」

「あなたが画廊の保険について尋ねたものだから、アイリーンは驚いていましたよ」

「ひょっとしてそのためにここにいらしたんですか？　アイリーンのために？　彼女が気に掛けるべき問題ではないのに」

「私がここに来たことはアイリーンとは関係ありません」

「それなら、あなたはどうして絵のことを気にするんです？」

「お話ししたでしょう。絵をいただきたいんです」

「でも、こちらにそのつもりはまったく――」アランの言葉が途切れた。オーウェンの狙いは何だ。相手の目がじっと彼の目を見ていた――友好的でも非友好的でもないまなざしだ。「ディナーでも食べながら話をするというのでは駄目ですか？　空きっ腹にはジンがこたえる」

「時間はかかりません」。オーウェンはあぐらをかいて座り、横の床にグラスを置いた。アランは彼の方を向いたまま、壁にもたれた。彼はオーウェンにいら立っていた。「どうして私たちがこういう会話をしているのか、理由を教えてもらえませんか」

「もちろんです。私はあなたがミスをしたと考えています。化けの皮がはがれた。あなたは画廊から絵の保険金を詐取しようとしている」

アランは急に笑いだしたくなったが、口では「わお！」と言っただけだった。

「私は真剣です」

「それは違う」。アランは思わずにやりとして、間を置いた。「どこから話を始めたらいいのかな」

「どこからでも結構」

「画廊がどこの保険に入っているかさえ私は知りません。あなたはご存じなのでしょうけれど。私はアイリーンに質問を一つしただけです。たったそれだけのことで、私が何かを企んでいるということにはなりません。むしろ面白いのは」とアランが続けた。「私が企んでいるとあなたがおっしゃることは、あなたが普段仕事でやっているのと同じことだというところです。お宅の会社は、受け取れる保険金を限界まで引き出すのですから」

「その通りです。しかし、請求を複数の保険会社にしたりはしません」。オーウェンはニューロンドンを思い出し、心の中で十字を切った。彼は考えた。あのとき、ニューロンドンの話を他人にすべきではなかった、と。

「私は保険金請求などしていません。絵はいずれ出て来るでしょう。もしも充分に安ければ自分たちで買い戻しますし、きっとそうなるでしょう」。アランは自信を深めながら、客を見下ろしていた。「もしも盗んだ連中が値段をつり上げてきたら、画廊にも手を貸してもらうことになるかもしれない。だからアイリーンに電話をしたのです」

オーウェンは手元に切り札があったのであえて強引な攻め方はしなかった。にもかかわらず、アランを隅に追い詰めていた。アランは勝ったと思った。オーウェンの紅潮した鉄面皮な顔がそれを証明していた。アランは一度はオーウェンを恐れたが、恐れる必要はなかったことが判明した。今回、オーウェンは表立って彼を責めてきたが、モリスの保険証書を作成したときと同様、何らやましい点はなかった。アランは大きな勘違いを犯したオーウェンに対して、軽い軽蔑を見せずにはいられなかった。

そのとき、オーウェンの態度が変わった。彼は職業的不正行為に携わる同業者と対決するつもりでいた。彼は不正を知って反感を抱くよりむしろ好奇心をそそられたので、ただアランに対して、「お宅も賢いが、私の方がもっと賢い」ということを見せつけてやりたいと思っていた。肖像画を欲しがるのは、単なる策略でしかなかった——最初は、本気に見せる言い訳として、その後は敵を追い詰めるための拠点として。ところがオーウェンは今、気が付くと、本気で絵を手に入れたいと思い始めていた。

彼は知恵比べでアランに勝つこと以上の欲求を感じ始めた。目の前にいる金持ちで名声のある同業者は、保険業務に携わりながら何年も前からそのシステムを悪用し、今もまた、うまく逃げ切ったと満悦の体《てい》でにやついている。腹が立ってきたオーウェンは、単にアランの正体を暴くだけという当初の計画を捨てた。価値観の問題だ。自分にはアランに相応の罰を与える道徳的資格がある、という考えに、彼はまったく疑いを抱かなかった。

「それは今思いついた言い訳でしょう？　私は信じませんよ。どうしてか分かりますか？」

「分かりません。ですが、どうしてそこまで——」

「あなたの経歴を調べさせてもらいました」とオーウェンが遮った。「まともな方《ほう》の業績の話ではありません。そちらを問題にするつもりはない。私が言っているのは——私がそこで知ったのは——あなたが常習的なペテン師だということです」オーウェンは反論を差し挟まれないよう早口でしゃべった。

「そして、いまいましいほどの成功を収めてきた。しかし私が見たところ、一つだけ問題がある。生まれも育ちも貧しいペテン師なら、一回の失敗で全てを失うことを知っています。けれども、あなたのように育ちが裕福だと安心感がある。だから本当に自分が安全だと思うようになってしまうのです。リスクを忘れる。そのせいでミスをする。アイリーンへの電話がその一つの例です」

アランは、驚いていたとしても、それを表情に出さなかった。「オーウェン、何を考えているのか話してもらえませんか。私がしたとあなたが思い込んでいる何かが誤解を生んでいるようだ。あるいは、私が実際にやったことについてのあなたの解釈が誤解の元かもしれない。要点は何です?」

「私が知っていることを分かってもらうために、三つの名前を挙げましょう。ごまかしても無駄です――私が知っているとあなたに分かるということを私は知っている。年代順に、カイザーワイナリー、ワトリング鉱山、ヴィーコ・ハザード号」

二、三秒後、アランは両手を背中に回し、同じ場所に立ったまま、答えた。「反論はありませんよ。あの三件はもちろん間違いでした。でも、どうして私なんです? 関与した人間はたくさんいるのに」

「あれは間違いだった、そして、あなたが犯した間違いというわけでもない。間違いをしたのは他の連中です。あなたは彼らに助言をしただけだ」

「助言ならいつでもしています。それが仕事ですからね――それはあなただってご存じでしょう。あなたの今までの助言は完璧だったとおっしゃるのですか? 私の打率は結構いい方だと思いますよ――およそ九割五分だ」

「なるほど。サークルC牧場の件を覚えてらっしゃいますか? 家畜の補償額を二倍にしてほしいと求められましたね。あなたは彼らを推薦するとき、あの地方でここ三十年ブルセラ病が発生していないことを確認した。立派なお仕事ぶりだ。あなたのような方がどうして、ヴィーコ・ハザード号が空荷《からに》だったことを知らなかったのでしょうか。どうしてあなたが、カイザーやワトリングみたいなろくでもない会社を紹介したりするのでしょう。可能性はただ一つ——」

「いいですか」とアランが口を挟んだ。「調査は終わっています」

「私もめぼしい収穫は得られませんでした。あなたは陰の存在だ——単なる顧問の役ですから。それに私たちだって皆、忙しいですからわざわざ過去のことを蒸し返したりしない。でも私の狙いはあなた一人に絞られているんです」。アランは何も言わなかった。オーウェンが先を続けた。「私の目的はあなたを困らせることじゃありません。本当に。そんな必要はない。ただ、エリザベスの肖像画が欲しいだけなんです。そして、さっきの答えはノーです。私は彼女を知りません。戦争前に会ったことはあるかもしれませんが」

エリザベスの名を聞いてアランは気分が悪くなった。二週間前、彼女は彼のものだった。少なくとも、彼は彼女のものだった。彼は自分の不正行為をひけらかすことで彼女の感情を傷つけたのかもしれない。ひょっとすると、彼の秘密をモードでなくオーウェンに話すことで、彼女は彼に復讐をしたのかも。彼は言った。「じゃあ、馬のこともご存じなんですね」

その晩、オーウェンがまごついたのはこのときだけだった。「エリザベスは馬を持っているんですか？」

「そ、その馬の話じゃありません」と、いらついたアランが答えた。「肖像画のことは泥棒に訊いてください」

「だから今、そうしているところです」

どうしてオーウェンはここまでその「盗難」にこだわるのか。アランは今日まで、アイリーンに対してでっち上げたその話をほとんどすっかり忘れていた。「私が絵を盗んだとおっしゃるんですか?」

「いいですか。私もお腹が空いてきました。こうすることにしましょう。私が絵を見つけ、そのまま私が保管する。誰にも何も言わないと約束します」

アランにはまだ話が呑み込めなかった。オーウェンは氷のないグラスを空にして立ち上がり、台所に入っていった。木枠《ストレッチャー》がタイルの床にこすれる音がアランに聞こえた。

「シーツをめくる必要がありますか? それとも、私の言葉を信じてくださいます?」

アランの堪忍袋の緒が切れた。オーウェンは肖像画がそこにあることを知りながら、そのことを隠し、二十分前から人を笑いものにする準備を整えていたのだ。「もう帰った方がいい」

「そうみたいですね。明日、適当な時間に、階下の管理人に絵を預けておいてください。誰かに取りに来させますから。それとも今、このまま持っていった方がいいですか」

「ふざけるな。さっさと出て行け」

「ラドラム、お気持ちは分かります。でもできれば、私の気持ちも理解してください。私はあなたをやっつけることに興味はない。そんなことをすれば飛び散った糞が私の体にも降りかかる。とにかく、私は警察官ではないから、あなたが何をしようと知ったことじゃない。でも私はあなたをやり込めることができるし、もしも必要なら実際にそうするでしょう——私には譲れないものが一つあるから。あなたが紹介したような薄汚い顧客の保険を請け負うたびに、うちみたいな会社は金と評判を危険にさらしてきた。あなたのせいで私のケツも危ないところでした。あなたは社会に対して借りを返す必要はないかもしれませんが、どうあっても私には返してもらいます。安いものじゃありませんか——たった一枚の絵なんですから」

この瞬間、アランはトーストしたベーグルのことを思い出した。彼は狼狽が声に出る前に、早口で言った。「オーウェン、肖像画が盗まれたという話は――あれは手の込んだ冗談だったんだ。家の中だけの」

「だから?」

「だから今、その話を――」

「むしろ、あれは私の冗談だ。私が今問題にしているのはあなたの評判です。お分かりでしょうが、そこのところは冗談ではありませんよ」

アランはあきらめた。彼は負けたくなかったし、負けたら悔しい思いをすることになるだろう。しかし、負けを避ける手立ては見つからなかった。彼の知恵が初めて彼を裏切った。ルーレットの輪を操作していたのは、彼が一瞬たりとも疑わなかった女性だった。今の彼のいちばんの望みはオーウェンがアパートから出て行くことだった。彼は値段に同意した。「明日、私が事務所に出掛けるときに管理人に預けておく」

「結構」。オーウェンはほほ笑んだ。「さて、夕食はどうです? 要りません? では、失礼します。最後に一つ、お尋ねしたいことが。最初にあなたに興味を持ったときから気に掛かっていることがあるんです。それがあったからあなたに興味を抱いたのかもしれない」。アランはバーを見つめていた。オーウェンは続けた。「どうしてあんなことをなさったんですか?」

オーウェンは辛抱強く答えを待った。しばらくしてアランが顔を上げた。「やつらが間抜けだから」

「やつらって?」

「みんなさ。あなたは違うかもしれないが」とアランは慌てて付け足した。「他はたいてい間抜けばかりだ。成功を収め、大金を持ち、奥方はおしゃれで、海に別荘を構え、モルトウィスキーを飲みながら、肝心なことは何も分かってない。そこに何かが隠されていることさえ知らない。みんな羊なんです」

「でもあなたは違う」

「あなたはゲームがお好きのようだ。説明する必要がありますか？」

「私はただ知りたかっただけです。答えがね。ひとこと言わせてください。私たちは全員が羊なわけじゃない。だから、羊相手にあなたがやってもよいと考えることを、自分が誰かにやられることも覚悟しておかなくてはならない。この考えは筋が通っていますよね」。アランは再び黙り込んでいた。「そうそう、念のため、売買契約書が必要です。もろもろの手数料をひっくるめて代金は二千ドルと記載しましょう。資本控除が受けられます。大した額ではありませんが、塵も積もれば山となる、です」

オーウェンは玄関で振り向いた。アランは窓の外を見ていた。十四階下には敷物サイズの植え込みがあり、そこに植わったレンギョウ一本と常緑灌木三本が、暑い不変の日陰でしおれていた。「いいですか、アラン、あなたは何も証明する必要などなかったのです。あなたはご自分が思っているよりもいい人間だ」

外に出ると、夜の町の空気は蒸し暑かった。フィービが初めて病気の症状を訴えたのは一年前で、実はそのとき、彼はそう聞いてほっとしたのだった。

アランは自分を一人前の男ではなく、幼い子供と見なしていた——夢想の中の彼は、さまざまな子供らしいばかげた不運を切り抜けていく子供だった。彼は屈辱的な負けを喫したのが悔しかった。たった一枚の絵と一人のインチキな損害査定人のために、どうしてこんな辱めを受けなければならないのか。いったい何があった？　クッキーの瓶をちょっと覗いただけなのに、食器棚ごと手前に倒れてきたようなこのざまだ。彼がアイリーンに電話し、罪のない嘘をついたのは、アイリーンがその話をモードに伝えると期待していたからだ。話を聞いたらモードは、それを信じて、あるいは嘘に気付いてぞっとするだろう。いずれにしても、彼女は彼の所にやって来ることになり、また一緒に暮らす生活を取り戻すことができただろう。この戦略は別の、もっとおとなしい、子供時代のいたずらを思い起こさせた――母親の気を惹くためにしばしば仕掛けたいたずらを。新しい靴が片方「なくなった」というのがお決まりの手だった。それをやれば叱られ、罰せられるが、忘れられた子供ではなくなる。しかし今回は、一人の探偵が予告もなく靴屋からやって来て、牢に入れると彼を脅した。訳が分からない。

しかし、彼の落胆の大きさには理由があった。彼の気分が悪くなったのは――まるでアパート最上階のベランダから乗り出したときのように、彼の陰囊を縮み上がらせたのは――ハイヒールの記憶だった。計略のことは許せる（どんな結果になるか彼女には想像がつかなかっただろうから）。しかし、彼女と過ごしたあの夜について、オーウェンに感謝しなければならないことには耐えられなかった。そう考えただけで全身の力が抜け、胸の怒りさえしぼんだ。彼女に電話できたらいいのに。そうすれば私を哀れんでくれるかもしれない。私には自分を軽蔑する理由があるが、彼女には私を軽蔑する理由がない。彼は彼女と話をする気力さえなかった。

モード、エリザベス、ハイヒール――この七月の間に三人を失った。

アランはオーウェンに対する強い怒りがよみがえり、何日も、何週間も押し寄せ続けることを期待した。相手に憤慨せずにはいられないほど、あまりに大っぴらに恥をかかされたのだから。にもかかわらず彼の怒りは、倫理的憤懣や復讐心に燃える明確な激情を欠き、アランは自分でも気付かないうちに内心で敵と和解していた。オーウェンは天災のように、警告なしに降りかかってきた――非人格的に、そして恣意的に（アランは結局、感謝の手紙を書いた自分のミスには気付かなかった）。そしてオーウェンという存在が徐々に、一度限りの復讐の天使の仮面をまとった。おとぎ話に出て来る天罰、お化け、アランが無意識に自分の創造物だと認識した戯画だ。それと同時に現実のビジネスマンであるオーウェンは、それとまったく異なるけれども相補的な役割――アランの仕掛けた壮大な詐欺に常に欠けていた観客という役割――を帯びた。

アランがついに裏の仕事から足を洗うきっかけになったのは、小鬼兼目撃者という二つの顔を持ったオーウェンだった。小鬼は彼に、冒しているリスクを思い起こさせた。目撃者は彼に、もう誰にも見てもらう必要はないと気付かせた。七月十八日に処分された去勢馬がアランの秘密の経歴に終止符を打った。後に、機会は何度もあった――何も植えていない土地で生じた大凶作とか銀行のコンピュータの「エラー」とか。そのたび彼は、アパートにいる不可視の人物にチェックされた。その人は氷の溶けた酒を手に、こちらを向いて座っていた。偏見のない傍観者なら、アランはまさにこの目的のためにオーウェンを自分の人生に呼び出したと結論したかもしれない。

その夜はしかし、アランはオーウェンを頭から追い出したかった――できれば過去にさかのぼって殺すことによって。彼はよそに行けばさらに気分が悪くなると信じ、家から一歩も出なかった。夕食には、翌日食べるつもりにしていた朝食を食べた。卵、トースト、紅茶。マケドニアでの地震の映像も『ジャック・パー・ショー』も彼の落胆を和らげることはなかった。彼は雑誌を何冊か持って早めに寝床に就いた。寝酒もやらずに。

ルイスとモリス

一九六二年九月―一九六三年五月

モリスは死の一年前に、ウォルター・トレイル宅でルイスに会った。ルイスは大学卒業後一年半、両親と暮らしていた。オーウェンは息子を無視しようと最善を尽くしていたので、より正確には、ルイーザと暮らしたと言った方がよいだろう。ルイスはルイーザといると全然落ち着かなかったが、彼女は甲斐甲斐しく息子の面倒を見、彼の気難しさにも目をつぶった。ルイスはほとんど誰といても落ち着かなかった。彼は同性にも異性にも友人はほとんどおらず、数少ない友人を大事にしようともしなかった。

彼はフィービを愛し、信頼していた。兄妹《きょうだい》の父はいつも妹の方を大事にした。兄はいつも及第で、妹は優秀だった。彼女の父に対する絶対的忠誠が、あらゆる怒りを未然に防いでいた。彼女はルイスより三歳年下で、彼の精神的支えだった。ルイスが家で過ごした退屈な日々に、フィービは決して「お兄ちゃん、今、何してるの？　この先どうするつもりなの？」と尋ねたりしなかった。ルイスはそれらの問いに対して答えを用意していたが、それが屈辱的な嘘にすぎないことを自分で知っていた。彼は今、何もしていないし、この先何をするのかも分からない、というのが真相だった。。

決して愚鈍ではないルイスは、見当違いの過剰な才気に苦しんだ。彼は見事に一瞬で信用を墜とした。彼は文学、芸術、芝居、歴史に通じ、その知識は大学で普通に教えられているレベルを超えていた。しかしその知識が何かにつながることはなく、少なくとも、それで生活の糧を稼げそうにはなかった。ルイスは自分が通う学校の書店で働いたことがあった。本を扱うのが好きだったし、本に埋もれるのが楽しそうだったからだ。その後、彼は注意深く商品の帳簿を付けるように指導を受けた――まるで、扱う物が豆の缶詰であっても同じことであるかのように。彼はすぐに単純作業に興味を失い、帳簿の付け方も覚えず、三日で仕事を辞めた。八年後、彼はまだ自分が実務的能力に欠けていると信じていた。彼の趣味を知る大学の友人たちは、手始めに地味な仕事からやってはどうかと提案した――出版社の校正係や、劇場の雑用係や、画廊の管理人の空きがあるから、と。ルイスはそれを全て却下した。それらの仕事は、確かにもっと大きな仕事につながっているかもしれないが、彼の能力を超えていると同時に、レベルが低すぎる気がしたからだ――どうせまた書店と同じこと。先に卒業した友人は自分が選んだ道を彼にも推薦した。ルイスは学者集団に対して、きまりの悪い軽蔑を抱いていた――学者は自分と同じ社会不適合者に思えた。彼は自暴自棄で、孤独で、わがままだった。

実家に戻った二度目の秋、彼は『ニュー・ワールズ』という美術雑誌で、モリス・ロムセンがウォルター・トレイルの絵について書いた論文を読んだ。二月以来ウォルターの下で仕事をしていたフィービが兄にそれを読むことを勧めたのだった。ルイスはウォルターとは無関係の理由で、論文を心に深く刻んだ。

論文の書き出しはこうだった。「魚は頭から腐り始める。絵の腐敗は芸術という概念から始まる」。ルイスにはこれらの言葉の意味が分からなかった。それはまるで、散らかったテーブルを怒りに任せて払う腕のように、彼の頭の中を一掃した。続きを読んだ彼には、モリスの主張が、扱っている主題に光を当てているかどうかは分からなかったが、それが自分に光を当てているのは分かった。

　ルイスは以前一時的に、文筆家になるのを夢見、すぐに自信をなくしてあきらめたことがあった。モリスは彼に、文章に何ができるかを見せた。創造は典型的な形態や手続きを——特に、連続性や一貫性という、幻にすぎない「自然さ」を——捨てるところから始まるという考え方を、モリスはさらに一歩先へ押し進めていた。彼はそれを述べるだけでなく、実践した。彼のエッセイは読者が横切ると爆発する地雷原になっていた。読者は意味論から精神分析へ、さらに認識論、そして政治へと追い立てられ、いつの間にか自分で選んだのではない場所に立たされていることに何度も気付かされた。そのような空間移動は、気ままというより、読者を新たな形で主題に差し向けるという目的を持った、隠されているけれども納得できる法則に基づいているように見えた。ルイスはその効果を説明できず、なぜ自分がその論文に心動かされているのかも分からなかった。今の状況を信じられない内気な父親が生まれたばかりの赤ん坊を指先でつつくように、どうにかしてあら探しをするつもりで彼は論文を読み返したが、最初の印象は変わらず、留保は完全に取り払われた。彼はついに、この世でする価値のあることを見つけたのだ。

　ルイスはフィービに、作家になる決意をしたことを直接話さず、その代わりに手紙で伝えた。それより先に両親に新たな夢を語ったとき、彼は話をしながら要点を見失い、熱意は曖昧さを補い切れなかった。ルイーザは困惑し、オーウェンはうんざりしていた（こいつは永久に親のすねをかじる気だろうか、と）。ルイスはフィービにはちゃんと理解してもらいたかった。モリスの文章が彼に与えたのは、まさに救済の希望そのものだった。

僕が抱える重荷は孤立と、取り憑かれた精神だ。ようやく今、その前者を役立て、後者を厄介払いできる。孤独は僕の得意とするところだ。僕がそこで生み出す物を他の人々が各自の孤独の中で使う――精神の長距離共同体。僕は頭の中でざわめく言葉を捕まえ、実体を与える――心を打ち、慰める物、謎をかけ、消える物に変える。実際、僕にはそれができる。すごいこととは言えない――医者の方がもっと有用だし、俳優の方がもっと伝えるのがうまい――けれども、僕は選り好みのできる身分ではない。今までは読書なんてゴロゴロしているよりはましという程度のものだと思っていたけれど、僕が読んだ文章の書き方は線文字A（ギリシアの島々で発見された粘土板などに刻まれた紀元前十八―十五世紀の音節文字でまだ解読されていない）よりも奇妙だった。モリス・ロムセン登場、ジャジャーン！

本人に会いたい？　とフィービが兄に訊いた。簡単に手配できるけど、どう？（彼女は既に体調を崩していたが、ルイスのためなら裸で雪の中を転がることさえしただろう。）ウォルターが次に開くパーティーにモリスが来ることを知っていた彼女はウォルターに、兄を招待してもよいかと尋ねた。ルイスは喜び、出席しないと言い、出席した。

十一月一日の晩に開かれたパーティーには、およそ五十人の客が来た。フィービはモリスにルイスのことを話し、手紙にあった言葉を一つか二つ引用した。彼女はルイスが来たとき、モリスがよそよそしい態度を見せるかもしれないと警告し、そうなっても腹を立てないように言った。彼女はまたルイスに、モリスが「今時の言葉で言うと、心臓の調子が悪い――つまり、死が迫っている」ことを伝えた。

「でも、ずいぶん若いじゃないか。そのせいであんな悲しそうな顔を？」

「病気は二十三歳のときからよ。顔のことは、いいえ、それは違うと思う」

モリスに会ってルイスは驚いた。しかしそれは、彼がよそよそしかったからではない。ルイスは自分を卑下していたので、それよりもひどい状況を予想していた――今回はこれまで以上に。もしも文筆家になるという選択が彼を興奮させたとしても、今までの彼の人生は書くことそのもので悪い方向に向いてきた。彼は刺激的な自由を垣間見たものの、いまだに自分が、甘い母親と短気な父親との板挟みになっていると感じた。彼は粗削りで気取った詩を少し書いたことがあり、ほとんど「日記」と呼ぶに値しない、自嘲的な日々のメモを綴っていた。彼がモリスから期待したのはせいぜい、唯一の捧げ物であるたどたどしい賛辞を受け取ってもらうだけのことだった。

フィービを好きだったモリスは、ルイスに対しても好意的に接した。よそよそしい部分があったとしても、それはひとえに性的な慎重さから来るものだった。彼は自分の奇妙な嗜好を信用していなかった――特に、相手が若い男で、好みが分からない場合は。彼は率直に、ルイスの賞賛を歓迎した。そしてルイスは気が付くと、自分でも驚いたことに、たどたどしいどころか、一気呵成に話し始めていた。

彼らはエリザベスの肖像画の下に立っていた。ルイスが言った。「先生がお書きになった文章から、僕はもっと違う絵をイメージしていました。ひょっとして、それが先生の狙いだったのですか？」

「え、というと？」

「違いますか？　こんなふうに思っていたんです。実は人は、何も描写することができない。だから先生は描写するふりをする――言葉を使って偽《にせ》の複製を作る。すると私たちは、描写という幻に浸るのではなく、言葉の中に浸ることになる。それに加えて、邪魔な反応が和らげられる。だから、私たちが実際に絵画を目にしたとき、期待していたものは何もそこに存在しない――先生が使った偽の言葉も、私たちの偽の反応も。私たちは絵画自身が言う通りにそれを見なければならない。そんな意味ではないですか？」

「悪くない。では、要点は何だろう」

「要点……要点は、本当に絵画の中にあるもの？　論文の読者にはそこに存在しないものを見せておいて、絵にあるものには手を触れないでおく――？」

「誰にも言わないでくれよ。どうせ誰も理解しないだろうが」

「僕にもよく分かりません。当てずっぽうを言っているだけで。というか、先生のおっしゃっていることの一部は、かなり奇天烈《ワイルド》ですよね。例えば、『われわれの始原の天国は、ワギナの荒れ狂う空だ』なんて」

「それも同じ理屈だよ」。モリスが肖像画を指さした。「あの口について文章を書くとしよう。もしも描写を抽象的にしたとしても――例えば、『藤色の水平な線』などと書いても――人は絵を見たとき、こう思うだろう。『すごい口。こんなに藤色で、こんなに水平だ』とね。そして、水平な線はある意味を持ち、藤色は別のある意味を持つことになる。そうなると、さようなら、お口ちゃん、だ。『荒れ狂う空』はワギナを追い払い、ワギナは『荒れ狂う空』を追い払う。たとえ言葉がそこに残り、言葉としての役割を果たし続けるとしても。もちろん大半の人は絵を目にすることもないのだが」

「そういう人たちについてはどうなのでしょうか？」

「僕の知ったことではない。しょせんはつまらない狂気の世界だ。ルイス、自分の体を大事にしなさい。人生はそれだけでも手いっぱいさ。どれだけ短い人生であっても」

モリスは彼を名前で呼んだ。ルイスはそれに気付きもしなかった。子供の頃以来――少なくとも、フィービの誕生以来――彼は自分の感情を常に心に刻んできた。彼はモリスのような人物に会ったことがなかった。自信にあふれた彼の才能は優しさという仮装をまとい、危機にある心臓は心を乱す美貌に隠されていた。ルイスはモリスが美男だとは予想していなかった。彼は自分がモリスにほれるとは思っていなかった。

その後、二人はもう一度話した。モリスは知り合いとの挨拶を一通り終えていた。ルイスはそんな彼をじっと見ていた。自分以外のことを考えていたせいでルイスの顔つきは明るくなり、人当たりも丸くなっていた。来週、昼食でも一緒に食べないかと、モリスが誘った。ルイスは実家に帰る予定を黙って延期し、招待を受けた。

「君はきっと賛成しないだろうが」と、別れ際にモリスが言った。「ある友人と、ビジネスを始めようと思っている。絵の売買をやるんだ」

「画廊ですか？」

「拠点はうちのアパートさ」

ルイスは驚いた。彼は賛成できなかった。昼食のとき、彼はその意見を口にした。「これだけの評判がありながら、やるのですか？　世間から、絵の宣伝をしていると言われてしまいます。先生はもうれっきとした大家ですよ。お金に換えがたい地位です」

「逆の考え方もある。僕が絵に投資すれば、その分だけ本気で意見を述べているということになるからね」

「しかし、先生の意見はどうなります？　投資を始めてしまったら、芸術作品の見え方が変わってくるんじゃありませんか？　美術批評家の、あのベレンソンでさえ――」

「でさえ？　どうせならデュヴィーンにしてくれ！　彼は自分のやっていることをちゃんと心得ていた。僕も同じだ。僕も気分転換に、山の手《アップタウン》で買い物をしてみたい。ついでに、ささやかなコレクションを作るのも悪くない」

「先生の鑑識眼で？　そんなの、朝飯前でしょう」

「ルイス、心配してくれてありがとう。でも、いいか。美術品をめぐる金が、目の前で海のようにちゃぷちゃぷ音を立てている。僕はバケツに一杯だけ、水をくもうとしているだけだ」

「分かっています。そして、おっしゃる通り、先生のことが心配です。もっといいやり方があると思います」

「それはつまり」とモリスが言って、煙がかった陽光の矢の中で白ワイン《ミュスカデ》の瓶を振った。「清廉潔白な精神を保ったままキャビアを食べることが可能だという意味かな」

「売る部分が問題です。そこで名声に傷がつく。でも、もしも絵を買って――」

「売らなければ？　じゃあ、今日の昼は君のおごりにしてもらおう」

「いいですよ。僕が考えるのは、買い手に助言したらどうかということです。新しい芸術作品を手に入れたいと思っているお金持ちがたくさんいますよね。何だか知りませんが、それが最近の流行になっています。彼らは独創的でありたいと願っているし、できれば安く済ませたいと思っている。けれども、彼らの知識は一般雑誌から仕入れる程度のもので、新鮮味はありません。そこで先生が彼らに、売り出し中の芸術家を推薦するんです。買い手の手助けをする一方で、芸術家の手助けもして、しかも自分の生活の足しになる――絵が売れるたびに紹介料をもらうのです。先生は交渉に加わらなくてもいい。自分のお金も投資しない。だから宣伝する誘惑に駆られることもない」

「人は他人が欲しがる物を欲しがる。僕に絵を探してもらいたいと思う人はいないだろう。無名の芸術家を積極的に買おうと思っている人が誰か知り合いにいるか？　一人か二人でも――」

「八人います」。ルイスはタイプ書きしたリストを広げ、声に出して読み上げた。それは彼がルイーザをせっついて聞き出した名前だった。「このうちの三人と話しました――ダウエル家、リーバーマン家、プラット家。プラット家はもう一つでしたが、他の二軒は乗り気でした」

「君は最優秀ボーイスカウト賞でも狙っているのかい？　僕は君がご親切なだけだと分かっているが、人によっては君を、引きこもりの変人だと思うかもしれないぞ」

「でも僕が先生を信頼していることを先生はご存じです」

モリスはリストをテーブルから取り、勘定書は置いていった。彼はルイスが気に入った。彼がルイスを見下したような態度を取ったのは、二十八歳の自分に対してルイスが二十三歳で、年の割に幼かったからだ。モリスは意地悪をすることで、青年の熱意に水を差してやりたいというあらがいがたい欲望を感じた。モリスは意地悪をすることで喜びを得た。ルイスは進んで服従した。彼はそうされて喜んでいた。モリスはそれに気付かなかった。経験豊富な彼でもまだ、罰を受けて本当に喜ぶ人間がいるとはにわかに信じられず、罰を与えようとする自分の欲望を倒錯的と考えていた。

ルイスに分かっていたのは、自分がモリスの言うことやることなら何でも無条件に受け入れるだろうということだった。彼はモリスの軽蔑を楽しんだ。友人がリストをポケットに入れる姿はルイスにとって、どんな感謝の言葉よりうれしかった。彼は、モリスが提案に興味を示したにもかかわらず、元の考えをあきらめる気がないとは思わなかった。仮に気付いていれば、きっとその二枚舌に感服しただろう。
ルイスは時折モリスが口にする文章作法を注意深く頭に刻み、帰宅するとすぐにそのいくつかを試した。モリスは作文の練習として、はやりではないが有益な方法だと言って、模倣を勧めた。手本を選んでそれをまねるんだ、と彼は言った。手本には内容と形式と文体がある。全部をまねしてもいいし、そのどれかをまねしてもいい。おそらく最後は、そのどれも模倣できないという結果になる。するとそこから逆に、君にできることが見えてくる。普段、自分が何をしているかが分かってくる。自分独自の才能の端緒が見つかるわけだ。ルイスは手本に、ウォレス・スティーブンズの詩、ヘンリー・ジェイムズの短編、ウィリアム・エンプソンの評論を選んだ。彼は厄介で苦しい時間を過ごし、それを楽しんだ。作業をしていると、彼は暇を持て余すことがなくなり、頭の中は新しい友人のことでいっぱいになった。

彼は三週間後、短い時間、モリスに会った。二人は五番街の外れにあるマイケルズ・パブというバーでマティーニを飲んだ。ルイスは、先生のアドバイスに従って作文練習をしていると話した。「アドバイス？　あれは女性向け月刊誌に書いてあったことの受け売りさ」と彼は大きな声で言った。その意地悪な返答には、モリスの本性が現れているとルイスは思った。

ルイスは話を短時間で切り上げなければならなかった。別の場所での約束があったからだ。彼はタクシーで二番街三十二丁目に乗り付け、南へ二街区《ブロック》歩いて交差点南東角のバーに入った。それはにぎわう時間の遅い店で、テーブル席には十人ほどの客しかいなかった。ルイスは奥のドアを抜けてやや小さい部屋に入った。窓際にいた二人の男が彼にうなずいた。彼は別のドアを通って建物の従業員用エレベーターに乗り、四階に上がった。フロア全体が間仕切りのないロフトになったその空間は今、黒いレーヨンのカーテンで斜めに仕切られていた。カーテンの手前に立つ六、七人の男がルイスを見てほほ笑んだ。彼が近づくと、皆が再び反対を向き、会話を続けた。

「確か君の友達は温泉の従業員の首を絞めたという話だったね」

「それは単なる噂です。でも僕にとってはいい教訓になりました。絶対に、過去に嫉妬してはならないって」

一人の男がルイスの方を向き、言った。「頑張れ、ミネルバ。それとも、頑張るのは俺たちなのかな」

ルイスがこのロフトに来るのは初めてではなかった。しかし今夜初めて、彼が主人公になる。彼は磔《はりつけ》にされるのだ。

エレベーターが定期的に男たちの人数を増やし、やがてその閉鎖空間がいっぱいになった。

夏のキャンプで嘘とも本当ともつかない話としてしゃべったことを除いて、ルイスは今まで自分の性的嗜好を隠すようにしてきた。同じ趣味の人間が他にもいることは分かっていた。彼はその証拠も目にしていたが、モリス同様、信じることができずにいた。彼の一家の世界に関して言えば、サイエンス・フィクションから知識を拾い集めていたかもしれない。もしもその世界をもっと狡猾に調べれば、他の世界に劣らず多くの同類《ブラザー》が見つかっただろう。ルイスは快楽のために苦痛を与えたり受けたりするのは秘密の世界の出来事だと考えるのを好んだ。彼は二十歳のとき、繁華街で、大柄で目ざとい男に声を掛けられ、ふさわしい手ほどきを受け、打ち身を作った。彼はその後、彼と同じ嗜好を規則とする秘密の集まりを見つけた。彼はそうした集会を恐れ、切望した。集会は彼をなだめがたい官能性と古い夢の不可触性で満たし、憂鬱な静穏で一時的に彼を満足させた。彼はごくたまにではあるが、定期的に集会に参加した。それは彼に落ち着ける居場所を与えた。

雲が多く暖かなこの十一月の夜に彼が演じる役を選んだのは、彼自身だった。イベントの告知を耳にすると彼は嫌悪を感じたが、嫌悪感はきっと自分の欲望の裏返しだと考えた。その後の集会で他のメンバーも同様の嫌悪を表明した――明らかに、彼を辱め、けしかけるために。彼らはルイスに、そもそも彼には参加する資格さえないのだが、役どころがあまりにも品格を下げるタイプのものなので、他にふさわしい人物がいないのだと言った。それは下《げ》の下《げ》でなければできない役だった。

パフォーマンスはお遊びではないと、メンバーが彼に言った。茨の冠は錆びた有刺鉄線で編んだもの。彼を打つ鞭は柳の枝を剝皮して濡らしたものだ。彼は汚れた床のはるか上で、松製の十字架に本物の釘で磔にされる（針のように細い釘を専門家がぐさりと打ち込む――運がよければ体に障碍《しょうがい》が残ることはないだろう）。竹竿に取り付けた宝石の刃が脇腹を切る。尿に浸したスポンジを同じ竿の先に付け、彼の顔をつつく。彼が拷問を加えている者の姿を見ることができないように、（一フィート四方の足場以外に）ひとつ、福音書の伝統から外れる部分があった。彼を喜ばせる必要はない。「下から自分を見上げる顔を見ていい気分が味わえると思うんじゃないぞ、ルル。君みたいな真面目人間は本物のカミーユを気取りかねない（コルネイユの戯曲『オラース』でローマの戦士オラースの妹カミーユは、兄に恋人を殺され、その死を嘆いてローマを難じたために兄に殺される）。私たちはむしろ、君の尻をしっかり見たい」。というわけで、彼は十字架と向かい合わせで磔にされることになった。

初めて舞台に立つ芸人のように、ルイスはひどくあがっていた。しかしそれは不要な不安だった。というのも、彼がすべきことは何もなかったからだ。必要なことは他のメンバーが全てやってくれた。彼は熟練の男たちによって服を脱がされ、冠をかぶせられ、鞭を浴びせられ、持ち上げられた。彼はなすすべなく、彼らに身を任せた――次々に砕ける白波にもまれるスイマーのように、あるいは、いじめっ子の股に頭を挟まれて水中に頭を漬けられた少年のように。彼は殴られるまで息をこらえた。辱めに息抜きはなかった。彼は床で小便を浴び、十字架上では怒鳴られ、ボルトやスニーカーや臭い小球を投げつけられた。自分の感覚以外のことを考えたり感じたりする時間はまったくなかった。彼は、その感覚的刺激が完全に自分のものであると同時に自分で選んだものではないと確信しながら、それに身をゆだねた。彼には自分がすすり泣く声が聞こえた。それは、雲に向かうロケットのように意識が舞い上がるときに生じる浮きかすにすぎなかった。タールの蒸気でできた雲が喉に詰まり、彼を酩酊させた。槍の切っ先は感じなかったが、血が片方の尻と脚に流れるのを感じた。彼は大便を漏らしたのかもしれないと不安になった。

部屋の声が静まった。松の木の皮が膨張したペニスをこすった。

何か別のことが起きている。見覚えのあるはしごが彼の横に架かる。先ほど器用に彼に釘を打った二十歳の男が今、足に釘抜きを当てていた。

「もう?」とルイスがうなった。

「ヴェルマが来た」

「え?」

「風俗の警官。性的不道徳の取り締まり」と、もう一人の男が彼の左手の釘を抜きながら言った。

磔が行なわれるのを知っていて黙っていられる人間がいるだろうか。警察は最初、話を疑っていた(二人の警官が一連の集会に参加していた)。警察は無計画に暴露するようなまねはしないことを決め、一斉検挙の準備を整え、スキャンダルを逆に利用した。検挙は効率的に執行された。けが人は出なかった。参加した三十四人のうち六人だけが上階へ逃げ、不安な一夜を明かしてから姿をくらました。

警察は前もって、馴染みの新聞記者に情報を教えていた。『ニューズ』紙の早刷りには、ロフトの床に横たわる、半裸で血にまみれた匿名の若い男の写真が載った。ルイーザの妹とモリスには——他にも気付いた人はいたが——それがルイスだと分かった。

ルイスはベルビュー病院の救急病棟に搬送された。当直の医師らは、傷の手当てを終えた後、彼を精神科病棟に移し、彼はそこで恐怖の夜を過ごした。彼が変態として担ぎ込まれたという噂がすぐに広まった。病棟の酔っ払いや精神病患者たちは彼に対して、十字架劇の観客に劣らない軽蔑を示し、しかも今回のそれは本心からの侮蔑だった。数少ない用務員たちは、やる気もなく疲れ切っていて、ろくに彼を守ってくれそうになかった。攻撃は言葉の暴力にとどまったものの、彼は恐怖の中で朝を待ち、顔を洗って朝食を食べた後も、眠りに就く勇気は出ず、退院のお墨付きを与えてくれる医者の来訪をひたすら必死に祈った。正午少し前、彼は病棟の端に集まっている見舞い客の中にモリスを見つけた。ルイスはベッドの陰に身を隠した。

モリスはルイスを見つけると、しゃがんで小さな買い物袋を手渡した。ルイスは立ち上がった。袋には歯ブラシと歯磨き粉、ひげ剃り道具、ヘアブラシ、コロン、バンドエイドが入っていた。

「君がたばこを吸うのかどうかは思い出せなかった。いずれにせよ、ここで吸うわけにはいかないだろうが。調子はどう？」

「どうして僕がここにいると？」

「新聞に写真が出ていた。心配要らないよ、かなり写りが悪かったからね。どのみち、君の知り合いは『ニューズ』紙なんか読まないだろうし。フィービが、見舞いにはいつ行ったらいいかと訊いていた。よろしく伝えてと言っていたよ」

「フィービ！」

ルイスは自分の秘密の面が世間の目にさらされたことに気付き始めた。誰もが知っている、あるいは知ることになる。モリスは感情を見せずに話を続けたが、やがてルイスはそこに秘められた希望の光に気付いた。モリスは僕のことを気に掛けている、と。ベルビューに見舞いに来てくれたのがその証拠だ。ルイスは彼に礼を述べながら泣きだしそうになった。

「今後はどうする?」モリスが尋ねた。ルイスにはその意味が分かった。実家には戻れないということだ。「力を貸そう。今日は無理だが、明日の夜、うちに来てくれ。そこで――ありきたりな言い方だが――君の将来について相談しよう」

ルイスは二時間後に病院を出た。一番街側にある玄関ロビーで、ちょうど見舞いに来たルイーザに会った。涙を流しながらうろたえる母の姿は彼をたじろがせた。しかし、彼は彼女の第一声を歓迎した。「大丈夫よ、オーウェンはまだ知らない。絶対にあの人が知ることのないようにする。それで、どう、大丈夫なの?」手足に包帯を巻かれたルイスは(彼はぺたんこの麦藁のスリッパを履いて、足を引きずっていた)、戦闘での負傷者を思わせた。

「うん。ごめんね、母さん。本当にごめん。でも、今はとても母さんと一緒にいられない」

ルイーザは分かったと言い、彼をタクシーに乗せ、口出ししないことを約束した。彼女は彼に、ハンドバッグから出した百ドルを握らせた。「何か必要になったら必ず電話するのよ」

ルイスはチェルシーホテルに部屋を取った。翌日、両親の不在を確かめてから、実家に身の回りの物を取りに戻った。その夜十時に、彼はモリスのアパートに行った。コーネリア通りに面した高級住宅の、天井の高いフロアが彼の部屋だった。モリスに抱き締められたとき、ルイスは赤面した。二人は、背が高く雑然とした本棚に挟まれた部屋の隅に腰を下ろした。低いテーブルの上にはデカンターと二つのグラス、そしてその脇にトーストとロックフォールチーズの載った皿が置かれていた。モリスはルイスが聞いたことのない銘柄のワインを注いだ――甘いフランス産で、名前の一部に「ベニス」が入っていた。ワインとともに、安堵と満足のぬくもりが喉と胃から爪先まで、そして鼻の先まで染み渡った。彼はグラスの縁をなめ、目を閉じた。再び目を開けると、彼は同じ場所に座ったまま裸になっていて、手首と足首が椅子に縛られていた。目の前に立つモリスは上半身裸で、両腕には金属鋲の付いた黒革のリストバンド、右手には拳当て《メリケンサック》をはめていた。モリスはルイスと目が合うとにやりと笑って言った。

「さあ、ルイーザ、存分に殴らせてもらうぞ」

一度目の訪問。モリスはルイスにクスリを飲ませ、裸にし、椅子に縛った。彼は拳当てで殴ると脅したが（それは金属質の塗装をしたゴム製の物だった）、実行はせず、別のもっと面白いことをした。ルイスはすぐに、ある種の弱点を告白した（それを「好み」と呼ぶ人もいるかもしれないが）。彼は意識がもうろうとした状態で言った。「好きなことをしていい、でも縛らないで。動けなかったら頭がおかしくなりそうだ」。モリスが肘掛け椅子をそばに寄せた。「ルイーザ、君の頭はどのみち狂ってる。でも、どういう意味なのか、ぜひ確かめさせてもらおう」。ルイスが泣きだす。モリスは思いがけない卑語で彼を挑発する。「哀れなエラ。情けない姿！　僕みたいに遊び慣れた男がお高くとまったねえちゃん相手にクスリまで使うとは……」。ルイスが話を遮る。「そういう言い方はやめてください。僕は別に、キャーキャー言うホモじゃない。先生だってそうです。そういう話を聞いていると吐き気がする」。「かわいそうなベイビー。今、タイムマシンから出て来たのかな。僕の、ユダヤ人のケツでもなめてろ。しゃべり方は好きなようにさせてもらうぞ」とモリスが言う。モリスは深夜まで彼をいじめる。

モリスはルイスに意外なプレゼントを用意していた。翌日、彼はルイスを一番街十三丁目交差点のすぐ西に連れて行き、共同住宅の金属階段を四階まで上がって二部屋から成るアパートに案内した。部屋が狭いためにクロゼットはなかったが、きれいに使われていて、家賃も八十五ドルだった。「君が仕事を見つけるまで、家賃は僕が払う」とモリスがルイスに言い、ルイスはクリスマスの十日前にそこに引っ越した。

二人は酒を飲んだり、夕食を食べたり、絵画展のオープニングに出掛けたり、二本立て映画を見たりするために会ったが、二人きりで会うことはなかった。約二か月、モリスはルイスを自分のアパートに入れなかった。ルイスがどんなに頼んでも、モリスは聞き入れなかった。

二度目の訪問。一月二十七日、午後六時。ルイスが服を脱ぐと、モリスは鎖の短い手錠で彼の手首と足首をつなぐ。歩くことのできないルイスは命じられるまま、ぴょんぴょんと跳びながらモリスの後をついていく。軽く押すだけで彼は転倒する。モリスはルイスの手と足の間にロープを通す。先端の丸いリング状の部分にロープを通して引き絞ると、ルイスの手と足がひと束になり、頭と膝がくっついて体全体が袋のようになって、それをモリスが引きずり回す。モリスは台所で夕食の支度をしながら、ルイスが嫌う卑語を連発し、そろそろ足を洗おうと考えているSM儀式への失望をぶちまける。「……僕たちにとっては確かに楽しい。しかし、ばかげている。緊縛と調教なんか最高だ。でも、その行く先は？　精神病棟というのが関の山。考えてもみろ――君みたいな女の子が既に実家に連れ戻されようとしている！　おそらく君はいつか逮捕されるだろう。そうなっても僕は別に何とも思わない。ただし君は神のように振る舞うのを夢見ているのだろうけれど。いや、こいつは同性愛者用じゃないバーで若い娘をあさろうとしている。それもいい。悪いことじゃない。君なら女にもてる。あるいは一人でやるのはどうだ？　君にはお似合いだ！　僕の忘れ形見にダッチワイフをプレゼントしよう……」。モリスは独り言を続けながら、エビ、厚切り肉《チョップ》、サラダ、プリンを食べ、プティ・シャブリとコーヒーを飲む。その後、彼は書斎の机に向かう。二十分後、ルイスが台所から呼ぶ。モリスは呼び掛けに対し、いらついた声で「悪いね」と言い、毛糸の靴下をルイスの口に詰めてテープで留める。ルイスは窒息するのを恐れ、床の上でもがき始める。「分からんやつだな」。手錠がガチャガチャと音を立てる。モリスはルイスを引きずってリビングを通り抜け、窓を開け、外の手すりにロープを掛け、ルイスの背中が床すれすれになるまで引っ張り上げる。ロープが手すりに固定されると、ルイスは自分の体重で動けなくなる。閉めることができなくなった窓から、冷たい風と粉雪が吹き込む。モリスは机に戻る。

ルイスはクイーンズ区の工場で夜警のアルバイトを始めていた。午後はオフオフブロードウェーの劇場を訪れ、何でも手伝いをし、雇ってもらえる可能性を探った。ルイスの二度目の訪問の三日後、モリスが彼を、シティーセンターオペラの照明主任を務めるトムに紹介した。ルイスを弟子にするという話になっていた。それは安い賃金と貴重な経験を意味していた。突然のチャンスにルイスはおじけづいた。トムは辛抱強く彼を指導し、モリスは自信を失いそうになる彼を励ました。ルイスは、そんなに親切にしてくれるモリスがなぜまた彼をアパートから遠ざけているのか、理解できなかった。彼は恩人のためならどれほど味気ない用事でもやった。モリスは相変わらず頑なだった。ルイスは三週間、人前でモリスと会うことで満足しなければならなかった――その間、プリシラが頻繁にコーネリア通りのアパートを訪れているのを知りながら。

三度目の訪問。二月十四日。モリスのアパートは、台所も含め、どの部屋も本でいっぱいだ。裏口のドアも本棚に隠れている。しかしその扉は完全に遮られているわけではない。下の方の棚は外向きに開き、普通の姿勢の犬やしゃがんだ人間なら通ることができる。ルイスは今後、この入り口を使うと約束するなら部屋に来てもいいと言われ、鍵を受け取る。聖バレンタインの日の夜、彼は初めて四つん這いで現れ、モリスに満足感を与える。「いいぞ。立つなよ。その場で服を脱ぎなさい。今日は楽しい物を持ってきたぞ」。彼は裸のルイスに拘束服《ストレートジャケット》を渡す。ルイスが泣きだす。モリスが「パーティーはおしまいだ」と厳しい口調で言い、コートを手に取る。ルイスはおとなしく拘束服を着始める。モリスが紐を縛る。彼は短いナイロンのコードを使ってルイスの左足をキッチンテーブルの脚に結ぶ。彼はルイスのペニスに、内向きに鋲の付いた革のリングを着ける。その後、モリスは椅子をそばに寄せ、今晩の話を始める。ルイスの性的欠陥がその主題だ。モリスはできる限りルイスを遠ざけることで、その影響を抑えようとしていたのだと説明する。だが、もう本心を語らずにはいられない。僕は今までに君ほど退屈な恋人と付き合ったことがない。彼は短い交際も長い交際も含め、以前の恋愛で経験した喜びを語る。「……アイビーリーグの美少年は最高だった！　うぶなのに、知識は君の二倍だ。ゼルダ・グーチ……」。しかし、過去の話は長く続けない。十五分後、彼はコートを羽織り、ルイスに言う。「僕は今から夕食に出掛ける。でも君を一人にはしない。フィービが君に会いに来る。彼女は自分で入ってくるはずだ」。ルイスはキッチンテーブルの下で丸くなり、小便を漏らす。

　モリスはルイスに今までに書いた物を全て——詩も日記も模倣も——見せなさいと言い続け、数週間後にようやくルイスが説得に応じた。「文章には少なくとも一人、読者が必要だ。しかも僕は君の味方だよ」。モリスが教師になったのはそれが最初で最後だった。彼はルイスと一緒に一行一行、作品を吟味した。彼は文を直そうとはせず、ルイスのための練習法を考案した。彼は書かれた文章を別の文体で書き直すように言った（ルイスが飛躍的に進歩したのは、政治的論争を恋愛詩として書き直したものがきっかけだった）。モリスは自分でも几帳面に同じ練習をこなし、弟子の一歩前を先導し続けた。彼は少しずつルイスを限界から遠ざけ、彼の「個性」からの乳離れを促し、（スキーの初心者が、スキー板にばかり気を取られて、絶好の斜面から目を逸らすように）好きな言葉、同じ文のリズム、過度の隠喩など、言語の全体性から彼の目を逸らせるあらゆるものを捨てさせた。

四度目の訪問。三月十四日。ルイスがアパートに行くと、モリスがシティーセンターオペラのトムと一緒にいる。モリスは彼に、今晩はトムも一緒だと言う。二枚の長い板がマントルピースにもたせかけてある。どちらの板も、両端に小さな万力がねじ止めされている。ルイスが裸になった後、男たちはルイスを大の字に板に添わせ、手首と足首を四つの万力で挟む。固定されていない板だけが彼を支えている。ルイスは動く勇気がない。モリスとトムは座って食事を始める。二人は食べながら、ルイスのことを話す。彼には作家としての未来はない、とモリスは言い、彼が書いた滑稽極まる駄文をいくつか読み上げる。トムはルイスの劇場での仕事ぶりについて話す――覚えが悪い、手先が不器用、人付き合いが苦手なせいでスタッフ全員（トムも含め）に嫌われている、と。夕食後、二人はルイスの前のソファに一緒に腰掛け、キスを始める。ルイスは床に倒れ、ガラス製のコーヒーテーブルに膝を打ち、血を流す。モリスは万力から外れたルイスの左足を再び挟み直す。彼とトムはなよなよした言葉で絶え間なくしゃべりながら互いを愛撫する。二人はしまいにコートを羽織り、部屋を出て行く。この状況ならトムの部屋の方が落ち着く、と二人の意見は一致する。

次の日の午後、ルイスはモリスにステーブル画廊のオープニング式典で会った。モリスはとりわけうれしそうな様子で彼に挨拶をした。ルイスの選りすぐりの作品を、並ぶもののない評判を有する小雑誌『ロクス・ソルス』の編集者に送ったところ、三編の詩が採用されたのだと言う。「人に自分は作家だと名乗ると、皆、『すごい』と言う。そして決まってこう訊き返す。『今までに作品を発表なさったことは？』って。これで君も『ありますよ』と答えられるね」

二人は毎週数時間ずつ、作文の練習を続けた。
五度目の訪問。四月十五日。ルイスにとってこれまでで最悪の訪問。彼は今晩の「おもちゃ」を入手しに行く。空気で膨らませるゴム製スーツで、着た人が抵抗すると体を締め付けるタイプのものだ。ルイスはロワーバリック通りに面した荒廃した建物の四階に上がる。小柄で神経質な男が包みをぞんざいに投げてよこし、ルイスの目の前でバタンと扉を閉める。ルイスが裏口から這ってモリスの部屋に入ると、猿ぐつわ以外は全裸のモリスが待ち構えていて、メモを握った手を差し出す。

ルイーザへ
今日は僕の番だ。僕にスーツを着せて、ポンプで膨らまし、外へ行け。余計なことをしたり、戻ってきたりすれば、絶対に許さない。

M

ルイスは泣きながら指示に従い、その後、レストランに行く。食べ物が喉を通らない。彼は映画を見に行くことにする。『海底二万哩《マイル》』の再上映だ。潜水艦生活にやむなく追い込まれたジェームズ・メイソンの姿に彼は激しく泣きだし、映画館にいられなくなる。彼は雨の町をさらに一時間歩く。モリスの心臓は体を締め付けるスーツに耐えられるだろうか。彼はアパートに戻り、再び這って本棚をくぐり、友人を解放する。モリスは激しくあえいでいる。ルイスはその汗まみれの体を腕に抱き、優しく慰める。二人は愛情に満ちた言葉を交わし、いつもの訪問と同じように夜は優しさに満ちあふれた結末を迎え、それが翌朝まで続く。

モリスは途方もない本を頭に思い描いていた――この時代のこの場所における「本《ザ・ブック》」を。それは主題を探求するのに最もふさわしいあらゆる媒体を利用し、批評ばかりでなく小説も、詩ばかりでなく理論も含む予定だった――主題は、直覚で知り得る宇宙の無限性に立ち向かう、知性と言語の有限性だ。春に二人がフィービと一緒にハドソン川上流で週末を過ごしたとき、モリスはルイスをその計画に誘った。二人はモリスの三十歳の誕生日、五月二十四日に仕事を始めることにした。完成までに少なくとも三年はかかるだろう。

六度目の訪問。五月二十三日。ルイスが四つん這いで台所に入ると、モリスはほうきの柄で忙しそうに五つのプラスチックのたらいを掻き混ぜている。たらいの中身は、べっとりした黒い物だ。モリスはルイスにほうきを渡す。きつい作業でその顔は青ざめている。彼は今度は水を加える作業に専念し、ルイスがたらいを掻き混ぜる。たらいになみなみと入っているのは速乾性セメントだと判明する。ルイスはモリスに命じられるがまま、たらいを居間に運び、新聞紙を敷いた一角の端に置く。ルイスは服を脱ぎ、敷かれた新聞紙の中央に立つ。モリスは家屋塗装用ブラシを使ってグリースをルイスの頭と体の全体に塗る。それから彼はひざまずき、ルイスをセメントで覆い始める。まず足と足首の周りに気前よくセメントを載せて大きな土台を作ってから、手足、胴体、そして頭部にセメントを半インチほどの厚さで塗り付ける。鼻と目の部分には穴を残し、人差し指で耳に抜ける穴を開ける。モリスは汗まみれで、肩で息をしているが、作業が終わると荒削りな塑像に満足した様子を見せる。像の両腕は案山子《かかし》みたいに左右に伸び、堅牢性と無力性を象徴しているように見える。セメントが固まる間にモリスは体を洗い、夕食に出掛ける。彼は部屋に戻ってきたとき、ルイスに手と足を動かせと言う。涙と汗が既にルイスの鼻先から滴っている。そして彼の目は必死に引きつる。体は身動き一つできない。モリスは彼の前を行ったり来たりしながら、いつものように、侮辱的な長話を始める。今までためらいがあって君に言わなかった、この上なく重要な話がある、と彼は打ち明ける。既に以前、ルイスの性的倒錯、性的才能の欠如、才能そのものの欠如について嫌悪感を覚えるということは話した。モリスはその後、今まで言ったことは充分な真実ではないことに気付いた。ルイスが彼をぞっとさせる究極の原因は、彼の内在的な自我にある。具体的な短所は単に、彼という存在の根幹を成す醜悪さ、愚鈍さ、薄情さの現れにすぎない。モリスは徐々に興奮の度を高めながら、新たに気付いたルイスの身体的、精神的、社交的振る舞いをぞっとするような言葉で描写する。ルイスはどこを取っても不出来で、冴えない部分ばかりだ。本人にはどうしようもないことだからと弁護する人もあるかもしれないが、だからといってそれが容認できるものに変わるわけではない。十字架の道行きの留《りゅう》（キリスト受難中の十四場面を絵にしたもので、信者はそれを順次回って祈りを捧げる）の祈りを君に読み上げる気はないが、前戯《ジャム》をやる気もない。だからお願いだ、ルイーザ。さっさと消えろ。君はゴミだ、クズだ、ビョーキだ。この調子で悪口を何日も続けることだってできる。何も言わなくていい。鼻の所には大きな穴が開いているからね。すまない。泣かないでくれよ。安っぽいったらありゃしない。だって、君が今までに本当に夢中になった相手、今後も愛し続ける相手は、君自身のお利口な自我だからだ。君のケツの肉が垂れてくるまで僕が相手をすると思ったか？　何のために？　定期的に君のケツに一物《イチモツ》をぶち込むために？　冗談じゃない、ドロシー。お別れだ。でも一つだけ、忘れないでほしい。今までに僕が何を言ったにせよ、僕のせいで君がどう変わったにせよ、真実を」――モリスの目が湿り、顔が驚くほど真っ赤に染まり――「真実をはっきりさせておこう。僕は君がいと――……」。モリスの目の焦点がルイスからずれ、声が途切れる。電話が鳴りだしたから話をやめたのか？　顔色が赤から灰色に変わる。彼は椅子の背にもたれようと後ろを向くが、そこに椅子はない。彼は膝を突いてから、うつぶせに床に倒れる。ゆっくりとあおむけになり、ルイスを見上げる。ルイスはモリスの唇の形が同じ言葉を繰り返し（「ニトロ、ニトロ」）、やがて開いたまま動かなくなるのを見る。モリスの息が早まり、完全に息が止まる瞬間が来る。ルイスは口を覆うセメントに向かって叫ぶが、頭の中に大きく反響するだけだ。何が起きたか気付いたとき、既にパニックが彼を襲い始めている。モリスは僕をからかっているのだ。彼はわざと僕に心配させようとしている。ルイスのパニックが怒りに変わる。モリスはやりすぎた。人間としてやりすぎだ。僕はもう絶対に許さない。彼は以前の訪問を思い出し、モリスが夜中過ぎまでそのまま寝転がっていてもおかしくないと考える。ひたすら待つしかない。今夜の試練に耐える覚悟を決めようとしたとき、彼はモリスの目に気付く。その目はあり得ない視線のまま固まり、まばたきもしない。ルイスは六十秒を数えるが、まぶたは動かない。モリスのシャツの前合わせは、胸の所も腹の所も動かない。ルイスはじっと友人を見下ろし続ける。悲しい無力感が体中に広がる。さらに一分が経過してから、彼は考える。さっきの考えは間違っているかもしれない。ひょっとするとモリスは単に発作に襲われただけなのかも。あるいは死にかけているのだとすれば、まだ命を救うのに間に合うかも。ルイスはまた消音された叫び声を上げ、自分に言い聞かせる。感情的になったら駄目だ。どうやったら自由に動けるようになるか考えろ。ルイスはこうなる前に、クローケーの打球槌が本棚に立て掛けてあるのを見た。後でモリスがセメントを割るのに使うつもりだったのだろう。また電話が鳴っている。問題。打球槌の代わりに使える物は何か？　答え。床への転倒。動けないのにどうやって倒れる？　しかしルイスは動くことができる——肌の内側でなら。左右、あるいは前後に体を押しつけることなら可能だ。それで重心を動かせるだろうか？　左前方七フィートの、彼が服を脱いだ場所にコーヒーテーブルがあり、その上に電話が置かれている。ルイスはそちらに向かって体を預け、次に逆に体重をかける――右の踵から左の爪先へ、左の爪先から右の踵へ。わずかに体が揺れ始める。セメントの土台が床を軽く打つのが感じられる。思った通りだ。像が揺れだした。後ろ向きに、机と反対の方へ倒れてはならない。彼は全力で前に体重をかける。土台がコットン、コットンと音を立てる。勢いがついた。そうしているうちに、後ろ向きの揺り返しが起こらない時点が訪れる。倒れる前、ルイスとその甲殻が土台前部を支点としてバランスをキープし、三秒間静止する。その貴重な瞬間に彼は左手を前に突こうとして時計回りに強く体をひねり、実際、頭と胸より一瞬先に左腕が床に当たる。セメントが肘の部分まで砕ける。電話の位置は高すぎて手が届かない。彼はコードを引っ張って電話を床に落とし、受話器を顔の前に持ってくる。頭部のセメントにはひびが入っている。彼は空いた手で、口を覆っている破片を取り除く。指先で回転式ダイヤルの最後の穴を探り、0を回す。相手の声がかろうじて聞こえる。彼はモリスの住所を叫び、助けを求め、身動きが取れないことを説明する。彼は要望を何度も繰り返す――交換手が電話を警察につないだ後もずっと。まだ受話器に向かってしゃべっている最中に、玄関の方から物音が聞こえる。誰だろう。なぜ呼び鈴を鳴らすのか。なぜノックしているのか。「扉を壊せ！」と彼は叫び始める。まだ呼び鈴が鳴っている。彼は初めてサイレンの音に気付く。複数のサイレンだ。呼び鈴とノックが止まる。三つの錠が付いた頑丈な古いオークの扉が強引に開けられる。ルイスになすすべはない。彼は疲れた、憂鬱な感情鈍磨に陥る。彼は意気消沈しながらも、モリスがこの件をネタにすることはないのだと自分に皮肉を言い聞かせる。最悪の事態はそこで終わらなかったという意味で、その考えは間違っていた。その他の点では間違っていなかった。モリスはある種の遺産を残した――それは六度の訪問からルイスが得た経験を永久のもの、複雑なものに変えることになる。最後の夜はさらなる苦痛の瞬間を生む苦痛の瞬間となった。新たな苦痛の数々は、以前とは異なり、モリスが夕食やトムの部屋から戻ってくるという希望のないところで耐え忍ばなければならない。モリスは拷問者を装って、ルイスの人生を経帷子《きょうかたびら》で包むだろう。ルイスは決して彼のことを忘れたいとは思わないし、それに関して彼に他の選択肢はない。悲嘆と恥辱と孤独のロザリオが革紐や鎖よりも決定的に彼に絡みつき始める。モリスはおそらくそうした成り行きを眺め、最後の未完のセンテンス――ルイスが完成した文として躊躇なく理解したセンテンス――を最後まで続けるだろう。「真実をはっきりさせておこう。僕は君がいとわしい」と。

ルイスとウォルター
一九六二年六月―一九六三年六月

　プリシラ・ラドラムはフィービと同じ進歩的な一般教養大学に通い、フィービの退学から一年後、美術史専攻で卒業した。彼女が書いた学位論文は優れた出来で、題目は「近年のアメリカ美術に見られる女性像」だったが、実際はウォルター・トレイルの作品を主題としていた（プリシラ担当の指導教員《チューター》はフィービに絵を教えたのと同じウォルターの崇拝者で、美術学科の同僚の反発を招かないよう、題目を大ざっぱなものにすることを提案した）。

　プリシラは論文を書き上げてすぐ、ウォルターに読んでもらいたいと思った。彼女は論文をフィービに渡し、ウォルターの目に触れるようにしてほしいと頼んだ。間もなくフィービは、ルイスも論文に興味を持つかもしれないと考えた――当時のルイスはフィービから聞いた情報以外、ウォルターについて何も知らなかったのだが。彼女は兄にコピーを送った。

　ウォルターが初期に描いたエリザベスの肖像画に関する記述が論文の要《かなめ》だった。プリシラは十代の頃、彼女が今でも住んでいる州北部の町でウォルターが描いたというその肖像画の噂を聞いたことがあった。プリシラは絵の初期の歴史について情報を集めた。彼女は論文において、未熟な批評的手腕を豊富な逸話で補った。

プリシラは鋭い知性を持っていた。しかし、二十二歳の彼女の興味は、分析よりも人生の経験談の方へ引き寄せられた——人へ、成功へ、都市へと。彼女が美術史を専攻したのは、自分が学者に向いていると考えたからではなく、自分が「芸術的」だと考えたからでもなかった。彼女は芸術そのものというより、芸術作品を生み出す人間に興味があった。所有欲に取り憑かれた世界の中で、美術は最も魔法に近い存在だった。魔術師になるには何が必要か？　プリシラの興味を駆り立てたのは、新しいアメリカ絵画の、今までにはなかった妖しい魅力——批評家と買い手がはぐくんだ魅力——だった。指導教員からウォルター・トレイルを一年間研究してはどうかと提案された彼女は喜んで指導に従った。なぜなら彼女はウォルターを、新たなポロック、あるいは新たなデ・クーニングとして直ちに思い描くことができたからだ。彼女は几帳面に、ウォルターの作品のスライドを見る作業に長い時間を費やした。彼女はそれらの作品をすっかり見慣れるところまでに至ったが、理解したとはとうてい言えなかった。ウォルターの作品は彼女の心を動かさなかった——少なくとも、それ自体としては。作品が彼女にとって意味を持ったのは、彼女がそこに画家の生活の一表現を見たからだ。彼女の解釈によるとウォルターの作品には、彼の想像的自画像が密かに隠されていた。彼という主題が彼女の心を捕らえた。そして彼女が描き出したウォルター像を読んだルイスは、論文に特異な共感を抱いた。

プリシラは「エリザベスの肖像」の背景を延々と書き綴っていた。競走馬、コンテストに入賞した犬、寵愛されたペットなどを描き、十八にして早熟な成功を収めていた画家が、間もなく描くことになる女性との出会いによっていかなる変貌を遂げるか。彼はエリザベスを通じて初めて、女性の美という「動物的な品の良さと超越的な性的特質」を見た。単に彼女の姿を見ただけで、彼はその啓示を得た。しかしプリシラによると、エリザベスがウォルターの人生に積極的に関わった側面もあるという。彼女は彼の本性――彼が化ける可能性――を見抜き、友情を通じて刺激を与え、彼を化けさせた。エリザベスは幻視的な知恵によって彼を創造者に変えた。プリシラの見方では、エリザベスは美と知性を通じてのみならず、詩神と生母としての女性の役割を十全に果たすことによって影響力を発揮した。ウォルターがエリザベスの肖像画として記録したのは、こうした絶対的女性として見たエリザベスの姿なのだ。

プリシラは自分の主張を裏付ける興味深い逸話を添えていた。肖像画解釈の正しさを立証するのはさらに困難だった。仮に肖像画に霊感《インスピレーション》が感じられるとしても、他に何が言えるだろうか。少なくとも、エリザベスに似ているとは言えない。芸術を説明する全ての伝記作家は、自分の願望を事実だということにしてしまう。プリシラは絵を自分の欲求に合致させた――この絵に「永遠なる女性《エイヴィヒ・ヴァイプリッヘ》」(彼女はドイツ語を話せないのにそう呼び続けた)の存在を認めようとする欲求に。金と白の顔色は彼女に、中世の聖母《マドンナ》を思い起こさせた。目の黄土色はアテネ(あるいは彼女の飼うフクロウ)を思わせ、藤色の唇は服喪の象徴で(むき出しの歯は笑っているわけでないことに注意)、聖母がキリストの死体を膝に抱くピエタ像を明らかに踏まえている。もしも口の色をした口が、歯を見せずに描かれていたなら、プリシラにはそれがクーマイの巫女《みこ》に見えただろうし、普通の茶色い目なら秋の葉の死すべき運命、ピンクの頬なら聖なるバラを象徴していると思えただろう。

プリシラはその分析が自分に都合よくゆがめられていることにまったく気付かず、ルイスもそれを気にしなかった。モリスがその後、彼に美術批評の威力を教えることになる。ルイスはひとまず、彼女が描くウォルターの人物像に惹かれた。プリシラの考える絶対的女性はルイス自身の思いを結晶化していた。彼は女性を見るといつも畏敬の念を抱き、不可解な異質性を感じた。彼は物心がついたときから、フィービ以外の異性と親しくしたことがなかった。そしてもし他の女性がよそよそしさによって神秘性を得ていたとしても、フィービは親密なのにもかかわらず神秘的な存在であり続けた。彼はフィービの愛を感じながらも、いつまでもそれを完全に信頼できなかった。男に対する敵意とは異なり、神秘は別の反感を意味していた。ルイスが男を嫌ったのは、彼自身男の一人として、男の性《さが》を知りすぎるほど知っていたからだ。彼はとりわけ、男が欲望をどう経験するかを知っていた。彼は自分も身に覚えのある認識可能な欲望を他の男と再発見したくて、男に惹かれた。女性は想像できない欲望を持っていて、特にその性的欲望は想像不可能だ。彼は四歳のとき、おむつ替えしている最中に、フィービの大きなへそをじっと見ていたことを思い出した。それはまったく女の子らしく感じられなかった。ルイスは膣《ワギナ》を見ても動じなかったが、場違いで生意気なクリトリスにはうろたえた。それがそこにあるのが許せなかった。それが決定打となった。女性は予測不可能な存在として創られていること、そして筋道の通った振る舞いは決して女性に期待できないことを、それは意味していた。

彼は男に関しては、攻撃性を挑発するやり方も心得ていたし、それに応酬することもできた。女はその点でも、理解しがたかった。彼が九歳のとき、親戚の集まった席で、十一歳の従姉をあばずれ《ビッチ》と呼んだ。同じ言葉を以前、母親に対して使ったときには頬をぶたれたので、この侮辱がひどいものであることは間違いないと彼は知っていた。従姉はうれしそうに笑い、あなたってかわいいわねと言い、その日、コネティカットの家へ帰るまでずっと彼と一緒に遊んでくれた。女は信用できない。

思春期の終わりに一度、ルイスは女の子とデートしたが、女嫌いは変わらなかった。彼は真の欲望を秘密にし続けたので、高校や大学の友人は彼を単に内気な男だと考え、しばしば若い女性に彼のことを、いいやつだけど無愛想だと紹介した。彼はその女たちに関わりたいとはまったく思わなかった。

プリシラが描いたウォルターの女性経験は、ルイスの経験と重なっていた。ウォルターは外に寛容と横溢を見せ、ルイスは狭量と不安を見せたが、二人とも、神秘と力が女性に宿ると考える点は共通していた。

ルイスには、プリシラの論文を気に入る第二の理由があった。そこには彼とウォルターとの違いが正確に示されていたからだ。ウォルターは女性に力を認識し、正面からそれに向き合った。彼はエリザベスを通じてその力を人生に取り入れた。ひょっとすると彼はそれを美術においても完全に自分のものとし、自分の力に変えたのかもしれない。そうしてウォルターはルイスが願っても決してなれないものの代表格となった。

ルイスはしばしば、尊敬する男に熱を上げた。習慣的不信の下には、自然な愛情の蓄えがあった。ルイスは友情の背後にあるギブ・アンド・テイクの関係が嫌だったので、愛情表現としては、好きな相手を挑発するか、離れた場所から相手を思慕するかのどちらかだった。プリシラはルイスに、ウォルターという新たな偶像を与えたのだった。

ルイスはその敬愛の気持ちをフィービに打ち明けた。すると彼女はすぐにそれを、兄がこれまで断固として避けてきた現実世界へ彼を連れ戻すチャンスだと考えた。六月初めに彼が電話で「信じられない人物だ！」と叫んだとき、彼女は「じゃあアトリエに来る？　作品を自分の目で見たらどう？」と答えた。

「僕が言っているのは作品のことじゃない。画家本人のことだ」

「じゃあ、本人に会いに来たら？」ルイスは最近の熱波についてしゃべりだした。フィービが横にいる誰かに語り掛けるのが電話を通して聞こえた。「うちの兄が、あなたのことを素晴らしい画家だと言っているんだけど、会うのが怖いんですって」

ウォルターが電話を代わったとき、ルイスは既に逃げていた。

フィービは兄を逃がさなかった。彼女は何度も兄に電話をかけ、からかい、叱りつけ、懇願した。彼女は、うまくするとウォルターの下で何かしらの仕事ができるかもしれないと、ありそうもない可能性まで持ち出して兄を誘惑した。その提案に彼は最初、面食らった。しかし、間もなく彼はそれを空想に取り込み、ついには空想自体が変化した。ルイスは崇拝の代わりに、隷従を夢見るようになった。僕の欠点が人のために役立つかもしれない。僕はウォルターを芸術以外のあらゆる煩瑣《はんさ》なことから解放できる。絵筆の手入れ、天窓の掃除、便器磨き、ブラウンズビルへの使い走りは僕がやろう。彼はフィービの招待を受け入れた。

ルイスはウォルター訪問前の数日間、町中《まちなか》で枯れかけたニレやしおれたカエデの木陰を歩きながら、あるいは自宅のポーチで本を読みながら、あるいは夜中にベッドで横になりながら、ウォルターとの面会が何をもたらすかを考えた。感謝や返礼は望んでいなかった。彼は最終的には、ウォルターにとって欠かすことのできない存在になりたかった。彼は雑用係として働き始め、最後は番犬になることを夢見た。

生身のウォルターはルイスの献身を強化しただけだった。彼は四十三歳の年齢に見合う風貌で、いい年の取り方をしていた。無頓着な抜け目のなさがまとまりのない顔立ちに好ましい活気を与え、人生経験のオーラを感じさせるしわが見た目の率直さを和らげていた。ルイスはウォルターを見て、優しい気持ちになった。普通ならそこでじっと黙り込むところだが、フィービにせっつかれてしゃべらざるを得なくなった。

「信じられません」。彼はようやく口を開き、熱々のエビを食べながらウォルターに言った。「先生の作品が、キャリアの出発点となった絵の時点から、あれほど奥が深かったなんて」

「奥が深い？　ディガー三世が？　あのビーグル犬は確かに陰気ではあったけれど」

「いえ、その――エリザベスのことです。最初にお描きになった女性。というか、最初にお描きになった人間は女性だったわけですよね。そこがおそらく重要なところです」

「まさか」。ウォルターはまだプリシラの論文を読んでおらず、ルイスはエリザベスの肖像画をまだ目にしていなかった。

「ルイスは先生が自分と同じ女嫌いだと思っているみたいです」とフィービが言った。

「女嫌いということじゃないよ、そうじゃない――」（「違う、全然そうじゃない！」とフィービがわざとらしく言った）。「――でもほら、あの力」とルイスが慌てて言った。「悪い力というわけではないけれど、大きな力です。そこには手出しをしたくないと思うのです」

「あの肖像画にその力があると？」ウォルターが尋ねた。

「ええ、もちろん」。ルイスは驚いた様子だった。「先生には申し上げるまでもないですが」

「いや、ぜひ話してほしいね」

ルイスは女性の行動が予測不能だという話をした。彼は十一歳の従姉との間にあった出来事を語った。「彼女だって純粋に僕のことを好きだったわけではありません。僕は利用されたんです」

「困ったことに」とウォルターが悲しそうに言った。「女の方はそれに気付いていないようなんだ」。彼はその頃、ある女の鈍感さに苦しんでいた。

ウォルターはルイスを気に入り、ルイスも彼の下で仕事をしようとこれまでにも増して意気込んでいたが基本的な事実によってその望みはくじかれた――彼が男だという事実によって。翌朝アトリエで、どんな仕事をしたいのかとウォルターに訊かれたルイスは、掃除、買い物、料理みたいな雑用を、と答えた。「そういうのは君がやる仕事じゃない」とウォルターは言った。それは女がやる仕事だ、というのが、その言葉の複数ある意味の一つだった。ウォルターは雑用が嫌いではなかったが、女性ならもう一人手伝いを雇う可能性があった。フィービが夕食を作ってくれるときには、彼女がいてくれて助かると思うことがあった。しかし自分以外の男が一人増えても、何の足しにもならない。

ウォルターは優しい口調で、家政婦役を務めたいというルイスの申し出はばかげていると思うと言った。ルイスはほとんど失望しなかった――今までオーウェンにもっと厳しくあしらわれてきたから。彼はすぐに当初の、崇拝者という安全な役割へ退却した。

ルイスが次にウォルターに会ったのは十一月の晩で、その席で彼は初めてモリスに会った。そのときまでに二人の生活は変化していた。ウォルターはプリシラと同棲を始め、ルイスはモリスの論文に衝撃を受けていた。

ルイスとプリシラはかつては仲が良かった。この六年前、二人の間に深刻な不和が生じて、以来、顔を合わせたことがなかった。十一月のパーティーの前、プリシラは過去を水に流すことに決めた。彼女はフィービを喜ばせたかったし、六年の間にルイスが大人になっているだろうと考えた。彼女はパーティーに来たルイスを出迎え、抱き締めながら挨拶をした。ルイスはそれに驚き、喜んだ。しかし、彼はモリスに会うことで頭がいっぱいだったので、プリシラの歓迎に接しても気もそぞろだった。彼女は「フィービから聞いたんだけど、私の論文を気に入ってくれたの？」と言った。彼は答えた。「うん、とても良く書けていた。実は、しばらくの間、論文のことが頭を離れなかったくらいなんだ。でも君、モリスの論文は読んだ？　あれには全てが書かれている、そう思わない？」

プリシラは論文に全力を注いだ。ウォルター本人がその論文を褒めた。この数秒でルイスはプリシラの信頼を失った。

同じ月の末にルイスは十字架事件で逮捕された。ウォルターは『ニューズ』紙の読者だったが、現場写真には気付かなかった。プリシラがそれに気付き、確認を求めてフィービに電話をかけた。フィービは新聞を買いに出掛け、教えてくれてありがとうとプリシラに礼の電話をかけた。プリシラは仕事中のウォルターに話し掛けた。「見て、フィービのお兄さんがこんなことに。かわいそうな人！」。どうしてこんな変人の集まりに巻き込まれたのかしら、と彼女は言った。「きっとクスリを飲まされたのね。好きでこんな変なことをやる人はいないもの」

ルイスはこの冬、モリスとウォルターと三人で会うことが多かった。ウォルターはルイスに対して、友好的な無関心を示した。彼はモリスとルイスが恋人として付き合っていることを知っていた。プリシラによると、その関係のおかげで奇跡が――ルイスが平穏無事に暮らしていくのに必要な精神状態が――生まれているらしい。彼女は時折ウォルターに、フィービのことを考えてルイスには優しくしてあげましょうと言った。その頃には、プリシラがモリスのビジネス・パートナーになっていた。

ウォルターはルイスを、一つの「症例」と考えるようになった――大した病気ではないのだが、こちらとしてはもっと良くなることを願っている、そんな病人として。ルイスに会うとウォルターはいつも、「神経症」によって彼から奪われつつあるフィービと、彼が尊敬しながらやや恐れてもいるモリスのことを思い出した。ルイスは彼にとって我慢しなければならない人物であり、励まさなければならない人物であると同時に、おそらく避けなければならない人物だった。

モリスが死んだ。町の噂がその死に関する公的および私的な説明を貪欲に呑み込んだ。ウォルターはルイスのことをほとんど知らなかったので、多くの人が飛びついた曖昧な物語――モリスが死んだのは事故ではないし、ルイスは単にその死を目撃しただけではない、という物語――に抵抗するのは難しかった。

ルイスは逮捕後の半年で、すっかり変わっていた。兄に対するフィービのかつての望みは実質的に叶えられた。ウォルターがルイスのために何もしなかったとしても、モリスはあらゆることをしてくれた。彼はルイスに文筆で稼ぐチャンス、プロとして文章を書く機会、自分が感じる愛を認識し表現する手段を与えた。そして、ルイスは慢性的なおびえを克服し、チャンスをつかみ取った。彼は少なくとも当面、おびえが現実逃避の言い訳にならないことを学んだ。彼は照明操作盤を扱えるようになったこと、間もなく作品が出版されること、そしてモリスが自分を受け入れてくれたことを誇りに思った。彼がそれ以上に誇りに思ったのは、取り掛かった仕事を仕上げられること、自分で課したますます厳しい基準をクリアする文章が書けること、性的耽溺を転じて、一人の男を愛するようになれたことだった。モリスが死んだとき、ルイスは新しい人生がいっそう充実したものになることをはっきりと知った――そして、モリス亡き今、それがいかにもろいものであるかも。

モリスがルイスのウォルターに対する態度を変えさせたのは偶然だった。モリスは常にウォルターの絵画を賞賛していたが、画家本人に対してはいささか偉そうに振る舞った――追従的なルイスとは正反対に。ある十二月の美術展のオープニングで、モリスが話の途中でウォルターから離れたとき、ルイスはどうしてそれほど傲慢になれるのかと尋ねた。「僕はウォルターを尊敬している」とモリスは答えた。「しかし彼は、頭に浮かんだことを全てしゃべろうとする。あれじゃあ、脳なしと変わらない」。ウォルターは洞察力が鋭いから僕は彼の話をちゃんと聞くようにしている、とルイスは言った。モリスが話を遮って言った。「いわゆる人生の中で、彼はまったく何にも気付いていない——視覚的なもの以外には」。ルイスは再び思い切って、ウォルターと女性についてのプリシラの理論を引用した。「ルイーザ！」モリスがルイスに向かって大声を上げ、ルイスは縮こまった。「幼稚な戯言を！　プリスさんが仮に正しいとしても、しょせんは大文字のママの再登場というだけのことさ。男の子なら誰でもいつかはそんなふうな感情を抱く。君もそうだろ、違うか？　どうだ、鋭いだろ？　ウォルターはおそらく何も分かっていない。彼にとっての奇跡の女《ワンダー・ウーマン》の名はカドミウム・ローズだ。別に意味はない。単なる言葉さ。僕がそれを表現するときに使った言葉は『ワギナの荒れ狂う空』だ。覚えているか？　これもまた、何の意味もない言葉だ」

「そういえば今まで尋ねたことはありませんでしたが——どうして『荒れ狂う』なんですか？」

「ゴロゴロ鳴る雷というと、君は何を思い浮かべる？　もうたくさんだ、やめにしよう！」

ルイスはウォルターに話を戻した。「画家としては優れていても、人物としては凡庸ということですか？」

「彼は凡庸ではない。僕は彼が好きだ——彼は霜降る夜の農家の風呂のように温かい。悪意のなさが度を超えているというだけのこと。ずっと安楽すぎたのかもしれない。糞でもちょっと引っ掛ければ彼ももっと引き締まって、ぱっとするのだろう。でも別に、彼に問題があるわけじゃない。ただ特別ではないというだけさ」

ルイスはそれ以後、ウォルターの話をいい加減に聞くようになり、モリスが正しいという結論に達した。彼が画家だと知らなければ、人は彼を人のいい卸売業者か本好きなトラック運転手か礼儀正しい郵便配達夫だと思うかもしれない。ルイスはウォルターにこびへつらうのは不当だと思うようになった。飛び抜けた人間は飛び抜けた仕事をする。普通の男が飛び抜けた仕事をする場合は、その人が資質を超越したことを意味する。もしもこの考え方にまだ感傷的な部分が残っているとしても、少なくともそれのおかげで、ルイスにとって偶像だった人物が、尊敬と同時に親近感を感じられる人間に変わった。作家としての彼自身の努力――三十年にわたるウォルターの努力に比べればささやかだが――を通じて彼は、先輩との同志的な連帯感を感じた。

モリスの死によってルイスは恋人と師匠と親友を失った。その後数日のうちに彼は、自分がいかに孤独になっていたかを知った。新聞報道といい加減な個人的噂話によって、彼は気味の悪い有名人に仕立て上げられた。誰が誰をセメントで固めたか、誰も把握していないようだった。どちらにせよ、行為そのものが、犯罪的とは言わないまでも狂気じみていた。十字架事件の話が再び生き返り、広く流布した。ルイスは自分について真実を知る人がほとんどいないことを知った。彼がモリスを愛していたこと、彼が作家であること、彼がシティーセンターで働いていることは誰も知らなかった。フィービの友人の多くは、彼がフィービの兄だと知らなかった。少なくともトムは彼を失望させなかった。モリスの死後数週間は、劇場で日々こなす仕事の規則正しさがルイスを支えた。しかし彼はトムを上司として評価していた。彼は教室以外で誰かのために仕事をしたことがなかった。彼は今、あまり好意的なそぶりを見せずに仕事をみっちり教えてくれる人の下で、見事に職責を果たしていた。ルイスは、トムに打ち明け話をすることで職業的な人間関係を危険にさらすようなまねはしたくなかった。

彼には心を許せる人間が必要だった。一年前ならフィービに頼っただろうが、彼女は今、危機的な状態で病院のベッドに横たわっている。彼はモリスの姉、アイリーンとは顔を合わせたくなかった。誰に話せばいいのだろう、と考えるたび、どうしても彼の頭に浮かぶのは、モリスに訊くしかないという答えだった。すると悲しみが彼を貫いた——息をやめた恋人の唇を上から見ていたときに感じた、冷たく官能的な悲しみが。フィービに会えないのは今だけだが、モリスには永久に会えない。ルイスは二人の共通の友人に頼った。

彼はモリスの葬儀でウォルターの姿を見たが、話し掛けなかった。それから二、三日が経った水曜日、彼はアトリエに電話した。電話に出たのはプリシラだった。ウォルターは今忙しい。何か私にできることがある？　元気にしてる？

「君と同じさ。ただし君には話し相手がいる」

「大した違いじゃないと思うけど。こっちもひどいものよ。私の人生には、いつも私がはまっちゃう穴があって……」

「同じ失敗の繰り返しという話なら、僕なんてしょっちゅうさ。穴が見えているのにそれを信じないからまたはまる。ねえ、ウォルターの手が空くのはいつ？」

「いつ話したいわけ？」

「今すぐ！　本当に話がしたいんだ」

「分かった。伝えておく」

彼は伝言を預かってくれるデリカテッセンの電話番号を伝えた。

ルイスがその夜遅くに帰宅したとき、ウォルターからの電話はまだかかっていなかった。彼は劇場で、仲間の一人が別の男に「おいおい、あいつ、まだ捕まっていないのか？」と言うのを耳にした。翌朝、彼はオーウェンの弁護士からの手紙を受け取った。そこには彼の父が法的諸費用を負担すると書いてあった。ルイスが再びウォルターに電話すると、プリシラが言った。「まあ、ルイス！　連絡をくれてうれしいわ。明日の午後、こっちに来られる？」

「明日？」

「ダーリン、これでも頑張って都合をつけてもらったのよ」

「ダーリン」という言葉に彼は腹を立てたが、それはその一言の裏に秘めた懸念が感じられたからというよりも、自分の無力さを感じたからだった。

実際、プリシラには懸念があった。彼女はルイスを遠ざけるよう最大限の努力をしていた。彼女は、巧みにウォルターの生活に居場所を勝ち取ってからまだ六か月しか経っておらず、まだ若さや経験不足や信用不足のハンディをぬぐえていないと考えていた。ウォルターの友人らは大半が古くからの付き合いだった。皆、エネルギーがみなぎっているか、独創性にあふれているか、その両方を併せ持っているかで、浮浪者にさえ道化じみた魅力があった。プリシラは「興味深い」人物を演じることができなかった。ウォルターが彼女に惹かれていることだけが、彼の傍らにいる彼女の存在を正当化していた。彼女は何としてもその愛情を強化する必要があった。彼女はウォルターの生活の中心に居場所を確立し、彼女に脅威を与える外の世界を二人のプライベートな空間から締め出したかった。

ルイスは脅威を与える存在ではなかった。しかし、フィービとモリスという庇護者を失った今、彼の醜聞は彼女の計画に好都合だった。プリシラは既にウォルターの目に、ルイスが心を病んだ人物だという印象を植え付けていた。彼女は今や彼を二人の生活から完全に追い出し、モリスの死から得られる利点を確実なものにしようともくろんだ。

ウォルターはモリスの死を激しく悔やんでいた。私は今まで、大きな借りのある人物をないがしろにしてきた、と。彼はプリシラに、亡き恩人の恋人と親しくすることでその償いをしたいと言った。その衝動は今までのところ単なる願望にとどまっていた。というのもウォルターは、好きになりたいけれども好きになれないルイスに会うのを恐れ、モリスの死後はルイスの異様さを近寄りがたいものと感じたからだ。しかし、いずれはウォルターの寛大さが表に出て来ることになるとプリシラは知っていた。単なる忌避は彼の寛大さにはかなわないからだ。

プリシラはウォルターの後悔をうまく利用できると気付いて、なかなか彼をルイスと会わせなかった。ルイスは金曜の朝に再び電話をかけてきた。その日の午後、彼女はモリスの遺書の読み上げに立ち会うよう、呼び出されていた。彼女は、自分が受け取る生命保険の金額を上回る遺産を譲り受ける人間が遺書に記されていないことを知っていた。彼女はその日の夜、モリスがルイスでなく自分を相続人に選んだという公的な証明を携えて帰宅するつもりでいた。

保険契約がビジネス上の取引の結果だったことを知らないウォルターは、プリシラが予想した通りに反応した。彼女はモリスと親しい人物として特別扱いをされることになったのだ。遺書で触れられていないルイスは再び視野の隅に追いやられ、病んだ怪しげなシルエットと化した。ウォルターはその晩、プリシラと二人きりになったとき、抑えていた悲しみを初めて表に出すことができた。彼は彼女の腕の中で泣いた。モリスは二人をつなぐ貴重な絆になった。

ウォルターは土曜の朝、電話でルイスを起こし、今日の午後に会うことはできなくなったと、ぶっきらぼうに告げ、代わりに明日の夜、酒を飲みに来ないかと誘った。「友人が何人か来ることになっているんだ」。夢の途中で起こされたルイスは、寝ぼけたまま招待に応じた。再び電話が鳴った。フィービだった。彼女は今、病院を出て、これから実家に向かう列車に乗るらしい。彼は駅まで送ろうかと訊いた。

「ありがとう、でも大丈夫。自分一人で家まで帰ることに決めているから。兄さんにも会いたくないし。元気？　答えなくていいわ！　私も気分は最悪。近いうちに家に顔を出して。そうすれば味方同士で心強いから」

ルイスはウォルターと二人きりで会うつもりだったが、まったく会わないよりは他の人がいても会う方がましだったので、日曜にアトリエに行った。彼は訪問を後悔した。彼が何者か知る客たちは（そうでない客もすぐに知ったのだが）慎重にさりげなさを装って彼に語り掛け、これ見よがしに政治や食べ物や休暇について議論を交わす一方で、露骨に、映画スターや若い末期ガン患者を見るような好奇のまなざしを向けた。ただ一つ、映画スターの場合と違うのは、誰も彼に触れようとしなかったことだ――肘さえも。それはまるで皆が、彼の持つ恐ろしい伝染病を恐れているかのようだった。上機嫌のプリシラは、他の皆と離れた場所で、まず真剣な顔でフィービの容体を尋ね、次に仕事のことを訊き、最後に彼の深い悲しみについて話を聞き、やや強調しすぎなほどの口調で、私も同じ気持ちだと言った。ルイスは自分が今、ウォルターと交わしたかった会話をプリシラとしていることに気付き、悲しくなった。

ウォルターは他の人と同じように振る舞った。ルイスが信じることを選んだ人物の目に、彼は見慣れた姿で映っていた――社会からのけ者にされた変態として。ルイスの視線に気が付いたとき、ウォルターの顔はうつろな笑みで半分に引き裂かれそうだった。ルイスは後でそこに、何か別のものを見て取った。ウォルターはモリスのことを——死者としてのモリスを——思い出すのを避けるようにしてルイスの視線を避けた。ルイスは病気の感染者《キャリア》であると同時に、死の感染者ともなっていたのだ（宙吊りにされたウォルターの視線はルイスに別の誰かを思い起こさせたが、その時はそれが誰なのか思い出せなかった）。

ウォルターはプリシラからどんな話を聞かされたのだろう、とルイスは思った。どうして彼女は僕らを引き離そうとするのか。彼女にそう尋ねようとした（それで失うものは何もないのだから）とき、大きな疲労感が彼を襲った。それは失望から生じただけでなく、この十日間、彼が子犬のように彼の後を追ってきたという悲しみから生まれていた。彼は勇気の全てをそこに注ぎ込んできた。彼はもう一度ウォルターに目を向けた。おおらかな顔がわざとらしい当惑へと収縮した。ルイスはその場を去った。

彼は翌朝、カーマイン通りとブリーカー通りの交差点で、偶然にウォルターとプリシラに会った。プリシラはその時もまだ上機嫌で、ウォルターは黙って彼女の後ろに立ち、肉をまとった運命《さだめ》を見るようなおびえた目でルイスを見つめた。プリシラの言ったことに返事をしているウォルターを見て、ルイスはその表情に見覚えがあることに気付いた。あれはオーウェンが僕を見るときのいつもの表情だ、と。目の前のカップルに対するルイスの理解が変化し始めた。彼はさっきプリシラに何を言いかけていたのか忘れた。彼の頭皮から汗が噴き出した。

「どうしたの？」プリシラが尋ねた。

ルイスは嘘をついた。「以前、モリスとこの場所で話したのをふと思い出したんだ」。彼はウォルターをじっと見続けた。「分かるかな、プリス、彼の死がどんなものか。五秒間、それを忘れたかと思うと、また何かのきっかけで思い出す。そんな感じ。彼がいかに途方もない人物だったか、君には分かっているだろうけれど」

三十七年前、ウォルターは妹のいちばんお気に入りのセルロイド人形をわざと尻でぺしゃんこにしたことがあった。それ以来、あのときの妹と同じ目で彼を見た人は、今のルイス以外にいなかった。ウォルターはルイスを避ける気がなくなった。彼は思いやりのある、傷つきやすい人間に戻った。ルイスは目に浮かんだ怒りの涙のせいで、その変化に気付かなかった。

彼は歩き去った。そして九月初旬まで、再び二人に会うことはなかった。


毎年、夏の暑い日照りの時期、南フランスのリビエラ地方を見渡す山で数百エーカーのマツとコルクガシの森林が火に焼かれる。乾き切った七月末のある日、三十歳の教員が、下草が燃え始めている場所を偶然に通りかかり、車を降りて、山火事が広がるのを見た。他のドライバーはその様子を見て、男が火を点けたのだと思い、警察に通報した。男は逮捕された。男は一晩で国民のやり場のない怒りのはけ口になった。男は結局容疑が晴れたが、本人にとってそれは重要でなかった。六年後、彼は宣言した――私は、今後何をやっても、死ぬまで「プロバンスの放火魔」として記憶されるだろうと。

ウォルター宅の客の振る舞いから、劇場でたまたま耳にする言葉から、行きつけのデリカテッセンの店員のわざとらしい慎重さから、冷淡な義理堅さに満ちたオーウェンの手紙から、フィービの哀れみから、低俗なジャーナリストからかかる電話から、知人の沈黙から、ルイスは自分に同様の有罪判決が下されているのを知った。その後何年も、人は彼の名を聞いたり、彼の姿を見たりすると、「キング・コンクリート」や他の面白おかしいあだ名ばかりを想起した。醜聞にまみれた名前を打ち消すために、いったい何冊の本を書かなければならないのだろう。別の名前で本を書かなければならないのか（ルイス・ルイソンというのは本名とは思えないほどできすぎた名前だ、とモリスは言ったことがあった)。彼はウォルターの顔に浮かぶそんなみじめな評決に耐えられなかった。どうして僕はそれをプリシラのせいにしたのか。彼女は昔のことがあるから、僕を信用しないのは理解できる。ウォルターだって、彼女の言葉をうのみにするほどばかじゃないはずだ。

ルイスは終わりの見えないその状況に苦しめられた。実家ではフィービが慰めてくれる。しかし、それ以外の場所では、支えてくれる人も目をつぶってくれる人さえも見つかりそうもない――ウォルターのような人物が彼を拒絶している限りは。苦しみはまだ続きそうだし、フェアでないからといってそれが続くことは変えられないというルイスの意識は、一刻も早い慰めを必要としていた。彼には責められる相手が必要だった。彼は人生を通じて常に、屈辱を愛するがゆえに実はしばしば自分で引き起こした失敗の原因として、自分を責めてきた。彼は今、誰か別の人を責めることを選んだ。彼は苦痛を憎んだ――とりわけ、モリスとの幸福な日々を思い出したときの苦しみを。彼は憎しみをウォルターに向けた。モリスの友人であり、フィービの友人でもある、親切で率直なウォルターはどうしてもっとちゃんと理解してくれないのか。盲目は寛容を排除し、ルイスは彼を許さなかった。三か月が経ち、エリザベスの肖像画が病院から家に戻された後、ルイスはすぐに絵がなくなっていることに気付き、父が絵を破壊したのを知った。彼は自分が知ったことを誰にも言わなかった。最初に事実を知るのはウォルターでなければならない。ルイスが本人にそれを告げなければならない。彼はまた別の葬儀でウォルターに会うまでチャンスを待ち、このささやかな復讐を実行に移した。

ルイーザとルイス

一九三八年―一九六三年

窮地に陥ったルイスを見るのは、ルイーザにとって初めてのことではなかった。彼は幼い頃から母にさまざまな艱難《かんなん》を経験させた。

ルイソン夫妻が子供を持とうと決めたとき、夫のオーウェンは、男の子を望んでいたにもかかわらず、ルイスに失望した。その後間もなく彼は、自分もそうだったが、一人っ子というのは寂しいものだと言うようになった。三年後にフィービが生まれると、オーウェンの真の欲望が満たされた。彼はそれから娘に全精力を注いだ。ルイスはルイーザに任せきりになった。

ルイスはその頃、既に母に苦しみを与えていた。二度目の妊娠期間に、彼は断続的に熱を出した。熱は理由なく上がり、理由なく下がった。彼は夕方近くに自室で遊んでいる。彼がぐずる声を聞いたルイーザが部屋に行くと、彼が顔を赤くして、息を切らしている。夜には熱が三十八度近くまで上がり、時には四十度に達することもあった。医者は診断に困り、アスピリンとオレンジジュースを処方した。熱が出ている間、彼は頭と体が痛み、眠りは浅く、口に入れる物の大半を吐いた。ルイーザは昼も夜も子供部屋に付きっきりで、濡れたスポンジで体を冷やしたり、本を読み聞かせたり、歌を歌ったり、言うことがなくなるまでしゃべったりした。

三日経つと熱は治まったが、ルイスは体が弱り、短気になっていた。ルイーザは二歳の彼に看病に対する感謝を期待するのは無理だと知っていた。しかしながら、苦痛の原因を自分のせいにされるのはつらかった。「僕が苦しいのはママがそこにいるからだ」。彼女が枕元に来るだけで、彼が悲鳴を上げることもあった。

ルイーザは、初めての息子が生まれたら、きっと並々ならぬ愛情が湧いてくると思っていた。実際に彼女が感じた愛は、ルイスは彼女の理解を超えた性質を持ってこの世に生まれたに違いないという確信によって、再三再四揺るがされた。ルイーザは男とは奇妙な存在だと思った。彼女はその奇妙さが好きだった——離れた所から見る限りは。オーウェンは特別な例だった。彼は結婚前、明らかに彼女と一緒になることを望んでいたし、そこに彼女の立派な家名や人脈《コネ》を手に入れたいという気持ちが混じっていたとしても、ルイーザは気にしなかった。彼女は彼の求婚を心の底から受け入れ、結婚後は、彼女が彼の仕事に力を貸すことで二人の信頼関係は維持された。彼女はよその男たちに当惑を覚えた。よその男は抽象的な寛容さと実際的な薄情さに満ちており、世間（と飼い犬）に対しては心が広いのに、自分と意見を異にする個人には性急な疑念を抱いた。ルイーザは父親の記憶で視野が狭くなっていたのかもしれない。大柄で無愛想な男だった父は彼女が五歳のときに亡くなり、その後、一家は貧しくなり、彼女は強力でとらえどころのない存在に取り憑かれるようになった。

ルイスは幼くして彼女の目に、新たな神秘的男性に見えた。理解できないという感覚、そしてそれに伴う、母親として何もできないのではないかという恐れが彼女に、息子のためにずっと全力を尽くすことを誓わせた。失敗は彼女の献身を新たにするだけだった。その結果、息子と過ごす人生には定期的に、「私はしなければならない」と「もし……でさえなければ」が挟まれることになった。何が起ころうと、私がしなければならない、私がこの子を支えなければならない。そしてもし仮に、もし私があんなことをしていなければ、こんなことは起こらなかっただろうし、ルイスもこうはならなかっただろう。彼女は決して「もし彼があんなことをしていなければ」とは考えなかった。そう考えなかったのはもちろん、それを論理的に突き詰めれば、「もし彼が生まれてこなかったら」という命題に行き着く可能性があるからだ。

恐怖心でルイーザは、攻撃に対して脆弱になった。ルイスは、要求を突きつけ、責め立てることによって母より優位に立てることに気付いた。彼はまた、母を誘って何か恥ずかしい行為を一緒にやれば、何をやっても許してもらえることを知った。彼はルイーザがいつでもオーウェンから自分を守ってくれると感じていた。

彼は三歳のとき、生殖器を使って恥ずかしいことをするやり方を発見した。彼は癇癪を起こしたり、起こしそうな顔をしたりしてルイーザをベッドかトイレに付き合わせ、ペニスをぎゅっと特別な仕方で握らせるようになった。一年後、既に当たり前になったこのゲームの延長で、彼はおちんちんに関する質問で母を困らせるようになった。「硬くなったときは折れたりする？　ママ、折らなきゃいけないときは、ちゃんと教えてね？」彼はほぼ十歳になるまで、寝るときに彼がペニスにはめる風呂用手袋が外れていないかを母がチェックしに来なければ、夜中に泣いて目を覚ましたのだった。

こうした戦略によってルイーザは無力になった。彼女は指示に従い、オーウェンにはそれを隠し、最終的に気付いたときには、彼女自身がそれに依存するようになっていた。それらの秘め事は彼女にとって、ルイスが彼女を信頼し、彼女が彼に慰めを与えられるという最も信頼できる証拠となった。

ルイスが十一歳のとき、ルイソン家は州北部に夏季の別荘を借りた。それはその後、一家が最終的に定住することになる家のそばだった。ルイスと同じ年頃の子供を持つ友人たちが彼をピクニックやプールパーティーに招き、何日かすると、ルイスは夏の霞に自転車で漕ぎ出し、新しい知り合いと遊ぶようになった。ある日、彼は家を出なかった。彼は夕方までポーチの階段に座っていた。その後、彼が自分から家を出ることは二度となかった。午後は漫画を読んだり、慣れない図書館で「大人向け」の本を探したりして過ごした。週末は、オーウェンに見つからないよう、部屋から出なかった。ルイーザは息子の陰気な様子以上に、彼に傲慢な態度がまったく見られなくなったことが心配だった。彼は進んで、家の用事を手伝うようになった。彼の母に対する振る舞いは、ほとんど優しいと言ってもよいほどだった。

ある朝、ルイーザは、彼を乗馬学校に送り出した後、部屋を捜索した。整理だんすのいちばん下の引き出しに重ねられた二十二冊の『アクション・コミック』の間に、青い罫の入った紙が隠され、そこに下手な詩が鉛筆で綴られていた。「愛しき嫌われっ子のルイスへ」と大文字で書かれたタイトルの後に、三つの四行連が続いていた。最後の四行連はこうだった。

おまえなんか死んだ方がいいぞ、だろ？
だって本当に頭がおかしいぞ、だろ？
おまえは頭がいいとうぬぼれてる、だろ？
だけどコウモリみたいにいかれてる、だろ？

ルイーザは紙を元の隠し場所に戻した。ルイスが帰宅したとき、彼女は新しい友達と何かあったのかと尋ねた。彼はつらそうに黙り込んだ。ルイーザがよその親に訳を話すと、彼らが子供たちから話を聞き出した。彼女はすぐに事情を知った。

ルイスは、独りぼっちになる二、三日前に知っている男友達全員を誘って、ある友達の家で会う約束をした。彼は昼過ぎに籐のかごを持って、その家の三階にある、苦行のように暑い屋根裏部屋に現れた。そこには十歳から十二歳の、十二人の少年が集まっていた。

ルイスは「友情と勇気」に関する演説で集会を始めようとしたが、誰も話を聞かなかったので、すぐにメーンイベントに取り掛かった。彼はかごの蓋を開け、上下を引っくり返し、強く揺すり、二十秒間揺すり続けた。すると小さなコウモリが一匹現れ、間もなくもう一匹が続いた。二匹は暴れ叫ぶ子供たちの間をしばらく飛び回ってから、隅の梁の陰に止まった。その頃には皆、屋根裏部屋から逃げ出し、十歳の少年一人だけが残っていた。その子は泣きながら、屋根組を支える対束《ついづか》の後ろに隠れ、膝を抱えて座り込み、驚きの眼《まなこ》でルイスを見ていた。ルイスは電気技師用手袋を着け、天井に止まっていたコウモリを淡々とした様子で捕まえ、かごに戻した（ルイスはその二日前、自宅の屋根裏部屋で三時間悪戦苦闘して、コウモリを捕まえるこつを習得していた）。

ルイスが満足げな笑みを浮かべて階段を下りてくると、集団が四散した。彼が声を掛けた二、三人も、しどろもどろの返事をした後、慌てて自転車で去った。明らかにインパクトは大きかった。匿名の詩がルイソン家の郵便受けに届くまで、彼はそれがどのようなインパクトかを気に掛けていなかった。ルイスに関する限り、夏は終わった。あえてルイスの友達だと思われたいと考える少年は一人もいなかった。ルイスは自分がひどいいじめに遭っていると感じた。僕は単にみんなをびっくりさせたかっただけなのに。彼としては、それに成功したら次は、彼に感服する友人たちと一緒にマスターベーションをして連帯感を強めるつもりだった（彼は自分でもその願望を認めたがらなかったが）。彼が今回のことを思い立ったのは、この半ば秘密の、非社交的とは言えない願望がきっかけだった。だから、そのせいで仲間外れにされるのは筋が通らない。

ルイーザはコウモリの件を知ったとき、詩の作者の言っていることはあながち的外れではないと思った。ルイスは、頭がおかしいとは言わないまでも、変わり者であることは間違いなかった。彼女は彼の行動にぎょっとすることがあったばかりでなく、彼の完璧な秘密主義にぞっとすることもあった。彼はかごを借りたこと以外、今回の計画に関する手がかりを彼女にまったく与えなかった。彼女は彼を慰めることができなかった――そのお返しに何をされるか分からなかったから。彼女はそれよりも、彼の信頼を取り戻したかった。

ルイスは夏が終わる前に彼女にそのチャンスを与えた。彼はある朝、一人で町に出掛け（それは彼が禁じられていたことの一つだったのだが）、彼女へのプレゼントにエルメスの薄絹地スカーフを持ち帰った。不審に思ったルイーザは、そんなお金をどこで工面したのかと訊いた。ルイスはいくつもの嘘をつき、そのどれもが見え見えだった。スカーフを盗んだことを認めざるを得なくなったとき、彼はほとんどほっとしたような心持ちだった。

ルイーザは激怒した。彼女が育てられた社会階層の価値観において万引きは、武装強盗や手斧殺人へとつながる危険な第一歩だった。彼女はルイスを平手で強く打った――そんなことをしたのはこのときが最後だった。彼は「ママのためにやったのに！」と叫び、泣きながら駆けだした。ルイーザはそれが彼なりの、逸脱した告白だったことを悟った。私はあの子を失うわけにはいかない。

彼女は彼を追って外に出た。ルイスは生い茂った二本のテマリカンボクの間に隠れていた。平手打ちが効いていた。彼は母の腕に飛び込み、泣きながら「ごめんなさい、ごめんなさい」と言った。もしも盗みから受けたショックがもっと軽かったら、ルイーザもきっと泣いていただろう。彼女はルイスがおとなしくしている間、彼を抱き締め続けた。彼女は彼の肩に手を置き、二人で一緒に家の周りを二周歩いた。彼女はスカーフを店に持って行かなければならないと説明した。同じ売り場で他の品を見るふりをしながらスカーフを元に戻し、またそれを選ぶふりをして購入する。そうすればプレゼントを返さなくともよい。彼女はルイスに、二度と盗みはしない、もしも盗んだときはすぐに彼女に言う、と約束させた。彼女は父親のことは口に出さなかった。

こうしてルイスは、度重なる盗みの初回に母を巻き込んだ。彼が母と結んだ同盟は、オーウェンと、お上品で冷淡な世間と、彼自身の普通の願望に敵対していた。彼女を巻き込んだことで、彼は盗みにいっそう熱が入った。最悪の事態が起きれば彼女もその結末を味わうことになる、と彼は知っていた。最悪の事態は時折起きた。そして彼が捕まるたび、ルイーザが律儀に姿を見せ、店の主人や売り場主任や警察官をお世辞で丸め込んだ。母も息子も決して認めなかったが、二人ともこうしたドラマの後に最高の幸福を感じていた。

盗みはルイスにもう一つ、所有物という利点をもたらした。彼は高価な物を盗むと脅すことで、本気で欲しがっていると納得させられればルイーザからそれを買う金をもらえると知った（どのみち彼が目的の物を盗むこともあったが）。本やクラシック音楽のレコードなど、教養に結び付く品物はこの種の脅迫に最適で、ルイスは同年代の子供にしては驚くほどの蔵書とレコードコレクションを手に入れた。

彼が自分の力で手に入れた物には、チューインガム二百十パック、チョコレートキャンディー百六十九個、バナナとオレンジとリンゴ合計九十八個、ペンと鉛筆七十六本、ネクタイ十八本、フランス製の香水七瓶（ただし、うち三瓶は開封済みのサンプル）、そしてドリンクの六缶パック五つなどがあった。最も大きな失敗は、トリプラー帽子店のシルクハットとシアーズの万能電子ツールキットで、最も誇るべき成功は、三番街にある質屋の意地悪な目を盗んでくすねた小さな礼装用佩刀《はいとう》と、ブレンターノ書店から盗んだ『ボヴァリー夫人』の初版だった。彼は書店の奥で『ボヴァリー夫人』を取り、じりじりするような二十分をかけて徐々に棚から棚へと移動し、五番街の舗道に出た途端に四街区《ブロック》ダッシュして逃げ延びたのだった。

　彼はあまりに些末で母を怒らせるに足りないものを除き、盗んだ物のほとんどをルイーザに報告した。最終的に彼は共謀関係よりも憤慨を求めるようになり、二年後には母が決して怒らないことが判明したため、何を盗んでも満足が得られなくなった。ルイスには秘密の希望と危惧があった――ルイーザがいつか彼に背中を向け、彼にふさわしい罰を科し、警察に突き出すか、軍隊式の私立学校に送り込むか、オーウェンに言いつけるかするのではないか、と。しかし、頭のおかしな息子を目の届かない所にはやらないというのがルイーザの至上命題だった。彼女は息子が彼女のものであり続ける限り――見守るべき存在、耳を傾けるべき存在、慰めるべき存在、奇行から救うべき存在である限り――彼が何をしようと気に掛けなかった。彼女は叱り、不平を言い、脅し、最後は常に金で決着を付けた。『ボヴァリー夫人』については数週間にわたる議論の末、彼女は本を書店に返却させないことにした（その本は彼にしては珍しく優れた選択だったし、彼女はブレンターノ書店を嫌っていたから）。ルイスは心配をしていたが、用心深いはずのオーウェンは何にも気付いていなかった。

ルイーザが何かの気遣いを見せるたび、その姿はルイスの目に、失礼なせいで彼を愛したコネティカットの従姉にますます似て見えた。彼女が気遣いを見せるたび、彼はますます彼女を信頼しなくなった。この点で彼は彼女にアンフェアな判断を下し（ルイーザは一貫性そのものだったのだから）、心底、腹を立てた。彼女は子に痛みを与えるという親の役割を放棄したのだ、と。

四年後、二人の共謀関係は終焉を迎えた。

ルイスの不運な夏にもかかわらず、ルイソン家は毎年、夏季休暇を州北部で過ごし続けた。やがて彼の不幸もほとぼりが冷めた。コウモリは半分不気味で半分魅惑的な伝説となった。彼が十五になった七月のある日、見慣れない遊びグループのメンバーが一人きりでいるルイソン家の少年に気付き、彼を仲間に入れることにした。ルイスは罠を恐れ、わざと短気に振る舞い、話に乗らなかった。グループの子供らはそれを笑い、面白い怒りんぼを仲間にしたいのだと言った。ルイスは、そのおどけた仲間と遊ぶようになった後も常に、残虐ないたずらを仕掛けられているのかもしれないという可能性に備え続けた。

グループの一人で、ルイスより一つ年下の少女があからさまに彼に迫るようになった。彼に公然とつれなくされても、彼女はくじけなかった。自転車に乗るときは彼の横に連れ添い、泳ぎに行ったときは彼に水中に突き落とされ、彼の意地悪な言葉にも優しく応答した（「あなたのことが好きなのは確かだけど、だからって悪い子だってことにはならないわ、グルーチョ」）。ある夜、一緒に映画を見ているとき、彼女は彼の肩に頭をもたせかけた。一時間後、ルイスは彼女にキスをした。彼はほとんど何も感じないままに、キスしているという事実に興奮し、必死に口を彼女の口に押しつけた。彼はさらなる挑戦をしなければならないと思った。

両親の家の裏には農場があり、彼はそこにある納屋を何度も探検していた。ルイスはその二日後、少女を納屋に連れ込んだ。八月の蒸し暑い午後四時、背の高いその建物は予想通り無人で、新しい干し草が梁までうずたかく積まれていた。夏の陽光の後では夜のように暗く感じられる納屋に入った二人は、その隅に陣取り、干し草の断崖とタール臭のする壁との間で抱き合った。ルイスのキスはますます激しくなった。しばらくすると彼女は彼に小さな胸を触らせ、その後、出て行ってと言った。ルイスは彼女を離さなかった。彼女は不平を言った。彼はどうすればいいか分からなかった。彼女は胸以外はどこも触らせず、彼にも触れようとしなかった。彼は彼女を地面に組み伏せてその上に乗りかかり、体をこすりつけ、彼女のパンティーを脱がそうとしながらその下に指を入れた。少女は彼に噛みつこうとした。二人ともその狭い場所で息を切らし、汗まみれになっていた。納屋の床から舞い上がった大昔の収穫の埃が二人の鼻と目に入った。ルイスはやりかけたことをやめるのが嫌で、彼女の上でじたばたし続けた。少女はすすり泣きしだした。彼女はおびえていた——光もなく、徐々に空気も薄れているように思える中、ルイスの肘と尻に押さえつけられて。彼女が悲鳴を上げようと深く息を吸うと、乾いた埃にむせて、ひどく咳《せ》いた。彼女はパンティーに大便を漏らした。ルイスはにおいでそれに気付いた。彼が逃げ出すと、少女は痙攣のような悲鳴をかすかに発し始めた。

納屋の扉の前にはルイーザが立っていた。彼女は散歩の途中、そこに駐められた二台の自転車に気が付いた。ルイスは母に何も言わず、自転車に乗ってトウモロコシ畑へ逃げ去った。ルイーザは納屋で少女を見つけ、家に連れ帰って風呂に入れ、着替えをさせた。彼女は紅茶を淹れ、少女に話し掛けた。ルイーザは相手の年齢にかかわらず、女性と話すのが得意だった。彼女は少女を落ち着かせた。彼女は何があったかを訊き、ルイスにはいつも手を焼いているのだという話をした。ルイーザが車で家に送り届ける頃には、少女は秘密を共有できたことに満足し、冷静さを取り戻していた。

ルイーザが帰宅すると、ルイスが彼女を待っていた。彼はいら立ちで目がうるんでいた。母が少女と話したことを知ると、彼はもはや彼女に何も言わせず、発作的に怒りを爆発させた。僕の人生はママに何の関係もない。手出しはやめてくれ。永久に……。彼が網戸を激しく閉めてポーチから駆けだすと、扉は跳ね返りそうな音を立てた。

彼の全身を満たしている暴力が先ほどの乱暴に対する恥辱を表しているのではないことを、ルイーザは理解していた。少女は彼女にこう言っていた。「彼は結局、本当に何もしなかったんです。でも、やろう、やろうとして、狂ったみたいになっちゃって」。彼女はレイプの危険というより、ルイスにそれができないことの危険性を感じたのだった。彼は母親にそれを知られるのを恥じていた。彼は二度と、母と顔を合わせたくなかった。

彼はルイーザを避け、彼女の手が届かない場所に居続けた。彼は盗みについて母に報告するのをやめた（実はその後、盗み自体をやめたのだが）。それに続く数年間、彼はばかげた立場に頑固にしがみついた。彼は両親に人生を条件付けられながらも、一方で両親にはまったく構ってもらえなかった。彼は食事をすることで母に借りができると考えれば食べることさえやめるだろう、とルイーザは思った。ルイスは両親に対する借りは皆無だと言い張り、今自分が置かれているみじめな状況を元に戻す責任は全て両親にあると主張した。ルイーザの心配と愛情は最低限の体裁を整えているだけのことで、彼女の功績となることもなければ、彼の力になることもなかった。哲学的一貫性や政治的無欠性の追求など、彼が最近自らに課した深遠なる目標について、彼女にどんな手助けが可能だというのか。

ルイーザは八年間、息子に関する情報をフィービに頼った。彼女は二人の子供の仲の良さを敬っていたので、それに悪影響を与えることのないよう、娘が進んで自分からしゃべること以上の話を聞き出そうとはしなかった。だから、不安が募る一方で、知識はずっと限られたままだった。彼女はルイスの社交生活を案じ（彼は友達を一人として家に招いたことがなかった）、恋愛生活を心配し（彼女は彼が同性愛者だと考えていた――少なくとも同性愛ではあるのかしら?）、未来を考え（寒々とした未来）、父親との関係を気に病んだ。彼の人生に気掛かりでないことはほとんどなかった。彼は自分――周りにとって面白くないのと同様に、本人にとってもつまらない存在――の中に閉じこもっているように見えた。

もしもルイーザが来る月も来る月も息子を案じ続けたとしても、まさか彼が実践的マゾヒストになるとは考えてもいなかった。十字架事件は彼女の直感に残されていた最後の信頼を奪い、彼女の不安に、噛み締めるべき現実的な形象を与えた。彼女がルイスのそばに駆け寄り、彼が彼女から逃げ出して以降、彼女は町で時間を過ごすことが多くなった。彼女は次の惨事を食い止めるため、彼の目を避けながらそばに居続けようと心に決めた。彼女は彼の命を心配した。

モリスとルイスの友人関係は彼女を狼狽させた。というのも、ルイスがモリスと会う機会が増えれば増えるほど彼がフィービと会う機会が減り、ルイーザが彼について得られる情報も減ったからだ。彼女はモリスのおかげでルイスに奇跡が起きているというフィービの言葉を信じたかった。しかし、ルイーザにとって十字架事件は息子の狂気を証明するもので、その事実を変えられる人間がいるとは思えなかった。もしも彼女がモリスに会っていれば彼はフィービの言葉が正しいと請け合っただろう。しかし、彼女はルイスの予測不能な反応を考え、そうした危険は冒さなかった。彼女はルイスにめったに会わないまま心配し続け、彼が何をしているか知ってはほっとし、分からないときはがっかりし、想像力は不明確な揮発性の恐怖に膨れ上がった。

五月下旬のある夜、食事をすることになっていたワシントン広場脇のアパート前でルイーザがタクシーを降りると、フィービが目の前を歩いていた。マクドゥーガル通りに向かうフィービはルイーザに気付かず、名前を呼ばれても振り返らなかった。ルイーザ以外の人間ならきっとフィービのことを心配しただろう。しかしルイーザが考えたのは、ルイスに何があったのかということだった。彼女は一時間後フィービに電話をかけたが、誰も電話に出ず、何かひどいことが起きたのを知った。ルイーザは勇気を出してモリスに電話した。その電話も最初、誰も出なかった。その後、電話をかけ直すと、今度は丸十分間話し中が続いた。ルイーザは早々に食事を切り上げ、急いで六番街を渡り、コーネリア通りに向かった。モリスの住むアパートの前で彼女は次々にインターホンを鳴らし、ようやく彼女を建物に入れてくれる住人を捜し出した。彼女はモリスの部屋まで階段を二つ上がり、呼び鈴を鳴らした。部屋の奥から声が聞こえた。おそらく悲鳴だ、と彼女は思ったが、何を言っているかは聞き取れなかった。彼女は呼び鈴を鳴らし、ノックを続けた。彼女を建物に入れてくれた男が様子を見に下りてきた。ジャージの上下を着た女性が階段の下に現れた。きっと二人とも私のことを頭がおかしいと思っているんだわ、とルイーザは思った。でも私がしているのは正しいことだ。

中の声は叫び続けた。誰も扉を開けに来なかった。外でサイレンの音が近づくのが聞こえた。二台目、そして三台目。どれもいったん狂乱のソプラノまで高まってから、ゆっくりと長い悲鳴に減衰した。階下で建物の扉が開き、ドスドスと靴音が響いた。彼女は無帽の消防士や警官に囲まれた。彼らは器用に彼女を脇へ追いやり、斧と大ハンマーと二本のバールでモリス宅の扉を破壊しにかかった。扉の蝶番《ちょうつがい》が外れたとき、ルイーザは恐怖と切望に震えていた。

彼女は素早く中に入った。新聞紙の散らかる床に二つの物体が横たわっていた。モリスの体と、ひびの入った細長い石の塊だ。四人の消防士がすぐに石の周りを取り囲み、黒い破片を注意深く砕いた。ルイーザはモリスの上にかがみ込んだ。彼は取り乱した様子で、彼女の呼び掛けに返事をせず、息もしていないようだった。彼女はすべきことを知っていた。彼女は開いた口から息を吹き込み始めた。

警官がルイーザを引き離し、広く開けた大きな窓の所まで連れて行き、そこにじっと立たせた。彼女は訳が分からなくなり、大声で毒づいた。彼女が無理に首をひねると、黒い石の破片の間に横たわるルイスの姿が見えた。彼女は悲鳴を上げた。白衣を着た二人の男が彼女を強引に担架に乗せ、紐でくくりつけた。もう一人が手際よく、彼女の前腕に静脈注射をした。ルイーザはイーストサイドの病院で目を覚ました。

次の日の昼前、まだ寝ぼけていた彼女は、見舞い客の来訪を告げられた。彼女はルイスを見て驚いた。「あなた、大丈夫なの？　わざわざここに来てくれてありがとう。ここがどこだか知らないけれど」

「母さんが退院するには誰かの署名が必要なんだ。ここは精神科病棟。フィービも来る予定なんだけど、僕が来ればもっと早く事を済ませられると思って」

「ありがとう。モリスの具合は？」ルイーザはそう尋ねたが、それは嘘の質問だった。彼女は自分が死人の口に息を吹き込んだのを知っていた。

「あの人は心臓発作にやられた。僕の目の前で死んだんだ」

「ルイス、それは本当に……」。涙が一気に込み上げた。

「いったいあの場所で何をしていたんだよ？」

「分からない……フィービも教えてくれなかったし」。彼女はティッシュの花束《ブーケ》に向かって鼻をすすった。「ごめんなさい。あなたも大変だったでしょう、私が……。来てくれてありがとう。私にはそんな値打ちはないのに。本当にごめんなさい」

「確かに母さんにその価値はない。僕がここに来たのも母さんのためじゃない」

「でもさっき、私の退院手続きのためだって……」

「ダメージを最小限に抑えるためさ。母さんにはさっさと退院して、家に戻って、黙っててもらいたい。電話も一週間は出ないでくれ」

彼女はそのルイスの態度に見覚えがあった——今、その態度を見せる動機は分からなかったが。「ルイス、私にはよく分からないのだけれど」

「昨日の夜、モリスの部屋で警官に会ったのは覚えてる？ 警官は報告書を書くのが好きだ。やり手で嫌みな若い検察官が今朝、記者会見を開いた。そいつは、何て言うか、報告書を選択的に利用しやがった。現場にいたのはモリスと僕。そしてセメントで固められた誰かさん。やつはそれが『二人のうちのいずれか』だったとだけ言って、はっきりしたことを説明しなかった。そして驚いたことにルイソン夫人なる人物も現場に居合わせた、としゃべった。夫人が何をしたと思う？ 彼女はいきなり死体にキスをした。彼女は一方の関係者の母親だが、死体だった方の母親ではない。分かる？」

「いいえ、分からない」

「喜んで自分を十字架にかける頭のおかしなホモが残虐な方法で母親の愛人を殺したという、このお話が分からない？ クローケーの打球槌がどうしてリビングに置いてあったと思う？」

「でも、あなたを知っている人だったら誰も、まさかあなたがそんなことを——」

「でも、僕のことを知っている人なんて誰もいない。もう誰も。とにかく家に戻って」

「私もまさか——」

「そりゃそうさ。決まって全然考えもしない事態が起こる。突然、首を突っ込んできて、どうしてこんなに悩ましいことばかり起こるのかしらって思うだけ」。ルイーザは彼をじっと見た。「結局、母さんは望み通りのものを受け取っているんだって、そう考えたことある？」

「私が悩むのはあなたを思ってのことよ」

「冬の間中、僕のことを思ってつきまとっていたって？　ティエラデルフエゴにでも行けばよかったのに」

ルイスは静かにしゃべった。彼は地獄の辺土《リンボ》をさまよっていた。彼はモリスが死んだことをまだ信じられなかった。もしも彼が今、望みは何かと訊かれたなら、自分自身の死だと答えただろうが、さまざまな感情に圧倒されて自殺を考えられる状態ではなかった。

彼の冷たい言葉がルイーザの中に温かな光を放った。彼が部屋を出ると、彼女は思った。おそらくあの子の言う通りだ。私は今まであの子の力になれなかった。おそらくあの子の言う通り、私はずっと利己的に振る舞ってきた。あの子のことは放っておいた方がいいのではないか？　彼女を突然の喜びで満たしたのは、その可能性——あまりにも明らかで、あまりにも新鮮な可能性——だった。「これで肩の荷が下りる！」彼女は口に出してそう言った。

その言葉は百パーセント本気だったわけではない。しかし、彼女はほんの短い間だけ、ルイスが生まれていなければ自分の人生はどうなっていたかと、自分に想像を許した。毎日毎日、そしてほとんど毎晩、目覚めるたびに、人生の本質は痛々しい恐怖だと思い知らされる必要のない人生。ルイーザは前の晩、モリスの死以上のことを自分が抑圧したのを悟った。アパートの部屋に入ったとき、彼女はルイスがセメントの下に倒れていることに気付き、彼も死んでいますようにと願ったのだ。彼女が自分の願望を認めると、再び自然に彼女から言葉が漏れた。「かわいそうな子！」結局、頭がおかしいのは私の方なのだ。彼女は笑いだした。彼女は彼の死を望まなかった。決して。彼女は彼が生まれてこなければよかったとは思わなかった。彼女は彼に関して何も望まなかった。優しい心の痛み、そして決して口に出せない沈黙の祝福とともに、彼女は彼を解放した。それから彼女は「これは恋じゃない……」と歌いだし、歌いながら笑った。私は息子が望む限り彼の人生に手出ししない。金輪際。

ルイーザは左右の手指を組み合わせ、頭の上で腕を伸ばした。窓の下では、町が暑く薄汚れた霞の中に青白く浮かんでいた。ゴミ収集船が引き潮に乗ってイーストリバーを下っていった。憂鬱な荷物を肩から下ろした今、さあ、自分の人生をどう生きよう？

彼女がその答えを考える時間はなかった。なぜならフィービがそこに現れたからだ。ルイーザはその瞬間、ないがしろにされた彼女の人生において、緊急かつ確実に自分の有用性を示すことのできる数少ない対象を新たに見いだしたことを確信した。

アイリーンとウォルター
一九六二年五月—八月

ウォルター・トレイルが有名になったのはクレイマー画廊での展覧会がきっかけだったので、アイリーン・クレイマーが彼を見いだしたのだと多くの人が考えた。しかし実際は、彼が彼女のもとに来たのは遅く、モリスが亡くなる十か月ほど前で、既に画家としての経歴を三十年近く積んだ頃だった。アイリーンはそのかなり前に彼の噂を耳にし、共同展覧会や個人所蔵品展で彼の絵を見たことはあったが、彼の作品を総体として評価する機会はなかった。

アイリーンが山の手に画廊を開いたのはまだ三十四歳のときだったが、彼女はその十二年前にニュースクールフォーソーシャルリサーチで美術史を四学期修めてから——それが彼女が生涯に受ける正式な美術教育の全てとなるのだが——ずっと美術品の販売を手がけていた。彼女はパートで秘書のような仕事をして元手を稼いだ。彼女の父は劇場の案内係から出世して、引退するときには六つの映画館を所有していた人物なので、娘が法律でも医学でもビジネスでも勉強したいと言えば学費を出したかもしれない。彼にとって美術品売買は高いリスクと不確かな報酬《リターン》を意味していた。彼は娘を甘く見ていた——

アイリーンはきっとどんな職業を選んでも成功しただろう。彼女には知性と野心があり、だいたいいつも、自分が望むものを分かっていた（彼女にはまた、小柄で抑制の効いた砂時計形の体型と、大きな茶色い目が時にとろけるようなアクセントを添える美貌も備わっていた）。

アイリーンはニュースクール在学中に、十歳年上のマーク・クレイマーに出会った。彼は裕福な公認会計士で、高級文化に目がなかった。彼は彼女にブロンクスを出るよう説得した。短い結婚期間に彼女は、男の性的誠実性の隠れた目標が捕縛と幽閉にあることを学んだ。マークは間もなく、家にいる彼女が最高の彼女であることを求めるようになった——彼女本人がそれでは不満であるにもかかわらず。二年目の研究を終えた後、アイリーンはマーサ・ジャクソン画廊で助手として勤め始めた。それはすなわち、マークとともにヨーロッパへ、バハマへ、サンバレーへ行かないことを意味していた。彼女は彼の行動を理解できず、彼も彼女の行動を理解できなかった。一九五二年に二人が離婚したとき、彼女は彼に言った。「月々の離婚扶養料は要らない。一括払いでちょうだい。その方がお互いのためだわ」。彼は実際に計算し、彼女が正しいと判断した。彼は要求された額を借金した。彼は彼女のありがたい申し出にとても深く感謝したので、五年間、彼女の家賃を払ったほどだった。

アイリーンは絵を買い、アパートで売るようになった。扱うのは主にヨーロッパの画家だった——アメリカ人の画家は当時まだ、有名すぎる（そして高すぎる）か、無名かのどちらかに限られていた。短期で投資を回収しなければならなかったので、未発見の画家を発掘する作業は後回しになった。彼女は何度か割のいい取引をした。とりわけ一年目に、クレーのグワッシュ画二十二点を六千ドルで購入したのは買い得だった（彼女は一年後、そのうちの二点を同じ金額で売った）。彼女は五年かけて信頼される画商に成長し、売りたい作品が手に入るようになり、頼れる顧客が付いた。それから彼女は個人所有の絵画を担保にして、六番街五十六丁目南に小さな画廊を開いた。画廊は商業的にはほとんど儲けが出なかったが、彼女には公衆の目が向けられるようになり、画家の選択に先見の明があるということで、人もうらやむような評判を得た（アイリーンによると、よい画商には「潜在的なものを見極める」能力が必要だ――実際に目の前にある絵画の中に、画家自身も想像しなかった作品を見なければならない）。一九六一年秋に彼女が二十人の上得意を集めて、より大きな新しい画廊を作る計画を提示したとき、彼らは皆、躊躇なく援助を申し出た。

ウォルターに関するモリスのエッセイは、翌年の五月、『ニュー・ワールズ』誌に掲載された。モリスはそれ以前に、才能は既に証明済みだがまだ売れっ子にはなっていないこの画家と契約を結ぶよう、アイリーンに勧めていた。アイリーンは弟の話に真剣に、しかし少し疑い混じりに、耳を傾けた。以前も彼の熱意が盛り上がっては冷めるのを何度か目にしたことがあったからだ。モリスの論文が発表され、好評を博したとき（論文はこの年の『アメリカ絵画の今』誌で最優秀論文に選ばれた）、アイリーンはウォルターの作品を本腰を入れて見てみることにした。

彼女は以前見た作品に感服していたし、仮に職業上、彼を避けてきたとしてもそれは芸術的な問題ではなく、商業的な問題だった。ウォルターは独特な独創性の持ち主だった。彼は、巨匠の仮面をまとっても巨匠に見えない巨匠だった。彼は最も抽象的に見えるときでも抽象派には分類できなかった。彼の形態には、見る者の心を乱す粗雑さが感じられ、ホッパーやシーラーのような生々しさや、リキテンシュタインのような様式化はなかった。アイリーンが新しい画廊を立ち上げることとなった今、ウォルターの奇抜さは障害ではなくなった。もともと彼女が画商になったのは、新しい芸術を奨励するためだ。彼女は今、それができる立場になった。

アイリーンはウォルターの作品を気に入っていたので、一部の絵を見ただけでは画家の宇宙全体はほとんど理解できないということを忘れ、既に彼を理解しているような気になっていた。アイリーンは新たな作品を見るたびにますますその世界に惹かれつつ、一週間かけて頭の中で全トレイル作品回顧展を完成させた。彼女は画廊に展示されたウォルターの作品を見ることから始め、動物時代の作品の所有者を含む収集家たちのもとを訪れ、ツアーの締めくくりに彼のアトリエに出向いた。ウォルターは百を超す絵画と、少なくとも千枚あるスケッチを保管しており、そこには最上級の傑作も多く混じっていた。アイリーンはその午後、長い時間をかけてそれらの作品に目を通した。彼女は絵を見終えたとき、才能と知性と想像力にとどまらない世界を発見したことを悟った。ウォルターの独創性《オリジナリティ》は原罪《オリジナル・シン》の始原性に似ていた。彼は絵を描く行為そのものを再発明したのだ。

ウォルターはアイリーンの来訪中、彼女のそばに近寄らず、フィービに応対を任せた。アイリーンとフィービはほとんど言葉を交わさなかった。アイリーンは調査に夢中で、賢明なフィービはそれを妨げなかった。アイリーンは立ち去るとき、こう言い残した。「彼の素晴らしさはとても言葉で表現できません。近いうちにまたこちらから連絡します」と。

既に少年の頃に充分な成功を収めていたウォルターは、世間的な成功を気に掛けたことがなかった。彼は自分の能力に常に自信を持っていた。彼はこの二十五年間、大きなアトリエを構え、そこで大好きなパーティーを開くだけの収入があればそれで満足していた。ところがその態度が今、徐々に変化しつつあった。モリスの論文は彼にも影響を与えていた。美術品市場に火が点き始め、彼の半分しか値打ちがないような画家が彼の二倍の額で売れていた。もしも私の時代が来るなら今すぐに来てほしい、と彼は思った。アイリーンがアトリエに来たのは絶妙のタイミングだった。アイリーンがアトリエに来た理由をフィービが説明すると、彼は歓喜した。

彼は連絡を待った。連絡はなかった。彼は彼女の画廊に電話した。すると電話口で彼女は忙しいと言われ、彼女からの折り返しの電話もなかった。三日後、彼は再び電話をかけた。アイリーンは外出していた。「どちらのウォルター様ですか？」と彼女の秘書が尋ねた。翌朝、ようやくアイリーンから電話があったが、事態はさらに悪化した。彼の作品に対する念入りな賛辞はまるで、お決まりのお世辞を並べただけのようだった。彼女は電話の最後に謎めいた口調で、今はちょっと仕事の話はできないのです、と言った。「理由は説明できません。おそらく察していただけるとは思いますが」

ウォルターにはまったく察しがつかなかった。すっかりのぼせ上がっていたアイリーンは、人間としての彼が画家としての彼と同様に賢明だと思い込む、ありがちな勘違いを犯していた。彼女の言葉は効力と慎重さを意図したものだったが、十日間の沈黙の後でその言葉を聞いたウォルターにとって、それは無関心を意味した。彼は不機嫌に反応した。期待に膨らんだ胸は失望によってしぼんだ。それは憤懣の混じる失望だった。彼は善意をもてあそばれたと感じた。

翌日、彼の絵を扱っている画廊に立ち寄ったウォルターは、その不当な態度の原因を理解した。画商は外出していた——それ自体は午後二時頃には珍しいことではない。驚いたのは、彼がアイリーンと昼食に出掛けたという事実だった。ウォルターは彼を敬愛する若いアシスタントから、これが三度目の会談だという話を聞いた。「先生の件で話し合いをしているのだと思っていましたけど、違うのですか？」彼女はそれ以上、何も言わなかった。ウォルターは完全に疑心暗鬼になり、結論に飛びついた。画商二人が自分を陥れるために共謀しているのだ、と。アイリーンは自分の画廊なら彼の作品に高い値が付くことを知っている。彼女がいまだに彼と正式な契約を交わそうとしないのは、現在の画商から彼の絵を買い取って転売しようとしているからだ。二人の画商はそこで生じる利ざやを山分けするつもりだ。ウォルターの取り分が以前と変わらないようにするため、二人は彼を蚊帳の外に置こうとしているのだ。

その午後、蒸し暑い町を歩きながらそんなことを考えていると、火の点いた敵意がさらに灼熱した。帰宅後、彼が電話をかけると、画商はこう言った。「何がどうなっているかだって？　それはこっちが訊きたいね」。ウォルターはそのぞんざいな返答に正当な理由があるとは思いもせず、逆に疑念が裏付けられたと考え、自分がカモにされようとしていると、ますます本気で思い込んだ。

彼は、敵たちが思う存分計略を巡らすのを見守ることにした。その方が、しっぺい返しを食らわせる喜びが大きくなるからだ。だが辛抱は長く続かなかった。二、三日後、動物画家時代以来の年配の友人が彼を山の手に昼食に誘った。ウォルターが席に着くと、レストランの奥の席にアイリーンとモリスの姿が見えた。食事の間ずっと、彼の視線の先で二人は忙しく言葉を交わし、話に夢中になっていたので、店を出るときまでウォルターがそこにいることに気が付かなかった。モリスは店を出ながら、後ろめたそうに手を振り、アイリーンは笑みを浮かべながら顔を赤らめた。そりゃあそうだろう。ウォルターはその瞬間、彼を搾取しようとする陰謀がまた一回り拡大したのだと悟った。彼の作品を再発見した批評家が販売促進に一役買い、パイを一切れいただこうという寸法だ、と。それなのに、私に握手の一つも求めないとは！　ウォルターはとりわけ、二人の無頓着な態度に腹を立てた。彼はそろそろ邪魔をしてやろうと心の中で決断することで怒りをまぎらせ、昼食の連れに憤懣をぶちまけることを慎んだ。

彼はアトリエまで五十二街区《ブロック》歩きながら、自分にとっていちばんショックなのはモリスの裏切りだと気付いた。彼はアイリーンのことはほとんど知らなかった――ひょっとすると彼女は想像以上にがめつい女なのかもしれない。彼は現在の画商のことはよく知っていた。ウォルターは彼の、野心のないところが特に気に入っていた。もしもアイリーンが容易に金を稼ぐ方法を提案すれば、彼がその誘惑に負けるのは理解できる。ウォルターはモリスに対して情熱的な敬意を抱いていた。モリスは聡明かつ雄弁で、数少ない芸術家と数少ない批評家のみが持つ稀な芸術観に全身全霊を捧げている、と彼は思っていた。自分の作品を論じるモリスの論文を読んでウォルターが強烈な親近感――人間的な親近感ではないとしても――を覚えたのは、そこに献身的な姿勢が感じられたからだった。ウォルターは自分の理解者が現れたと思った。暗く険しい創造の局面で、ようやく自分にふさわしい場所が与えられた、と。それなのに、かくも親密に理解したものをモリスが利用したということがウォルターを深く傷つけた。

彼はモリスに電話をかけ、明日朝、十時半にアトリエに来てほしいと言った。その誘いには呼び出しじみた口調が感じられた。モリスはうやうやしくその口調に目をつぶり、招待を受けた。

電話を立ち聞きしたフィービはウォルターに、何かあったのかと尋ねた。彼はそのとき初めて、自分以外の人間に自分の空想を話した。話している彼の姿はフィービに、八歳の頃の、癇癪を起こす直前のルイスを思い起こさせた。彼女は彼が昼食前にどれだけのカクテルを口にしたのかを考え、思ったことをあえて口に出さなかった。

翌朝、彼女はウォルターが依然としてむっつりした決意を固めているのを見た。フィービがモリスを招き入れながら「天国にもトラブル」という表情を見せると、モリスの滑らかな眉間にしわが寄った。ウォルターは黙ったまま、ダイニングの席に着くよう彼に身振りで示した。ウォルターは電話以外は全て片付けられたテーブルを挟んでモリスの正面に座り、厳かに受話器を手に取ってダイヤルを回した。

「ギャビン・ブライトバートにつないでくれ。ウォルター・トレイルだ」と彼は言い、不気味な小声で「私の弁護士だ」と言い添えた。彼は咳払いをした。「ギャビンか」。彼は苦しそうに立ち上がって背筋を伸ばし、受話器に向かって、不充分とはいえ明らかに練習した様子の長ぜりふを述べ始めた。彼の声を聞いてモリスは過去に耳にした誰かを思い出した――クラグホーン上院議員か？（クラグホーン上院議員は、一九四五年に始まったラジオ番組『フレッド・アレン・ショー』内のコントで人気を博した、始終威張り散らすキャラクター）

「……ある深刻な職業倫理違反について、おたくに訴訟準備をお願いしようと考えているところなのだが……」

ウォルターはアイリーンの背信行為、二人の画商の間の共謀関係、モリスを知識人向け広報担当に使おうとする彼女の計画など、数々の苦情を列挙しながら、好戦的な目でモリスを見つめた。

フィービは彼の話を聞きながら、ニューメキシコに行っていればよかったと思った。モリスは最初の当惑から脱し、半信半疑ながら、笑いが込み上げているようだった。もしも独り善がりな判断がウォルターの優しい顔立ちをこれほどひどくゆがめていなかったなら、彼の話を真に受ける人間はいなかっただろう。モリスはそこに自分の名が挙げられたとき、身を乗り出して電話を切った。「そこまで。そこまでにしないと、連中がここに来て、先生は病院に担ぎ込まれちゃいますよ。どんな策謀を嗅ぎつけたって言うんです？」ウォルターは顔をしかめた。フィービは自分の爪先を見た。モリスが先を続けた。「いいですか、先生《マエストロ》、アイリーンはあなたの絵を扱いたがっている。彼女は今あなたと取引のある画商を無視するのは失礼だと考えたから、今後二年間は一定額を手数料として支払うことを申し出た」

「その通り」

「いいえ、少し違います。手数料と言っても自腹で払うという話なんです」

「それは誰から聞いた話だ?」

「彼女です」(電話が鳴った。「ああ、ギャビン……後でかけ直す、いいかな?」)「先生の画商はすごく強欲で、どんどん金額をつり上げてくる。彼女は彼を画廊の共同経営者にしようかとさえ考えていたんですよ。でも、もう決着が付きました」

「どんな決着が?」

「もともと正式な契約はないんですよね。アイリーンもう、うんざりしたらしい。あなたの取り分を削ろうと言いだしたのは彼の方です。あいつはクソ野郎だって彼女は言っていましたよ」

「そうだ。ただしクソ野郎は一人じゃないがね」

「ウォルター、彼女があなたにほれ込んでいるのが分からないんですか? あのですね、何か様子がおかしいと思ったから、彼女にここに来るように言っておきました。今に分かります」

「しょせんはそれも君の話だ。自分も一味だと認めたらどうかね。この前、君が彼女といるのを見かけたよ。どういう関係だ。恋人同士か?」

「誓って言いますよ! 第一に僕はゲイだ、第二に彼女は僕の姉だ」

「クレイマーという名字は?」ウォルターはテーブルに一方の太ももをもたせかけた。

「元夫の姓です」

玄関の呼び鈴が鳴った。フィービがアイリーンを部屋に入れた。モリスはウォルターに言った。「ギャビンのことをお忘れなく。もう、警察に電話しちゃっているかもしれませんよ」

「OK――もしもし」。ウォルターはアイリーンに言った。「先に一つ片付けなければならない用件があって」。彼は赤面していた。一瞬後、彼は弁護士に話していた。「さっきの話は間違いだった。忘れてくれ。問題ない――いいや、名前は関係ない。いいかね。その……クレイマーだが」。彼は声を抑え、皆に背を向けた。三人は礼儀正しくそこに立ち、モリスとアイリーンは黙っていたが、フィービだけは笑いをこらえ切れずにいた。「いいかね、今、来客中だから……」とウォルターの声は先細りになった。彼は皆に目を向けた――アイリーンは辛抱強く彼を見つめ、モリスは首を横に振り、フィービは笑いをこらえて真っ赤になっていた。彼は電話を切った。「コーヒー？　ビール？」彼は両手で髪をくしけずった。アイリーンは徐々に驚きを増す表情で彼を見ていた。ウォルターは急に冷や汗が出て来た。「アイリーン、実はちょっとした勘違いがあって――」

「秘密は守ります！」とモリスが遮って言った。「絶対に誰にも言いません、な、フィービ？　何があっても！」。フィービは笑い涙をぬぐいながらうなずいた。

アイリーンが言った。「トレイル先生。モリスに言われたのですが、こうしてお会いできたのはちょうどいい機会でした。フィービからお聞きになっているかもしれませんが、私は先生の作品を非常に高く評価しています。その結論に至るまでにこれほど時間がかかったことについてはおわび申し上げます。ぜひ展覧会をやらせてください――二つの展覧会を立て続けに。まずは回顧展、それから新作展。先生のお力をお借りできれば私は必ず成功します。私の力があれば先生が必ず成功なさることは申し上げるまでもありません。先生の作品をうちの画廊が扱えるというだけで大変な幸せです」

彼女は率直に、誠意を込めてしゃべった。彼女の抑え気味の声はウォルターを和ませた。彼は真夏のレモネードのようにごくごくと、彼女の言葉を飲んだ。彼は何度か謝意を口にするうちに、自分の愚行を再び意識して恥ずかしくなり、うろたえ、首を横に振った。彼は次にアイリーンを見たとき、彼女がまだ自分に話し掛けていることに気付いた。

「……駄目ですか？　それとも大丈夫ですか？　もう終わったことです」

「申し訳ない──」

モリスが繰り返した。「ウォルター、もう一度言いますが、私からの提案はこういうことです。あなたと取引のあった画商は気難し屋で、私としてはもう手に負えません。ですが、先生が同意してくだされば、ちゃんと折り合いを付けることはできます。もしも先生がご希望ならそちらの問題は私が全て片付けます」

「よろしく頼みます！」とウォルターが答えた。彼はまるで、愛しのゾウを再び目にしたかのようなまなざしで彼女を見た。呼び鈴がまた鳴り、フィービが玄関に出ると、プリシラが論文を手に立っていた。

ウォルターがアイリーンをまともに見るのはこれが初めてだった。彼はじっと彼女を見つめ続け、彼女はかすかに頰を赤らめた。そのときようやく彼は、彼女が腰を下ろしたいと思っているかもしれないと気付いた。「コーヒーは？　ビール？　トレイル先生と呼ぶのはやめてください。年を取った気がするから」

「年上なのは事実ですよ、ウォルター」とアイリーンがさわやかに笑いながら答えた。彼女はこの優れた画家を手に入れたことを喜び、彼がこれほど好感が持てる人物であることを喜んだ──まるで人のよい、大きな赤ん坊だ。「ありがとうございます。でも長居はできません。のんびりしていられないのです。今すぐ例の画廊に行って話の決着を付けたいので。もう絶対に先生を逃がしませんからね」

「君から逃げようなんて思わないよ」

モリスとフィービはその空間にいないも同然だった。ウォルターは今、自分の世話は全てアイリーンに任せてよいという確信を抱いていた。「私も一緒に行こう。三人なら話が早いだろうし」

モリスが言った。「プロに任せましょう。先生がいるとかえって話がややこしくなるかもしれません」

アイリーンは黙っていた。彼女の笑み――温かく、ほんの少し上から見ているような笑み――はウォルターを、好色な畏怖で満たした。「君の言う通りだ」と彼は同意し、続けてアイリーンに尋ねた。

「じゃあ、また後で会えるかな？」

「できるだけ早くお電話します」

「いや、電話じゃなく、直接会いたいんだが。夕食はどう？」

フィービは首を振った。四歳のときのルイスでもここまでわがままではなかった。「お願いします、でしょ？」とフィービがささやいた。アイリーンの顔がほころんだ。モリスは口をすぼめた。

ウォルターは干渉を無視した。「夕食はどう？」

「ウォルター」とモリスがたしなめた。「ここはスケネクタディじゃない、ニューヨークシティですよ」

「え？　じゃあ――明日は？　明日の夕食は――」

「分かりました」アイリーンが言った。「では明後日。七時に画廊に来てください」。モリスは彼女のおかげで、彼ら全員がその状況から慈悲深い形で解放されたと思った。

二日後、ウォルターはアメリカナデシコの花束を手に、早めにクレイマー画廊に現れた。アイリーンが言った。「今日はもうくたくた。ここで一杯やってから、すぐに夕食に行きましょう。ウェストベリーホテルのポロラウンジに予約を取りました。あそこで食事をなさったことは？　きっと気に入りますよ、食事はお気に召すかどうか分かりませんが。でもネクタイが必要ですから、こちらを用意しました」——そう言って差し出したのは正絹の、すてきな青色のネクタイだった。

ウォルターはレストランについて何ら感想を持たなかった。彼はおざなりに食べ物を飲み込むとき以外、片腕をテーブルに投げ出し、反対の腕を長椅子の背に掛け、アイリーンを見つめていた。彼女は背筋を伸ばして椅子に座ったまま、食事の合間には両手を組み、うれしそうな情愛に満ちた笑みを浮かべてウォルターを横目で見た。彼女は最初、彼のことを思い、あまりほほ笑まないように努力した——それはまるで、よろよろ歩く子馬をほほ笑ましく見ているような表情だった。彼はそれをまったく気に掛けていなかった。

ウォルターは好かれようと必死だった。彼は寡黙な口を滑らかにするために、急いで酒を飲んだ。彼は何度も声を上げて笑った。何かの思いが心を動かしたときには、容易に涙が目に浮かんだ。彼は気取ることなく、自分をけなしたり、褒めたりし、アイリーンの言葉にはしっかり耳を傾けた。ウォルターはアイリーンのことを貪欲に知ろうとする一方で、自分のことを彼女に知ってもらおうと努めた。彼女は既に彼を充分に知っていて、さらに知ってもらうために彼ができることは何もないということが、彼には分かっていなかった。

彼女は彼に求愛されて嫌な気はしなかったが、彼の迫り方は驚くほど直接的で、まるでお腹を掻いてもらおうと子犬が地面にあおむけに寝そべっているかのようだった。子馬や子犬は愛着を促しはしても、欲望をそそることはない。彼の迫り方に劣らない率直さでそれを拒絶するのが最も優しい対応だろう、と彼女は判断した。彼が手を伸ばして彼女の腕をなでようとしたとき、彼女はきっぱりと言った。

「私に言い寄るのはやめてください！」

ウォルターの目は安堵に輝いた。熱く、切迫した話題を彼女の方から切り出してくれたからだ。「ベイビー、私がこれほど誰かを欲したのは、今回が初めてだ！」

遠回しな断り方では彼があきらめそうにないと彼女は思った。「熱はすぐに冷めますよ、トレイル先生！　私が自分に課しているルールは多くありませんが、一つだけ、絶対に守っているルールがあります。芸術家とは寝ないという決まりです。ましてや自分が扱っている画家と寝るなんてとんでもない」

「そして全てのルールには例外がある。違うかな？」

「七年間この仕事をしてきましたが、一つの例外もありません。まったく、もしも私と先生がこうして会っていることがノーマン・ブルームの耳に入ったりしたら――」。ウォルターが笑った。アイリーンはもっと単刀直入に話す必要があると気付いた。「私から見て先生に性的な魅力はありません。全然。でも先生のことは好きです。そこのところをちゃんと理解していただけたら、仲良くやっていけると思うのですが」

「ひょっとすると君も気が変わるかもしれない。私は待つよ」。そう言う彼に待つ気があるようには見えなかった。その後、食事が終わるまでの間、彼は他の話はしなかった。アイリーンはついに大きくいら立ちのため息をつき（ウォルターは「もう一押しだ」と思った）、「店を出ましょう」と言った。

「私が払うよ」

「それはご心配なく」

「夕食に誘ったのは私なのだから――」

「私の周りでは、画商が画家を招待するのが決まりです。次はどこへ行きましょうか？」

「どこでも、君の好きな所へ」

「先生のお宅とか？」

「いいよ」と言うウォルターの声がうわずった。

「帰り道ですから。タクシーで家までお送りします」。彼女はアメリカナデシコを忘れずに手に持った。

アイリーンは再びウォルターとデートするのを拒んだ。彼女は間もなくその決断によって、自分の自由と仕事《キャリア》が脅かされていることに気付いた。ウォルターは毎日一度、時には二度、画廊に顔を見せ、朝と昼と夜とその合間に彼女に電話をかけてきた。彼は飽きもせず愛の告白を繰り返し、その愛によって日々大量に生まれているあれこれの思考や感情を彼女と共有しようとした。

アイリーンは、しばらく仕事の邪魔をしないでくれるなら、という条件付きで、また夕食に付き合うことに同意した。二人が次に一緒に過ごした夜は、彼女が思っていたよりもましなものになった——二人きりで会い、しかも場所はウォルターのアトリエだったけれども（来る予定とされていた客たちは結局現れなかったし、フィービは掃除婦のような雑用と酒の間を行ったり来たりしていた）。ウォルターがオーブンに点火しようとしたところ、たまたま種火が消えていた。彼がバーナーの方へ身をかがめてマッチを近づけると、小さな爆発が起きて前髪を焦がし、眉毛が根元からなくなった。それをきっかけに彼はむっつりと不機嫌になった——それは好色な状態と同じようにしつこかったが、好色よりははるかにましだった。

また別の夜、アイリーンが彼に、家まで送るのを許したことがあった。最初は彼女が彼を過酷な社交的イベントに付き合わせた——画廊のオープニング、二件のカクテルパーティー、そして長時間にわたる深夜の会食。ウォルターがすっかり飲みすぎた頃合いを見計らってようやく、意地の悪いアイリーンは彼を自宅アパートに誘った。ウォルターは褒美をもらえると知った学生のようににやけ、いざそれを受け取るとなるとどうすればよいか分からず、どうにかしようとさらにそこからダブルのスコッチを二杯あおった。翌朝、彼がソファで目を覚ますと、ご親切にも彼のシャツには、アイリーン宅のコーヒーメーカーの使い方が書かれたメモがピンで留められていた。

ウォルターは画廊の受付嬢をだまし、アイリーンが翌週末を州北部のリゾートタウンで過ごすという情報を聞き出した。彼は彼女を追ってその町へ行ったが、居場所は突き止められず、結局、数多くの旧友や思い出であふれる土地で楽しむことはできなかった——彼は初期の後援者《パトロン》の一人だったプルーエル氏の屋敷に泊まった。二十六年前、この場所でエリザベスが彼の人生を変えた。月曜、町に戻ったアイリーンは頑なに秘密を守った。「私たちは誰でも、人から隠れられる場所が必要です。先生は例外みたいですが」

アイリーンは彼に、今週はずっと多忙だと言った。ウォルターはその知らせを冷静に受け止めた。彼には計画があった。アイリーンはクラシック音楽に目がない。評判のいいヴェルディの『レクイエム』の演奏会が次の土曜、タングルウッドで催される。ウォルターは彼女を誘って車でそのコンサートに行くつもりだった。そのためにはまず宿泊場所を予約しなければならない。この時期、快適な設備の整った部屋を隣り合わせで二つ見つけるのは簡単ではない。幸い、ウェストストックブリッジの宿で一家族分のキャンセルが出た。

アイリーンは提案を承諾した。「素晴らしい考えね！　宿泊はレノックスの、ブロッフさんのお屋敷にしましょう」。ウォルターは自分が手配したホテルのことを話した。「こっちの方がお金の節約になります。いえ、待って。余分なベッドがあるかどうか確かめてみます。あのお宅はいつも私に、角部屋を使わせてくれるんですよ」。ブロッフ家のベッドは全てふさがっていた。

彼らは正午にレノックスに着いた。ウォルターが確認すると、確かにブロッフ家には三人の来客があった。昼食にはいつの間にかさらに四人の客が加わってワインまで振る舞われ、その後、全員で早めにタングルウッドに移動した。コンサート会場では舞台のすぐ前に絨毯と毛布を白人種にふさわしく広々と敷き、そこに陣取った。ウォルターはアイリーンの隣に座った。

周囲にはあおむけに寝そべっている人の姿もあったので、ウォルターはそれにならった。それはよく晴れた、涼しい日だった。彼はけだるそうに、周りの噂話に耳を傾けた。話し声が静まると、彼は起き上がり、演奏家たちを迎える拍手に加わり、再び寝転がった。夏の太陽が彼の体を、頭頂から踵まで温めていた。間もなく声と楽器の音が、温かな霧のように、優しく彼を包み始めた。彼はほとんど音楽を聴いていなかった。ここに来たのはアイリーンのためだったから。とはいえ彼は、時々気が遠くなりながらも、眠らないように努めた。泥の寝床がカバを誘うように眠りが彼を誘ったが、まさかこんなに子供っぽいやり方で彼女を幻滅させるわけにはいかない。

彼の思考は、完全に彼女の姿だけから成る風景の図柄を追った。彼女は今日、また彼を誘惑した。皿のように大きな藤色のレンズの奥で彼女の目は、葉の網に消える鳥のように輝いた。小柄で熟れた彼女の体は淡黄色やベージュ色の波で彼の目を惹いた。彼は彼女をくるむものを全てはぎ取りたいと思った。彼は面白いゲームを思いついた。彼女の体を思い浮かべ、静かな楽節ではベールを取り去り、にぎやかな楽節ではより親密な関係になることを想像するのだ。太陽のぬくもりがその喜びを高めた。

彼は、連れのいない幸福なアザラシのように、温かい魔法の海を泳いだ。まるで喜びを感じる部分が操られているかのように、愛撫らしき手応えを感じたとき、夢見心地の彼はほとんど驚かなかった。

彼はふとわれに返り、目を開いた。アイリーンが身に着けていたカシミアのショールが彼の腰部にアルプス山脈のような格好で掛けられていた。アイリーンは「怒りの日《ディエス・イレー》」へとなだれ込む演奏者らをじっと見ていた。彼女は左右の指をしっかりと組み、かすかに震える下唇を上下の歯で強く噛んでいた。

ウォルターは大きな声でうなった。いったいいつになったら、ズボンの前あきを閉め忘れることがなくなるのだろう。彼は少しの間、短剣かアイスピックが手元にあればすぐにでも自分の胸に突き刺したいと思った。死は容易に手に入りそうにないので、彼は逃げ出すことにした。彼は立ち上がりながらショールを強情な勃起の周りに集め、太陽の照る広場を駆けだし、スキーの回転かアメリカンフットボールのブロークンフィールドのように、居並ぶ人間という障害物を即興の身のこなしでかわした。彼は町に戻り、自分のアトリエにたどり着くまでスピードを緩めなかった。

しばらくの間、毎朝、彼は目覚めるたびに恥の発作に襲われた——まるで、彼が眠りから覚めるのを待ち受けていた恥という猫が、彼が目を覚ました瞬間、腹の上に跳び乗ってきたかのように。彼は火曜日まで、アトリエを一歩も出なかった。火曜の昼過ぎ、彼がクレイマー画廊に現れたとき、アイリーンは彼をすぐにオフィスに呼び入れた。彼女は部屋に入ると扉を閉め、革の長椅子に腰を下ろし、ジェスチャーでウォルターに隣に座るように指示をした。雷雲のような彼の表情を見た彼女は、気付くと再び笑みを浮かべていた。

「これを返さなくてはならないと思ってね」

アイリーンはショールを受け取った。「いったいどうしたんです?」

「ああ、何でもない。ただ死にたい気分だった。今でも同じだ」

「どうして逃げ出したんです? 誰も何とも思っていませんでした。それどころか、皆、あなたに感銘を受けていたのに」

ウォルターが顔を上げて彼女を見た。苦悩をからかわれるのは彼にとってつらかったが、アイリーンの許しは甘美な慰めを与えてくれた。彼は何とか小さな笑いを絞り出した。「あれは全部、あなたのためだったんです」。彼は力なく、彼女の茶色い目を見つめた。彼女は何も言わなかった。彼はジーンズのジッパーを下ろし、今はしなびているペニスを引き出した。「今でもそう。これはすっかりあなたのものだ」

アイリーンは赤面し、ほほ笑み続けた。「あら、まあ、かわいい人《マイ・ディア》！」彼女は首を横に振った。ウォルターが彼女の右手を取り、その手の平に男根を載せると、それはネズミのようにおとなしくそこでくつろいだ。「かわいい人《マイ・ディア》！」と彼女は再び言った。「小さくて、愛らしいこと！」彼女は身をかがめ、そっとそこに唇を当て、子供時代のような軽いキスをした。誰かが扉をノックした。ウォルターはビジネスに道を譲った。

その夜、アイリーンが姿を消した。それから四週間、ほぼ八月の末まで、彼女は仕事場でも、自宅でも捕まえられなかった。ウォルターは彼女の友人たちをしつこく問い詰めたが、無駄だった。彼自身の友人たちも、フィービでさえ、力になってくれなかった。

八月初旬、アイリーンが州北部の秘密の隠れ家に滞在しているのを彼は知った。彼がそれ以上の事実を知ることはなかった。アイリーンはルイーザのもとに避難していた。ルイーザは彼女の古くからの親友で、必要とあればいつまででも、取り乱した求婚者の手から彼女をかくまうことを約束していたのだった。

プリシラとウォルター
一九六二年六月―一九六三年四月

　プリシラが初めてウォルターの噂を耳にしたのは十五歳のときだった。老プルーエル氏が彼女に、自分が所有する馬の絵を見せていた。彼がその絵を描いた男について温かな言葉で語ったので、プリシラは興味をそそられた。

「当時の彼は今のおまえくらいの年齢だった。ずばり、天才だ」

「今でも馬の絵を描いているの？」

「今でも絵は描く。絵描きで食っているんだ。いいやつだぞ」

「今でも馬の絵を描いているの？」

「いいや、描いてない。あれを続けていれば億万長者になっていただろう。しかし彼は、つまりその、普通の画家としての成功を求めた。容易なことではなかった。面白いことに、彼は種馬でもウサギでも描けたのに、リンゴの載った皿だとか人間だとかを差し出されたら、完全にお手上げだった。それを変えたのがエリザベスだ」

もちろんプリシラはエリザベスのことを知りたがった。

「彼女はウォルターより二つ、三つ年上で、とても頭が切れた。しかも魅力的でね――大柄で美人で、猫のように優雅。彼女は馬が大好きだった。ウォルターはある日、競馬場で彼女に出会った。おそらく彼は彼女を、半分人間で半分馬みたいな存在だと考えたんじゃないかな。二つ目のレースが始まる頃には二人はすっかり親密になっていた。ただし、あくまで友人としてで、男女の仲というのではない。恋愛関係にはならなかった。彼女には見事に、彼が求めるものが備わっていた――彼女は人間という動物だった。彼女はそれから一、二週間毎日、彼のモデルを務めた。きっと何十枚もスケッチを描いたのだろう。最終的に彼は、油彩で彼女の肖像画を描き上げた」

プリシラはこれを、どうしようもなくロマンチックな物語として聞いた――たとえエリザベスとウォルターが最後まで単なる友達のままであったとしても。その後の数年間、彼女は一家の友人たちにしばしば二人のことを尋ね、大学の美術史の教授が彼女に「ウォルターはいつか必ず有名になる」と話した頃には既にかなりの情報を蓄積していた。プリシラの指導教員はフィービにウォルターへの興味を焚き付けたのと同じ女性だったが、プリシラが育ったような裕福な家庭環境とは根本的に異なる育ちだった。ウォルターがそんな人物からも、プルーエル氏のような人物からも敬愛されているという事実は、プリシラの感傷的陶酔をさらに強めた。ウォルターは老人の回顧と幻想の世界を抜け出し、バスケットボールの花形選手や俳優や大統領候補と肩を並べる、生身の英雄となった。プリシラは卒業論文でウォルターを取り上げてはどうかという指導教員の提案に同意した。

ウォルターのことを知り、それについて考えることで、プリシラは既に彼を知っているような気になっていた（彼女は後に、論文のおかげで二人は出会えたと好んで主張するようになるのだが）。彼の作品に関する知識が増すたび、彼女は一貫してそれを自分なりの語彙に置き換え続けた。プリシラは絵画を扉のようなものだと考え、その向こう側にあるものを探ろうとした。彼女はウォルターの芸術に力があることを感知したが、その源が絵の具そのものに現れているという考えは受け入れなかった。それは絵画に表現された特異な経験の中に見いだされるべきだ、というのが彼女の考えだった。こうして彼女は、ウォルターと女性に関する理論を生み出した。

プリシラは論文をきっかけにウォルターに近づけるのを期待していた。フィービがウォルターの助手になったとき、彼女の期待はさらに高まった。彼女とフィービが親しい友人ではなかったとしても、二人は互いに子供の頃からの知り合いで、同じ大学に通い、ともに世間に出ようとしている若い女性として協力すべき立場にある。プリシラはフィービを間に立てて、早速にもウォルターに会えるのを楽しみにしていた。

プリシラは卒業式の後すぐにフィービに電話をかけた。プリシラが「近年のアメリカ美術に見られる女性像」という論文をウォルターに渡してほしいと言うと、フィービは快諾した。じゃあ、来週の火曜に私のアトリエに論文を持ってきて。プリシラは本人に直接渡すことはできないかと訊いた。普段は何時なら在宅なの？　彼ってどんな人？　あなた、ひょっとして彼と肉体関係があるの？　フィービは彼女に言った。「すぐにあなたを招くことはできない。私の仕事の一つは、彼の周りに人を寄せつけないようにすることだから。彼が論文を読むまで待ってよ。その後のことは私がどうにかする」

プリシラは待ちたくなかった。ある朝、彼女は論文を手に、ウォルターのアトリエに現れた。そこではちょうど、ウォルターがせわしなくアイリーンに言い寄っていた。

プリシラはその日、後でフィービに謝罪し、ばかなことをしたとあまりに率直に嘆いたので、フィービも笑いださずにいられなかった。プリシラは同じ過ちを繰り返すほど愚かではなかった。間もなく、彼女が何もしなくても、ウォルターに近づく別の方法が目の前に現れた。

プリシラは、両親が暮らす州北部の実家に戻ったとき、ウォルターがその近所に来ていることを知った。彼はその週末だけその土地を訪れていて、彼女が捕まえる前にプルーエル氏宅を去った。しかし彼女は、もしも彼がここに戻れば偶然の出会いを仕組むことができると確信した。

八月、ウォルターは二週間、その町に戻った。プリシラが彼に会いたい旨をモードとアランに伝えると、両親はウォルターが参加しそうな社交的イベントがあれば彼女もそこに招待されるように手配することを約束した。そんな機会が三度あった。一度目はウォルターが現れなかった。二度目、彼女は人でごった返す広い芝生の向こうに彼を見つけたが、その場所にたどり着いたとき、彼はもういなくなっていた。三度目、彼女は共通の友人を介して、すぐに彼に近づいた。プリシラが着ていた伸縮性のある絹のぴったりしたドレスは、淡い色合いの地に大胆な幾何学的図柄がプリントされ、若い彼女の穏やかな体の線を強調していた。ウォルターはドレスに少しだけ目をやった。彼が顔を上げたとき、その目は彼女の体を突き抜け、どこか遠くにあるものを見ていた——アイリーンの亡霊を。プリシラと話す彼は、心ここにあらずという様子だった。

彼女は失望したというより、幻滅した。プリシラは自分が男好きのする女だと知っていた。ウォルターの無反応によって彼女は、自分ではなく彼を疑った。彼女は天才がまさかふぬけだとは考えたことがなかった。彼女は彼に興味を抱いた自分を、若き日の白日夢だったと切り捨てた。

夏が過ぎ、プリシラの学生としての最後の長期休暇が終わった。彼女はその夏を振り返って、後悔はなかった。九月の初め、彼女は町に出て、両親のアパートに泊まった。彼女は仕事探しに来たのだと宣言したが、内心、どんな種類の就職口に当たるべきか何の見当もついていなかった。

ある晩、気乗りのしない職探しの一日を負えた彼女は、一杯やろうとウェストベリーホテルを訪れた。ホテル内のポロラウンジに入り、窓から離れた所にある、一段高いフロアに腰を落ち着けると、マディソン街を行き交う早足の往来が高窓越しに見えた。時刻は八時近かった。ゆっくりとあせる薄暮の中、最初の明かりがウィンクしていた。前を通り過ぎる男たちはまだ淡い色合いのギャバジンやシアサッカーの上着を着ていて、女性たちはアースカラーやオリーブグリーンのぱりっとした亜麻布《リネン》のシュミーズドレスを着ていた。プリシラは彼女を取り囲む都会へのあこがれに――自分もその一部になりたいというあこがれに――打ち震えた。誘惑に満ちているが近寄りがたいこの世界で、私が果たすことができる役割なんてあるのだろうか。と突然、予期せず、隣のテーブルから男が彼女に声を掛けた。「外の世界は魔法みたいだ。そう思いませんか？」

プリシラは一人で飲むジントニックを楽しんでいた。彼女が口をとがらせ、断固たる侮蔑の表情で振り向くと、そこにいたのはウォルターだった。それが彼だと分かっても、彼女の表情はしわ一つ変化しなかった。彼は彼女に見覚えがないようだった。彼は彼女の表情にひるんだが、ほほ笑みを崩さず、話を続けた。「魔法のせいで地元の人間たちがすてきに見える」

彼女は彼を軽蔑のまなざしで見てから、視線を街路に戻した。「〝地元の人間〟は本当にすてきなんだと思いますけど。あなたは地元の人じゃないんですね？」

「ああ、ここにはずいぶん長いこと住んでいます。もともとはスケネクタディの出身ですが」

「スケネクタディ出身？　興味深いですね！　スケネクタディ出身の人にお会いするのは初めてです。スケネクタディの人は町の外に出ないんだと思っていました――オールバニーくらいまでなら出掛けるのでしょうけど」

「そんなに悪い町じゃありません。でも大昔の話です」

「分かります。でも、三つ子の魂百までとも言いますよね」

六週間の欲求阻止《フラストレーション》によってウォルターのアイリーンへの思いは冷め始めていた。町に戻った彼女は彼に電話をかけ、近づいてきた展覧会の相談をしたが、それ以外の話はなかった。彼女のことが原因で身を隠していたことも認めようとしなかった。彼は謝ることさえできなかった。アイリーンは二人のプライベートな過去への扉に鍵を掛けてしまった。

彼は今晩、彼女への熱愛を告白したこの場所に戻り、何かが終わったという実感を記憶に刻みながら、自己嫌悪混じりの憂鬱に浸っていた。彼はプリシラを見て、ほぼこの三か月、独り寝の生活だったことを痛切に意識した。

「お代わりはどうですか?」と彼は尋ねた。

「ジントニック。タンカレーとシュウェップスで」。彼女は砂利のような氷を口に含んだ。彼女はまだ一度も笑みを見せていなかった。

彼は酒を注文した——彼女には二杯目、自分には四杯目のお代わりを。二人は飲んだ。彼は彼女に、食事にしませんかと言った。彼女は今のまま別々のテーブルで食べることを条件に承諾した。「その方が涼しいから」と。彼が自己紹介を始めようとすると彼女はそれを遮った。「名前はなし！　名字は言わないことにしましょう。一度の食事をするのに、相手の名字なんて知る必要あります?」彼女は彼の職業を聞くのも拒んだ。「男の人ってどうして分からないんでしょうね。見知らぬ他人とおしゃべりをして楽しいのは、そういう話をしなくてもいいからなのに」。彼女は名前と「そういう話」を切り札として残しておいた。ウォルターが徐々に興奮しながら二人の間にある涼しい空間に身を乗り出すのを、彼女はじっと見ていた。

コーヒーを飲む頃、彼女はようやく少しだけ優しさを表に出した。「今日はごちそうさまでした。私、普段からとげとげしているわけではないんです。ただ、男の人ってだいたい……」。それから彼女は彼に名字を尋ねた。その質問はウォルターを興奮させた。それはまた今度彼女が会ってくれる可能性を意味していたからだ。彼の答えを聞くとプリシラの顔に、今晩我慢していた満面の笑みがきらきら輝く扇子のようにこぼれた。彼女はウォルターに手を伸ばし、両手で彼の左手を握った。そのしぐさは彼女にも衝動的に見え、彼女は思わず赤面した。

次に彼女が彼に名前を教えると、彼の反応は期待以上だった。彼は彼女の論文を二度読んでいた。女性と芸術家に関するプリシラの理論は批評としては不充分だったかもしれないが、ウォルターはその理論のおかげで自分自身を認識――ウォルターの言葉を借りるなら「自己を発見」――することができた。

女が嫌いだと言う男もいれば、女が好きだと言う男もいる。しかし男は皆、始源的な永遠の恐怖を共有している。全ての男は自分を作った女という存在が自分を破滅もさせるかもしれないと、不合理かつ圧倒的な信念を抱いているのだ。男は皆、性的に偏屈だ。女を嫌う男と好む男とを隔てているのは、女の力に抵抗するために女を攻撃するか、あるいは崇拝と服従で魔除けをするかの違いにすぎない。ウォルターは崇拝する側の男だった。女性が彼を変える詩神《ミューズ》だと論じたプリシラは、思いがけず彼の本心を捕らえていた。ウォルターはプリシラの洞察に満足を覚えていたので、仮に孤独にさいなまれていなかったとしても、そして仮にそそるようなつれなさであしらわれなかったとしても、彼女と話ができたのを喜んでいただろう。

プリシラが名乗った三分後、ウォルターが新作を見に来ないかと彼女を誘った。彼女はぜひ、と答えた。一台のタクシーが二人をアトリエに運び、そこで彼女は一夜を過ごした。

そこでもまた、ウォルターに関するプリシラの読みが当たった。彼女は、ほとんど初心者同然の自分の経験では彼を性的に驚かすことができないと分かっていたが、ウォルターのおかげで自分が満足しているのを見せれば彼が最高の満足を得るだろうと正しく見抜いた。彼女は甘んじて悦びに浸り、歓喜の声とともに何度も何度も準備から激情へ、激情から愛情深い感謝へというサイクルを繰り返した。プリシラは演技をする必要がなかった。彼女は同じ年頃の、いつも何かを証明しようとがつがつしている若い男が苦手だった。たとえウォルターが以前付き合ったどの恋人より年上だったとしても、彼女にためらいはなかった。彼女はただ動物的欲求と人間的欲望を混同するだけでよかった。彼女はウォルターを欲し、彼が自分を欲することを欲した。その欲求が快楽の横溢として現れた。翌朝、ウォルターははにかむように彼女に、このままずっと家にいてほしいと言った。

プリシラは応諾したが、少し不安があった。彼女は以前、ウォルターを理想化し、彼に会おうと画策し、一度は駄目だとあきらめていた。それが今、たった一度の出会いで彼を所有することになった。彼女は自分が何を手に入れたのかもよく理解しておらず、次にどうすればいいのか分からないまま彼のアパートに引っ越した。両親に事情を話すと、モードは驚き、不安そうな顔を見せ、アランは驚き、傷ついた表情を見せた。プリシラは辛抱強く二人の話に耳を傾けた（そのときには既に、衣服と本とレコードをウォルターのアトリエに運び終わっていたが）。母の言葉は彼女自身の不安を凝縮していた——こんなに簡単にできた関係は同じように簡単に終わる可能性が高い、と。仮に本気だとしても、新生活が長続きする保証がどこにあるのか?

現在その最も強力な担保は、ウォルターが抱いている絶好の欲望、彼女の欲望への彼の欲望だとプリシラは確信していた。初めて彼と一緒に過ごしたその夜、彼女は興奮を表現する強力な方法をほとんど偶然に知った。彼が愛撫している間に彼女はたまたま声を出していたのだが、しゃべっているときに彼の指と舌の動きが活発になるのを感じた。その後、彼女はその効果を思い出し、できる限り卑猥に、長い言葉を発するようになった。「アソコがこんなに熱くなるのは初めてよ、ダーリン。もう中がとろけそう。指をもう一本入れて、そう、ベイビー、お尻にも。私が感じる場所をどうして知ってるの……」。甘い熱弁に変わった彼女の言葉は、細部を知りたがる盲目の飽くなき窃視者に向けた実況中継のようだった。ウォルターにとって彼女の言葉は、二人の行為に客観的で好色な威光を添えるもので、金のかかる教育を受けた若い女の口から発せられたそんな言葉を聞くことには新鮮な驚きがあった。そうした言葉はその口と、その口を通して呼吸する体をよりいっそう魅力的に変え、声そのものは聞く者を脅しているようにさえ感じられ、それを静めることを要求しているみたいだった。ウォルターはそれをうれしい任務として引き受け、誠実に遂行した。

ウォルターがプリシラと過ごした最初の数週間はめくるめく満足のうちにあっという間に過ぎた。彼女は彼にとって唯一の、かけがえのない薬物《ドラッグ》になった。プリシラはさらに確信を強めた。しかし彼女は何年も前に、結婚生活は二年、あるいは一年、あるいはたった三か月でその恍惚とした初期状態とはかけ離れたものになることに気付いていた。結婚というものの契約としての厳粛性(軽く受け止めるとしても現実味があることに変わりはない)は多少熱情に水を差すかもしれないが、他方で結婚は簡単に関係を終わらせようとすることへの障壁にもなる。彼女を守るそんな障壁は存在しなかった。彼を手放さないためには、情熱以上のものが必要だ。プリシラは、ウォルターがポロラウンジで出会った落ち着きのある女を演じ続けることにした。彼女は要求し、拒絶し、異議を唱えた。彼女はそれが演技だと自覚していた。仮にその役割に固執して説得力を持たせたとしても、相変わらず自分の地位が脆弱であることは忘れなかった。ベッドから出た彼女は、ウォルターが使えるものを何も持っていなかった。頭脳とエネルギーは持っていたが、この町には有能な女性がごまんといた。彼女の家名は、ウォルターが自身の名声を得始めた今、急速に魅力を失っていた。彼女は自分が使える金を持っていることを悔やむ気持ちにさえなりそうだった――金に困っていれば、ウォルターが喜んで援助してくれたかもしれないから。彼女が若さと美貌を有しているのはまぎれもない事実だが、それだけでは充分でない（残念なことに、そしておそらく当然のことながら、プリシラの頭の計算では、ウォルターと彼女自身の両方にとって最も重要な点が見逃されていた――彼女が今までに恋した誰よりも彼を愛していたという点が）。

クレイマー画廊で開かれたウォルターの最初の個展――大規模で、見事に選び抜かれた回顧展――が成功したことで、彼女の不安はいっそう強まった。彼女は初日に訪れた客の満足げに取り澄ました表情を見て成功の度合いを測った。彼らの目の前にあるのは、現代の嗜好と歴史との、稀に見る結び付きだった。山東絹《シャンタン》のパンツスーツを着た女たちや、カシミアの上着を着て銀の留め金の付いたモカシンを履いた男たちが、記憶に残る会話をウォルターと一、二分間交わした後、われ先にとアイリーンのもとに押しかけた。その中にはアイリーンの知り合いもいた。展示会の品々はオークションに掛けていれば、決めていた値段の三倍で売れたかもしれない。彼女が予想していた通り、彼女とウォルターが組むのは正解だった。そしてその日の彼女は、彼よりも高く評価されてしかるべきだったかもしれない。彼女は画廊の壁に、ずっと前から買おうと思えば買えた絵画を並べ、私的価値を公のものにしていた。プリシラは彼女に対して、ほとんど嫉妬の混じらない賞賛を覚えた。アイリーンはプリシラがやりたかったことを完全に成し遂げていた。彼女は名人級の仲介者だ。その瞬間、アイリーンの力は、ウォルターの天賦の才能よりもさらに賞賛すべきものとしてプリシラの脳裏に刻まれた。

プリシラはその力におびえた。ウォルターは以前（ひょっとして今も？）アイリーンを愛していたのだし、彼女のおかげで彼は有名になった。彼女がプリシラに接する態度は見るからに慇懃で、遠からずこの小娘はいなくなるだろうと言わんばかりだった。アイリーンは私の野望や疑問を全て見抜いている、とプリシラは初めて会ったときから感じていた。プリシラは彼女に、私の論文を読んでくださいましたかと尋ねた。アイリーンは答えた。「読みましたし、気に入りました。私は楽しい噂話が好きだから。でも、私なら町ではあの路線の話はしない。ここでは皆、シャピロやグリーンバーグの批評に注目してる」。それから彼女は、必ずしも冷淡でない口調でこう言い足した。「あなたも読んでみたら？」

プリシラの恐れは、彼女が必要としているものを明らかにしていた。その結果、彼女がいつかアイリーンの機嫌を損ね、直ちにウォルターの目の前で破滅させられてしまう日が来ることを想像した（実際は、二人の女性は互いを誤解していた。プリシラはアイリーンの影響力を過大に見積もっていたし、アイリーンはプリシラの度胸を過小に見積もっていた）。プリシラは、ウォルターが信頼する人間で、いざというときに味方になってくれる人を見つけなければならないと思った。

彼女はフィービをそうした仲間にしたいと考えていた。プリシラは、自分の侵入が引き起こし得る敵意に気を配り、家事に関してはいちいちフィービにお伺いを立て、彼女がウォルターと仕事をしている間は近寄らないようにし、彼女の描いた絵画への賛辞を何度でも繰り返した。九月半ばのその朝、フィービはアトリエにいるプリシラの姿に驚いたかもしれないが、すぐにその存在を受け入れた。そしてそのあまりに簡単な受容のせいで、プリシラはフィービを味方にする気を削がれた。フィービはプリシラに対する反感を見せなかった一方で、賛意も見せなかった。彼女はプリシラの進出に快く、そして無関心に応じた。フィービは自分の人生と進行中の病気に手いっぱいで、プリシラが居続けようが、去ろうが、まったく気に掛けていなかった。

回顧展が開かれる直前に、モリスがウォルターのもとを訪れた。プリシラは『ニュー・ワールズ』誌の夏号で彼の論文を目にしていたが、それは彼女を啓発したというより、当惑させただけだった。ウォルターが、君のように私を理解してくれる人間は他にいないと言って、彼女を慰めた。「しかし、この論文が扱っているのはそれとは別の問題だ。作品の源がどこにあるか、ではなく、作品がどこへ向かっているかという問題なんだ」。モリスがウォルターと会うとき、彼女は用心深く彼から距離を取った。

モリスはアイリーンの弟だった――最初、不気味に思われたその事実が、結局、彼女にモリスとの友情をもたらすことになる。展覧会の初日、彼女はモリスが、マネにインスパイアされた作品「カヌーに乗った二人」の前に一人で立ち、アイリーンの周囲にできた人だかりを軽蔑のまなざしで見ているのを見つけた。彼女は彼に近づいた。「大ヒットみたいですね」

「んんん」

「うれしくないんですか?」

「うれしいよ。しかし、これが車の運転なら、ずいぶん無茶な走り方だね!」

「そうですか? ウォルターは控えめなあの位置で満足しているように思いますけれど」

「ウォルターのことを言ったんじゃない。ああ、どうして僕はこんなに嫉妬深いんだろう。でも、お嬢さん、あなたは大いに喜んでいいと思うよ」

プリシラはその言葉を胸に抱き締めた。賢明なモリスにも弱点がある。彼はアイリーンに対して「嫉妬深い」ことを認めたのだ。

一週間後、この発見を利用できる機会が訪れた。モリスが電話をかけてきた。今からそっちへ行って、お二人に会えないだろうか？　どうぞ、とプリシラは答えた。モリスが訪れると、プリシラが一人で、いつになく不機嫌な様子で待っていた。彼はどうしたのかと尋ねた。彼女が最初、言葉を濁そうとしたので、彼は真相を知りたくなった。彼女は申し訳なさそうに、あなたのお姉さんのことが気掛かりなのだと認めた。彼女は優秀な画商で、ウォルターも彼女に満足しているが、何かがおかしい。何がおかしいのかは分からない。ひょっとするとアイリーンは当て推量でウォルターが偉大な画家だと判断したけれども、実際には彼のことをよく理解していないのかもしれない。彼女はある意味、意図的ではないにせよ、彼を搾取しているのではないか。「彼女が『粋なキツネ』をチェース・マンハッタン銀行に売るというのはご存じでしょう？　あれはホイットニー美術館に収蔵すべき傑作なのに」

実際は、チェース・マンハッタン銀行ビルの建築家らが購買の申し出をしただけで、売却が決まったわけではなかった。しかし、この誇張を交えた嘘は要点を突いており、モリスの心を動かした。彼は彼女に異議を唱え、ウォルターが見つけたのは善良な画商だと優しく説いたが、口ではそう言いながらも頭の中では、彼女の言う通りだと思った。彼はプリシラに、疑いの気持ちは心の中にしまっておくようにと助言した。ウォルターが部屋に入ってくると、三人は別の話を始めた。

プリシラがその後またモリスの前でアイリーンの名を出すことがなかったとしても、彼女は彼が抱いてくれていると感じた共感をさらに深める努力を怠らなかった。彼は本心を打ち明けられて喜んでいたし、助言できることも喜んでいた。彼女はさらなるものを求めた。彼女は彼に電話をかけ、ウォルターの友人に関する愚痴をこぼした。社交的な集まりで顔を合わせたときには、ちょっと話があると言って、ステラやジャッドが何を企んでいるのか教えてほしいと請うた。彼女は十四丁目以南でいちばんおいしいスモークサーモンを売っている店はどこかと彼に訊いた。彼女は彼が言うこと全てを、驚くほど熱心に聞いた。アイリーンを除いて、子供時代以来、これほど彼を構ってくれた女性はいなかった。しかも、プリシラには知性と美貌と若さがあった。それにあらがえるはずがあろうか。

モリスは昼食を食べながら彼女に言った。「君がアイリーンについて言っていたことは正しいかもしれない」。プリシラは唇を噛んで、こぼれそうになる笑みをこらえた。彼女は並々ならぬ努力による沈黙の中で、この言葉を待っていた。

「私がウォルターにふさわしい女だとお思いになります?」

「ふさわしいなんてものじゃないよ」。モリスは軽口を叩いた。プリシラの目に、目標地点《ゴール》が見えた。これで仲間が見つかった。

しかしまだ、同盟の条約が交わされたわけではない。ウォルターの彼女に対する愛情と同じように、モリスの彼女に対する好感も気まぐれで終わることがあり得る。彼女には、行動と事実の積み重ねによる協力関係が必要だ。

その後間もなく、彼女は彼に、どうして自分の専門的能力で金を稼ごうとしないのかと尋ねた。「自分は骨の折れる基礎研究ばかりやらされて、周りの人がそれに乗じて金儲けをするのを本当に何とも思わないんですか?」彼は自由な身分が気に入っていると答えた。好きなときに仕事ができるし、昼までだって寝ていられる。額縁職人や配送人や会計士と交渉するような生活はまったく魅力的に思えない、と。「そういうことは私が引き受けます」とプリシラが言った。何のために君がそんなことを?「あなたの知っていることを私も知りたいから。きっと何かが学べると思うのです」

彼の支援が得られるとなれば大喜びする若い画家は多いし、いい商売になりそうな絵画もいろいろとある、などと言って彼女は彼を誘惑した。一週間後、彼はその提案に興味を持っていると告白した。彼は試しに一度、やってみることに同意した。

次にプリシラは決定的な一歩を踏み出した。彼女はモリスに、充分な能力と関わりがあるのだから、ウォルターのいくつかの作品を扱うことも考えてみてはどうかと提案した。「アイリーンが同意しないだろう」と彼は反対した。「いや、ウォルターが同意しないだろう」。プリシラは「私に試させてください」と言った。

ウォルターはちょっとした有名人になっていた。三つの大手月刊誌が彼の特集を組むことになった。美術館も興味を示し始めた。フィービは半分本気で、社交事務担当秘書を雇ってはどうかと提案した。ウォルターは世間の注目を浴びたことですっかり舞い上がってはいたが、プライベートな部分は慎重に守った。彼の成功がプリシラへの愛情に影響を与えることはなく、むしろ、画家としての成功を彼女の出現に結び付けて考えていた――彼女が与えてくれた思いがけない幸福が名声という興奮にまで拡張した、というように。何をしているときでも一日中、彼の意識の片隅には、一日を締めくくる収穫として、恍惚とした彼女の声があった。

芸術家と画商の間には、決まって時折誤解が生じる。ウォルターにとって、アイリーンとの間で意見の不一致が生じれば、プリシラとの関係によって完全に火種が消えたとまでは言い切れない情熱がさらに悪感情を増幅することになる。十一月、アイリーンが彼のお気に入り作品の一つ「プリペアード・ピアノ」をデモインの収集家に売った。ウォルターは真っ青になった。「あいつならきっと、絵を穀物倉庫に貼り付けるに違いない。あの絵はもう二度と人目に触れることはない」

その夜、プリシラはウォルターに、こんなトラブルは避けなければいけないと言った。あなたには描いた絵を全部一人の人間に任せる義務があるの？　ウォルターは、自分でまだたくさんの作品を売らずに持っているので、売る分は全てアイリーンに任せる義理を感じているのだと答えた。しかし「理屈から言うと」、プリシラの言う通り、そんな義務はないと彼は言った。

その言葉がプリシラにきっかけを与えた。彼女はウォルターに、モリスが画商を始めたことをまだ話していなかった。彼女は翌日、その話をした。ウォルターが今、必要としているのはまさにモリスのような人だ。彼の作品を理解してくれる友人であり、それを売るときに決して無責任なことをしない人間だから。

そうかもしれない、とウォルターが言った。しかし、アイリーンのことはどうする？　プリシラが再びこの話題を取り上げたとき、彼は、モリスの件は本当にいいアイデアだと思うが、アイリーンはこの計画に断固反対するだろうと言った。プリシラは、もし彼女が同意したらどうなの、と訊いた。そうなれば本当にいいアイデアだとウォルターは言った。

プリシラはアイリーンと会う約束をした。彼女は自分がすべきことを知っていた。アイリーンには、ウォルターの成功を他人と――たとえそれが弟であれ――共有する理由は何もなかった。プリシラはウォルターとモリスとの間にある了解の性質を偽装しなければならない――つまり嘘をつく必要がある。もしも後で真実が明るみに出れば、誤解を生んだ人間が誰か、アイリーンには見当がつくだろう。プリシラはここまで賭けに勝ち続けていたので、そのリスクを引き受けた。彼女はモリスを味方にすることに成功し、ウォルターとの関係も維持し、男二人は彼女の計画を受け入れていた。もしも計画の遂行に嘘が必要なら、嘘だってつくし、思わぬ結果が生じれば甘んじてそれを受け止めよう。もしも露見したら、私が言っている意味を誤解したのはアイリーンだ、あるいはウォルターだ、あるいはその二人の両方だ、と言い張ることにしよう。彼女は戦わなければならなくなるかもしれない。それでも、戦いによって守るべき立場がないよりはある方がいい。

私が抱えている問題は本質的には意味論的なものだ、と彼女は自分に言い聞かせた。もしも私が適切な言葉さえ見つければ、ウォルターは私の提案をある意味だと解釈し、アイリーンは別の意味に解釈するだろう。彼らはこの問題をどんなふうに論じるだろうか？　どんな言葉を使うだろう？　どんな質問をするだろう？　ある種の言葉――例えば「売る」――を使えば計画が台無しになる可能性がある。「アイリーン、モリスがつい先日、『最後の公爵夫人』を売ったよ」とか。そのような言明がなされる可能性を考えると、彼女の体に震えが走った。彼女は何度か、絶対に無理だと感じた。彼女は商取引を論じる際に使えそうな単語をリストアップした。「売る」や「買う」といった上品さに欠ける言葉の代用表現はたくさんあった――「さばく」「扱う」「世話をする」「面倒を見る」……。ウォルターとアイリーンが使うのはこういう言葉ではないか？　提案の源になったのは微妙な緊張関係だったので、二人ともやや話をしにくい状態は変わっていないだろうし、どうしても遠回しな言い方を使うことになるはずだ。プリシラは自分の運と言葉のリストを信じることにした。彼女はアイリーンとウォルターとの間にあるやり取りをモニターできるので、危険がありそうなら前もって分かるだろう。

彼女はアイリーン向けに、モリスとウォルターが口にしそうな言葉を包含するような提案の仕方を準備した。約束の時間にクレイマー画廊に到着した彼女は、新たな自信を感じた。私はプロとしてウォルターの代理を務めているのだ。

プリシラは「プリペアード・ピアノ」をめぐる不和をウォルターが深く悔やんでいるとアイリーンに言った。起きてしまったことについて彼は、自分にもアイリーンにも非がないと感じている、と。特別な絵画を扱うときには第三者に裁定を依頼すれば、こうした誤解は避けられるのではないでしょうか？彼はあなたの弟さんにその役をお願いしたいと言っています。アイリーンさんはどうお思いになります？　モリスの裁量に任される場合というのはめったにないことだとは思いますが……。

「モリスなら文句ありません」とアイリーンが遮って言った。「私も彼にそういう役をやってもらいたいと思っていたところです」

プリシラにはその意味がよく分からなかった。「では、ウォルターが――」

「私の同意なんか別に必要ないのに。私はあの人《ダーリン》のために精いっぱいやっているんだってことを分かってもらいたいだけ」。アイリーンは間を置いた。「どうして彼本人が話をしに来なかったの？」

「それは」と、すぐにプリシラが答えた。「彼があなたと口論したことで気まずい思いをしているからです。だから私が間に入ることにしました」。プロの気分になりきっていた彼女は、直ちに賭けに出た。「もしも今、お電話なさったら、きっと彼も喜ぶのではないかと思います」。彼女はアイリーンがダイヤルを回すのを見た。

「……で、私では力不足ということなんですね、トレイル先生」とアイリーンが言った。「先生のお世話をするにはやはり男性が必要だと……」

電話を切ったとき、彼女はほほ笑んでいた。画廊を出たときのプリシラも同じだった。

「話はちょっとぼかしておきました」と、彼女はモリスにぼかした話をした。「あなたの役割は、ある種の絵画について『判断をする』ことです。お姉様にはそれで通じたと思いますが」

「プリスさん、あなたはスターだ。どうしてそこまでやるのか、教えてもらえませんか？」

「お話しした通りです――あなたの優れた才能を生かすため」

「お世辞をどうも。もう少し、納得できる理由を挙げてもらえませんか？」

「私の望みはウォルターです。お分かりでしょう？　私みたいな小娘には大変なことが多いのです」

「確かに。ママとパパに自慢できるネタを作るというのもあるんじゃありませんか？」

「ああ、それもあるかもしれません。これでモードにあれこれ言われなくなるでしょうから」

結局、プリシラはもっと手応えのある褒美を得ることになった。モリスは彼女の取った労に対して報酬を支払うと言い張った。彼女が無償で彼に力を貸そうとしたのは単に彼女の階級にありがちな腰の低い振る舞いにすぎない。彼は彼女が下準備した売り上げの一部を手数料として払うと申し出た。彼女はその申し出を受け入れた。彼女はやがて、その金のおかげで自分が独り立ちできたことに気付いた。彼女は少なくない金額を稼ぐようになったが、彼は最近、心臓の「不調」を訴えるようになった。「勝手に死んだりしないでくださいね、私はまだもっと学びたいことがあるんですから！　それに私は、ご存じのように、誰のためにでも働く人間ではありません。あなたが一緒だから働いているのです。あなたがいなければ私は何者でもない」

そのとき彼は何も言わなかった。彼は二、三日後になって、彼女を受取人とする生命保険の話を切り出した。プリシラの目から涙があふれた。モリスは珍しく彼女を抱き締めた。「かわいいプリス、あの世から君に資金援助できると思うと僕は最高の気分だ！」

プリシラはモリス攻略において、おそらく最も印象的な成功を収めた。ユダヤ人でない小娘《シクサ》が押しの一手で、知的かつ冷笑的で女性不信のモリスから信頼を勝ち得たのだから。彼は彼女を味方にしたことを、彼女の魅力と誠実さと有用性が原因だと正当化し、彼女がいかに自分と異質の存在か、そして彼女の奇妙な決意によっていかに自分が踊らされているかにほとんど気付いていなかった。

　プリシラがアイリーンと交わした取引はウォルターに感銘を与え、彼女に対する愛着に、新たに尊敬という補強的な要素が加わった。モリスに渡す作品を彼女に要求されると、彼としてはとても断れなかった。彼女が作品を求めることは多くなかったが（結局、モリスはそれらの絵画を一枚も売らなかった）、作品は時に彼にとって重要な意味を持つ場合が――単に新作だからというのも含め――あった。そうしたとき、プリシラは執拗に彼に迫り、彼の同意を自分の影響力を測る道具兼手段とした。私と約束しなかった？　私のことが信用できない？　私のことを愛していないの？　彼女は一つ一つの勝利によって、ウォルターの人生における自分の地位を少しずつ確かなものと感じた。そして彼女は、その地位を最高位だと証明するかのように、エリザベスの肖像画をモリスに引き渡すようウォルターを説得するという試練を自分に課した。彼女は持てる勇気を振り絞り、一週間以上の時間をかけて、彼の拒絶と抵抗と不本意に粘り勝った。ある朝、彼女が目を覚ますと、肖像画がアトリエの壁から消え、ビニールシートにくるまれた状態で玄関扉の脇に立て掛けてあった。プリシラは九月にこのアパートに来て以来初めて、今暮らしている町を私の町と呼んでもよい気がした。

　ウォルターがプリシラを愛していたことは間違いないし、彼は彼女に屈することを楽しんでいたのかもしれない。彼がある種の絵画を手放すことにいら立ちを感じていたとしても、普段の生活があまりにもあわただしく、損失が生じることはあまりにも稀だったので、長い間思い悩むことはなかった。それに結局のところ、それはモリスを援助する行為なのだ。とはいえ、エリザベスの肖像画は彼にとって、根源的で独立したトーテムだった。プリシラ自身がかつて書いたように、それは彼のものであるだけでなく、彼自身でもある。その日の朝早く、彼はフィービが見事に描いた忠実な模写《コピー》のことを思い出した。彼女はそれを愛の労苦として——彼と彼の作品に対する愛の労苦として——描いた。彼がその絵を自己防御のためにしばらく拝借したとしても、彼女は気にしないだろう。ウォルターはプリシラが眠っている間に原画《オリジナル》を隠し、複製《コピー》を彼女の目につく場所に置いた。彼女はその日のうちに、喜び勇んで絵をモリスのもとに運んだ。

アイリーンとモリス
一九四五年――一九六三年

　プリシラは、ルイスが恋人の死に打ちひしがれる以前から、彼に苦痛を与えていた。彼女がモリスを説き伏せて絵の売買をやらせたことについて、ルイスは病的なほど彼女に嫉妬していた。モリスは拷問者を演じるときは必ず、プリシラが彼のアパートを長い時間、頻繁に訪れていることを――ルイスはかろうじて月に一度ほどしか訪問を許可されていないというのに――事細かに話した。こうしてルイスは、プリシラとモリスとの間にある奇妙な友情物語を頭の中で一つにつなぎ合わせた。ついでに彼はモリスとアイリーンとの、生涯にわたる関係についても知った。

　モリスとルイスが出会う一週間前、アイリーンは弟に、クレイマー画廊の芸術顧問になってほしいと頼んだ。それは充分に考えた上での申し出だった。その考えが思い浮かんだのは、彼女がウォルターの作品を詳しく調べる中で、弟の洞察の広さと深さに感嘆したのがきっかけだった。もしもアイリーンが彼を雇うのに躊躇したとすれば、それは自分の評価が身びいきで――彼が弟だからというばかりでなく、昔から彼女にとって最愛の人物だったせいで――ゆがめられているかもしれないと考えたからだった。

アイリーンはモリスに如才なく近づいた。彼女は姉としての優しさから行動しているのでないことを最初にはっきりさせた。彼には売り上げに比例する手数料ばかりでなく、充分な給料も支払うし、自分のスケジュールは自分で決めてもらって構わない、と彼女は強調した。彼女はいかに慎重にこの決断を下したかを説明した。何か月も前から顧問を雇う必要性を感じていた。彼女は何人かの有名な候補を考えてては除外してきた。ローゼンバーグとヘスは、画廊と提携すれば自分たちの独立性が脅かされると思うだろうし、グリーンバーグは既にルービン一味と組んでいる。彼女の結論としてはモリスこそが——仮にそれが弟だったとしても——完璧に目的に合致する人物だった。もしもその事実によって一部の人間の彼に対する評価が下がったとしても、それはしょせん愚か者の評価にすぎない、と彼女は結論した。彼女には最善以外の人選で妥協する気がなかった。

アイリーンの策略には、彼に対する高評価と愛情の両方が現れていた。彼女はおそらく今までで初めて、余計な心遣いなしにモリスに接した。彼女は彼を自分と対等の人間と見なした——知的に対等ということではなく（彼女は何年も前から、知能では彼にかなわないことを知っていた）、自分の人生の責任を負っている大人という意味で対等の人間として。アイリーンは時に、そんな幸福は決して得られないのではないかと考えることがあった。彼女はモリスが十二歳のときからずっと面倒を見ていた。

モリスはアイリーンの六年後に生まれたが、そのとき二人の両親は四十近かった。彼が思春期に達した頃、両親は五十代だった。彼らには陰気な息子の心が理解できず、彼も両親を理解できなかった。彼の青春時代に家庭内でますます頻繁に生じていた膠着状態をアイリーンが仲介するようになると、彼女と弟との距離が近くなった。彼女は最初からモリスが好きだったが、その好意は、彼が才能を持った変人だと分かったとき、愛情に変わった。

アイリーンはモリスが家庭での生活と折り合いをつけるのに力を貸したが、彼を学校に溶け込ませるために彼女ができることはほとんどなかった。彼女は彼に勉強を教えたが、彼の成績は平凡だった。モリスがハイスクール一年生のとき、彼女に強力な支援者が現れた。それはアーノルド・レーウェンバーグという歴史の教師だった。学者然としたこのオーストリア人は、ナチスドイツによるオーストリア併合と戦争のせいで長らく研究の中断を余儀なくされ、ようやく博士論文を書き上げようとしていた。彼は勉強に関心がないモリスの態度の奥底に、情熱的で才能を秘めた知性を感じ取り、それを適切なレベルまで育てることに取り掛かった。彼は少年と親しくなり、美術や音楽の愉悦の世界に導き入れ、美術の本やレコードを貸し、ヨーロッパでの生活について話を聞かせた――ヨーロッパでは人々の周りを歴史が取り囲み、美術品はそうした歴史の化身だと考えられているのだ、と。彼はさりげなくモリスに仕事のやり方を見せ、読んだ文章をいかに分析するか、文章をいかに組み立てるかを教えた。レーウェンバーグ先生はまた教え子に抜きん出た結果を求めた。まずはクラスで一番になること、その後はギムナジウムやリセの水準に達すること。しばらくするとレーウェンバーグ先生は、モリスがこれらの基準に達しないとき、彼に落第点をつけるようになり、モリスを教える他の教師たちも、厳しさの度合いはさまざまだったが同じことをするようになった。善意から生まれたこの陰謀によって、モリスはその年の暮れまでに、賞をもらうような優等生に変わった。

アーノルド・レーウェンバーグとアイリーンは友人になった。彼は彼女に、美術史の学生時代には価値の高い助言を、仕事をするようになってからは計り知れない価値の励ましを与えた。それでも、彼女が最も恩を感じていたのは、彼がモリスを受け入れてくれたことについてだった。「決して忘れてならないのは」と彼は彼女に言ったことがある。「彼が一人の知識人だということだ」――彼は知識人という言葉を、味わうように強調して発音し――「ひょっとすると彼はいつか、傑出した知識人になるかもしれない。しかしもちろん、貪欲がはびこり野球が人気のこの国では、いろいろとつらい思いをすることになるだろう」。アイリーンは、私が面倒を見ているのは才能のある社会不適応者ではないという確信を彼から得た。

モリスは変人で、変人であることを楽しんでいた。ルイスとは異なり、モリスは友人がいないことやそれに関連する絶望を思い悩むことがなかった。彼は周りの仲間を如才なく見極め、どうすれば自分を尊敬させたり、恐れさせたり、親しみを感じさせたりできるかを知っていた。彼は完全には心を開かず、周囲と距離を置くことを喜ばしい特権と感じていた。そして、他の何よりもそのことがアイリーンに不安を抱かせた。彼女は彼が、愛情なき人間の苦悩という運命《さだめ》にあることを予見していた。

レーウェンバーグ先生との最初の一年が過ぎた夏、モリスの両親はキアメシャ湖畔にコテージを借りた。アイリーンは時折、週末に顔を見せた。ある金曜、彼女は、思いがけず車で送ってくれるという人物を見つけ、いつもより何時間も早くコテージに到着した。時刻は午後三時頃だった。彼女の両親は外出していた。彼女が空っぽの家の中に立っていると、モリスの声が聞こえた。彼女は外に出て彼を探し、続いてガレージに探しに行ったが、最初、彼女の目にはモリスの姿が見えなかった。というのも、目の前に別人がいたからだ。それはモリスより年下の友達のアーウィン・ホールの下着姿だった。彼は両手をワイヤーで後ろ手に縛られた状態で、頭上の小梁から吊った白いロープの輪で首が絞まらないよう、爪先立ちになっていた。アイリーンがアーウィンの体を片手で支えながらロープを緩めようとすると、モリスの笑い声が聞こえ、壁際の暗がりに立っている彼が見えた。

「心配要らないよ、相棒」と彼が言った。「僕の姉さんだ」

ロープが外れた。アイリーンが叫んだ。「あなたたちどうかしてる。モリス、このワイヤーをほどきなさい」

アーウィンは少しあえぐように言った。「僕ら、遊んでたんだ」。その顎の下には、ロープの輪で縞状のすり傷ができていた。短く刈り込んだブロンドの髪が、無邪気に友達に向けられた、緑色がかった茶色のうるんだ目を引き立たせていた。

アイリーンはモリスを叱りつけた。「いまいましい変質者」

いつもなら彼女を恐れる彼だが、このときはにやりと笑っただけだった。「分かってないなあ、アイリーン、こいつは危ないやつなんだ」。彼は興奮で、体を左右に揺らしていた。アイリーンはワイヤーを外した。

その後、モリスは彼女に、友達はみんな「無法者と保安官」ごっこをやっているのだと説明した。数か月後、彼女はブロンクスにある屋敷の屋根裏部屋で、通信販売で買った道具一式が雑然と積まれた古い紙箱の下に隠されているのを見つけた。そこにはクロム革の鞭紐と二本の鞭と猿ぐつわが入っていた。道具は新しそうに見えた。使用した様子もなかった。その広告が掲載されていた雑誌を買ったときもそうだったが、モリスは行為のためでなく、空想を膨らませるために道具を注文したのだった。彼は実際の行為を考えるとぞっとした。ガレージでのアイリーンの反応は、既に推測していたことの確証になった。仮に道具や雑誌が公共領域に存在するとしても、彼の欲望はやはり変態的《アブノーマル》なものだ。彼の欲望は、おそらく父もそれを知ればショックを受けただろうが、彼自身にとっても同様に衝撃的だった。アーウィンの後、二年間、彼は欲望に封印をした。彼はその後、時折、繁華街で少年に声を掛け、空想を解き放った。

　彼はあるとき、獲物選びに失敗し、ひどい目に遭わされた。けがを隠し通すのは――特に、愛情あふれる姉の目から隠すのは――困難だった。アイリーンは再びショックを受けた――というのも、彼の性的嗜好のせいというより（ＳＭはほとんど「変態的」ではないと彼女は分かっていた）、それのせいで彼の根っこにあるよそよそしさに拍車がかかるのではないかと恐れたからだ。彼女は長所が判明した弟に、いちばん彼に向いていそうな活動に本腰を入れるよう強く促す決意をした。いまだに進んで力を貸してくれるアーノルド・レーウェンバーグの助力を得て、彼女はモリスに、ハイスクール最後の一年に真剣に学者としての将来に向けて準備をするよう言い聞かせた。幸い、そのような将来は彼にとって格別に魅力的だった。両親は話を聞いて肝を潰すほど驚き、そんなことをすればますます息子が遠い存在になるのではないかと恐れた。しかし、子供に高い教育を受けさせるのが目標だと何度も言ってきた手前、進学をやめさせるわけにはいかなかった。そして最終的に合格した大学の中で、モリスがハーバード大でもシカゴ大でもなくニューヨーク大学を選んだとき、彼らはほっとした。彼らは愚かにも、ブロンクスとワシントン広場の間にある距離を地理的なものとして測り、この選択によって息子があまり遠くへ行かずにすんだと思ったのだった。

　二年後、モリスは美術史専攻の道を選んだ。この決断はアイリーンの関与によるものでなく、彼がヘーゲルの『美学』を読んだことによるものだった。モリスは社会の形而上学的闘争の歴史的記録としての美術に魅力を感じた。にもかかわらず、アイリーンは彼の成長に影響を与え続けた。彼女はその頃、既に研究を済ませ、結婚を済ませ、仕事を始めていた。古い理論と実践を頭に詰め込んだ彼女は、地域的で新鮮な芸術の世界にモリスを導き入れ、無名で貧しい芸術家の世界に引き入れた――そこは実験と論争と先物取引じみた切迫感とにあふれていた。モリスは研究にあたって、今そこにある現実に正面から向き合わざるを得なかった。彼は力強く成長した。

モリスが大学院に進学すべきことは誰の目にも明らかで、その例外は、彼は実家に戻って映画館の経営に携わるべきだと言う父親と、ただ実家に戻るべきだと言う母親だけだった。アイリーンの手助けでモリスは奨学金を得、アルバイトを見つけた。彼女は両親を説得しようとする彼の相談に乗った。結局、彼は両親の承諾を得て、一九五四年秋にコロンビア大学大学院で研究を始めた。もしも予想外の深刻な心臓発作で研究が妨げられていなかったら、三年か四年で博士号が取得できていただろう。

モリスは次の二年の大半を病院で過ごした。退院している期間がまるで休暇のように思えた。彼にとって重要な現実は医療的なルーティーンによって――生存のために施される手続きによって――生み出されていた。モリスの両親は最善の治療に要する費用を惜しげもなく支払った。アイリーンは、いざというときにはよその町やよその病院から専門医を呼び、最善の治療がなされるように計らった。アイリーンは、モリスが検査を受け、その結果が出るのを何日も待ち、医師の指示通り「絶対安静」の間は、何週間も付き添った。彼女は彼に研究を続けさせた。彼女はあちこちに手を回し、彼が試験を受けたり、数か月遅れでレポートを提出したりできるようにした。彼が病気を言い訳にして大学院をあきらめようとすると、彼女は彼に才能を生かすことの喜びを思い出させた。彼女のおかげで、四年半の苦難を経て、彼は生き延びたという以上のものを得た。

その期間に彼は自分で考えることが身についた。彼は何度も死の可能性に直面せざるを得なかったので、彼の研究が新たな関連性を帯びた。彼は今目の前にあるデッサンを二度と目にすることがないかもしれないので、妥協のない注意深さでそれを見た。聞いたり、読んだり、書いたりした言葉は最終宣告のように鳴り響いた。彼は哲学的傾向を捨てなかったが、美術作品を文化的な歴史の現れと考えることは減り、個人の活動と見なすことが増えた。彼の態度におけるこの変化は、絵の題材や象徴的価値とは無関係で、一般的な意味における形態にも関わらなかった。彼に関する限り、彼が興味を抱く「個人の活動」は常に外見に現れていた――筆致、肌理《きめ》、色調。モリスは現代美術に異常な共感を持つようになった――まるで死の脅威によって彼の目から鱗が取れ、現代美術が美術の正体だと気付いたかのように。というのも、現代美術は美術の重心を、本来それがあるべきその媒体の表面に移動しようと全力を傾ける試みだから。ウォルターの絵画を発見したとき、彼はそれを正当に評価する方法を知っていた。

アイリーンはモリスの生活が不規則なせいで、彼が変わったことに気付かなかった。彼女は特定の日の出来事には目を配っていた――彼がよく眠ったかどうか、何を食べ、何を食べなかったか、声に力があったか、医師の言葉に未来が感じられたかどうか。子供を相手にする母親のように、彼女はこれら健康に関すること以外の問題は全て、仮定的未来に属するものとして脇へ退けた。彼女が望んだのは、モリスが味わうのが最小の苦痛であること、彼が夜にゆっくり休めること、彼の回復が保証されることだけだった。病気のぶり返しによって絶望の瞬間を何度も味わった後、果てしなく思われた彼の回復期がようやく終わり、ついに彼は元気になった。彼女の献身が報われた。その間に彼女は彼との絆を失っていた。聡明な弟は看病すべき人間に変わった。彼女はこれまで彼の能力を伸ばすよう促してきたが、今となっては彼が生きているだけであまりにもありがたく思え、能力の重要性に疑問を持つようになった。

ウォルターに関する彼の論文は彼女を仰天させた。モリスは論文を書いていることを彼女に教えず、ウォルターの研究をしていることさえ口に出さずに、姉を驚かすタイミングを見計らっていた。モリスはルイス・エルシュミウスを扱う博士論文を仕上げる過程で、初めてウォルターの作品を目にしたのだった。論文が発表されると同時に、モリスはアイリーンに、最初に入手した『ニュー・ワールズ』誌を一部手渡した――その行動は、論文が誰のために書かれたかを明確にしていた。論文で彼女がどれだけ喜ぶか、彼自身も予期していなかった。彼女は論文にすっかり没入したため、誰が書いたものかを何度も自分に改めて言い聞かせなければならないほどだった。後にモリスと同業の批評家が論文を好意的に評価したこともあって、たった一本の論文とはいえモリスは約束を果たしたのだと彼女は確信を深めた。アイリーンは相変わらず目を覚ますたびに彼のことを考えたが、今ではそれに恐れでなく、喜びが伴っていた。

アイリーンは山の手に画廊を開く際、そこに自分のキャリアがかかっていると理解していた。彼女は自分の能力を疑っていなかったが、冒険的事業の最初の数か月間、危機にあってはその重圧を共有し、落ち着いているときには彼女の判断を後押ししてくれるような顧問がいればありがたいと思うことが何度となくあった。モリス以上にその役にふさわしい人がいるだろうか、と彼女は今、考えた。彼は今まで恐ろしいほどの危機に耐え抜いてきた。彼女をウォルターへと導いたのも、彼と組んでの成功に導いたのもモリスだ。彼女は弟に、協力者になってほしいと頼んだ。

ひと月早ければおそらくモリスはその申し出を受けただろう。彼は子供のときからアイリーンを愛していたし、ひょっとすると今日命があるのも彼女のおかげかもしれない。彼が書いた論文への彼女の反応は彼としてもこの上なく満足がいくものだったし、彼女がその後、ウォルターの絵画を扱うようになったのも彼の慧眼《けいがん》を認めてのことだと思っていた。しかし、こうした絆の反対側には、それに劣らず頑固な、暗い感情が並んでいた。アイリーンは昔から、彼が賞賛を強いられる対象だった。彼女の方が彼より大きく、年も上で、家でも学校でも常に模範的だった。彼女に対して借りがあることで、彼は窮屈に感じた。彼女は彼の保護者として、指導者として、そして後見人として、善良で強い人間であることを証明していた。モリスは風変わり、変態、病弱を運命づけられていた。強い人間には人に何かを与えるという特権がある。弱い人間は人に頼り、感謝する身分にとどまる。しかし、本当にアイリーンの方が強いのか？　生き延びたのは誰だ？

　アイリーンがウォルターを搾取しているとプリシラがにおわせたとき、その言葉は染みのようにモリスの体に広がった。アイリーンは彼のことも利用しているのだ。ウォルターを発見したのは彼なのに、そこから利益を得ているのは彼女だ。アイリーンが二、三週間後に提案を申し出たとき、彼の頭に浮かんだのは、彼女のために仕事をすればまた新しい形で以前のように姉に頼ることになるという考えだった。アイリーンが彼に望んでいるのとまったく同じ仕事をすれば自分で金が稼げる、とプリシラは彼に教えていた。彼は成功と約束を忘れ、代わりに、怒れる孤児を演じ、彼女の申し出を断った。

　最初、アイリーンは弟の拒絶に驚かなかった。彼女はそれを姉からの申し出に対する遠慮として理解した。彼女は弟に気を遣わせないよう最大限の努力をした。彼女はモリスの方から条件を出すように促した。彼女は第三者の手まで借りて、自分に理があることを説いた。彼女の努力は彼をいっそう頑なにしただけだった（「モリスに決心を変えさせようとするのは、断酒《AA》会の参加者にジンを勧めるようなものだ」とロバート・ローゼンブラムは言った）。彼はアイリーンとその使いの者たちを避けた。十日ほど経って、ウォルターがモリスを助言者にしたがっているとプリシラが伝えたとき、ついにアイリーンはあきらめた。

　モリスはそれでもなお彼女と距離を置いた——彼女が再びその申し出に触れることは決してなかった

が。彼の方は時々その件を口に出すことがあり、一度はこの上ない悪意をもって、ルイスでさえ彼女の考えを非難していると口にした。アイリーンはルイスを敵と見なすようになった。

モリスが亡くなったとき、アイリーンはそれに先立って疎遠な時期があったことを悔やんで激しく泣いた。彼女はそのことで自分を厳しく責めた。

六月初旬のある朝、ルイスはカーマイン通りでプリシラとウォルターに会い、画家に対する失望感が嫌悪に変わった。その午後、彼はアイリーンのもとを訪れた。彼女は彼を適当にあしらうつもりで、画廊のロビーで面会した。ルイスは彼女に、ウォルターがモリスと組んでどんなビジネスをやろうとしていたか、自分は本当のことを知っていると言った。私も知っています、と彼女は答えた。あなたはご存じじゃない、とルイスは食い下がった。アイリーンは忙しいので言い合いをしている暇はないと言った。もしもあなたが違うとおっしゃるならそれはあなたの問題です（彼女は彼と目を合わすことに耐えられなかった。彼は弟を殺した犯人かもしれないのだから）。ルイスは怒りを爆発させた。「こん畜生、あんたの問題だって言ってるだろ！」

彼女は彼を残したまま、その場を去った。その後、彼女はその怒りの背後に何があるのか疑問に思い始めた。彼が謝罪の電話をかけてきたとき、彼女は翌日もう一度会うことに同意した。

ルイスは今回、忍耐を見せた。彼は彼女にモリスとの恋愛関係を語り、最後にこう言った。「僕は彼を、今後あれほど人を愛することはないというほど愛しました。あなたもそうだと思います」。彼女は彼に、モリスが亡くなったときの状況を尋ねた。ルイスは苦痛に満ちたあらゆる詳細を説明した。それから彼は前の日に言いかけた件に話を戻した。「例の取引を最初に持ちかけたのはプリシラで――」

「ちょっと違うわ。あれはウォルターが考えたことです」

「違います。その点はご存じだろうと思っていたのですが。とにかく、モリスの判断でウォルターのどの絵を売るかを決めるという話なんです――」

「逆に言うと、どれを売らないかを決めるのね」

ルイスは取引の内容を説明した。アイリーンはまだ困惑したままで、理解するのに気が進まないようだった。ルイスはモリスのアパートを訪れることを提案した。ご自分の目で確かめていただくのがいちばんだ。

「あの部屋は現場として立ち入り禁止になっています。許可証をもらわないといけません」

「僕には許可証なんて必要ありません。日曜の夜はどうです？」

ルイスはモリス宅の裏口――それは本棚によって警察の目から隠されていたのだが――の鍵を持っていた。アイリーンとルイスはそれぞれ懐中電灯を手に、そこから部屋に忍び込んだ。

モリスはウォルターの絵を五枚、寝室の壁に掛けていた。エリザベスの肖像画がベッドの向かい側にあった。ルイスは売り上げ一覧を探しに行った。彼が戻ると、アイリーンが懐中電灯で肖像画を調べていた。暗闇が彼女の顔を隠し、彼女の声は変化した心境を明らかにしていた。ルイスは盗んだスカーフを渡したときの母のことを思い出した。彼は震えた。

「モリスがこれを売るはずは――」と彼は言いかけた。

「もちろんそんなはずはない」

「プリシラだって――」

「ああ、プリシラ！」彼女は間を置いた。「よく言うじゃないの、愛の道は善意で舗装されているって……（「地獄への道は善意で舗装されている」というのは人口に膾炙した言い回し）。これ、ここから運び出しましょう」

「絵を？　今？」

「他に何を？　今じゃなくいつ？」

その晩遅く、アイリーンはその無分別で、間違いなく違法な企てを正当化した――もしもウォルターがこれらの絵を売る気だったのなら、契約上、彼女がそれを手伝う義務がある。彼女は固い怒りの決意でそう言った。

火曜日、アイリーンは慎重にウォルターの絵を、町の外の信頼できる顧客に紹介し始めた。金曜日、モードがエリザベスの肖像画を購入した。他の三枚の絵は七月末までに売れ、最後の絵が八月一日に売れた。それからアイリーンはウォルターに電話をかけ、自分が何をしたかを伝えた。

彼女は彼のやったことを責めず、自分がやったことの言い訳もしなかった。彼女はおそらく彼が怒りだし、あなたの画廊とは縁を切ると言うと考えていた。しかし、彼はただ当惑した様子だった。プリシラはアイリーンに、モリスとの取引の件を話したのではなかったか？　アイリーンがこちらに電話をしてきて、賛成だと言ったのではなかったか？「いいですか」と彼は言った。「基本的には、モリスがいくらか金を稼げるようにと思ってやったことです。それがそんなにいけませんか？　彼にはそれだけの資格があったと思いますよ」

「私もそう思います。ところで、ダーリン、プリシラにはそれだけの資格があるの？　あ、いえ、下品なお話は結構……」。アイリーンはようやく真実を把握しつつあった。

「プリシラ？」

「一つお尋ねしたいことがあります。彼女は私が何に同意したと言ったのですか？」

「時々モリスが私の絵を売るのだと」

「彼女は私に、絵を売るなんて一言も言いませんでした。ただ、あなたに助言をするだけだって。もちろん彼は他の作品も売って、売り上げを彼女と山分けしていたのでしょう」。彼女が置いた間をウォルターの沈黙が満たした。「彼とプリシラは儲けを折半していたのかしら」。再び、間。「本人に訊いてくださる？」

「彼女は今日、出掛けている」

「彼女に訊けばきっと全てがはっきりする。でも私なら、すごく注意して話を聞くでしょうね。ひょっとしてテープレコーダーをお持ちではありませんか？」

ウォルターは誰がエリザベスの肖像画を買ったかを尋ねた。アイリーンは後悔を感じ始めた。彼女の行動はウォルターに対して公正《フェアー》でなかった——彼は愚かに振る舞っただけで、彼女を裏切ったわけではなかったのだから。しかし、彼女の行動はプリシラに対しては不公正《アンフェアー》ではなかった。

ウォルターはプリシラのことを考えてはいなかった——このときはまだ。アイリーンが電話を切った後、彼はすぐにモードに電話をかけ、本物の「エリザベスの肖像」はまだ彼の手元にあると伝えた。

ポーリーンとモード

一九三八年夏

モード・ラドラムはかつてエリザベスに、私には子供が二人いると話したことがある。一人は娘のプリシラで、もう一人は妹のポーリーンだ。

姉妹の母親は、モードが十一歳、ポーリーンが五歳のときに亡くなった。その後、二人の父は子供の世話をするために最高の家庭教師を雇った。家庭教師が権威を失い始めるにつれ、モードが徐々に養母役になっていった。彼女はその頃、既に反抗期のピークを過ぎていた。彼女は自分の役割が好きだった。

彼女はポーリーンのことも好きだった――妹は優しくおどけた人柄で、始末に負えない気まぐれの持ち主だったから。彼女は三歳の頃から初めて警官にとがめられるまで、水泳の際、驚くほどセクシーなブラだけを身に着け、下には何も穿かなかった。六歳のとき、彼女は乗馬のレッスンを受け始めた。初めての馬術ショーのとき、彼女は英国風乗馬服一式を与えられ、喜んでそれを身に着けたが、ブーツは履かなかった。服装を完璧に整えるのならハイヒールを履くか、何も履かないかのどちらかしかない、というのが彼女の言い分だった。彼女は何年にもわたり、黒い帽子に黒いコート、白いシャツにストックタイ、乗馬ズボンにヒールの高いドレスシューズ（たいていはモードのものに綿を詰めていた）といういでたちで審判員たちを仰天させた。ポーリーンが十一のとき、父親が招いた上品な中国人の客が彼女に箸の使い方を教えた。以後、彼女は箸以外のフォークやナイフを使うことを拒み、どこに行くときもステンレス製の箸を一膳携帯して使用し、同席者の目の前で分厚いパイやステーキを器用に切り分けて皆を唖然とさせた。

ポーリーンの奇行は時に周囲の人間を面食らわせたが、モードは動じなかった。彼女はポーリーンの勇気に感心した。勇気という点でははるかに劣る彼女自身は、ひたすら人目に立たないことを求めた。母の死によって彼女には、自分の現実に対する慢性的な疑念が残された。

天性の運動選手を鍛えるコーチのように、モードはポーリーンが思春期から若い女性に育つのを見守った。姉妹は仲が良かった。ポーリーンは自由にあちこち駆け回り、モードは忠実な監督役として自分が役に立っていると感じた。二人の仲は親密だったが、互いに理解し合っているというより、互いに許容し合っているという方が正しかった。姉妹はしばしば、二人一緒にもっといろいろなことをすべきだと言った――例えば、一緒にヨーロッパ旅行に行くとか。

二人の父親、ポール・ダンラップには良識ある投資顧問としての長い経歴があった。彼は、バッファローで不動産開発業を営んでいた父親から相続したわずかな資本を十倍に増やした。彼は世界大戦にアメリカが参戦することを見越し、戦後の好況を予見し、大不況を予想した。彼は引退するとき、百万長者になっていた。

ポール・ダンラップは妻の死後、数年間、子供たちのことに関わらなかった。その後、彼はモードの成績と真面目さに感銘を受け、彼女に打ち明け話をするようになった。ポーリーンは大人の懸念の世界に立ち入ることなく、一家のはみ出し者としての魅力と不作法を周囲に振りまき続けた。

ポール・ダンラップは普段の振る舞いにおいても、書面においても、何かにつけモードを優先するようになった。彼は彼女に、自分が投資家として学んだことを教え、あるいは教えようとした——モードは文学と語学では好成績を収めていたが、経済学はそれほどでもなかった。大金の扱いを学べるように父から金を与えられたとき、モードはただ、金額が大きければ大きいほどプロの助言が欲しくなることを知っただけだった。彼女には、長子相続制の良さを漠然と語る父が遺産の九割を彼女に残すつもりであることが分かっていなかった。彼は彼女を一家の長にしようとしていた。

ポーリーンは金の問題について何も知らされていなかった。彼女が自由にできる分はほとんどないのに対して、モードが一家の財産の大半を握るという事実を、彼女はモードの口から聞き出した。父の死後、モードともう一人のプロの管財人がポーリーンの資産を任されることになった。銀行にいる間抜け野郎に任せるよりモードの方がましだ、とポーリーンは自分に言い聞かせた。大きく偏った相続額については何とも思わなかった。額が違っていても、私の人生には影響がない。相変わらず脳天気に浪費している私にモードはいつでもお金をくれる。だから、ポーリーンの「結婚適性」を上げるために、父が姉妹に同程度の財産を残したふりをしようとモードが提案したときも、彼女はすぐに同意した。

モードには良心の呵責があった。彼女はアランに、財産を二等分にする方法を考えられないかと尋ねた。アランは明らかに不可能だと答えた。それは当面、彼女の良心の中だけの問題にとどまることを彼女は知っていた。しかし彼女は、戦前の額にして約百万ドルという壁が二人の間に立ちはだかっていること、そしていつかそれが姉妹としての節操と信頼を傷つけるものになる可能性を忘れることができなかった。

その壁のせいで、既にポーリーンは人が変わっていた。彼女は成長をやめた。彼女は二十二歳にして再び、十五のときと同様にモードに頼るようになった。夏が来る頃には、モードはすっかり年寄りの仲間入りをしたような憂鬱な気分になっていた。ポーリーンは事あるごとに助言を求めて彼女のところに来た。彼女はモードと一緒でなければ服も買わず、モードが褒めなければその服を着ることもなかった。彼女は外出する前には必ずモードの前に現れ、「今日の格好はどう？」と陽気に尋ねたが、衝動的に見えるその行動はあっという間に不可避の儀式と化した。ポーリーンは従順な少女にありがちなように、自分がその日にやったことを、尋ねられもしないのに事細かにモードに報告した。そして、同様に不必要なおべっかを姉に浴びせ（モードにとってそれは〝おべっか〟以外の何ものでもなかった）、母の命日、モードがアランに初めて出会った日、次の生理が始まる予定日など、モードの生活における何らかの節目では必ず、手紙を渡したり、花や本をプレゼントしたりした。モードはそうした貢ぎ物に内心うんざりしていたが、そんなものをもらうと悲しくなるとポーリーンに伝える勇気はなかった。彼女は以前、同じやり方で父の機嫌を取ったことがあるが、そのときは彼がある日、はっきりと彼女に釘を刺したのだった。「これは愛情保険だな。でも、面倒な掛け金を払う必要はない。私の愛情は既におまえのものだから」

ポーリーンは既にモードに愛されていたし、彼女もそれを知っているはずだ。彼女の望みは――彼女が失うのを恐れたのは――今までと同じように遊び続ける許可だった。彼女はモードが持っていて自分が持っていない金のことを話すのも考えるのも嫌だった――町の大通りの景観を壊す大型スーパーマーケットの前を車で通るとき、緑のない、奥まったその建物から目を逸らすのと同じように。彼女は断じて何も変わっていないというそぶりを続けるつもりだった。

彼女の態度は、アランに何度促されてももつれた事態を正そうとしないモードの姿勢をさらに強めることになった。アランは、ポーリーンとはいつまでも同居できないし、彼女はそろそろ自立しなければならないと言った。アランはこう言い返した。「私自身が問題の一部なのよ。その私が妹に手を貸して解決になると思う?」——それは何もしないための絶好の言い訳だった。

二十三歳の夏となる七月初旬、ウェルズリー女子大卒業から二、三週間が経った頃、ポーリーンはオリバー・プルーエルに会った。彼は彼女をデートに誘うようになった。十日後、ポーリーンは早起きをして、朝食を食べている姉を捕まえた。

「彼、すごく積極的に迫ってくるの。どうやら本気みたい。でも、腹が立つくらいお堅いのよ」

「それは必ずしも悪いことじゃないわ」

「大学出てから二年経つのに、手を握るだけでみだらだっていうのが?」

「彼だって妖精じゃないでしょう?」

「ええ。多分。彼、私が金持ちだと知って、い、い、いるみたい」

「彼の名前は?」

「それだけは秘密にさせて。彼は良家のご子息で、彼自身もウォール街で働いている。でも、もしも彼が求めているのが私の魅力でないとするなら、きっと彼の望みは……モード、そういうのはどうすれば見極められるのかしら?」

モードは男のことを自分に相談するのはお門違いだと思っていた。大人になってからの彼女がよく知っている男性はたった一人だった。彼女は三年前にアランに会った。二人はすぐに友情めいた共犯関係で結ばれた。彼女の自己不信は自信に満ちた彼の落ち着きで完璧に補完された。二人は劇場に行ったり、遅くまでダンスに出掛けたりして楽しんだ。彼は好きで親切を施しているかのように、彼女にプロポーズをした。彼の狙いは彼女が相続する財産だと、友人たちは彼女に警告した。彼女の父は結婚に反対したが、アランを知る彼女にはそうした見方が間違っていると分かっていた。二人がイーストサイドの設備の整ったアパートに引っ越した三週間後、家賃の請求書が自分のデスクの上に置かれているのを見て、彼女は少し驚いた。アランは家賃と旅行費用、そして彼女が行きたがるメトロポリタンオペラ劇場のボックス席の代金は彼女が払うのが当然だと考え、自動車代とクラブ会費は自分で引き受けた。アランは他の点では最高の夫だったので、モードはそれをほとんど気に掛けなかった。モードは二人が交際していたときから、彼がいつまでもいい話し相手でいてくれることを期待し、実際、そうなっていた。彼女は情熱を期待していなかった。数か月が経過すると、毎晩帰宅するときのアランはまるで上陸許可を与えられた船員のようだった。モードは気が付くと彼に恋していた。

（その後、戦争がアランを太平洋へ連れ去り、彼女が恐怖の三十歳を迎えたとき、モードはある男に恋した。あるいは、男が彼女に恋した。あるいはむしろ、男が彼女に恋しなかった。優れた家柄とそれに劣らぬ優れた感性を持ったボルチモア出身の男で、少し金に困っている人物が、熱心に彼女を追い回すようになった。最後に彼女が屈服した。モードは肉体的な美しさを誰かに認めてもらいたかったが、彼女が受け取ったのはもっと思索的な敬意《オマージュ》だった。マイケルは、その気になれば彼女を満足させられるけれども、肉体交渉は非常に尊いものと考えているので、そこに至るには正式な結婚をしなければならないと説明した。彼は彼女の真の値打ちを知っていた——彼女が取引している銀行には彼の友人がいたのだ。そして、彼女は彼を家に招き入れる前にそのことを知った。）

モードは妹に、つかみ所のない助言を与えた。

一か月後、ポーリーンはオリバーと倍賭けの誘惑に乗って連敗の波にはまっていた。彼女は恋人に、処女と六百三十五ドルという借りを作っていた。彼女はその金を稼ぐ決意をし、仕事探しを手伝ってほしいとモードに頼んだ。彼女は仕事がしたいのだと言った。「何でもいい。フラーブラシの訪問販売でも。既に恥の搔き捨て状態だから」

モードは喜んだ。彼女はポーリーンの決意に素晴らしい利点を見た。ポーリーンもいよいよ金の価値に気付くかもしれない、と（モードが金の価値と呼んでいるのは、金に価値はないということだったのだが）。彼女は、生活費とは言わないまでも、少なくとも家賃程度は稼げるかもしれない。そうなれば当面、モードと彼女の金に手出しをしないでくれるかも。

モードはポーリーンを古い友人に紹介した。それは裕福な地元の名士で、「協会」（サラブレッド血統改良協会）の会長を務める人物だった。モードはポーリーンがその息子と交際していることを知らず、そもそもその青年のために彼女が金を稼ぎたがっているのだとは気付きようもなかった。

しかし、プルーエル氏はオリバーとポーリーンが一緒にいるところを何度も見かけ、最近ではブロードウェーのニレの並木道を二人で歩きながら一袋のポテトチップを分け合っている姿を目にしていた。彼はポーリーンに会うことに同意した（彼女は自分に、やはり仕事は仕事と言い聞かせた）が、彼女に仕事を世話する気はまったくなかった。彼は彼女に、息子のことをよろしく頼むと言った。彼は息子に関する心配を打ち明けた。彼は彼女に、エリザベスについてオリバーが書いたエロチックな詩を見せた。彼女はすっかり恋に墜ちた。

彼女は結婚したいと思った。オリバーはそんな金銭的余裕はないと言った。ポーリーンは姉に相談することにした。彼女は夕食に向かおうとする姉を捕まえた。

「仕事は見つかった？」モードは陽気に尋ねた。

「プルーエルさんはすてきな方ね——今までよく存じ上げなかったけど」

「魅力的な人よね」

「私がお付き合いしているのはオリバー・プルーエルなの——ひと月前に話したでしょ？　本気なんだけど？」ポーリーンの疑問口調はモードの賛同を求めていた。

「すごいじゃない！」モードは当惑気味に答えた。どうして私は今まで気付かなかったのかしら？

翌朝、彼女は、二人の交際が周囲に知れ渡っていることを知った。オリバーに関する彼女の「慎重なお伺い」は、彼の名を出しただけで友人たちが皆単刀直入な人物評を語ったせいで、ますます滑稽な建前に見えた。大半の意見によると、彼はハンサムで、洗練されていて、いかにもプルーエル家という人柄で、賞賛されるというより好まれるタイプで、悪漢ではない——自分が受け取るはずの資産が充分にあるので、金のために若い娘と結婚する男ではないらしい。ただし百パーセント信頼できるわけではない。彼は二年前、ひと夏交際したエリザベスを簡単に捨てたということだった。

ポーリーンがまたモードに声を掛けた。彼女はオリバーと結婚したいと言う（「もちろん、妊娠はしてないわ！」「だけど、彼とは寝ている？」「すごく苦労したけど、うん」）。オリバーは「彼女に首ったけ」だが、現在の給料で所帯を持てばその首が回らなくなると考えているらしい。

「彼は私が二十五になるまで待つつもりみたい——彼の言い方だと、私が『独立する』までってこと」

「それはまた、忍耐強いこと！」

モードが恐れた通り、事態は急速に悪化した。アランは翌日、町に戻った。モードが特に手助けする気もなくポーリーンと一緒に夕食を取っていると、すぐにポーリーンが尋ねた。「オリバーの話をしていい？」

「相談事？」

「彼に何か問題でも？」

「そういう意味じゃない」

「彼、駄目だって」。それで都合よく万事終わりにすればいいのに、とモードは思った。しかし、終わっていればここでこうして話しているはずがない。ポーリーンが先を続けた。「彼の決心を変えるのは簡単なことだと思うの。ていうか、簡単じゃないのかしら」

「あなたと結婚したがっているというのは確か？」

「え、うん。本気で私と結婚したいって言ってるわ、ただし――」とポーリーンが言葉に詰まった。

「てことは、請求明細書が付いてきたってわけ？」

「ああ、モード、彼は結婚の約束をしてくれただけ、答えを探したのは私。ちょっと考えたんだけど、ひょっとしたら――」

「もっと金をよこせと言う人間の魅力って何なのか教えてくれる？」

「私の言い方がまずかったみたい。とにかく、私たちには事実、お金があるわけでしょ？」

「それは重要な点じゃない」

「望みのものを手に入れるために使えないんだったら、お金なんか持ってたって意味ないわ。姉さんはいつも、私に幸せになってほしいって言っているくせに」

「それが大事なこと。で、結局のところ」いつまでもポーリーンを突っぱねておくのは無理と悟ってモードが続けた。「私たちに何ができると言いたいの?」

「私の取り分を今すぐにもらえると助かる——それが彼が思っているほどの金額でないとしても」

「それは無理。つまり、法律的に。あなただって分かっているでしょう」

「ええ。だから、姉さんが持っている中から私の分をもらっておいて、私の二十五歳の誕生日、午前九時五分に返すことにしたらどうかなって」

「無理よ」

「お金の使い道に困るっていつも言ってるでしょう? それに、考えてみて——今後、私は姉さんにお金の面倒を掛けないのよ」

「私には決められない。お父さんのお金だから——」

「もう! 何言ってるの?」

「お父さんはあのお金の使い道に気を配っていた。私はお父さんの決断が正しかったとは思わない、でも、私はその決断を尊重すると約束したの。もしも私がお父さんの遺志を無視するとしても、お金の大半は信託に預けられていて、私は管財人の一人にすぎない。そのやり方じゃ、うまくいかないわ。私はお父さんの遺志に逆らえない。まして遺言に逆らうのは無理」

「ダーリン、お父さんがこの状況をどう思うかなんて誰にも分からない。死んだ人間を盾にするのはやめて。オリバーのことが気に入らないのなら、はっきりそう言えばいいじゃない」

「盾に使っているわけじゃない。私には責任がある。そういう形でお金が残されたんだから。私だって、あなたがお金を手にしていればいいのにと思うわ。私がオリバーをよく思っていないことはこの件と何の関係もない」

「ほらね。だから、そうやってうだうだ言っているんだわ。私がお金をもらえばよかったと思うですって？　姉さんは、そのデカ足で、お金がなくてもアランと結婚できたと思っているわけ？」

ポーリーンが席を立った。やがて玄関扉が音を立てて閉まった。モードは居間で、シェークしたマティーニの残りをグラスに注いだ。彼女は腰を下ろし、考えた。妹が私のことをあんなふうに思うなんて許せない。グラスが手の中で揺れた。彼女はポーリーンの攻撃に不意を突かれた。

彼女は翌朝早く、階下に下り、妹が起きてくるのを待った。モードは彼女に、一つできることを思いついたと言った。町にある屋敷はモードが直接相続したもので、今は貸しに出されている。もしもポーリーンが望むなら、春までに借家人に出て行ってもらうことが可能だ、と。

彼女はさらにこう続けた。昨日の夜、気付いたのだが、ポーリーンが信託基金から受け取っている小遣いを増額してもらうのは可能だ。二倍の額にすることもできる。

ポーリーンはその提案を受け入れた。彼女は収入が増えることがうれしかったが、オリバーはサットンスクエアの立派な角屋敷の方を喜ぶだろうと思った。

夜の間にモードに対する彼女の感情は大きな変化を被っていた。彼女は外に飛び出した後、すぐにこれまでの服従の年月をかなぐり捨てた。すると、あっという間に憤懣が、春を迎えた蛇のように不機嫌な鎌首をもたげた。彼女は自分が置かれた立場の不当さを何度も思い起こし、怒りを新たにした。私は頭の良さではモードに負けないし、器量では姉に勝っているのに、お金の面ではずっと貧しい！　私なら、老人の気まぐれで妹をつらい目に遭わせるようなまねはしないのに。

朝までに、練習によって怒りが凝り固まっていた。モードが案を出したとき、ポーリーンはそれでは自分の取り分に足りないと思った。彼女がモードの譲歩に喜んだのは主に、それによってモードに非があることがはっきりしたからだった。

その後すぐ、婚約発表がなされる前に、モードは旅行に出掛けることにした。旅行シーズンは終わりに近づいていたが、妹の結婚式の前に、長らく先延ばしにしていたヨーロッパ旅行に行くだけの時間はあった。姉が旅に出たことに腹を立てたポーリーンは、怒りを燃えさからせた。もしもモードが旅行に行っていなければ、腹を立てた妹にも、姉がただ平穏を求めているだけだと分かっただろう。ところが、モードが旅に出たせいで、ポーリーンは一種の魔女になった。ポーリーンの婚約の幸福と結婚のニュースが、無関心と裏切りという暗い背景の中で光っていた。

あるいは、仮にモードが旅に出なかったとすれば、ポーリーンは少なくとも怒りのはけ口を見いだせたかもしれない。モードは嫌な思いをするだろうが最後まで切り抜けただろうし、ポーリーンの怒りも収まり、理解とは言わないまでも、容認には至っただろう。しかし、モードは旅立った。ポーリーンは長年にわたり、できるだけ姉と顔を合わさないように努め、これまでずっと彼女を支えてきた心安さを避けた。怒りの向かう先は回想と予感の湿っぽい穴蔵しかなく、来る年もまた来る年も怒りはそこで生きたまま、しかし無力なまま、素晴らしき怒りの日の到来を待ち続けた——それはねばねばした復讐の触毛を出しながら孵化を待つ存在のようだった。

あるいは、ポーリーンがオリバーと幸福な生活を続けていれば、彼女の恨みは単に忘れられたかもしれない。オリバーはポーリーンに、理想的な妻という以外の意味で興味がなかった。彼はすぐに彼女をないがしろにするようになった。彼は彼女に仕事をすることも、子供を持つこともあきらめさせた——彼は彼女が相続した遺産について真相を知ったとき、この大変な時期に子供ができたらまともな生活はやっていけなくなると断言した。

こうして、ポーリーンの憤慨——陰気な飼い葉桶に眠る厄介な獣——は生き延びた。彼女が結婚してから二十五年後のある晩、友人のオーウェン・ルイソンが彼女に、アランとモードがウォルター・トレイルの高価な絵画をよく分からない理由でどこかに隠し、盗まれたという無茶な申し立てをしていると話した。彼はポーリーンに、アランのアパートに絵が隠されていないか確かめてほしいと言った。恨みを持つ「ハイヒール」は、任務に何らの幻想を抱くことなく、依頼を承諾した。私はモードの夫を誘惑し、姉を怪しげな計画に巻き込むのだ。しかし、アランと過ごした一夜は彼女に不満を残した。彼女は思った以上に彼のことが好きになり、そのせいでなぜか、モードに対する大昔の愛着がよみがえった。彼女は当惑した。私がアランと寝ても、姉がその事実を知らなければ復讐は成立しない、と彼女は思った。私は姉の所に行って、何があったかを確実に伝えなければならない。

獣が穴蔵から姿を現した。日の光の中で、それは竜というより、迷える子羊のように見えた。

モードとプリシラ
一九四〇年―一九六三年

モードは、男に言い寄られる原因になる金を持っていることを残念に思うような愚か者ではなかった。金さえあれば周囲の人間が自分の凡庸さに我慢してくれるかもしれない、と彼女はやや素朴な期待を抱いていた。彼女は金の話をするのが嫌いだった——金の話をすると自分がばかになったような気がしたし、自分がばかだと思うと父に対して申し訳ない気がしたからだ。彼女は父からほとんど何も学ばなかったし、多くのことを忘れてしまっていた。モードは父から直接相続した、とても無視できない金額を運用しようと努力し、時には顕著な成功さえ収めた。一九三八年、彼女は石油関連株を、株価が半額まで落ち込んだ後、そして再び急騰する前に、ポートフォリオに加えた。しかし、彼女の先読みは決まって無関係な事実に基づいていた。例えば彼女は、来るべき石油産業ブームを予知したわけではなく、ただ、関連株が他の証券よりも利回りがよい点に注目しただけだった。彼女は天然ガス関連株を早めに買う機会を逃すなど、大きな損失を伴うミスを何度か犯した。そのようなミスを三度繰り返した後、彼女は自分で決断するのをあきらめ、投資方針は顧問に任せるようになった。

モードは資金運用から手を引く際、長い時間をかけて彼女を鍛えようとした父の努力を思い起こし、悲しい気持ちになった。厳しい師匠であった彼は娘に、数少ない規則《ルール》しか引き出せない具体例を使って教えた。そして第一の規則は「金の問題に関しては規則を求めてはならない」ということだった。彼女は父が言うことなら何でも信じたが、それは理解に基づいてのことではなく、信頼に基づいて信じたのだった。彼女はポーリーンの要求に抵抗するときは、いつもと違い、合理的信念をもって行動した。財産に手を着けてはならないという父の格言を、彼女は自明の良識として受け入れた。感傷的になっているポーリーンに向かってそう口にすれば、それはひどい偽善のように聞こえるだろう。そこでモードは、あまり偽善的に思われないよう、父が記した同意書に逃げ込んだ。

モードは父の遺志を遂行すると約束した際、暗黙のうちに、遺産相続で彼女をポーリーンより優位な立場にした規則を将来の自分の子供にも適用した。つまり、子供たちの中の一人に財産の大半を継がせようとしたのだ。ところが結局、モードには一人しか子供ができなかった。

プリシラが成人したとき、モードは考えた。私はお金についてあまりにも知りすぎていると同時にあまりにも知らなすぎる。けれども、少なくとも一つだけ確かなことがある。それは、もっとひどいことになっていたかもしれない、これでもましな方だということだ。プリシラはお金に何ができるか自分で確かめるべきだ。もちろん、モードが教えるわけにはいかない。それどころか、もし要領のいいプリシラが祖父の才能を受け継いでいれば、実際に金を扱うだけで充分な訓練になるかもしれない。

プリシラは幼い頃から自分の問題を自分でうまく解決していたので、モードはほとんど何でも本人に任せるようになっていた。にもかかわらず、モードは几帳面に彼女に注意を払った。彼女は利口な娘に全てを任せようという誘惑に駆られることもあったが、どんなに利口な子供も麻疹《はしか》にかかるし、初等数学の理不尽さを予見することはできない、と悟った。彼女はプリシラに、健康な生活の基本要素を与えた——彼女の成長を見守る優秀な医師を見つけ、学校では共感的な教員を説き伏せて彼女の成績を絶えず監視させた。他のことに関しては、モード自身が常に待機していた——なぜそうしているのか、自分でも分からなかったが。十一歳のとき、プリシラは盲腸を切除した。モードは彼女が元気になるまでずっと付き添い、実はいつもプリシラの方が彼女に元気を与えてくれているのだという悲しい事実に気付いた。

引っ込み思案なモードは、運動が得意で利発で社交的な娘を持ったことを喜んだ。彼女は多くの親が切望するものを手に入れた——親を越える子供を。モードは、石油関連株をいいタイミングで買ったのもそうだが、自分の成功は運のおかげだと考えるか、あるいはあまりにプライベートな達成なので成功とは呼べないと思っていた。彼女の家、そして庭さえもが、そうしたプライベートな領域に属していた。アランは家や庭を世間に公開するよう彼女に懇願した。モードは、家は家族だけのものにしておきたいと言い張った。

家の背後には以前、一・五エーカーの芝生が広がり、それが紋切り型の生け垣に囲われ、月並みな木が数本植わっていた。モードはその空間に屋外部屋を配置した——巧妙に多様性を持たせた部屋をいくつも並べて。一つの部屋は晴れた日のために日除けが備え付けられ、上を覆う物が何もない隣の部屋からは空が見える。色別（白、青、バラ色）の植物が植えられた部屋もあれば、季節ごとの花が植えられた部屋もある——点々とサクラソウが咲く春の楕円部屋は、背の高いシャクナゲで囲まれ、秋の四角部屋には、葉が黄金色に染まるブナの短く刈り込んだ生け垣を背景に無数のキクが並ぶ。彼女は昔ながらの植物——ユリ、ダリア、ポートランド系のバラ、ライラック、ウツギ、クロバナロウバイ——を好んだが、その理由はおそらく、彼女のデザイン全体の根底に少女時代のあるシンプルな体験があったからだ。五月のある日、マサチューセッツのいとこの家でかくれんぼをしたとき、彼女は満開になったライラックの二本の老木の間に身を隠した。彼女は長い一分間、めくるめく芳香に半ば息を詰まらせながら、陽光が差し込む花房の間から世界を見た。彼女が庭のいちばん遠い隅に作った小さな部屋は彼女にとって、庭全体の正当性を証明するものだった。完全な正方形に作られたライラックの生け垣は、側面はきれいに刈り込まれているがてっぺんは伸び放題で、五月を迎えるたびその垣に、想像し得る限りあらゆる色合いの花のグラデーションが——ワインレッドから淡い藤色、そしてその逆へと——描かれ、合間合間に植えられた白いライラックがその遷移を加減していた。その場所をモードと一緒に訪れることがあるのはアランとプリシラだけだった——そしてもちろん、ジョンと。ジョンはもともと彼女の父が雑役夫として家に呼んだのだが、その後はこの屋敷で専属で働くようになった。一家に対する忠誠心があるわけでも、庭仕事が好きなわけでもなかったが、庭造りにかけるモードの意気込みを見て、彼自身も長く仕事を続ける気になった。アランを除いて、彼ほど彼女のことを知る人間はいなかった。

　プライベートな世界の外では、モードは自分が望むものを見つけ、それを手に入れるという特別な満足を経験することがほとんどなかった。プリシラは、天気さえよければ、そればかりしていた。彼女が四年生だったある日、担任教師が彼女をばかと呼んだ。二週間後、彼女はクラスのトップになった。十一歳のとき、彼女はソニア・ヘニーの映画を見た（ソニア・ヘニー（一九一二—六九）はノルウェー生まれのフィギュアスケート選手。引退後に米国で女優になった）。冬が終わる頃、彼女はフィギュアスケートの選手になっていた。彼女は全寮制学校でも人気者になり、次から次へと新しいボーイフレンドと付き合ったが、付き合う相手がかなり年上だったので、級友たちはそれに目をつぶった。

どんな親でも彼女を誇りに思っただろう。仕事の忙しいアランにとっては、自慢の娘というだけで充分だった。彼に比べてずっと暇なモードは、見習うべき母の手本としてお母さんが生きていればよかったのに、と考えた。自分がどう育てたとしてもプリシラは並外れた成功者になっていたのではないか、とモードは疑った。娘のことを考えると、時折、後悔の念が彼女を襲った。私は今まで本当に娘の役に立ったのだろうか、と。

プリシラははいはいし始めた頃から自信を見せていた。彼女は世界を、有望な欲求充足の場として見た。四年生のときの担任のような障害は、より大きなチャンスを指し示す存在だった。彼女が完全な無力感を味わったのは一度きりだった。彼女は十四歳の夏休みに、ルイス・ルイソンと仲良くなった。彼には他の少年らとは違う雰囲気と無愛想に近い内気さがあり、そこに惹かれた彼女は十八歳のたくましいボーイフレンドと別れ、彼を追った。ついに彼は彼女にキスをし、ある暑い午後、彼女を両親の家の裏にある無人の納屋に連れ込み、強健でやせぎすな彼女の体と、彼自身の体との格闘を始めた。彼は攻撃に対する彼女の抵抗よりも、攻撃を最後まで遂行できないことにいら立ち、彼女の体の上に寝そべったまま、押し入れに閉じ込められて扉を叩いている子供のように、必死に体をこすりつけた。彼女は恐ろしくなり、身動きできないことに気付いた途端、自分の体がコントロールできなくなった。

ルイスは逃げ出した。ルイーザが彼女を見つけ、体を洗い、慰めた。彼女は今後はルイスから目を離さないようにすると約束し、今回の出来事は必ず母親に話しなさいとプリシラに言った。プリシラはそうすると言った。モードはきっと同情してくれるだろうし、プリシラの「事故」は、たとえ子供じみていたとしても、大人の世界の力学で引き起こされたことだ。彼女はモードと対等に話すことができるだろう。

その確信は、プリシラが母の顔を見たとき、揺らいだ。玄関でプリシラを見たモードの顔には、見覚えがなくもない、愛情がなくもない、慎重でなくもない表情が浮かんでいた。何でも話してちょうだいね、話を聞いたらすぐに私はあっちに行くから、とそれは言っていた。

プリシラは玄関の間《ま》に座っていた。そんなことは初めてだった。モードは当惑し、玄関で立ち止まった。「お茶にしようと思うんだけど」

「私が淹れようか?」

「ありがたいわ。ダージリンをお願い」

「今日の午後、ルイスに会った」

「ラッキーな男の子ね! 十五という年齢のせいで捨てられちゃったジーンはどんな気分かしら。私は今日、フィービに会った。よくは分からないけれど、キャンプ指導員にロープの結び方を教えていたみたい」

「彼女と一緒にキャンプに行けばよかった」

モードはティーカップを二つテーブルに置き、食器棚の扉を閉めた。プリシラに話を続けさせるために彼女は適当な言葉を探し、それを見つけないことに成功した。口に出せないことに対するいら立ちで彼女は声が震えた。「少なくとも寝袋は新品を買わないとね」。彼女は震えをごまかすためにばか笑いをした。

プリシラも笑い、モードの腕をつかんだ。「それは大丈夫。私がその気になれば他の子が一緒にキャンプに行ってくれるし。ママの今晩の衣装を見せてくれる?」

二人は紅茶を飲んだ。プリシラは結局、納屋でのルイスのことを話さなかった。

プリシラは普段、モードに秘密を打ち明け、母親が知りたがりそうなことは何でも話した。デリケートな問題についてはいつも事後報告の形にして、モードに有無を言わせなかった。プリシラが大学を卒業した二、三か月後にウォルターとの交際を報告したとき、モードは彼女が既に彼のアパートに引っ越していると知っても驚かなかった。いつもと同様、否も応もなかった。

次の冬、モードはプリシラがいなくて寂しい思いをした。彼女は今までに二人でしなかったあれこれのことを悔いた。私がアディロンダック山脈に暮れる夕日を窓から眺めているうちに、疾風のように過ぎたいくつもの昨日の中で娘は大人になってしまった、とモードは感じた。モードは彼女を生んだ。プリシラは彼女なしに育った。その事実に関しては今さらほとんどどうしようもない。

いや、できることがある。彼女は父を思い出し（ああ、父に関してはいろいろあったし、おかげで困ったこともあったが、彼女は彼の言葉と力に頼っていた）、彼が娘を鍛えようとしたことを思い起こした。他には何もできないとしても、少なくとも、金は上手に使うべき幸運の一つなのだとプリシラに教えることはできる。そうすればプリシラは、モードとポーリーンが陥っている盲目状態から抜け出せるかもしれない。空にある月のように、あるいは森にある木のように、あまりにも自然に金に囲まれている彼女らは改めて金について考えることがない、とモードは知っていた。プリシラがお金のことを「まったく気に掛けない」としても、モードは彼女を責められなかった——彼女も夜に娘を外に行かせて、月が出ているか、そして木が生えているかを確認させたことはない。そういうものはそもそも確認の必要がない。金というものを知り、それを気に掛けていたアランでさえ、プリシラを心配している様子はなかった。「あの子は金の心配がなくて幸運《フォーチュネット》だね。それこそが財産《フォーチュン》の持つ意味だ。あの子も、時が来れば分かるだろうさ」

アランがそう言っても、モードの慰めにはならなかった。彼女は憂鬱な冬の日々にこの問題を考えた。彼女はついにある計画を思いついた。私にはプリシラに対する直接的な影響力がない。私は自分で既定の結果を生まなければならない——プリシラが金を使わざるを得ない状況、そしてそれについて決断しなければならない状況を。

モードは五月初旬、遅い春がハドソン川上流域を温め始めた頃、計画を思いついた。数週間後、彼女はそれを実行に移すため、町の銀行に行った。彼女は今後十年間、毎年二万ドルがプリシラの口座に振り込まれるよう指示を出した。プリシラはその収入を使えるが、使用目的は投資に限られるので、投資せざるを得ない。

その手続きをする際、モードの頭からはプリシラの姿が薄れ、ますます亡き父親のことが思い起こされた。彼女は手続きが終わると、この件は銀行側からプリシラに伝えてほしいと言った。計画は以前からある契約の一部のように見せかけなければならない。プリシラが恩義を感じたりすることのないようにしなければ、とモードは思った。彼女は非人格的な博愛の代理人として、目に見えない後見人のように義務を果たした。

少し常軌を逸したそんな用心が、直ちにプリシラの疑念を呼び起こした。彼女はそこにモードの関与を見て取った。プリシラは九歳のときのある午後の出来事を思い出した。彼女が二時間遅れで学校から帰宅すると、母がテラスで警官と話をしていた。翌日、モードはプリシラの寝室にテレビ（当時はまだ新しく、珍しかったのだが）を据え付けた——それは娘に二度と寄り道させないための賄賂だった。プリシラは思った。私が自由奔放な芸術家気取りで男と同棲を始めたから、それをあきらめさせようとママが賄賂をくれたのだ、と。そこまではプリシラにも理解できた。しかし、それだけのためにこんな大がかりなことを！　二十万ドルを譲るという決断は寛大さと無縁の動機を疑わせた――例えば、節税とか。節税だったら嫌だというのではない。彼女はただ真実を知りたかった。

夏の初めは彼女にとってつらい時期になった。モリスと強い協力関係にあった彼女は、彼が亡くなってから何も売れない状態が続いていた。彼らの絵画は全て、故人のアパート内で差し押さえられていた。彼女はいつかそれらを――少なくともウォルターの作品は――取り返したいと思っていた。結局のところ、その存在を知る者は他に一人もいなかったのだが。そうした在庫とモリスの生命保険金を元手にすれば、将来に不安はない。他方、法的手順のゆっくりした進捗には辛抱しなければならない。彼女は他に、すべきことがほとんどない。ウォルターは毎日、仕事に打ち込んでいる。彼女の友人は大半が町を離れている。銀行が彼女にモードの計画を伝えたとき、彼女は実家に戻り、母の秘密の計画を暴く決意をした。彼女はモードに電話をかけ、八月一日の昼食までに実家に帰ると伝えた。

プリシラの電話にモードは驚いたが、驚きは長続きしなかった。彼女は用心が足りなかったのではないかと思った。最初は娘の訪問を甘んじて受け入れるつもりだったモードだが、プリシラが到着する頃にはすっかり腹を立てていた。エリザベスは昼の間外出していたので、それも彼女が気落ちする原因の一つになっていたし、その後、アランが電話をかけてきて、不愉快な告白をしていた。娘がタクシーを降り、軽い足取りで家に向かってくるのを見て、彼女は身震いした。何てことかしら。彼女はポーリーンそっくりだわ。

二人の女性は日陰になった西側のポーチで、クッションの付いた白い籐の肘掛け椅子に腰を下ろした。プリシラは母のグラスが緑のシャルトルーズで満たされているのを見、自分はアルコールを断り、椅子を前に傾け、小生意気に背筋を伸ばし、礼を述べた。理由が何であれ、ご親切には衝撃を受けた、と。彼女は感謝の念を強調するように長々としゃべった。

モードは無反応だった。ほとんど話を聞いていないようにも見えた。何かがおかしい、いつもと違う、とプリシラは思った。にもかかわらず、彼女は陽気な独白を続けた。彼女はウォルターとの生活について楽しそうに話した。「分かった、分かった」。ようやくモードがそう口を挟み、娘の来訪の口実に触れた。「手紙に詳しいことが全部書いてあったんじゃない？　手紙に全部書いてなかった？」

「ええ、全て手紙にはっきり書いてあった。全てがはっきり書いてあったわ、ママのこと以外は」

「え、私――」モードはため息をつき、芝生の向こうの亡霊に手を振った。

「私はママに会うために帰ってきたの」

「ありがとう。でも、分かっているでしょう？　私は決められた通りにしただけ――私に礼を言う筋合いはほとんどないの」

「でも、お礼を言わなくちゃ。決められた通りにしただけって言っても――ママ、ちょっと飲みすぎじゃない？」

「どういう意味？」とモードは顔をしかめた。「まだ十七杯目よ」

「一つ訊きたいんだけど。アランのことが原因？」

「彼があなたにそんな話をしたの？」

アランは午前中にモードに電話をかけてきていた。彼は自身が関わった、殺処分予定の去勢馬の保険について彼女が噂を聞くことを心配して、自分の関わりを説明するために電話してきたのだった。モードは話を完全に理解したわけではなかったが、アランの狼狽は痛々しいほど感じられた。

「話を聞いたわけじゃない。ある人がパパたちの姿を見たの」とプリシラが説明した。「ごめんなさい、ママ。でも、まさかポーリーン叔母さんがあんなことするなんて」

単純なモードも機転を利かせて動揺を隠した。彼女はシャルトルーズを一口飲み、虫がぶつかる網戸の外に目をやった。「あなたの知っていることを話して」

「え、『知っている』って言っても。いつだったかしら、一昨日《おととい》の晩かな、六十三丁目を車で走っていた友達の前でタクシーが停車して、パパとポーリーン叔母さんが降りてきたのを見たんですって。パパのアパートの前で。二人の様子はまるで――」。モードは立ち上がり、ポーチの反対側に向かって歩きだしていた。彼女は平らな床の上でつまずいた。「ああ、ママ！」

モードは屈辱で足がもつれていた。聞いた話の内容のせいではない。娘から話を聞いたせいだ。彼女はプリシラがそこにいることに憤慨した。よろめいても何の足しにもならなかった。彼女は沈黙を続けた。

「ママ！　冗談じゃないのよ、でも、問題ない。パパはママを愛しているし、今後もそれは変わらない」。彼女はかろうじて一息置いた。「昼食の前にブランデーなんて飲まない方がいい」

「これはブランデーじゃない。私は朝五時に起きて、十一時には昼食も済ませた」とモードが言った。

彼女は自分の怒りに面食らった。

「ＯＫ、ママ」

モードが強く握り締めたのでクリスタル製のブランデーグラスが割れた。彼女は「しまった」と言うつもりで、思わず「畜生！」と言った。

プリシラはじっと母を見つめた。「ママがそんな言葉を使うなんて――」

「じゃあ、どうしてわざわざここまで来たの？　ここのところ私は幸せに過ごしていたのに。あれ以来——ふん！」モードは説明するより、怒りに身を任せた。

「ママ」とプリシラは続けた。彼女の声は短三度下がった。「ママが飲んべえになるのはうれしくない」

「それを言うためにここに来たわけ？」

「私がここに来たのは、しかも遠いところをわざわざここまで来たのは、ママにこう言うためよ——いいえ、もう話した。ひょっとしたら、ママは聞いていなかったかもしれないけれど」

「もちろん聞いていたわ。あなたが喜んでくれて私はうれしい」

「ママは喜んでいないの？　私がここに来たら少しはママも喜ぶかと思ったのに。ママが『決められた通りにしただけ』だとは思わなかった——それじゃあ、いつもと同じだわ」

「とにかく、お金を存分に楽しんで」。モードは左手の小指を切っていた。

「ママはばかだわ！」

「お金を楽しむことに何か問題でも？」

「クソッ！　どうしてここでこんな酔っ払いの相手をしなくちゃいけないのかしら。いい？　私はついこの間、十万ドルを相続したの。それ以外に、自分で稼いだお金もある。そう聞いたらうれしい？」

「うれしいわ、本当に。今の話は初耳だけれど——」

「絵の売買を始めたの。モリス・ロムセンと一緒に仕事をしていた。知ってる？　批評家の。ウォルター・トレイルが私たちに最高傑作の売買を任せてくれた」

「最高傑作と言っても、もちろんその全てではないわよね。エリザベスの肖像画は渡さなかったはずだから」

「あ、もちろん、受け取った」

「妙ね。私は先月、あの絵を買った。あなた以外の人物からよ、画商さん」

「何の話？」

「私が言っているのは、五、六週間前、私が、というかアランと私がアイリーン・クレイマーから『エリザベスの肖像』を買ったということ。お父様がどこかに持ち出してしまったから、今あなたに見せることはできないけれど。電話をかけてみたら？」

アイリーンがどうやって肖像画を取り戻したかを推測するのに無駄な時間を費やすことなく（結局のところ、彼女はモリスの姉であり、遺産相続人なのだから）、プリシラは黙って計算をした。今から帰れば六時までには町に戻れる。今日の午後はクレイマー画廊で展覧会の初日が予定されている。父のことは後回しでいい。まずアイリーンに会わなければならない。

「ママ、駅まで車で送ってくれない？」

「ジョンに言って。裏にいるわ。私は少し横になる」

モードは二時三十分に町の銀行に電話をかけ、計画を取り消した。彼女が新しい指示を伝え終わり、電話を切ろうとしたとき、予期しない悲しみが彼女を襲った。彼女は銀行員を電話口に待たせ、涙が収まるまで受話器の口を押さえていた。それから彼女は言った。「今私が言ったことは全てキャンセル。一点を除いて、何も変更しないことにします。受取人の名前だけ変更してください。プリシラ・ラドラムとあるのを削除して、ポーリーン・プルーエル、旧姓ダンラップ、と記入してください。署名をしますから、できるだけ早くこちらに送ってください」

モードとエリザベス

一九六三年七月―九月

「……一週間」とモードは几帳面に叫んでいた。「一生の中でたかが一週間がどれほどのものだというの？」

それに劣らぬ大声で、それに劣らぬ注意深さでエリザベスが答えた。「一生？……じゃあ、あの軟弱男《ミルクトースト》をまだ手放したくないとおっしゃるの？」

「それは私が決めますから放っておいてください！」とモードは叫んだ（そしてすぐにささやき声で「彼が二階から降りてくるわ」と言った）。

「（その調子よ。）彼を取るか、肖像画を取るか、どちらかよ。両方というわけにはいきません！」

「とんでもない人ね！」

「だって私の肖像画でしょう？」

「モデルがあなたというだけ――あなたの所有物じゃありません！」

「戯言はよしてください、ミニヴァー夫人。今週はあの絵を人に見せたい用事があるんです。（彼はどこ?)」

「(私が見てきます)」

爪先歩きで部屋を出たモードはすぐに、一週間前から荷ほどきもせず、壁に掛けないままで放置されていたエリザベスの肖像画が書庫からなくなっていることに気付いた。彼女は音楽室と書斎とダイニングを調べ、どこにも人影がないことを確認してからエリザベスのもとに戻った。二人は一緒に、絵を抱えたアランが公道に駐めたステーションワゴンまで歩いて行くのを眺めた。

「私、あの人がきっとこの部屋に飛び込んでくると思っていました」

「さっきの電話は何だったんです?」とモードが訊いた。

モードがエリザベスに会ったのは彼女が結婚した前の年以来で、そのときのこともすっかり忘れていた。もしも一年前にウォルター・トレイルに関する娘の論文で彼女の名を目にしていなければ、エリザベスという名前にも聞き覚えがあると感じなかっただろう。論文に書かれていた画家とエリザベスとの友情は強くモードの印象に残っていたが、それはその二人が出会ったのが、モードがいつも家族と夏を過ごしていたこの町だったからだ。彼女はそこで開かれたイブニングパーティーのことを鮮明に思い出した――ダブルの白いディナージャケットを着た男たちとオーガンジーとオーガンザを着た女たち。彼女はその夏、白いベルトの付いた、伸縮性のある新品の水着で泳ぎに行き、アランと婚約をした(彼が求婚したとき、彼女はベルトの位置の高い、折り目の入ったスラックスを穿き、髪を木綿のスカーフで覆っていた)。彼女の父は当時まだ存命で、ポーリーンもまだ彼女の被保護者として満足していた。彼女はウォルターのことを思い出した。当時の彼はまだ幼く、ポーリーンよりも年下で、年端が行かないだけにいっそう才能が際立ち、競馬やドッグレースの関係者にもてはやされていた。エリザベスのことはあまりはっきりと思い出せなかった。美人でやや「風変わり《ワイルド》」な人物というイメージが浮かんだが、確かな印象はなかった。二、三年後に姿を消した、年上のグループの一人。まぶしく気まぐれな若さを持った、真に若いとは言えない娘。あの女性はどんな人間になったのか？（モードと同様、エリザベスは五十を越えているに違いない。彼女自身はどうなのか？　かつては遠くに思えたこの年齢に達するために、彼女は何をしたのか？）

プリシラの論文を読んだ後の数か月間、モードは時折、知人にエリザベスの消息を尋ねた。彼らの返事は彼女の好奇心を刺激した。エリザベスはブラジル人の――あるいは、レバノン人の――百万長者と結婚した。彼女はカンザス州トピーカのカーペット販売員と結婚した。彼女は独身を貫いている。どんな男が頑張っても彼女を口説き落とせない。まともな男なら彼女と結婚したりしない。彼女はアルコール依存症になった。あるいは薬物中毒になった。あるいは色情狂になった。確か、自分でレズビアンを公言したのではなかったか？　単なる噂――彼女が事業を始めた後、おそらく自分で広めた噂。経歴《キャリア》のある女性は結婚しない方が好都合だと考えることが多い。エリザベスには輝かしい経歴があった。ビジネスウーマンとしてでなく、女優として。あるいはひょっとすると芸術家として。ブラジリアにある青銅製の怪物を覚えている？　いや、あれはブラジル人の最初の妻の彫像だったかしら。いや、彼女はそうしたことは一切やっていない。彼女は姿を消した。彼女は没落した。

六月、モードは町を訪れた際、クレイマー画廊に立ち寄った。何年も前から付き合いのあるアイリーンが彼女に、最高のお得意様相手にウォルター・トレイルの珍しい絵画を紹介していると打ち明けた。そうした作品の一つがエリザベス・Hの肖像画だった。モードはその絵を見せてほしいと言い、ウォルターの伝説的な情熱の筆遣いを精査した。彼女はエリザベスの面影も探したが、また新たな謎に包まれた姿が見えただけだった。モードはもっけの幸いと、その場で絵の購入を決めた。彼女の中でエリザベスの魅力はますます膨れ上がっていたので、それ以外の選択肢はないに等しかった。魅力は膨張を続けた。

二、三日後、モードはエリザベスのことをアイリーンに訊いてみようと思い立った。アイリーンはバリントン・プルーエルに尋ねるよう言った。ルイーザ・ルイソンから以前聞いた話では、バリントンとエリザベスは連絡を取り合っているらしいから、と。

ありそうなことだ、とモードは思った。老プルーエル氏は大昔にエリザベスと親しかった。七月十日、彼女は彼のもとを訪れた。

モードとプルーエル氏は長い付き合いだった。モードは母親を亡くしてから、彼を頼りにしていた。彼は彼女の父をよく知っていて、彼が家庭を顧みないことをよしとはしないまでも、理解はしていた。彼はダンラップ氏の態度について、若き友人であるモードに説明しようと尽力し、よい成績を維持するために努力を続けるよう、そしてポーリーンの世話を頑張るよう励ました。モードは彼を信頼していた。彼女の結婚後、二人が会うことは減った。モードはアランの友人たち、町の人々、ビジネス界の面々と会うことが増えた。プルーエル氏は、少なくとも公的には、競馬とドッグレースの世界の人間だった。二人はその頃、互いの存在を当たり前のものと思うようになっていた。彼らはパーティーで顔を合わせると、抱き合い、近況を教え合い、また二人で会おうと約束したが、それは決して実現しなかった。

モードが来訪の理由を説明すると、プルーエル氏が言った。「今日の君はついているよ。私からくどくどとエリザベスの話をするまでもない。彼女は今日、ここに昼食に来るからね」

「彼女が今、この町に？」

「先週から来ている。君もぜひ昼食までいて、自分の目で確かめてみなさい」

モードはアランに電話し、今日は遅くなると告げた。彼女はプルーエル氏に、そのお友達のことを教えてほしいと言った。「できるだけ細かいことまで話を聞いて、心の準備をしておきたいので」

プルーエル氏は笑った。「本人にお聞きなさい。その方が楽しみが増える」

エリザベスが電話をかけてきて、結局、そちらに行けなくなったと言った。

プルーエル氏はまた次の機会を作ると約束したが、モードは怒りに近い失望を覚えた。裏切られたと感じた。そのとき、彼女はささやかな情熱——自分では名付けられない情熱——を抱いていたことを自覚した。そこには羨望もいくらか混じっていることを彼女は知っていた。エリザベスは他の女と何が違うのか？　どうして彼女はウォルター・トレイルやバリントン・プルーエルのような友人を勝ち得、誘惑的に混乱した評判を周囲に巻き起こすことができたのか？　エリザベスが昼食に姿を見せなかったせいで、モードの強迫観念が決定づけられた。彼女は必ずエリザベスに会うと心を決めた。

その後の数日間はモードに挫折をもたらしただけだった。エリザベスがどこで寝泊まりしているか、どんな友人たちと会っているか、どこのパーティーに出席するかを彼女は突き止めた。もしもモードがエリザベスの泊まっているホテルに電話をかければ、その日のうちに彼女に会うことができただろう。しかし、もっともらしい口実を持たない彼女は、エリザベスに近づくきっかけを見いだせなかった。にもかかわらず、彼女は町の社交イベントに自分が招かれたときは、躊躇なくそこに参加した。そしてモードが参加するイベントには、ことごとくエリザベスが現れなかった。しばらくすると、モードは彼女に避けられているのではないかと思い始めた（理由は思い浮かばなかった。妙な人間に追いかけられているのをエリザベスが察知するとは考えにくかった）。モードは獲物を一度も目にしないまま、オリーブとハムのゼリー寄せを暴食し、年季の入った代謝能力を超える酒を飲んだ。

四日後、失望ばかりが募った彼女は、エリザベスと知り合いになるという希望を完全にあきらめた。しかし、それでも彼女は、エリザベスと自分が運命で結ばれていると感じていた――決して出会わないという運命の糸で。占星術で言えば、「二人の精神の合《ごう》、二人の星の衝《しょう》」ということだ。ある朝――それは七月十五日のことだった――彼女は受話器を手に取り、当日の約束をキャンセルした。十一時、赤毛の見慣れない女性が馬で車寄せに入ってきて、馬を降り、鹿毛の雌馬を手近なカバノキにつないだ。乗馬帽をかぶり、乗馬ズボンを穿いたその女性はモードの家の玄関まで来て呼び鈴を鳴らした。

一時間後、アランが車で去るのを見ていたエリザベスにモードが言った。「あの絵に何かあったら、彼を丸焼きにしてやるわ」

「それもいいけれど、オリジナルで手を打つというのはどうかしら？」エリザベスはモードの腕に自分の腕を滑り込ませた。

モードがその意味を理解するのに五秒かかった。「まさか、あなたがここで暮らすという意味ではないでしょう？」

「できればぜひ。もしも私の友好的感情を信じられないなら、ついでに率直に告白しますが、私は文無しなのです。九月六日まですっからかん。だから、泊めていただけるとありがたい」

「こちらこそ、ぜひお役に立たせてください。でも、どうして私がその話を承諾するとお思いになったの？」

「アランから聞きました、もちろん」

「でも、お分かりでしょうけれど――」

「細かい話は省きましょう。けれど、とにかく、そろそろ潮時だと感じているのです」

「どうして？」

「アランは慎重なタイプですが、頻繁に部屋に来すぎるのです。アデルフィホテルの従業員の目も少し厳しくなってきました。もちろん、あなたのせいではありません――」

「それはそうでしょう。じゃあ、私が責任を感じるのはどうしてかしら？　何となく、ホテルよりもあなたの味方をしたい気分なのだけど」

「もしも一緒にいて楽しくなければ、私は消えます。約束します。直ちに消えると」

衝動的に――モードが会いたがっているという噂を耳にしていたので、理由がないわけではなかったが――モードのもとを訪れたエリザベスは、実際の彼女に会って驚いた。アランが彼女に説明したモード像は誤解を招きやすいものだった。エリザベスが実際に目にしたのは、献身的に家のことをする主婦ではなく、研ぎ澄まされた美が年月から来るわずかなしわによって甘く和らげられた女性だった。エリザベスは彼女のやるせない丁重ぶりを見て、この人を笑わせてみたいと強く思った。

アランが裏口から入ってくるまでの間、二人は何十年も無沙汰にしていたクラスメートと旧交を温めるみたいに話し込んでいた。モードは間もなく、二人の共通点に気付いた。彼女がアランの名を出すと、エリザベスは少し間を取らずにはいられず、もちろん、モードもそれに気が付いた。

彼女はアランが浮気をしているかもしれないと思っていた。この一週間、彼女に対する彼の態度には注意散漫な焦燥感があった。彼はまた、彼女の好きなジャンヌ・シャルメ種のダリアのぜいたくな花束を二度、自宅に持ち帰った。彼女はその行動の意味を、あまり親しくない友人から彼女を案じる電話がかかってくるようになったことから推測した。一拍の間《ま》の後、エリザベスが最近出会った魅力的な男たちの話を陽気に再開し、一人一人の名を挙げ、それぞれの特徴を事細かに話し出したとき、モードがそれを遮って言った。「なるほど！　最近、私の友人が皆、何か隠し事をしていると思ったら、それだったのね。あの人、浮気をしていたの、あなたと！」

モードは安堵のようなものが自分の声に含まれているのに気付いた。それはまるで、彼が浮気をするのなら他の人間よりもエリザベス相手でよかった、と思っているかのようだった。

エリザベスは赤面し、慌てて言った。「私は『もし知っていたら』なんて言い訳はしません。こうしてあなたとお話しできて、本当によかったと思っています」

「それにしても、私はあなたを何日も前から追っていたのですよ！」

エリザベスはほほ笑んだ。「どうして会えなかったか、分かります？」

「私から逃げていたという意味ですか？」

「違います。私はアランと会っていたのです。私は五時から七時までマッコラムさんのお宅にお邪魔する予定を入れていたのに、アランが電話をかけてきて、五時から七時まで手が空くからと言って――」

「どうして彼の予定が空いたかというと、もちろん、私が五時から七時までマッコラムさんのお宅にお邪魔することになったから――それも、あなたがいらっしゃると聞きつけたから」

「それで私はマッコラム夫人にキャンセルの電話を。あるいは電話もせずにドタキャン」

「一度目はバリントン・プルーエル宅での昼食でした」

「私に会いたがっている古い友人というのはあなたでしたの？　ああ、まさか！　そういうことでしたか」

「そういうことです」。モードはエリザベスに圧倒され、訳が分からなかった。

エリザベスがコーヒーテーブルの上に身をかがめ、モードの手を取った。「私は本当に知りませんでした。あなたが私を探しているという話はつい二日前に聞きました」。モードは用心深く目を上げた。「私は先の予定を立てない主義なのです。実は、今日ここへ来たのも馬が考えたことです」

モードはため息をついた。「おかしいですね、まったく。私がそのきっかけを作ったとは……」

「もっとおかしいのは今、私たちがこうしていること」。エリザベスが間を置いた。「時間を無駄にさせて申し訳ありませんでした。でも、そんなこと、何でもありません。今日から新しいゲームが始まるのです」。モードがまるで、ありがとうと言うかのようにほほ笑んだ。「こう考えてはどうでしょう。アランのおかげで私たちがお友達になれた、と」

モードはエリザベスの目を見つめ、それで何か私が失うものがあるだろうかと考えた。アランが注意深く忍び足で台所を横切るのが聞こえた。家の中の物音を知り尽くしたモードが、彼の動きを報告した。エリザベスが厩舎に電話する用事があると言った——彼女が乗ってきた雌馬は返却予定時刻を過ぎていたからだ。彼女は受話器を取り、送話口に手を添え、数分間、受話器を耳に当てていた。電話を切った後、彼女がモードに言った。「彼に一発食らわしてやりましょう」

「撃つという意味？」

「まさか。ちょっと驚かせるだけ」。エリザベスは深刻なやり取りをしてそれをアランに立ち聞きさせるという提案をした。早速二人はオペラのような重厚さと気合いで演技を始めた。

モードはエリザベスに、しばらく家にいても構わないと言った。エリザベスは彼女に礼を言い、体を抱き締めた。私はそろそろ馬を連れて帰らなければなりません。「あの馬は今頃、カバノキの皮をすっかりむいてしまっているんじゃないかしら」

「『森の貴婦人』と呼ばれるカバノキも、ここらでは雑草並みに生えています。ですから、一本や二本枯れてもどうということはありません」

「乗馬がお好きだとうれしいわ」

モードは悲しげな歓喜で目を上げ、答えた。「ああ、エリザベス、とんでもない。私は馬に嫌われているのです。あるいは馬の気持ちが私に分かっていないのかも」

「今までにいい馬と巡り会っていないのですね。ちょっといらして。今日のは素晴らしい馬なの」

モードは一度うなり声を上げてから、彼女の後に続いた。エリザベスは芝生の上で彼女をファティマという雌馬に引き合わせた。ファティマとモードは互いに、おざなりだとしても上品な挨拶を交わした。エリザベスはゆっくりと、夏の霞の中へと去った。

彼女は翌日、引っ越してきた。彼女はモードに、必要なものは全部あると言った。「一週間分のものがあれば夏の間は事足ります。夏の終わりまで居座るという意味ではありませんけれど」。モードはそれでも構わないと思った。一晩離れていただけで既に、エリザベスが恋しくなっていたから。

その朝、アランがモードに電話をかけてきて、エリザベスが「馬の件」で何か言っていなかったかと訊いた。モードは話を短く済ませた。アランは自ら逃げていったのだ。しばらくそのままでも大丈夫だろう。

その晩、エリザベスはカクテルを飲みに町へ出ようと言いだした。モードは反対した。「ポーチで一杯やるのはどう？　お勧めですよ。私はいつもそうしています」

「ここ二日間、ずっと外に出ていないじゃないですか」

「だって家が好きなのよ」。モードは夫の愛人と一緒にいる姿を人に見られたくなかった。

「それは私も同じです。でも、ぜひ近いうちに。いいバーを知っていますから」

今晩はセーフだ、と思い、モードはおとなしくそれに同意した。

前日の朝、電話の盗み聞きを始めた瞬間から、エリザベスにはアランがそれに気付いているという確信があった。彼は彼女を意識してタフガイを演じ、二人の短い物語に悲しい終止符を打った。彼女はモードに言った。「はっきりとは分かりませんでした。彼には道を外れた一面があるようですね」

「それはつまり」とモードが好戦的に言った。「先週の出来事は氷山の一角にすぎなかったということかしら？」

「それは違うと思いますよ。今までに女たらしは何人も見てきました（そして彼らには彼らなりの魅力があります）。けれども、アランはそういうタイプではありません。まったく。彼は輝かしい経歴の持ち主じゃないですか」

「ええ、それはもう」。モードは当惑し、その話には乗らなかった。

エリザベスは訊いた。「私の寝室の隣は誰の部屋なのですか？」

「うちの娘、プリシラの部屋です。というか、以前はそうでした」

「ウォルター・トレイルの家で娘さんに会ったという話はしましたっけ？　聡明なお子さんですね。私のことをとても詳しく知っていたから、私は自分の年齢を思い知らされた気がしました。何歳かはさておき」

モードはエリザベスに、最近プリシラに多額の贈与をしたと言い、こう説明した。「そうすればあの子も少しはお金というものの意味が分かるだろうと思って」。彼女は目の前の友人が「すっからかん」

だったことを思い出し、赤面した。

「彼女ならきっと、それを元手に大金を稼ぐでしょう」

モードは翌朝、車でエリザベスを厩舎まで連れて行った。彼女は、ただ座って見ているだけなら、という条件で同行を承諾した。彼女は馬にさまざまな歩態を取らせるエリザベスを興味深く眺めた。騎手と馬が等しく楽しんでいるように見えた。エリザベスは、馬から鞍を外した後、モードをさらに別の数頭の馬に引き合わせた。モードは、エリザベスが一緒ならいつか一度乗馬を試してもいいと言った。二人が帰り支度をしていると、一人の男が走路《トラック》から戻ってきて、殺処分された去勢馬について気のめいる話を語った。

その夜、夕食の後、二人は読書をすることにした。光は弱まっていたが、二人は黒くなる山並みの向こうにある夕空を見放すのが嫌で、読書用眼鏡を鼻に掛け、西向きのポーチに腰を下ろした。十分後、モードが喜びのため息をついた。エリザベスは何かを期待するように、自分の本を閉じた。「いい?」モードはそう言って、朗読を始めた。


彼は極度の倦怠に襲われた。彼女が話を理解できなくなったことで力が抜けた……。気が付くと彼はロセッティの詩を引用していた。

「『私たちは並んで立つ存在だから!』」彼の声が震えた。

「ああ、その通り!」彼女が低い声で言った。「美しい詩……真実を語っている。私たちは別れなければいけない。この世では……」。それは美しく、悲しい言葉に思えた。それを口にすることは神聖で、心の奥であらゆるイメージを喚起するようだった。マックマスターが悲しげに言った。

「私たちは待たなければならない」。彼は強い調子でこう言い足した。「しかし今晩、夕暮れ時に！」彼はイチイの生け垣の下の薄暮を想像した。陽光の中、ぴかぴかの車が窓の下に止まった。「そう！　そう！」と彼女は言った。「小道の脇に小さな白い門がある」。物がはっきり見えない暗がりの中で行なう、情熱と哀惜の逢い引きを彼女は思い描いた。その程度の華々しさはあってもよいだろうと思った。

彼は後で、彼女の体調をうかがうために家に来なければならない。そのときは温かい日の光の下、人目を気にせず二人並んで芝生を歩き、月並みだが美しい詩について語り合う。彼らは少し疲れているが、二人の間には絶えず激しい電気が流れている……。そして、長く、用意周到な年月……。（フォード・マドックス・フォード『パレードの終わり』からの引用）

「エドワード朝の人たちに対するこれほど鋭い批判を見たことある？　ひょっとすると、彼らはもうジョージ朝の時代の人間だったのかもしれないけれど」

「すごいわね。これなんかはどう？」

俺はたばこを一本吸い終え、新しいのに火を点けた。一分一分が足を引きずるように過ぎた。大通りではクラクションが叫び、ぼやいた。大きな赤い都市間連絡列車が重々しく通り過ぎた。踏切の音が響いた。ブロンドの女が肘をつき、まぶしそうに目の上に手をかざし、俺を見ていた。扉が開き、杖を手にした背の高いやつが出て来た。男は別の包みを持っていた。形は大きな本のようだ。彼はデスクまで進み、金を払った。彼は来たときと同じように、口は半開きで前のめりに歩き、俺を鋭く横目で見てから去った。

俺は立ち上がり、帽子の縁でブロンドに会釈し、男を追った。男は西に向かった。杖の先が右の靴のすぐ上で小さな弧を描いた。後を尾《つ》けるのはわけもなかった。彼のコートはかなり派手な乗馬用ロープを仕立て直したもので、肩幅も広かったので首がセロリの茎のようにひょろりと伸びているように見え、歩くたびにその上で頭が左右に揺れた。俺たちは一ブロック半歩いた。ハイランド通りの信号で俺が男の横に並ぶと、彼は俺を見た……。（レイモンド・チャンドラー『大いなる眠り』からの引用）

西の光は弱まり、暗い緑色の帯に変わった。モードが尋ねた。「その包み、中身は何だったのかしら？」

二、三日後、モードが馬に乗ることに同意した。彼女は厩舎でスラックスの裾を借り物のブーツに押し込みながら、エリザベスに念を押した。「何かあったらあなたのせいですからね！」

「それは馬に言うせりふでしょ」

綿を詰めすぎたポニーのような動物を前にしたモードは、以前、「果てしない」乗馬レッスンを受けたことがあると告白せざるを得なかった。エリザベスはモードが今までそれを隠していたことを叱った。「基本は知っているの」とモードが説明した。「ただ、何かの芸をするのが怖い。特にジャンプが」と彼女は不用意に言い足した。

その後、モードはふさわしい馬をあてがわれた。彼女は一時間半、エリザベスの後について走路《トラック》を並足、速歩、緩い駆け足で回り、最後に内馬場《インフィールド》の芝生に入った。そこには水漆喰を塗った木で三つのジャンプ台が組まれていた。エリザベスは馬を降り、いちばん低いジャンプ台の横木《バー》を地面からわずか一フィートほどの高さにセットした。彼女がモードを先導して、その上を軽く越えた。彼女は横木を二フィートの高さに上げて同じことを繰り返した。彼女が横木を三フィートにセットしたとき、モードの膝が鞍を強く挟むのが見え、彼女が落馬を恐れているのが分かった。

エリザベスはモードに、怖がる必要がないのを見せることにした。彼女は自分がジャンプするとき、さりげなく鐙《あぶみ》から足を抜き、鞍から地面に滑り落ちた。その際、落馬を自然に見せることに集中していたので、うっかり右足を鞍頭《くらがしら》に引っ掛け、無帽の頭から地面に落ちてしまった。すぐ後ろにいたモードはその事故にすっかり動揺したせいで自分の不安を忘れ、滑らかにジャンプをこなした。エリザベスは片方の肘を地面について喝采した。

エリザベスは帰宅する途中、モードをブロードウェーのバーに誘った。モードはバーに行ったことがなかった。一時間の乗馬によって抵抗する力が奪われていなければ、このときもまた彼女は断っていただろう。彼女は「PとQ」という店に入った途端、「この人たちはあなたのお知り合い？」と恐る恐る尋ねた。彼女は知り合いに会うのを恐れ、知り合いに会わないのを恐れ、知らない人に会うのを恐れた。彼女は子供の頃、父のオフィスを訪ねたことを思い出した。そこにはワイシャツ姿の見知らぬ男たちがあふれていた。彼女は飲むペースが速すぎたので、三十分で二度もトイレに立たなければならなかった。店を出るとき、彼女は汗ばみ、吐き気を催していた。

エリザベスは具合の悪そうなモードの様子を無視した。彼女は翌日、夕方の六時半、淡い黄色のボイルのブラウスに細身の白いタイトスカートといういでたちで現れ、また町へ行こうと提案した。モードは感服したようにその姿を見、首を横に振った。「私に構わず、お一人でどうぞ」

「昨日とはまた違うわよ」

「昨日の私のざまを見たでしょう。家でなら心置きなく飲める」

「どうして？」

「見知らぬ人たちにじろじろ見られるのが苦手なの」

「それが楽しみの半分なのに。特におしゃれをすれば、見られるのが楽しくなる。例の、緑色のノレルのシフトドレスは？」

「いっそのこと水着は？」

「そんなことをしても無駄。誰もあなただと気付きはしない――モードという人間ではなく、ただの客の一人」

「後の半分は？　さっき、『楽しみの半分』って言ったでしょ？」

「あなたが言ってた通り、じろじろ見ること。じろじろじゃなくても、とにかく見ること。他の人を見るのは楽しいわ。そのために人類はバーを発明した――楽しむために」

二人が車で「ブーツとサドル」に向かう途中、モードはその言葉を忘れないと誓った。確かに、いったん席に着くと、ほとんど誰も二人の方に目をやらなかった。

モードはアランの話をした。「電話の様子だと、彼は家に帰りたそうだった。でも、もうしばらく自業自得の苦しみを味わってもらおうと思います。水に流す気はありません。今のところは」

「私のことも？」

「相手があなたでよかったとは思います。でも、不快感はまだ残っています」

「もしも彼には苦しみを味わう必要があるとあなたが思うのなら、何とか一人でそれを切り抜けてもらいましょう」

「彼の『道を外れた一面』について教えてくれませんか？」

「私が知っているはずないでしょう？」

「じゃあ、『輝かしい経歴』とおっしゃったのはどういう意味？」

「私は男というものについて一つの結論に達しました。男ってだいたい、下らないのです。今回の馬の件は私にはよく分かりませんが、どうやら彼は汚いことをやっているようです。どうしてかって、私にその理由を訊かないでくださいね。あなたの方の名家のコネを使わなくても自分にはこんなことができる、そう証明したいだけなのかもしれません。家に戻る前にもう一軒、近所の店に行きませんか？　彼のことだったら、本当に家に戻りたくなったらきっと戻ってきますよ」

二人が二軒目のバーを出たのは九時近かった。モードは台所で、開いたままの引き出しに何度か軽くぶつかったり、フォークを何本か落としたりしながらあり合わせの食事を用意した。「サラダのドレッシングにニンニクを入れるのはやめておきましょうか？　イタリア人は入れないそうですよ。少なくともイタリアにいるイタリア人は」。ビッブレタスを左右の手に一玉ずつ持った彼女が台所の真ん中で立ち止まり、恐ろしいため息をついた。

「ベイビー！」とエリザベスが笑った。「今晩は楽しくなかった？」彼女はグラスを手に、ニスを塗ったオークのカウンターにもたれ、踊るように体を左右に揺らしていた。

「もちろん、楽しかった。でもあなたが出て行った後のことを考えると——アランも、私の友達も、みんなあなたとは違うタイプの人ばかり。未来は、何と言うか、あまりぱっとしないわ」

「あなたは、幸福になるのに必要なものを全て持っているわ。お分かり？」

「ああああ、幸福……」

モードが流し台の前に移動した。エリザベスがその後を追い、後ろから彼女を抱き締めた。モードが振り返ると、その唇にエリザベスがキスをした。レタスが流し台に落ちた。

「抵抗しないでくれてありがとう」

モードは冷たい水を流した。「何か食べた方がよくない？」

「愛しているわ、モード」

「今日はとても楽しかった！」

「あなたはとても魅力的よ」

「いいえ。そんなことない」

「私には分かる。あなたは四十九年半、細々《こまごま》した不幸をかいくぐって生きてきた。そろそろパーティーに加わってもいいんじゃない？」エリザベスは彼女を強く抱いた。

モードはレタスを細かくちぎりながら首を振り続けた。「ありがとう。あなたは素晴らしいお友達よ。でも、私は変われない。今のままの私を受け入れてちょうだい」。彼女は後ろを振り向き、エリザベスの顔を見た。「私もあなたを愛したい。でも、怖いの。今まで、女の人とお付き合いしたことがないから」

「ねえ、あなたにキスしたとき……『愛している』という言葉は『あなたは私に元気をくれる』という意味なの」。それに続いたモードの笑いは、矢を放たれた瞬間の聖セバスティアヌスを思い起こさせた。「私があなたといて――『今のままのあなた』と一緒にいて――幸せだというのがあなたには分からない？」

「常々私は思うの、私は駄目な人間だって」

「本気で言っているの？　確かに、あなたを見ていると時々、私の方が正気で、手際がいいと思うときもある。でも、そんなことは多くない。ひょっとしてあなたがいつか正真正銘の駄目人間になったら、私なんか逆に万能人間になるかもね」

「今この瞬間から、お酒はやめることにします」

「よしてよ！　とにかく、今日は禁酒を始めるには時刻が遅すぎる」

二人は食事の後、テレビを見た。新しく戴冠したローマ教皇の後にマンディー・ライス＝デイヴィスが登場した（一九六三年、ローマ教皇パウロ六世が戴冠し、モデルでショーガールだったライス＝デイヴィスがプロフューモ事件（英国陸軍大臣が関わるスキャンダル）で脚光を浴びた。ここではその二件が続けてニュースで報じられている）。エリザベスはメッツの試合にチャンネルを変えた。首位とのゲーム差はわずか三十二で、着実に進歩を見せていた（ニューヨークメッツは一九六二年に創設された。一年目の成績は四〇勝一二〇敗、二年目は五一勝一一一敗だった）。

「ほら、デュークよ」

「彼にはとても品がある。野球のことはよく分からないけれど」

「そんなのどうでもいいわ。でも彼、年上の女に興味あると思う？」

モードは内気にエリザベスに目をやり、返事をしなかった。

モードははしご酒が好きになった。彼女はエリザベスと一緒に、他の客たちの生活を想像するのを楽しんだ。二人は時折、意見が食い違ったときには当人に実のところはどうなのかを尋ね、その人も当日の話仲間に加えることがあった。モードは公共の場に気軽な人間関係が生まれるのを目にした。

そんなある夜、エリザベスが隣に座っていたモードに言った。「私がもともとあなたに会いに行ったのは、あなたが私の愛人の奥さんだったからだってこと、覚えている？」

「もちろん」

「でも、私があなたをすぐに好きになった理由は知らないでしょ?」モードは生意気に首を傾げた。エリザベスは、ボトルの並ぶカウンターの奥の鏡に映った自分たちの姿を指差した。「私たち、鼻の形が同じなの」

二人が出会って十日目のその夜遅く、モードはエリザベスを音楽室に案内し、アップライトピアノの横に座らせ、シューマンの「なぜ」を弾いた。

「プリシラの卒業以来、なぜか、ピアノを弾いたことがなかった。今まであえてあなたに訊かなかったのだけど――私は昔から一緒に楽器を演奏したり、ピアノで連弾したりする人がいればいいなあと思っていたの。ひょっとして、何かの楽器をおやりになる?」

「私にできるのは一つ穴のフルートだけ」

「それはバロックの楽器かしら」

「扱い方次第でそうとも言えるでしょうけれど。私は音楽はからっきし」

「いいえ、別にいいのです。一人で演奏するのが好きだから。でも私が弾いているときは、二部屋以上離れて聞くと約束してくださいね」

メッツは遠征先での連敗で最多記録に並んだ。マケドニアの首都スコピエが地震で壊滅した。アーリン・フランシスが自動車事故を起こし、逮捕された。プリシラから電話があり、実家を訪れる予定を告げた。

さらに遅くなってから、モードがエリザベスに訊いた。「私のベッド、ゴルフのグリーンくらいの大きさがあるんです――一緒に寝ませんか? 前からその話をしようと思っていたのだけれど忘れていて、いつも、うとうとし始めてから誘ってみればよかったなあ、と思い出すの」

「私、アザラシみたいに寝相が悪いって、よく言われる」

「そして翌朝起きたらお相手は消えているのね。夜、よく眠れないのです。一度試してもらえないかしら」

モードの不眠症はすぐに治ったが、すぐにエリザベスが不眠に陥った。最初の夜、四時にモードが目を開けると、友人が脇であぐらをかいていた。乗馬場で落馬して以来、エリザベスがじっと横になっていると、首が痛いほどこわばることがあった。

翌朝、エリザベスが目を覚ますと、モードが彼女を両腕に抱いていた。彼女は言った。「私とセックスして」

「私にできることが他にもっとあればいいのだけど」

朝食の後、エリザベスが二個所に電話をかけた。彼女はモードに、翌日は終日町で過ごすと言った。午後、モードがハーブ庭園の世話（彼女が他の誰にも任せなかった仕事）をしていると、エリザベスの声が開いた窓を通って、むっとした外気の中へ流れてきた。

でも、この恋はワイン、味わったことのない、強い酒
ばかみたいな歌ばかり頭に浮かび
やがてはそれがあふれ出す
だから、途方に暮れた、無力な僕を許してほしい
だって本当に初めてなのだから
こんな恋をしたのは

ババドゥビー
ババドゥビー
ババドゥビー
アー、バー（フランク・レッサー作詞・作曲の歌「初めての恋」の歌詞。ブロードウェーミュージカル『野郎どもと女たち』（一九五〇）で使われた）

彼女の澄んだ声には、人を誘惑するようなかすかな呼吸音が混じっていた。

モードは夕食のとき、エリザベスに言った。「あなたならオペラも歌えそう。少なくともオペレッタならいけるわ」

「劇場！　音楽！　私、そういうの大好き！　でも、ハニー、私はお風呂でポピュラー音楽を歌うのが精いっぱい」

翌日、モードは大忙しだった。日の出とともに目を覚まし、七時には庭に出、エリザベスを十時の南行きバスに乗せるために停留所まで送り、帰宅するとすぐにアランから電話があった。彼は最近殺処分された去勢馬の保険で自分が果たした役割を告白した。モードは彼が話を繰り返した後も事実関係を理解できず、こう言って話を終わらせた。「嫌な仕事だこと！　どうして私にそんな話をするの？」

（アランは彼女に打ち明けたことで、二つの些細な慰めを得た。一つは、彼女が肖像画のことを何も言わなかったことだ。彼は不面目にも、それを二日前にオーウェン・ルイソンに譲り渡していた。もう一つは、エリザベスがまだ家にいるのが分かったおかげで、家に帰ってきてほしいと言ってもらえない苦痛が和らげられたことだ。）

その後間もなくしてプリシラが到着した。そして、モードはアランがポーリーンと一夜を過ごしたのを知った。彼女は娘と口論になった。怒りと後悔に引き裂かれた彼女は、プリシラに与えるつもりだった金をポーリーンに譲ることに決めた。午後三時、ウォルター・トレイルから電話があり、彼女が買った「エリザベスの肖像」は複製《コピー》だったと知らされた。「とんでもない誤解が誤解を招いた結果、こうなってしまって……」

モードは彼の話を信じた。人間のコミュニケーションはどんどん地に墜ちている。どうしてこういう日に限ってエリザベスは私を一人きりにしてしまったのかしら。彼女はアランに絵のことを話そうかと思ったが、彼がポーリーンと浮気したのを思い出した。彼女は車に乗り、「ブーツとサドル」に出掛けた。午後三時頃の誰もいない店で、彼女はシャルトルーズを二杯飲んだ。彼女が帰宅すると、ある場所に電話してほしいというエリザベスからの伝言が残されていたが、電話はかけなかった。

翌日、思っていたよりも早い時間にエリザベスが現れた。これでまた彼女、昼食代を一回分浮かせるつもりなのだわ、とモードは思った。彼女は居候の抱擁に素直に応えられなかった。エリザベスはそれに気付かないふりをした。

「元気よ」と彼女はモードの儀礼的な質問に答えた。「でも、一日ここを留守にしただけで損した気分よ」

「そう言ってくださるなんて、ありがとうございます」モードはコーヒーカップの奥を見つめたまま言った。

「ございます?　ねえ——どういうこと」

モードは口を尖らせた。「私、ずっと考えていたのだけど、一度しっかり話し合った方がいいと思うの。あなたがここにいてくれてすごく楽しかったし、その楽しさがずっと続くといいと思う。だから、どうかしら――正確にいつまであなたがここにいるつもりなのかをはっきりさせた方がいいと思いませんか？　無期限の約束というのはどうにも落ち着きが悪くて……」

モードは先を続けられず、目を閉じた。エリザベスがそっと彼女に近寄り、くすんだブロンドの巻き毛に指を通し、強く両耳をつかんだ。モードは身動きできなかった。エリザベスが彼女に言った。「お嬢さん、焼きもちを焼いているのね」

「え、そうかしら。何に焼きもちを？　あなたに？」

「そうだと言ってもいいかもね」

モードが泣きだした。「突然引っ越してきたかと思ったら、まるで生まれたときからここにいるみたいに居座っている。私があなたについて知っていることと言えば、一週間、私の夫と浮気をした人物だということだけ――」

エリザベスはモードを黙らせるために耳を強く握った。「お願いだからそのことは許して。私は人の気持ちの分からない愚か者だった――」

「あなたにとっては何でも簡単なのだわ。家族のことを心配する必要もないし。お金の問題もない――そもそもお金を持っていない」

「ねえ、お願い、聞いて。約束するわ、今この瞬間から、私は一人で何かをしたりしない、何でもあなたと一緒にする――」。彼女はモードの耳から手を離した。

「あなたがいない間に私がどんな思いをしたか、あなたには分からないのよ！」

「今すぐいいことを手配するから」とエリザベスが言い、ベランダを横切って客間に行った。扉の所で彼女が振り向いた。「考えてみて――私たちの、初めてのダブルデートよ！」

まだすすり泣いていたモードがその言葉を聞いて、驚いて顔を上げた。「どういう意味？」

「あなたにもいい人を見つけてあげる」

「エリザベス、やめて！　私が言ったのはそういうことじゃない。だってもう五十過ぎよ」

扉の奥の暗がりからエリザベスが答えた。「とてもそんな年には見えないわ。でも、とにかく、私たちの年になれば、デートなんてピクニックと同じ」

モードは昼食を取りながら、エリザベスに自分への配慮を撤回するよう求めた。すると今度は、エリザベスが腹を立てる番になった。「あなたにベストの相手が当たるようにと思って、私はデートを三つも断ったのに」。そして彼女は、こう言って議論を終わらせた。「もし相手を気に入らなければ、そのときははっきりノーと言って」。モードは同意し、前日の出来事を語り始めた。

その日の午後、二人は乗馬クラブから屋敷の西側まで馬に乗った。最初は山の麓にまで足を伸ばす予定だったが、それはやめ、花の咲く平坦なジャガイモ畑と刈り入れしたばかりのトウモロコシ畑の間を走る、未舗装の道路に沿って歩き続けた。エリザベスはモードにポーリーンのことを訊き、モードは彼女に自分たちの子供時代の話をし、妹の養母役を務めたこと、そしてポーリーンとオリバーの婚約をめぐる仲違いについて話した。彼女は声を震わせながら、「金と責任の原則」を語った。

エリザベスが言った。「あなた方お二人は百万ドルに関してもめたわけ？　面白いわね！」

「全然面白くなんかなかったわ！　どうしてここで止まるの？」

エリザベスはトウモロコシの刈り株が広がる畑を見つめていた。「今のヒバリ、見た？　ヒバリじゃなかったのかもしれないけれど。刈り株の中に降りていく姿がヒバリみたいだった」

「私は一九三八年のことを考えていました」

「私は昔、バイエルンに住んでいたことがある。夢のような世界だった。ヒバリが歌いながら空から小麦畑に降りてくる。さっきみたいに。それが夏の思い出」

「あれは知っている鳥よ、でも名前は知らない」

「ヒバリじゃないわね、どっちみち」

「ついでに言うと、この辺りで食用にするタイプの鳥でもない。分かってほしいのだけど、私たち二人の問題ではなかったの。結局、私一人の問題。私は二週間で全てを台無しにした。妹は決してそれを理解しなかった。決して」。二人は馬に乗ったまま、大きなカエデの並木を進んだ。「彼女がアランと一晩過ごしたという話を聞いて……そういう報いを受けるのは当然だ、私はそう自分に言い聞かせた」

「あなたが乗馬している姿には品がある」

「そして今、私は彼女に償いをする」

エリザベスは、反射的に出そうになるブーイングを抑え、冷淡な口調で答えた。「へまをしでかしたら、その償いをするのは当然」

「私は喜んで償うわ！」。モードはプリシラでなく、ポーリーンにその金を譲ると説明した。

「それは素晴らしい」とエリザベスが言った。「でも、暗黒時代のことは忘れてしまったらどう？ また新しい映画を撮るって感じで」

「あなたってどうしようもない楽天家ね。二十五年という年月は簡単に消えてなくなったりしない」

エリザベスはブーイングを浴びせ、こう答えた。「二十五年なんてまばたきみたいな一瞬よ！」

モードは肩をすくめた。

夕食のとき、モードがアランの電話の内容を、意味が分からないまま説明した。間もなく処分されると分かっている老いた競走馬にアランが保険を仲介したという話を、エリザベスはモードに理解させた(彼女自身も今、話が分かったのだが)。「でも、そんなの、全然彼らしくない」とモードが言った。「最低よ」

「もっとひどいことをやっている人もいる。でも、私が言いたかったのはそういうこと──」

「彼が今、ここにいなくてよかった。特にポーリーンとのことがあった後では。妹の気持ちは理解できる、でも、どうして彼はあんなことができたのかしら。ひと月に二度も! で、あなたが言いたかったことって?」

「去勢馬の件みたいな変な商売は、昨日今日に突然始まったこととは思えない。ポーリーンの話については、アランも六十近いし、最近は周りにあれこれのストレスもあって、ポーリーンは知り合いだし、魅力的だし、手軽だったというだけのこと」

「そうそう──絵のことを話すのを忘れていたわ」

さらに夜遅く、二人はミュージカルの歌をいくつか歌った。エリザベスが指を鳴らし、いささかシューベルト的なモードの伴奏を盛り上げた。モードは視奏が許す限り、一緒に歌を歌った。二人は気に入った歌を繰り返し、一曲はデュエットで歌えるまで練習を重ねた。

……彼の人生がうまくいきますように
私は彼を恨んでいない
私に言えるのは、どっかへ行っちまえということだけ
あんな人とはさようなら

あなたには私から祝福《ベネディクション》をあげる
私のベネディクもついでに持ってって
あの人は要らない
これでせいせいするわ、まるで嘘みたいに（レイ・チャールズの歌「ティク・ヒム」の結びの部分の引用）

「哀れなアラン！」

エリザベスは二人のデートを、次の日の夜に設定していた。モードはあまり乗り気でなかったが、二人は午後三時頃に家を出て、タコニック大通り《パークウェー》を走り、わざわざ田舎を通って町に出た。最初のポキプシー出口のそばで、モードが再びアランの話を持ち出した。「離婚した方がいいのかしら」

「いいえ」

「最近、一緒にいてもあまり楽しくないの」

「じゃあ、離婚すれば」

「え？」

「問題があるわけでしょ？」

「毎日一つ、日曜には二つね」

「彼が好きなのね」

モードはため息をついた。「分かってる。今までもずっと、とてもうまくやってきたし」

「ベッドの中ではどう？」

「あなたがそれを訊くわけ？」

「彼、私とのときは、いつになく苦労していたみたい。そういうのは彼が初めてじゃないし、どうしてかは私の知ったことじゃない。でも、よかった」

「彼は筋金入りの女たらしじゃないとあなたが言っていたのはそういうことなの？」

「そう。彼は浮気も初めてだったんじゃないかって言いたいところだけど、さすがに誰でも二十五年間、一度の浮気もしていないとはちょっと――」

「私はそうよ。エリザベス、どうして私にデートさせようとするの？　浮気経験のない私には分からないわ」

「あのね、月に一度というのは明らかに回数が少ない。それに、いつも同じ相手というのも――」

「彼は夜も、とてもすてきなのよ。昔からずっと」

「明日の今頃になれば、あなたの世界観はもっと広がっているかも――」

「やめてやめて」

二人は水が半分にまで減った貯水池の脇を黙って通り過ぎた。エリザベスが言った。「あなたが浪費家でないことは知っています――そうはいっても、庭園は広いし、『伝統的な慈善』にもお金が要る。ポーリーンにそれだけのお金を譲っても、本当に大丈夫なの？」

「大したことはないわ。あるレベルの課税階層では累進的な所得税で収入がかなり均等にならされる。泣きを見るのはプリシラ。あの日、彼女があんな口のきき方をしなければ……」

「そこまでひどかったの？」

「私を年老いた酔っ払い扱いしたわ」

「子供って親に厳しいものですからね」

「彼女はアランとポーリーンのことも私に話した。それもまた憎らしい」

二人は料金所で止まった。エリザベスはモードにデート相手の簡単な紹介を始めた。二人は翌朝十時には高速道路を北に向かっていた。モードは満足げで、口数が少なかった。エリザベスは何も尋ねなかった。車がタパンジー橋に差し掛かったとき、モードが言った。「私、もっとシェイプアップしなくちゃならないわ。乗馬も気分が爽快になるのだけど、もっと別の運動を……」

「すごく気に入られたみたいね」

「どういう意味？」

「ジョージからお礼の電話があったわ。あなたがイッたとも言っていた」

「シーッ！　あなたには私から話したかったのに。とにかく、それは彼のおかげ、そうでしょ？」

「自分ではなかなか受け入れられないという気持ちは分かるわ——彼はあなたがすごく魅力的だと言っていた」

「でも考えてみて。部屋の明かりをことごとく消さなくちゃならなかったわ。点けっぱなしにする勇気がなかった。真っ暗だから何が起きているのか理解するのにずいぶん苦労した。どうしてそんなに気持ちがいいのか分からなければ、もっとやってってお願いできないでしょう？」

「その通りね」

「どうしてそんなにほっそりした体型を保てるの？」

「バレエの基本」

「踊る時間がいつあるの？」

「踊らない。エクササイズだけ。それと乗馬。馬に乗れないときは何時間も歩く」

「へえ。天井裏は夏、暑すぎる。地下室は一年中湿気が多すぎる。バレエの練習用手すりと鏡をどこに付けようかしら。考えてみたら、鏡はなしにした方がいいわね」

「それは駄目。必要な拷問よ」

ちらちらと覗くハドソン川はそこに映る空より青い水を見せていた。

「アランに電話をしたわ。今朝はいつになく彼が恋しく感じられたから」

「気持ちが変わった？」

「彼、どうしても家に戻りたいという様子ではなかった。私たち二人がよってたかって彼を粉みじんにすると恐れているみたい」

「でも、彼と縁を切る気はなくなった？」

「昨日は昨日よ」

「あの人は一回痛い目に遭わせれば、あなたに忠実な種馬兼雑用係になる」。モードが顔をしかめた。エリザベスが彼女を肘で小突いた。「あなただって、やることやったんだから！」

「冗談でもその話はしないで」

「彼は悪人じゃない——悪人になろうとしても無理。でも、興味深いわね。上流階級の奥様方の中で、本物の犯罪者を夫にしている人は少ないから」

「あなたのその言い方が本当に冗談だと確信が持てるといいのだけれど。私は、彼が家に帰ってきたらプリシラに力を貸してくれると当てにしているの」

「彼女、助けが必要なの？」

「分かってないのね。私はお金を撤回したことについては後悔していない——ただ、その代わりの手段を何か、アランが考えてやってくれたら、と思っただけ。何か、金額は少なくてもいいから……」

「分かっていないのはあなたの方。彼女はお金なんてちっとも必要としていない。生命保険で十万ドルを手にしたばかりだし――」

「その話は本人から聞きました」

「それって、あの年齢の子にすればかなりの金額よ。あなたたちときたら……。私は時々、相続税は百パーセントにすべきだと思うわ」

「あの子はきっと私を恨む」

「だから？　あなたは既にお金で彼女を買収しようとしたでしょう？　お願いだから、ダーリン、私じゃなく道路を見て。あなたが怒るってことは、彼女があなたにとって大事だという証拠でしょう？

本人にそう言えばいいじゃない」

「きっと私の言うことを信じない」

「今だって信じていない」

「電話をかけるのは無理」

「手紙を書けばいい」

「分かった」

「約束できる？」

「分かった」

「今日？」

「今日」。モードの約束は、子供の頃に礼状を書く約束をしたことを思い起こさせた――自分が書いた文章を誰かが実際に読むと想像したのは、そのときが初めてだった。同じ日の午後、彼女はプリシラに手紙を書こうと机に向かったが、そのまま眠ってしまった。投函できる二枚の手紙を仕上げるのにもう一日かかった。

「現代美術における馬」というチャリティー展覧会がスパ音楽劇場とスプリングズ公会堂で開かれた。オリバー・ラファージが亡くなった。人種平等会議《CORE》がデモ行進を行なう間、警察の残忍性が測られた。人気学園コミックの『ミス・ピーチ』では、キャンプ・ケリーで、グリミス校長とクリスタル先生が、狡猾なマーシャ・メイソンからアイラとアーサーを守ろうと必死になっていた。モードとエリザベスは日なたに寝そべった。モードは浅黒い肌をさらに焼き、エリザベスは染みのできやすい白い肌を、つばの大きな帽子とガーゼ状の長袖シュミーズで守った。

モードが報告した。「プルーエル氏がコッド岬からマウントデザートまでヨットで行く計画を立てているんですって。興味ある？」

無限に広がる海原で狭い空間に閉じ込められるなんてまっぴらだ、とエリザベスが言った。それならいっそ、二人で一緒にどこかへ旅行に……。

二人は車で町へ出て、参考にならないガイドブックと役に立たない地図を買い、メキシコ、スウェーデン、アフガニスタンを検討した。二人はまず遠洋定期船に乗り、続いてパノラマ列車に乗り、リュックを背負って異国風の山を歩くのを思い描いた――カルパチア山脈、カザフ高原。モードの旅行代理店に電話をかけると、ベネチアからマジョルカ島までチャーター便で飛ぶことを提案された。二人の家は夜までに、すっかり旅行一色に染まった。

モードはプリシラへの手紙を投函した。「ポーリーンの方は？」とエリザベスが尋ねた。

「休む間を与えてくれないの?」

「サンタクロースになるつもりなら……」

「サンタというより、むしろ、償いをするスクルージだけれど!　二日後に彼女がここに来るって話はしたっけ?　話がしたいって」

「お金のことで?」

「もっと暗い話がありそうだった」

「じゃあ――まだ和解が可能かも」

「私はなるようになれって気分。でも、よく考えるつもり。どうせ、これ以上は悪くなりようがないけれど」

モードはエリザベスに『後宮からの逃走』からブロンデの最初のアリアを歌わせることで復讐を果たした。エリザベスは高く長い音を必死に保った。彼女はその後、モーツァルトの別のアリアを思い出し、モードに内容を説明した――それは恋に恋することをテーマとし、純粋な欲望の風を帆に受ける物語だった。モードはそれが『フィガロの結婚』のケルビーノのアリア「自分で自分が分からない」だと気付いた。エリザベスは三度目の挑戦で、純粋な欲望からあふれる長い音を見事に保った。モードは時折、男に生まれればよかったと思った。

プリシラはモードの手紙に対して何の反応も見せなかった。手紙は昨日投函したばかりだから、とエリザベスは言った。「でも、手紙は書留で送ったし、私が直接郵便局に持って行ったのに」。モードはウォルターに電話をかけた。手紙は午前中に着いたということだった。

プリシラは元気ですか?」

「私が知る限りでは」

「どういう意味です？」

「最近は会っていないのです」

「それはどういうことかしら」

一瞬経ってから、ウォルターが言った。「彼女はもう、ここにはいません」

「あら、まあ――あの子は今、どこに？」

「フィービ・ルイソンのアトリエにいます。あなたからの手紙は玄関の扉の下に入れておきました」

モードは電話番号を書き留めた。「ごめんなさい、ウォルター」

「大丈夫です。彼女のことは心配要りませんよ。自分の面倒を自分で見られる人間がいるとすれば、それはプリシラですから」

モードは彼が言っている意味が分かった。彼女はフィービのアトリエに電話をかけた。母の声が聞こえた途端、プリシラは電話を切った。「まあ、何てこと。私が何をしたというの？」

「ほらほら。予想していたことじゃないの。とにかく、彼女は障害を与えられるほど強くなる人間だと、あなた自身が私に言っていたし」

「あの子はまだ二十三よ」

「助けが必要なら連絡してくるわ。親が余計な口出しをすると厄介な子供は手に負えなくなる。もしよかったら、次のデートのときに私が彼女の様子を見に行きます」

「優しい言葉をありがとう。もしよければ、ポーリーンのこともお願いしたいのだけれど。ええ、分かっています、分かっています……」

「でも、一度お会いしたいわ」

「明日ね。もしもそれまで私が生きていれば、だけど。いえ、彼女が来てくれることはうれしいの。私から全てを話す。そして妹の話も聞く」

翌日、ポーリーンが着いた後、モードとエリザベスが話す機会は夕方までなかった。姉妹は昼食後、それぞれ種類の違う無言の告白に心を沈ませたまま、ライラック庭園に腰を落ち着けた。ポーリーンはまだ銀行から連絡を受けていなかった。財産贈与の話をモードから聞いたポーリーンは歓喜し、その後、恥じ入った（「彼女はアランのことを私に話すつもりでここに来た」と、後になってモードがエリザベスに言った。「だから、私がお金を取り戻すんじゃないかって急に心配になったの。そして彼女は、いっそのこと、そうしてもらった方がいいとさえ思ったみたいね。スカンクみたいに卑劣な振る舞いをしたことを恥じて」）。ポーリーンは背筋を伸ばし、アランと寝たことをようやくモードに告白した。「いったいどうして、私に対してそんなことができるの？」モードは彼女にそう言った（「あなたがそばで見てくれているみたいで、誇らしい気持ちだったわ」）。冷血に見せかけたこの言葉によって、ポーリーンの中に二十五年間蓄積された憤懣が解き放たれた。モードは妹の怒りに耐え、話を聞きながらたうなずき、最後にこう言った。「私は今まで、あなたにわびる勇気がなかった。あなたがそんな気持ちになるのは人間として当たり前のことだわ」

「私が本気でそう言っているのが伝わったとき」とモードがエリザベスに言った。「彼女は泣きだした。彼女は言った。『モード、それは全然違う！　姉さんに意地悪な部分なんてこれっぽっちもない』って。すると今度は私の方がみじめになって泣く番。あんなふうに泣いたのは母の葬式以来だった」。再び涙がモードの頰を伝っていた。「どうしてこれほど長い時間がかかったのかしら」。彼女はベッドに横たわったまま、その脇で床に座っているエリザベスに、非難するような目を向けた。「どうして両親は私たちをこんなふうに育てたのかしら」

エリザベスが立ち上がり、友人を抱いた。「私は運がよかった。私には生きた、本物の母がいた」控えめなノックの音が聞こえた。扉が開き、ポーリーンの頭が現れた。「失礼！」二人の女が絡み合っている様子を見て彼女は大声を上げた。彼女は、涙に濡れたモードの顔を見た。「大丈夫？」

「大丈夫。今日の結果報告をしていただけ。いいかしら？」

「ええ、もちろん」

三人は翌朝、乗馬に出掛ける約束をしていた。ハイヒールは本物のブーツを履いて現れた。エリザベスが行かないというので、モードは驚いた。まだ首が痛くて、いつもの頭痛もあるし……。モードは彼女の無責任な行動を叱った。先日の落馬によって、思ったよりも悪いダメージを受けたのかもしれない。「このオールバニーの町には超近代的な医療センターがあるの。そこに行ってみて」

エリザベスが同意し、モードが予約を取り、翌日、二人で町に向かう途中で病院に寄った。整形外科医が強めの鎮痙薬《ちんけいやく》を処方し、あらゆる運動を禁じ、翌週に検査を受ける予約をさせた。ポーリーンがカーネギーホールの裏にいる鍼《はり》名人のことを教えてくれたが、着く時間が遅すぎたので施療院に彼はおらず、エリザベスがプリシラの所に行くという約束も果たせなかった。

モードは、エリザベスにもう一度ジョージとのデートを手配してほしかったと思いはしたものの、二度目の夜遊びを楽しんだ。エリザベスは彼女にこう言っていた。「あなたの性格だと、また一人の男に本気になりそうな気がしたの。とにかく、旦那一筋だった今までの人生を取り返さなきゃ」。翌日、車で帰宅する途中で、モードがエリザベスに尋ねた。「どうしてあなたはそんなふうになれたの？『本物の母』のおかげ？　何か、目から鱗が落ちるような事件があった？　きっとあなたも昔は、私たち普通の人間と同じように、鱗があったのだと思うけれど」

「私の母！　母は、私が『普通の人』とは違うと思うことを許さなかった。特に、私がダンサーになりたいとか、映画スターになりたいなんて言った日にはね」。ハンドルを握るエリザベスは、午前半ばの閑散とした道路でアクセルを踏み込んだ。「母はきっと、私が他のみんなと同じようになってほしかったのだと思う」

「望み薄ね」

「啓示みたいな出来事は経験した。テントウムシって見たことある？」

「エリザベス、お願い――大自然の物語みたいなのは勘弁して」

「あなたが訊いたからよ、そうでしょ？　ＯＫ。じゃあ、細かいところは省く。私はうちの裏庭で、名もない、ある大きさの生き物を見つけた」

「私はまだ半信半疑よ」

「――そしてそれがしばらく名もなき変な動作を繰り返すのを見ていたら、私が思わず大きな声で笑いだしたものだから、私の――いえ、別のもっと大きな生き物が、私に何かあったのかと思って様子を見に来た。最初の生き物が次に来た生き物とどう関係しているのかはよく分からない――私はただ、起きたことを順に説明しているだけで――」

「『時間的前後関係は因果関係を意味する』のではないってことね！」

「――私は二つ目の生き物がそこに立っているのを見た。彼女は心配そうじゃなかったし、そんな顔もしていなかった。彼女は（ちょうど今のあなたみたいに）半信半疑の顔で私を見つめ、同時に、明らかに私を愛していた。私、思ったわ。私も同じように彼女を愛しているって。私がいちばんに人生に求めているのは、彼女みたいになることだと気付いた。私たちは誰でも『普通の人』だと彼女が言っていたのは、そういう意味だったの」

「そんなお母さんはとても普通ではないわね。特別な人よ」

「だから矛盾しているわけ。でもそのときから、私は他の人と同じかどうかが気にならなくなった。『エリザベスが愛を見つけた瞬間』ね。夏の最初に裸足になるときと同じ感触。ひょっとすると、テントウムシが登場するのはその季節のイメージがあるからかも。そんなことがあったのは四十年前。おおよそ。そして私は将来を心配するのをやめ、それ以来、退屈な瞬間を生きたことがない。モード、私はあなたを愛している、分かる?」

「いつまでも愛してほしいわ!」

「私が他の人を愛したとしてもあなたへの愛は変わらないのよ、分かる? 私はあなたを全面的に愛している——これ以上人を愛せないというくらい。私はいつか男に出会って、しばらく、あるいは永遠にその人を愛するかもしれない、そして、私があなたと話をしない状態が何か月も続いたとしても、今と変わらずあなたを愛している、それが分かる? モード、モード、あなたがどれほど美しいか、あなたにも見えたらいいのに!」

「そこのところがよく分からないのよね。私があなたを愛する理由は分かる。でも、私に何の魅力があるの?」

夕食後、モードの電動書架から掘り出した古く分厚い伝記をエリザベスが手に取り、ミス・サベッジの書いた手紙の一節を読んだ。

……サクランボを食べる場面も気に入りました。というのも、私はあれを読んで、初めてあなたと知り合ったとき、あなたがサクランボを食べていたのを思い出しましたから。ある日、確かとても暑い日でしたが、画廊に向かう途中、バーナーズ通りの日陰になった側で、私はサクランボをかごから食べているあなたと出会いました。あなたはイタリア人のご友人たちと同じように満足げに黙り込み、通りかかった私に、無言でそのかごを差し出しました。私も一言も口をきかないまま、それをひとつかみ手に取り、大喜びでまた歩きだしました。それ以前の私にとってあなたは、他の人と違いませんでした。私はまるで緑の黄色いサクラソウを目にしたピーター・ベルのようでした。その後、一日か二日して私がフランスに発ち、何か月もあなたと再びお会いすることはありませんでしたが、私の記憶にはバーナーズ通りでサクランボを食べているあなたの姿が残り、私はそれを思い出してはとてもうれしい気持ちになったものです。そして今回、あなたのご本で再びその出来事の記憶がよみがえったので、私は喜びでいっぱいです。また、近いうちにお便りをくださいますよね？ (『エレホン』などを書いた英国人作家サミュエル・バトラー(一八三五—一九〇二)の伝記からの引用)

「何てすてきなロマンスの始まりでしょう！」

「そんなロマンチックな話ではありません。結局、彼は拒み、彼女は亡くなり、彼は後悔したのですから」

「彼女のこれほどの気持ちに応えないなんて！　私、ホーソーンの美しい一節をあなたに聞かせようと思っていたのだけれど、その話の後ではやめておきます。今日はすてきな夜だけれど。外に行きませんか？」

「野球をちょっとだけ見させて。カーディナルスの試合があるの。スタン・ザ・マンが引退するって知ってる？」

四回途中でモードは外に出た。それはまるで、夜が彼女を待ち受け、彼女も夜を待ち受けていたかのようだった。彼女が読まなかった言葉が舌の上で歌った——「熱に浮かされたような一日の後、空気は甘く冷え、夏の夕べがまるで、銀の花瓶から散る滴と、氷混じりにほとばしる月光のように感じられた……」（ホーソーン『七破風の家』からの引用）。彼女は足元の草から空の昴《すばる》まで、夜の全てを読んだ。十一夜の月が薄く垂れ込める霞の層の向こうから人気《ひとけ》のない草地を照らし、隠れた幹の周りに波打つ木の葉が間欠泉のように見えた。暖かな空気には穏やかな呼気と感じられる涼しさがあった。何も聞こえなかった——少なくとも耳を傾けるべき音は。夜の鳥も、車の走る音も。モードが昼間に見て覚えた風景を解読するにつれ、静かな場面が広がった。一つ一つの認識が対象を解明し、彼女の意識をさらに向こうにある物、この生け垣の向こう、あの道路の向こうへと向けた。モードはエリザベスを呼びに戻ったが、原色画面の前にしゃがんでいる様子を見て、声を掛けなかった。彼女は家の周囲を回って反対側で立ち止まった。顔を上げると、かろうじて隠れた月を逆光にして、破風の屋根が浮かぶのが見えた——私の家、まぎれもなく私の物。彼女が手をかけた灌木と下生えが柔らかな野生と絡み合う森に近い場所で、彼女は古いブランコに腰を下ろした。それは昔、彼女がプリシラを膝に抱いて乗ったブランコ、そしておそらく彼女の母が幼い彼女を乗せてくれたブランコだった。きっとロシアの夜はこんなふうなのだろう。モードはこんな日の深夜にオネーギンに手紙をしたためるタチアナを思い浮かべた。モードには書くべき手紙はなく、愛を求める気持ちもなかった。父の家は彼女に遺贈された。それは所有物というより、分割を逃れた記憶と夢の空間だった。今その中には、彼女が知らない彼女を知り、彼女を愛するエリザベスがいて、彼女の家族は皆、この場所に戻ってくる。ポーリーン、アラン、プリシラ。彼女は彼らを歓迎し、彼女の生活に受け入れるだろう。彼女は皆に、それ以下の生活をさせはしない。

彼女は自分の未来を皆に分け与え、この夜は自分で独り占めした。彼女は願望のとげである星を――今晩は数が少なかったが――見上げた。月明かりが夏の大地を照らし、銀色の葉叢《はむら》の柱や丘の所々が不規則に浮かんで見えた。モードは地面を踵で押してブランコを後ろに揺らし、その反動で前に揺らした。彼女は脚を曲げたり伸ばしたりしながら、月が見える高さまで揺らすことができるだろうかと考えた。まるで家の向こうに巨大な都市が隠れているかのように、高く揺らせば揺らすほど、屋根のてっぺんから覗く光の靄《もや》が強まった。サンダルは足から脱げていた。十分間、彼女の足指の間を穏やかな空気が吹き抜けた。

「できることなら」彼女は屋内に戻ってから言った。「できることなら、夏が終わらなければいいのに。少なくともあと二か月」

二人は将来のデート計画について話した。エリザベスは地元で相手を探すのはどうかと訊いた。

「あまりにも小さい町だから」とモードが言った。「まだ、そこまで大胆にはなれないわ」

「ここに近い田舎町は？　フージックフォールズのバーはビジネスマンでにぎわっているという噂よ」

二人は結局、そのアイデアを捨てた。「男」には手間を掛けるだけの値打ちがないように思われたからだ。

エリザベスは翌朝、夢に興奮して目を覚ました。彼女は夢で鳥になり、さびれた田舎の空を低く飛んでいた。灰色がかった石造りの村、不規則なパッチワークの畑、落葉樹の木立。何マイルも何マイルも飛んだ彼女だが、まだ飛翔の興奮が続いていた。太陽の光がカーテンを引いた窓の縁から寝室に差し込み、天井寄りの隅に、独自の明るさを発するオレンジ色のプールをいくつか作っていた。外からの光線が光のプールと外の光の間に明るい橋を作り、その光の橋の中にヒバリの群れが流れ込んだ。夢の中の彼女はヒバリで、家に向かう彼女の後に仲間たちが続いていた。彼女の部屋は地上のヒバリの集合地点になっていた。彼女はヒバリがいろいろな場所から飛び立つ場面を想像した――バイエルンの黄色い畑から、イギリスのブナとトネリコの林から、東洋の砂漠の縁の藪から、葦の茂る岸辺から。ヒバリ、モリヒバリ、カンムリヒバリ、そして刈り入れの終わった畑でモードと一緒に見た名もなき生き物。鳥たちは歌わなかったが、部屋はその心地よい羽音で満たされていた。

しばらくして彼女は鳥に目を凝らした。群れになったヒバリが彼女の意識から遠ざかり始めた。彼女は鳥と自分との間にもっと大きな生き物がいることに気付いた。部屋の静かな影を背景に動く影があった。人間だ。彼女はそれが誰なのかを見極めようとした。かすかな光しかないせいで、それは困難だった。カーテンが開き、陽光が部屋を満たし、彼女のそばで、石化したシーツの中で大の字になっている体が見えた。シーツは白い地に、絡み合う野草の花を表す青い渦巻き模様がたくさん描かれていたが、それはまるでそこまで繰り返さなければ模様が見落とされると思っているかのように、酔っ払いみたいな執拗さで反復されていた。ナデシコの仲間だろう、と彼女は推測しながら、脚の方の花を数え、上を向いた足先まで目で追った。模様は、大の字になった彼女の体に沿って続いていた。

数羽のヒバリが彼女の周りで騒がしく羽ばたいた。さっきの人、あるいは人たちがそばに来た。

しばらくして――彼女はそれがわずか数分だと見積もったのだが――エリザベスは自分がそばにいる人、あるいは人々の恐怖の源になっていることを察知した。彼女は次に、愛するモードが彼女の近くでなく隣に座り、手を取り、肩を抱いているのが分かった。その顔には否定しがたい戦慄の表情が見えた。エリザベスは彼女を慰めたかった。これほどたくさんの鳥が体内に棲み着いた人間を目にしたときの恐怖は、彼女にも想像がついた。

鳥たちは今、部屋の天井近くに静かに撤退し、おとなしく刳形《くりがた》に止まったり、真鍮のシャンデリアの周囲を穏やかに回っていた。エリザベスは、自分の感情を超える現実を思い起こさせるその鳥たちの存在と分別に感謝した。羽音が静まったので、他の音が聞き分けられるようになった。モードが先ほどから話し掛けているのは分かっていたが、今、彼女の愛に満ちた、狂乱の言葉を理解することができた。

「エリザベス? エリザベス、どうなっているのか、教えてちょうだい。大丈夫なの? 大丈夫だと言って」

エリザベスは、この場面で話をするのは不適切だと思った。モードに笑顔を見せたいとも思ったが、ほほ笑むのも不適切に思われた。彼女は別の解決策を見つけた。私の目がモードを見られるなら、モードにも私の目が見えるはずだ(今のように単に目の奥を覗くのではなく)。私の目は心を伝えられる。彼女は目を大きく見開いた。もちろん、私は大丈夫だと表明するために。

モードは部屋を出る前に、エリザベスの頬に自分の頬を押しつけた。

彼女は猛烈な感情鈍磨状態で廊下を進み、デスクに腰を下ろし、泣きながら拳を打ちつけた。彼女は何をすべきか知っていたが、何もしたくなかった。彼女はどうしてもこの件についてエリザベスと相談したいと思った。彼女はエリザベスの頭を腕に抱き、窒息させたいという自分の気持ちをどうしても認めたくなかった。

エリザベスが彼女に向けたまなざしは、死にかけた動物の目ではなかった。モードは緊急用電話番号のリストを見つけ、救急車を呼び、医療センターに電話をかけた。

彼女は救急車の中でエリザベスの横に座った。ベッドで再び眠りに落ちたエリザベスは、担架に乗せられる間も、オールバニーへ向かう三十分の間も眠っていた。医療センターに着くと、彼女は待っていた病院スタッフの手に預けられた。正午頃、エアコンの効いた明るい部屋で、彼女は再び目を覚ました。左前腕には点滴の針が刺さっていた。

モードは涙をこらえるために、すぐに話を始めた。彼女はすぐに、エリザベスの目の動きがあるパターンを示しているのに気付いた。彼女はモードに、わずかだが充分な語彙を教えた――まばたきは「イエス」、左右に目を動かすのは「ノー」、下を向くのは「分からない」だ（モードはこれを理解するのにいちばん苦労した）。上を向くのは「とんでもない！」という原初的な意味のままだった。モードはその無力な美しい頭を窒息させたいという衝動を忘れた。彼女はその頭を片方の手で持ち、赤みがかった金色の豊かな髪をつやが出るまでブラシでとかした。

神経科医はモードに、この発作は硬膜下血腫によるものだと話した――その原因はひょっとすると落馬かもしれないが、おそらくはそれ以前の衝撃だろう、と。今後、可能な選択肢としては、診査手術で損傷規模を見極めることが考えられる。治療をするにしても外科手術が必要になる。いずれにせよ、結果は保証できない。医者として提案できることは他にほとんどない、とのことだった。

「何もしないというのはどうです？」

「率直に申し上げて、それも悪くない考えだと思います」。医者は無意識のうちに声を潜めた。「彼女のような症例では通常、半身に麻痺が残るだけです。遠からずまた、左半身を使って動けるようになるでしょう。手術をすれば回復を促進する可能性もありますが……」

モードが手術の可能性を口にしたとき、エリザベスの目が上に飛び上がった。モードが言った。「私もあなたとまったく同意見。私と一緒に家に戻る？」エリザベスは少しためらってから、はっきりとしたまばたきで答えた。

モードは既に、後悔と落胆は二人の困難を悪化させるだけだと理解していた。ひどい出来事が起きたことは否定しようがなかった。エリザベスがそれを生き延びたことも否定できなかった。モードにとって、エリザベスが生き延びなかったふりをするのは――末期患者として絶望的で安楽な孤独に彼女をゆだねるのは――もはや彼女の存在が無価値であるのを認めることに他ならなかった。それでは、これほど短くこれほど長きにわたってモード自身の人生を満たした存在を否定することになる。健康なエリザベスとの時間を終わらせた惨事によって今までの時間が疑問に付されるのは許せない、とモードは自身に誓った。彼女は来るべき時間の充実を放棄しないことによって誓いを果たそうと思った。彼女はエリザベスとの人生はまだ始まったばかりだと、自身に宣言した。

モードは二日にわたって何人かの候補と面接をして、恒久的な看護師を一人、昼の間雇うことに決めた。彼女は家政婦と勤務時間の相談をして、早めに出勤し、遅めに退勤するように調整してもらった。彼女はいずれエリザベスが自由な方の手で動かせるよう、電動の車椅子を購入した。

モードはエリザベスが家に戻ってから二日後、彼女をベッドから起こし、車椅子に座らせ、ベランダに連れ出した。エリザベスはそれから二週間、日中をそこで過ごし、しばしばそこで眠った。彼女が目を覚ますと、決まってモードが横にいた。エリザベスは間もなく、モードがいつも付き添っていることに対する嫌悪感を明らかにした。これでは、あなたの方が病人みたいだ。あなたが私に与えられる最大の慰めは忙しい毎日を送ることだ。それがあなたのためでもあるし、私のためでもある、と。

そこでモードは乗馬に出掛け、プルーエル氏を訪ね、「二人の」バーに行った。彼女は出掛ける際、出先で出会うに違いない、エリザベスを思い出させる物事と、エリザベスがいないことで思い知らされる失われた機会を恐れた。不在の友人を意識することで、彼女の一つ一つの経験に重みが加わり、観察力もより鋭くなった。モードは急に意味を持ち始めたいくつもの些細な出来事に、絶え間なく注意を向けるようになった——偶然にできた雲の形、交通渋滞、ばかげた一言、そして、わずかな感情の変化に。彼女が報告すべきことを山ほど抱えて帰宅し、話を聞かせると、動けない頭にある目が、輝いたり、驚いたり、時には涙を浮かべたりした。涙は悲しみばかりでなく、笑いを表すこともあるのだ、とモードは学んだ。

モードはエリザベスを外に連れ出すようになった。看護師にも同行してもらい、今では庭師兼運転手となったジョンが患者を助手席に乗せ、田舎にドライブに出掛けた——西はアディロンダック山脈、東は北ベニントン、北はレイク・ジョージまで。モードはトランクに積めるよう、二台目の車椅子に、折り畳み式の小ぶりな物を買った。エリザベスは木陰に座ったり、丘の上から世界を見渡したり、ウィンドーショッピングをしたりした。モードは自分の外出にエリザベスも同行してほしいと言った。エリザベスは断った。彼女は出掛けるなら知り合いのいない場所だけにしたかった。その唯一の例外が乗馬場だった。そこでは、育ちのいい馬たちは彼女の不自由をまったく気に留めなかった。モードは彼女を馬小屋のそばや放牧場の縁に残し、自分はエリザベスがジャンプを見守っていてくれるのを期待しながら走路《トラック》を回った。

私が自分の人生を精いっぱい生きればエリザベスはそれで満足なのだ、とモードは理解するようになった。しかしさすがに、町で新たなデートを企てようとまでは思い切れなかった。

八月の最終週に、ウォルター・トレイルがエリザベスの肖像画を持ってやって来た。フィービの作った複製《コピー》によって引き起こされた混乱のおかげで、彼は原画《オリジナル》への強迫的な愛着が和らいでいた。モードにはその絵を所有する資格がある――彼女は誠実にその絵の対価を支払ったし、保管者としてもふさわしい――と彼は判断し、彼女の手にゆだねることにしたのだった。

ウォルターは肖像画を壁に掛けたらすぐに帰るつもりだった。彼はエリザベスに会うのを恐れていた。彼の想像の中で彼女は怪物に変わっていたからだ。彼はわずか二、三分で決心を変えた。モードから目の合図を教わった後、彼は初めてエリザベスと会話をした。そしてその後すぐに、彼はモードの招待に応じ、しばらく家に滞在することにした。

彼が着いた日の夜、モードが彼にプリシラのことを尋ねたとき、彼は破局の話をしたがらなかった。

「もう過ぎたことです。彼女が今、何をしていると思います？　想像できます？」

「言い当てなければいけないのかしら？」

「アイリーンの下で働いているんです」

「確か、アイリーンはあのとき――」

「その通りです。アイリーンはプリシラを敵と見なしていました。プリシラは厚かましさという点ではエミー賞に値しますね。彼女、アイリーンの所に行ってこう言ったんです。若気の至りで申し訳ないことをしました。すみません。どうか美術品ビジネスについて手ほどきをしていただけないでしょうか、とね」

「それで本当に雇ってもらえたのですか？」

「プリシラはお世辞がうまいのです。彼女はアイリーンにモリスから基本的なことを教わったと話して、しかしそれもあなたから学べることに比べればまったく問題になりません、あなたこそが業界のトップですから、とか何とか。プリシラは切手貼りでも床掃除でも無給でやると約束して、とりあえずチャンスをくださいと言ったのです。その件でアイリーンから電話がありましたが、私は一向に構わない、好きにしてくれと言いましたよ。ただし画廊で彼女を一人にしないように、とね。すみません、モード。アイリーンは根負けしました。結局、プリシラには仕事をした分だけの給料は払う、その代わりバリバリ働いてもらうということになりました」

「ウォルター、私はすごく心配です。まさかあの子に、プロの犯罪者みたいな素質があったりはしませんよね?」モードは先ほどから、彼女にアランの血が流れていることを考えていた。

ウォルターはエリザベスのベランダに仕事台を置いた。彼はデッサンと書き物と読書の生活を始め、たまにその合間に野外でスケッチをしたり、旧友を訪ねたりした。ピーターバラまで出掛け、版画を制作したことも一度あった。彼はエリザベスと一緒に過ごす生活が気に入り、彼女自身も間もなくそれに気付いた。彼が話し掛けたり、本を読み聞かせたり(ウォルター・デ・ラ・メアの『小人《こびと》の思い出』やコーネル・ウールリッチの作品)、ただ黙って隣に座ったりするのを彼女は拒まなかった。夜には一緒に野球を見た。ある日、彼は眠っている彼女を見て、その顔色の悪さや表情のなさ、口元から垂れたよだれなどにもかかわらず、彼女が思いもよらない美しさを保っている様子につくづく感銘を覚えた。

ウォルターはベランダの壁の、いつもエリザベスが座っている場所のそばに肖像画を掛けた。明るい日の光がその色彩に、忘れられていた鮮やかさを加えた。

モードは検査のため、エリザベスをオールバニーに連れて行った。三人の専門医が彼女の状態について楽観的な見通しを語った。

ポーリーンが再びやって来た。モードは玄関前の芝生で彼女を出迎え、そのまま彼女をエリザベスの所に案内した。しかし、ポーリーンが彼女に話し掛けると、エリザベスは新しい表現として、ぎゅっと目を閉じた——世間話は聞きたくない！という意味だ。エリザベスはポーリーンが新しい情報をたくさん抱え、それを話したそうにしているのを見て取った。彼女は興奮を模して大きくまばたきを繰り返した。ポーリーンは理解し、笑い、最近の出来事を報告した。ここ数か月、オリバーは「かなり本気の浮気」をしているらしい。「相手はあまり若くない人。昨日、ついに彼が白状したの。白状すれば私が許すと思っていたみたいね。当たり前みたいになった私という存在を彼は全然分かっていない。でも、彼は大きな間違いを犯した。『君は僕なしで生きていけるわけないよね』みたいな口調で、彼はこう言ったのよ。『まさか君、離婚を考えたりしないよね』。私、その場で『もちろん、離婚するに決まってているじゃないの』って言って、びっくりさせてやった。私の弁護士が彼の首根っこを押さえるまで、しばらく私をここにかくまってくれないかしら」

ポーリーンは外出していないときはベランダに出て、ウォルターとエリザベスと一緒に過ごし、雑誌を読んだり、クロスワードパズルを解いたりした。エリザベスは家庭の中心に自分がいるのを喜んでいた。

ポーリーンは、あまりよく知らないウォルターにほとんど注意を払わなかった。エリザベスはウォルターがしばしば横目でポーリーンを見ているのに気付いた。エリザベスは発作以来、自分の不自由さに目をつぶることにしていたが、いよいよそのいらいらが募った。同じ屋根の下で暮らしているうちに新たに魅力的なカップルが誕生した——男は女に惹かれ、女はそれに気付いていない……。以前なら、ものの数分あればエリザベスは二人をくっつけることができただろう。彼女は一つの家庭の中で——彼女自身の家庭で――二人を結び付けたいと思った。彼女は自分の家族に情熱を注ぐようになった。単なる来訪者や昔なじみの友人は関心の外に追い払われた。

彼女はやむを得ず、必要なだけ時間をかけることにした。ようやくいたずらな彼女の目がポーリーンの目と合い、その視線を、無邪気に作品に打ち込んでいるウォルターに向けさせた。ウィンクができたらいいのに！　しかし、ポーリーンには通じていた。彼女はその意味を理解して顔を赤らめた。彼女はこの二十五年間で初めて、自分は自分以外の誰に対しても何の義務も負っていないことに気付き、エリザベスは彼女がそう悟るのを見た。ポーリーンは思った。私は自分が望む限り、どの男性とでも付き合える。そして、姉の家という一つ屋根の下、気さくで、危ないところのない天才であるウォルターが今、私の思いのままになる。

次に起きたことはウォルターを当惑させた。彼はポーリーンに誘惑されただけでなく、二重に誘惑されたのだった。彼女は気があるそぶりを見せたが、そこには無意識に、結婚生活で学んだ男性不信も混じっていたからだ。ウォルターにはその混じり具合がたまらなかった。

九月初旬、ルイーザ・ルイソンからモードに電話があった。フィービはここ三週間、医療センターに入院しているが、状況はまだ予断を許さないとのことだった。モードは翌日、車でオールバニーに行った。ウォルターは知らせを聞いて途方に暮れた。彼はフィービの病状を知っていた――というのも、六月に彼女を病院に連れて行ったのは彼だったから。彼はその後、彼女が病院で適切な治療を受けているものと思っていた。

彼は二人が会ったことがあるのを忘れ、エリザベスにフィービの話をした。彼は例の肖像画を再現した彼女の天才的な腕前を説明した。「最終的に彼女はあの絵について、私よりも多くのことを知った。

彼女はあなたに会えば、きっとあなたを愛しただろう」

彼は二日後、午後の早い時間にオールバニーに行った。ベランダで一人になったエリザベスはフィービのことを思った。あれほど若くして病気になるなんて、と周囲の人が皆嘆くのを彼女は耳にしていた。重病にかかるのに、ある年齢の方が別の年齢よりましということがあるだろうか？　生きている人はあらゆる年齢で亡くなる。死刑宣告は生まれたときに下されている。

五月に会ったとき、フィービはひどく弱っていて、エリザベスは彼女が「ボロ人形《ラゲディー》のアン」のぬいぐるみみたいにばらばらになってしまうのではないかと心配したほどだった。恐ろしいほどやせていたが、それでもなお彼女は美しかった。その姿はまるで孤独な水鳥のようだった――チドリ？　それとも乙に澄ました「フィービ」になるのに必要な時間を存分に生きてきた存在だった。にもかかわらず、彼女はしたハマヒバリか。エリザベスはどちらも見たことがなかったけれども。

彼女は今、フィービと一緒にいられればいいのに、と思った。エリザベスは自分はもうすぐ死ぬかもしれないと考えた。どちらにしても、いつまでもモードに甘えてはいられない。家についてはまず、息を止めるストライキで希望を通せばいい。フィービをここに連れてくるのはどうだろう？　あるいは私の方がオールバニーに戻るとか？　瀕死の女性二人が互いにじっと見つめ合う……。「これこそ聖なる交わり《ホーリー・コミュニオン》というものだわ！」

彼女は元のように元気になりたかった。もう一度やりたいことがたくさんあった――乗馬とか。しかし、もうそれは無理だと彼女は知っていた。じゃあ、もう一人の新しい男性というのはどうか。エリザベスははるか遠くでシルエットになったいくつもの人影を、説明しがたい愛情とともに思い出した。モードとジョージを思い浮かべ、彼女は笑った。いや、笑うことはできない。うなり声が胸に詰まり、涙が目からあふれ、喉に流れ込み、息が詰まるか、咳が出るか、何らかの不快感を感じる。気管に石鹸の包装紙が詰まっているみたいだ、と彼女は思う。

波が彼女の目を横切り、頭蓋骨の端に達する。かつて寝室になだれ込んだヒバリたちが戻ってきたのが聞こえる。鳥たちは今回は彼女に歌を聴かせてくれるかもしれない。鳥たちはベランダの屋根に止まり、長くよどみなくさえずり始める。鳥の姿は彼女から見えないが、鳴き声ははっきり聞こえる。彼女は再びヒバリの離散《ディアスポラ》を呼び戻すことができた幸運を喜ぶ。

さて、最後の男をどうするか。彼女はヒバリにどこかへ行ってもらいたいと願うが、鳥たちは彼女の頭上に舞い降りてはさえずり続ける。彼女は再び笑う。彼女の腹からまぎれもないうなり声が聞こえる。何か新しいことが体の中で起きている。彼女はかすかな肉欲を感じる。

ああ、私の今までの行状と来たら！　では、今は？　モードさえ許してくれたら、もう一度アランと浮気する、というので手を打とうか。でも、許してくれそうにない。少なくとも自分の体にもう一度手を触れることはできないかしら。彼女が苦痛に逆らわないという誓いを放棄すると、泡のようなうなりが喉まで込み上げてくる。彼女は全精力を注いで体を傾け、右手を膝に乗せようとする。震えが来る。静かにして！　と彼女は止み間のない鳥たちを叱りつける。力が抜ける。ヒバリが黙る。

腹が大きな音を立てるのが聞こえる。まるでベランダの屋根がガラスに変わったかのように、天井が透けて見える。染みのように見える鳥たちが雲のない空に散る。早朝なのか、夕暮れなのか分からない。空には最初、ラベンダー色のフィルターがかかっているが、その色が静かにあせ（彼女の人生を閉じ込めるには、何て風変わりな場所だろう！）、ぼんやりとした明るさだけが残り、空をかすかに青くしていた白がさらに白さを増した。モードがその真ん中にいて、認識できる距離、測定できる距離から語り掛けている。彼女の声はエリザベスの喜びを抑え気味に表現しているようだ。

モードがエリザベスに呼び掛けるとき、二人の顔が触れそうになった。看護師が言っていた。「彼女、失禁しています」

「分かってる」とモードが答えた。「きれいにするのを手伝ってちょうだい。ダーリンの体をきれいにするから手伝って」

ポーリーンはモードの後についてベランダに出ていた。「お医者さんに電話するわ」

看護師が首を振った。モードが言った。「部屋に連れて行ってあげた方がいいわ。ジョンを呼んで」。モードはエリザベスを両腕で抱き、頬と頬を合わせていた。エリザベスの目がモードを通り越してその先にあるものを見た。

ポーリーンが言った。「モード、かわいそうなモード！　やっぱりお医者さんに電話した方が――」

「いいえ」モードがきっぱりと言った。誰かが静かに網戸をノックした。「ジョン？　手を貸してくれない？」

アランは網戸越しに、その向こうのぼやけた人影を眺め続けた。

オリバーはニューヨークの映画館で、友人のジョリーと共に『007／ドクター・ノオ』を見た。ポーリーンが家を出てから、オリバーの頭の中で彼女の存在は縮小していた。アイリーンは画廊をプリシラに任せ、若い画家のアトリエを訪れた。フィービは病院のベッドに一人横たわり、両親は見舞い客用の部屋で待っていた。ルイーザは肘掛け椅子に掛け、オーウェンは窓辺に立った。

朝、バリントン・プルーエルの一行がマウントデザートに向けてハリッジ港で錨を上げ、幸先良くモノモイ岬を回った。船が北に向かうと、帆が強い追い風をはらんだ。熱い風が不快な速度で彼らを目的地に向かわせた。乗組員は陰気な活動休止状態の中、持ち場でだらけ、舵手《だしゅ》はほとんど舵柄《だへい》に手を触れず、暖かくすがすがしい空気の中、乗員も乗客も汗をかくことなく、震えることもなかった。

私自身は徒歩で鉄道駅に向かっていた。駅はサラトガスプリングズの中心部から二、三マイル離れていたが、オールバニーから日帰りで来ていたので荷物もなかったし、時間に追われてもいなかった。徐々に小さくなる家々と庭の前を通り過ぎ、町を後にすると、私の両側に、伸び放題の森が現れた――オーク、カエデ、カバノキがもつれ合い、ヒカゲノカズラが垣根のようにぎっしりと列を成していた。

私の前方、坂の下には、刈り取り後にまた生い茂った牧草地が遠くの黒っぽく見える丘まで広がり、そこから地面の湿気が一定の波長で立ち上っていた。私は歩きながら、ある問題を考えた。まだ答えの出ていない、唯一の興味深い問題。すなわち、アランがエリザベスに宛てた手紙がどうして第三者の手に渡ったのかという問いだ。私は駅で切符を買い、線路を見下ろすベンチに向かった。そして腰を下ろそうとした瞬間、プラットホームの先に立つ長身の紳士に気付いた。この九月第二月曜、ホームに他の人の姿はなかった。

その男は午後の園遊会に備えるように、慣習的な衣装を完璧にまとっていた。必ずしもネイビーブルーとは言い切れない青のブレザーが肩から力の抜けた右腕にかけて、乱れなく、滑らかな線をなぞっていた。緩みのない上着の襟の間から、オフホワイトの絹クレープのシャツ地が覗き、濃紫色と灰青色の縞から成る横畝織りネクタイの下で、きらりと光る金のピンがシャツの両襟先を留めていた。ネクタイ下部の緩やかな膨らみは、前を開けたブレザーの第二ボタンの上で、もっと目立つ金の留め具で押さえられていた。緩く締められたウェストから下には、紫がかった灰色のフランネル地の、折り目の入ったズボンがあった。私のイメージの中で、空想の指先がその柔らかさをもてあそんだ。ズボンの裾は茶と琥珀の二色から成るサドルシューズの甲に当たり、折り返しの一インチ上で折れていたが、その折れ具合で生地の繊細さが確かめられた。男は装いを仕上げるように、左手に薄黄色の、山高のパナマ帽を持ち、団扇《うちわ》みたいに使って――あまりにも儀式張った動作なので、空気が動くとは思えなかったのだが――汗一つかいていない頭を扇いでいた。

ややうつむき加減で少し横を向いた頭部はつやつやして屈強そうだが、細部はハンサムとは言いがたい。鷲鼻は先が丸すぎ、目と目の間は狭すぎ、唇は薄すぎる。しかし、これらの欠点はほとんど重要ではなかった。昔から言われるように、完璧な装いをすれば、どんな宗教によっても得られない満足が得られる。そしてフィラメントが光を放つように、この冴えない風景の中で男はそのような満足感を周囲に放っていた。彼がまとっている優美さは彼を囲む世界に対する傲慢なほど慇懃な態度を示していた。彼は今ここで自分の存在を創造し、よく知る友人と自分を楽しませるために用意された崇高な笑劇を演じているように見えた。

結局のところ、この印象には一片の真実が含まれていた。数日後、葬儀のために戻った私は、駅で出会った男がプロの俳優だったことを知った。彼は俳優として特に有名なわけでも、成功しているわけでもないが、副次的な仕事では知られていた。彼は金をもらって上流階級のパーティーにエキストラとして登場するのだ。彼には上品な存在感があり、おしゃべりが上手で（上手すぎず）、雇う料金は手頃だった。私が見たのは彼が仕事をしている場面だった。おそらくあのとき、彼は女性と待ち合わせをしていて、一緒に北行きの列車に乗り、一晩エスコートをすることになっていたのだろう。

亡霊の説明がついたことで私はほっとした。彼の存在は私が認めたくないほど私の心を騒がせていた。私は当時、今より二十歳若く、自分に自信が持てずにいたから余計に俳優の印象が強まったことは間違いない。私はその頃まだ、生は当然生を生むものと期待し、生者は生きている限り死を打ち負かしたり、回避したりできると思っていた——死に伴う喪失感がいかに破壊的であろうとも。もしもモリスの代わりが決して存在しないことを私が知っていたとしても、私は彼の思い出が遅かれ早かれ、何の差し支えもなく「過去」と呼べる時間の残滓《ざんし》として平板なものに変わることを期待していた。

言葉を換えるなら、私は自分がいつでも立ち直れると思っていた。私は当時まだ学び始めたところだった。死者は永遠にわれわれの間に存在する。われわれが彼らを体の中に取り入れるときまで——誰もがいつかはそうしなければならないのだが——消えることのない、触知可能な空白という形で死者は存在する、ということを。私たちは死者を体に取り入れる。私たちは私たちの存在で彼らの空白を満たす。私たちは彼らになる。生ける死者は空想の領域の存在ではない。彼らこそ地球の住人だ。私たちが長く生きれば生きるほど、私たちの生にますます多くの魅惑的な穴が開き、さらに多くの死者を体内に招き入れ、ついには私たちの体に死者以外のものがなくなる。そして今度は私たちが死ぬとき、生き残る者が私たちに——私たち全員、すなわち私たち一人一人と、私たちが体に入れていた死者の群れの全てに——体を与える。

あなたの父が亡くなる。あなたは父の笑い声が自分の肺で鳴り響くのを耳にする。あなたの母が亡くなる。あなたがふと店のウィンドーに目をやると、そこには母と同じように背中を丸めて歩く自分が映っている。友達が亡くなる。カメラの前であなたは彼の得意なポーズを取る。こうした外的な兆候に限らず、私たちは今までに見てきた人間たち、今までに死ぬのを見てきた人間たちの癖をまねたり、才能をまねたり、実現しなかった成功や失敗をまねたりする。

もちろん私たちは、必死になってそれを否定しようとする。私は口がきける限り、あなたに対しても、自分に対してもその事実を認めない。あなたはあなたにすぎず、私も私にすぎないというふりを続ける。こうして私は完全に盲目となり、陽光と暗闇の中を手探りで進むことができる。そして私をつまずかせる物や私とぶつかる盲目の人々に適当な名前を付け、無理解な不平を漏らす。そんな状況で私は時々思う。私の中にいる死せる存在の余力こそがそもそも私に生き延びる力を与えているのだと。その力とはつまり、一つには、連綿と積み重なった世代の重さであり、もう一つは、時の始まり——名前がまだ完全に物と一体で、私たちの間で発見の奇跡という光が輝いていた時代——から、世界を自分のために与えられたものだと考え、何の後悔も恐れも持たずにそこで演技をしてきた、原初的で英雄的な俳優という不死の存在である。

一九八七年一月二十七日、ニューヨーク

訳者あとがき

本書はHarry Mathews, *Cigarettes*（Weidenfeld & Nicholson, 1987; Repr.: Dalkey Archive, 1998）の全訳である。海外文学に関心のある読者でも、この著者の名前には聞き覚えがないかもしれない。

しかし、現代の実験的な文学に関心を持つ読者なら、「ウリポ」なる文学者集団のことを耳にした経験があるだろう。ウリポ（Oulipo）とは一九六〇年に設立された実験的文学グループOuvroir de littérature potentielle（潜在的文学工房）の略称である。メンバーにはレーモン・クノー、ジョルジュ・ペレック、マルセル・デュシャン、イタロ・カルヴィーノ、渡辺一夫ら、錚々《そうそう》たる名前が並ぶ。彼らの特徴は、多様な言葉遊びの技法によって――特に、機械的・数学的な手法で――新しい文学の可能性を追求した点にある。例えば、ペレックの『煙滅』はウリポ的作品の典型で、原著はフランス語で最もよく用いられる綴り字のeを使わずに書かれ、日本語訳はその手法を模して、い段（「い、き、し、ち、に……」など）を使わずに訳している（塩塚秀一郎訳、水声社、二〇一〇年）。また、クノーの『文体練習』は、ある一日の簡単なエピソードを九十九種類の異なる文体で描く。一口で乱暴にまとめるなら、ウリポというのはヨーロッパで活動する、実験的で風変わりな作品を生み出す集団だ。

そのウリポにアメリカ人が一人、かなり早い時期から所属していることはあまり知られていない。それが本書の著者、ハリー・マシューズだ。ちなみに、二〇〇九年にアメリカ人としては二人目のダニエル・レヴィン・ベッカーが加わっている。

マシューズは日本でほとんど紹介されたことがなく、インターネットで「ハリー・マシューズ」を検索すると、フランスの画家・彫刻家であるニキ・ド・サンファル（一九三〇―二〇〇二年）の初婚相手として上位にヒットする程度で、作家としてのマシューズに関してはネット上にあまり日本語の情報がない。

ハリー・マシューズは一九三〇年ニューヨーク生まれのアメリカ人作家で、短編、長編、詩、エッセイなどを多数発表し、有名な文芸雑誌で特集を組まれたことがある。現在はパリとキーウェストとニューヨークを行き来して生活している。長編はトマス・ピンチョンの『競売ナンバー49の叫び』を思わせるような癖のある謎探求ものが多く、一部に英語以外の言語が用いられていたり、グラフィックな遊びや凝った言葉遊びがあったり、荒唐無稽な設定があったりして、どの作品もやや近づきにくい。その作風が少し変わり、いわゆる「リアリズム」色が強まったのが『シガレット』だった。

ところが、マシューズ本人の言葉によれば『シガレット』こそ、彼の作品中で初めて全面的にウリポ的技法を用いた小説だという。彼は本作のプロットを考える際、ある種の数学的アルゴリズムを用いたとインタビューで述べているが、その手法について細かいことは公表していない。ともあれ、『シガレット』は少なくとも表面的には、彼の作品群の中にあって最も普通の設定とスタイルで書かれている。タイトルの「シガレッツ」（原題は複数形）は、作品中で精神を病む女性が幻聴で耳にする言葉を指す。

本小説は、主に一九三六―三八年と一九六二―六三年とを行き来しながら、ニューヨーク近郊の上流階級の人々を描く。主な登場人物は十三人で、各章には「アランとエリザベス」「アランとオーウェン」「モードとエリザベス」などの章題が添えられ、二人ずつの組み合わせ（夫婦、愛人、父と娘、画商と画家、姉と弟など）に焦点を当てながら話が進む。多くの場合、尻取りのような形式で、前の章で言及のあった人物の一人が次の章に引き継がれる。作品冒頭で、アランがエリザベス宛てに書いた手紙を読む「私」が登場するが、語り手はすぐに背景に消え、その後、最終章に至るまで表に現れない。最終章でこの語り手は主要登場人物の一人と同一だと判明する。

この小説は十三人の主要人物間の入り組んだ関係を、まるで精緻なパズルのピースを一つ一つ提示するかのような形で見せつつ、謎と解答を与えながら読者をぐいぐいと引っ張っていく。その結果、最初の方で話題になる絵画がどういう経緯でその家に買われていったかが、後のエピソードで分かってきたり、ある章で紹介される詐欺事件の詳細が後の章で語られたり、最初は見えなかった人間関係が後で見えてきたりする謎解き的な楽しみがある一方で、作品全体も全知の語り手によって語られているため、登場人物たちの思考が常に読者に丸見えで、彼らの意図のすれ違いも楽しめる。物語はさながら連続テレビドラマのようで、各章ごとに面白い事件や関係が取り上げられ（あるいは同じ事件が違う角度から眺められ）、その内容も多様で、読者を退屈させることがない。

著者が自ら考案したアルゴリズムで作った粗筋を八年かけて肉付けし、作品を仕上げたというだけあって、この小説には随所に磨き上げられた表現がちりばめられていて、語彙や比喩の選択も絶妙だ。登場人物らが語る芸術論、保険やギャンブルについての観察、親子間、夫婦間の心の機微なども非常に面白い。結末の「死」に関する思索は出色。本書はまさに「読まれざる傑作」である。

読者を再読に誘う精密な構成はナボコフを思わせるし、皮肉な心理描写にはジェイン・オースティンを思わせるところもあるが、全体としては他のどの作家にも似ていない、非常にオリジナリティの高い作品に仕上がっている。

本書の出版をきっかけに、多芸多才なマシューズの他の著作の紹介が日本でさらに進むことを願ってやまない。

かくも美しい小説の翻訳をこうして出版できたのは、多くの方々のおかげです。本書の出版に当たっては、企画から編集の段階に至るまで、担当の藤波健さんにお世話になりました。どうもありがとうございました。訳者の日常をいつも支えてくれるFさん、Iさん、S君にも感謝しています。どうもありがとう。そして、著者のハリー・マシューズ氏にはご健勝とご健筆を祈りたい。

二〇一三年四月

木原善彦

装丁　緒方修一

訳者略歴
一九六七年鳥取県生まれ
京都大学大学院文学研究科英語学英米文学専攻博士課程修了
大阪大学大学院言語文化研究科准教授
主要著書
『UFOとポストモダン』（平凡社）、『ピンチョンの『逆光』を読む　空間と時間、光と闇』（世界思想社）ほか
主要訳書
T・ピンチョン『逆光　上下』、R・パワーズ『幸福の遺伝子』（以上、新潮社）ほか

〈エクス・リブリス〉
シガレット

二〇一三年六月五日　印刷
二〇一三年六月二五日　発行

著者　ハリー・マシューズ
訳者　© 木《き》原《はら》善《よし》彦《ひこ》
発行者　及川直志
印刷所　株式会社三陽社
発行所　株式会社白水社

東京都千代田区神田小川町三の二四
電話　営業部〇三（三二九一）七八一一
　　　編集部〇三（三二九一）七八二一
振替　〇〇一九〇-五-三三二二八
　　　郵便番号　一〇一-〇〇五二
http://www.hakusuisha.co.jp
乱丁・落丁本は、送料小社負担にてお取り替えいたします。

誠製本株式会社

ISBN978-4-560-09028-2
Printed in Japan